SCIENCE FICTION

Herausgegeben
von Wolfgang Jeschke

Von **SHADOWRUN™** erschienen in der Reihe
HEYNE SCIENCE FICTION & FANTASY:

1. Jordan K. Weisman (Hrsg.): *Der Weg in die Schatten* · 06/4844

TRILOGIE GEHEIMNISSE DER MACHT

2. Robert N. Charrette: *Laß ab von Drachen* · 06/4845
3. Robert N. Charrette: *Wähl deine Feinde mit Bedacht* · 06/4846
4. Robert N. Charrette: *Such deine eigene Wahrheit* · 06/4847

5. Nigel Findley: *2 X S* · 06/4983
6. Chris Kubasik: *Der Wechselbalg* · 06/4984
7. Robert N. Charrette: *Trau keinem Elf* · 06/4985
8. Nigel Findley: *Schattenspiele* · 06/5068
9. Carl Sargent: *Blutige Straßen* · 06/5087

TRILOGIE DEUTSCHLAND IN DEN SCHATTEN

10. Hans Joachim Alpers: *Das zerrissene Land* · 06/5104
11. Hans Joachim Alpers: *Die Augen des Riggers* · 06/5105
12. Hans Joachim Alpers: *Die graue Eminenz* · 06/5106

13. Tom Dowd: *Spielball der Nacht* · 06/5186
14. Nyx Smith: *Die Attentäterin* · 06/5294
15. Nigel Findley: *Der Einzelgänger* · 06/5305
16. Nyx Smith: *In die Dunkelheit* · 06/5324
17. Carl Sargent/Marc Gascoigne: *Nosferatu 2055* · 06/5343
18. Tom Dowd: *Nuke City* · 06/5354
19. Nyx Smith: *Jäger und Gejagte* · 06/5384
20. Nigel Findley: *Haus der Sonne* · 06/5411
21. Caroline Spector: *Die endlosen Welten* · 06/5482
22. Robert N. Charrette: *Gerade noch ein Patt* · 06/5483
23. Carl Sargent/Marc Gascoigne: *Schwarze Madonna* · 06/5539
24. Mel Odom: *Auf Beutezug* · 06/5659
25. Jak Koke: *Funkstille* · 06/5667
26. Lisa Smedman: *Das Luzifer Deck* · 06/5889
27. Nyx Smith: *Stahlregen* · 06/6127
28. Nick Prolotta: *Schattenboxer* · 06/6128
29. Jak Koke: *Fremde Seelen* · 06/6129
30. Mel Odom: *Kopfjäger* · 06/6130

JAK KOKE

FREMDE SEELEN

Erstes Buch der Drachenherz-Saga

Neunundzwanzigster Band des

SHADOWRUN™-ZYKLUS

Deutsche Erstausgabe

WILHELM HEYNE VERLAG
MÜNCHEN

HEYNE SCIENCE FICTION & FANTASY
Band 06/6129

Titel der Originalausgabe
STRANGER SOULS
Übersetzung aus dem Amerikanischen von
CHRISTIAN JENTZSCH

Redaktion: Ralf Oliver Dürr

Printed in Germany 1998
Umschlagbild: FASA Corporation
Umschlaggestaltung: Atelier Ingrid Schütz, München
Technische Betreuung: M. Spinola
Satz: Schaber Datentechnik, Wels
Druck und Bindung: Elsnerdruck, Berlin

ISBN 3-453-13973-9

WESTLICHES NORDAMERIKA

CIRCA 2057

Danksagung

Vielen Dank meiner Frau Seana Davidson, die nicht nur meine beständige Stütze und Gefährtin ist, sondern auch meine Partnerin bei der Ausarbeitung von Ideen, die erste Korrekturleserin meiner Rohentwürfe und eine einfühlsame Kritikerin. Jeder Schriftsteller braucht einen Kritiker, der empfänglich für seine Stimmungen und Gefühle ist. Seana ist aufmerksam und resolut, ohne dabei übermäßig hart oder nachgiebig zu sein.

Ein besonderer Dank gebührt außerdem Mike Mulvihill für seine phantastische Ausgestaltung des Shadowrun-Universums und insbesondere für seine Hilfe bei der Entwicklung der Plots und Charaktere dieser Trilogie. Ich danke außerdem Jonathan Bond, Marsh Cassady, Jim Kitchen, Nicole Lindell und Tom Lindell für ihre tiefsinnige Kritik des Manuskripts. Und schließlich geht mein Dank an Donna Ippolito bei FASA und Jenni Smith bei ROC für die Produktion einer hervorragenden Reihe von Shadowrun-Romanen.

Für Mom und Dad …

die mich lehrten, wie man lernt,
mir zeigten, wie man lebt,
und in mir den Drang förderten,
meine Träume zu verwirklichen.

Prolog

Man schreibt das Jahr 2057.

Nach einer Abwesenheit von mehreren tausend Jahren ist die Magie zur Erde zurückgekehrt. Was der Maya-Kalender die Fünfte Welt nannte, ist der Sechsten gewichen, einem neuen Zyklus der Magie, den das Erwachen des Großen Drachen Ryumyo im Jahre 2011 einleitete. Die Sechste Welt ist ein Zeitalter der Magie und der Technologie. Ein Erwachtes Zeitalter.

Das Ansteigen des Magieniveaus hat das Erwachen der Erde bewirkt. Die archaischen Rassen sind wieder aufgetaucht. Die Metamenschheit. Zuerst kamen die Elfen, hochgewachsen und schlank mit spitzen Ohren und mandelförmigen Augen. Sie wurden menschlichen Eltern geboren, ebenso wie kurz danach die Zwerge. Später kamen Orks und Trolle, von denen einige wie Elfen und Zwerge verändert geboren wurden, andere aber goblinisierten – von Menschengestalt in ihr wahres Wesen verwandelt wurden, da das steigende Magieniveau ihre DNS aktivierte. Orks und Trolle traten mit größeren, muskulösen Körpern, stark vergrößerten Eckzähnen und einer warzigen Haut in Erscheinung.

Sogar die ältesten und intelligentesten Wesen, die großen Drachen, sind aus ihren Verstecken gekommen. Man weiß nur von der Existenz ganz weniger Kreaturen dieser Art, und die meisten von ihnen führen ein Leben der Abgeschiedenheit und Geheimhaltung. Doch einige, die in der Lage sind, menschliche Gestalt anzunehmen, haben sich in die metamenschliche Gesellschaft integriert. Sie haben ihren uralten Intellekt, ihre mächtige Magie und ihre angeborene Schläue dazu benutzt, in Machtpositionen aufzusteigen. Einer dieser wenigen steht an der Spitze von Saeder-Krupp – dem größ-

ten Megakonzern der Welt. Ein anderer – Dunkelzahn – behauptet, die Lebensbedingungen der Metamenschheit verbessern zu wollen, und ist soeben zum Präsidenten der Vereinigten Kanadischen und Amerikanischen Staaten gewählt worden.

Die Sechste Welt ist von der mundanen Umwelt der Fünften himmelweit entfernt. Sie ist exotisch und absonderlich, eine paradoxe Verschmelzung des Wissenschaftlichen und des Arkanen. Die Weiterentwicklung der Technologie hat ein fieberhaftes Tempo erreicht. Die Unterscheidung zwischen Mensch und Maschine wird durch das Aufkommen direkter neuraler Schnittstellen immer verschwommener. Cyberware, Maschinen- und Computerimplantate sind weit verbreitet. Sie verwandeln Fleisch in Metall und schaffen in Gedankenschnelle Verbindungen zwischen Elektronen und Neuronen. Die Bewohner der Sechsten Welt sind von einem ganz neuen Schlag – stärker, klüger, schneller. Weniger menschlich.

Aus dem alten weltumspannenden Computernetz ist wie der Phoenix aus der Asche die Matrix hervorgegangen. Eine virtuelle Welt mit einer Computer-generierten Wirklichkeit ist entstanden, ein Universum aus Elektronen und CPU-Zyklen, das von denjenigen mit den schnellsten Cyberdecks und den heißesten neuen Programmcodes beherrscht und manipuliert wird.

Es ist ein Zeitalter, in dem Information Macht ist, in dem Daten und Geld ein und dasselbe sind. Multinationale Megakonzerne haben die Regierungen der Supermächte als die beherrschenden Kräfte des Planeten abgelöst. In einer Welt, in der Städte zu großen Sprawls aus Beton und Stahl zusammengewachsen sind, haben ummauerte Konzernenklaven und gewaltige Arcologien Doppelgaragen, Vorgärten und weiße Lattenzäune verdrängt. Die Megakonzerne beuten Massen von Lohnsklaven für den Profit einer rücksichtslosen Minderheit aus.

Doch in den Schatten der riesigen Konzern-Arcologien leben die SIN-losen. Jene ohne Systemidentifikationsnum-

mern werden von der Maschinerie der Gesellschaft, von einer Bürokratie, die so gewaltig und komplex geworden ist, daß niemand sie völlig versteht, nicht wahrgenommen. Zu den SIN-losen zählen auch die Shadowrunner, die mit gestohlenen Daten und heißen Informationen handeln: Söldner der Straße – diskret, tüchtig und kaum aufspürbar.

Die Sechste Welt steckt voller Überraschungen, von denen die kürzlich erfolgte Wahl des großen geselligen Drachen Dunkelzahn zum Präsidenten der Vereinigten Kanadischen und Amerikanischen Staaten nicht die geringste ist. Niemals zuvor ist ein Drache gewählt worden, die Geschicke eines Landes zu lenken. Niemals zuvor hat das Ergebnis einer Wahl eine Bevölkerung so stark polarisiert. Viele Leute sind begeistert und optimistisch, was Dunkelzahns Fähigkeit anbelangt, ihr Leben mit neuer Hoffnung und Zuversicht zu erfüllen. Doch ebenso viele sind neidisch und hassen den Drachen.

Während das Magieniveau beständig und unaufhaltsam ansteigt, hat Dunkelzahn sich mit seiner spektakulären Wahlkampagne viele Feinde gemacht. Manche sind der Ansicht, daß er zu viel Macht gewonnen hat. Andere fürchten sich davor, was er als nächstes tun könnte.

9. August 2057

1

Der uralte Turm des Vergnügungsparks stach wie eine rostige Nadel in den Himmel über Texas, deren Spitze den silbrigen, tiefstehenden Mond durchbohrte. Lautlos kletterte eine Gestalt in der Dunkelheit der dem Mond abgewandten Seite die verschrammte metallene Leiter des seit langem leerstehenden Turms empor, ein Tropfen schwarzer Tinte, der sich der Schwerkraft widersetzte. Ein Schatten, der in der Nacht unbemerkt blieb.

Hundert Meter über dem Boden hakte Ryan Mercury seinen Sicherheitsgurt an einer Metallsprosse ein und holte mehrmals tief Luft, um sich zu sammeln. Ryan war groß für einen Menschen, etwas über zwei Meter, und knapp einhundertdreißig Kilo schwer, nur durchtrainierte Muskeln, magisch verstärktes und beschleunigtes Fleisch. Keine Cyberware, keine Bioware. Nicht einmal eine Datenbuchse für diesen Chummer.

Ryans kupferrotes Haar steckte unter der hautengen schwarzen Kapuze seines Plycra-Nachtanzugs. Er war auf geheimer Mission weit hinter der Aztlan-Grenze, und wenn man ihn entdeckte, würde man ihn foltern und töten. Seine olivfarbene Haut war schwarzweiß bemalt, um die Schatten seines Gesichts zu verbergen – die markante Form seiner Hakennase, die kantige Kieferlinie, das Glitzern seiner silbergesprenkelten blauen Augen. Er beugte sich ein wenig vor, um die Stärke des Gurts zu testen.

Die Hitze der Nacht ließ feine Schweißperlen auf seine Stirn treten. Er versuchte sie zu ignorieren, während er die Szenerie unter sich durch sein Nachtsichtgerät verfolgt.

Tief unter ihm, am Fuß des Hügels, auf dem sich der Turm erhob, den er erklommen hatte, führten Arbeitstrupps auf dem Grund des Sees Ausgrabungen durch. Unterwasserlampen erhellten zwanzig Meter unter der Oberfläche das kristallklare Wasser. Mannschaften in Taucheranzügen und kleinen U-Booten entfernten den Kalkstein und saugten den Schlick ab, der durch die Arbeiten aufgewühlt wurde.

Wo ist er? dachte er. *Haben sie wirklich einen gefunden?*

Dann sah Ryan ihn, eine glatte schwarze Oberfläche, makellos und perfekt. Die U-Boote säuberten das Obsidianglas von den Flußablagerungen und Gesteinsresten. Der Fels schien das Licht der Unterwasserlampen zu absorbieren und nichts zu reflektieren. Während die Mannschaften ihre Arbeit fortsetzten, sah Ryan den Fels Gestalt annehmen. Seine Kante war vollkommen eben, glatt wie ein geschliffener Diamant und offenbar von Menschen oder einer anderen intelligenten Lebensform geschaffen worden, bevor er hier vor langer Zeit vergraben worden war. Dies war kein natürlich vorkommender Fels. Und er war groß, mindestens zehn Meter breit, und schien rautenförmig zu sein, wenngleich Ryan keine Ahnung hatte, wie er aussehen würde, wenn die Ausgrabungen abgeschlossen waren.

Ryans Mut sank, je länger er zusah. *Ich muß Dunkelzahn benachrichtigen,* dachte er. *Der Drache wird es sofort wissen wollen. Auch wenn heute der Tag seiner Amtseinführung ist.*

Dunkelzahn hatte Ryan hergeschickt, da er Aztechnology – der Konzern, der die Aztlan-Regierung in der Tasche hatte – im Verdacht hatte, daß dieser nach einem *Locus* suchte. Ein Locus war, soweit Ryan wußte, eine alte und extrem mächtige Linse, die arkane Energien durch Manalinien kanalisierte.

Ryan war Dunkelzahns vertrautester Geheimagent. Der Drache hatte persönlich für Ryans Schulung in der Magie der Körperbewegungen und Sinne Sorge getragen und ihn zu einem *Ki*-Adept ausgebildet. Dunkelzahn hatte Ryan den *Lautlosen Weg* gezeigt – den Weg der Verstohlenheit und Tarnung. Den Weg entscheidender Unternehmungen hinter den Kulissen.

Ryans gegenwärtiger Auftrag war ganz klar umrissen und ließ keinerlei Raum für Interpretation. »*Wenn du entdecken solltest, daß Darke einen Locus gefunden hat*«, hatte Dunkelzahn gesagt, »*mußt du dich umgehend mit mir in Verbindung setzen. Hast du verstanden, Ryanthusar? Umgehend.*«

Ryan war sich nicht absolut sicher, ob es sich bei diesem schwarzen Stein tatsächlich um einen Locus handelte, aber auf ihn paßte die Beschreibung, die Dunkelzahn ihm gegeben hatte. So genau, daß es ihm kalt den Rücken herunterlief. Und Ryan stellte Dunkelzahns Anweisungen niemals in Frage. Niemals.

Ich muß mich jetzt mit ihm in Verbindung setzen, dachte er. *Ungeachtet der Tatsache, daß ich mich dadurch in große Gefahr begebe.*

Ryan schob das Nachtsichtgerät wieder in das Etui an seinem Gürtel, dann drehte er das Handgelenk, wie um auf die Uhr zu schauen, und tippte die private LTG-Nummer von Black Angel in sein Armbandtelekom ein. Black Angel war auch als Carla Brooks bekannt – Dunkelzahns Sicherheitsleiterin. Sie würde ihn mit Dunkelzahn verbinden.

Brooks antwortete einen Augenblick später mit gedämpfter, dringlicher Stimme. »Quecksilber, sind Sie das?«

Sein Armbandtelekom hatte seine Identität bereits übermittelt. »Ja.«

»Verifizieren.«

Ryan tippte einen Verschlüsselungscode in sein Armbandtelekom ein.

»Danke. Unsere Deckerin meldet, daß die Leitung sauber ist.«

»Gut, Black Angel. Verbinden Sie mich mit Dunkelzahn, ich muß umgehend mit ihm sprechen.«

»Der Zeitpunkt ist schlecht gewählt. Dunkelzahn ist anderweitig beschäftigt.«

»Es ist dringend.«

»Das sollte es auch sein.«

Ryan warf einen Blick auf die Ausgrabungsstätte und das Lager mit Sicherheitskräften und militärischer Bewaffnung am Fluß. »Meine Stellung hier ist ziemlich exponiert, Black Angel«, erklärte er. Sein Blick wanderte vom Lager zu der Stufenpyramide *Teocalli*, die am Wasser aufragte. »Ich hätte nicht angerufen, wenn es nicht außerordentlich wichtig wäre.«

Brooks seufzte. »Drek«, sagte sie. »Na schön, ich verbinde Sie.«

Ryan verstand ihr Widerstreben. Niemand riß sich darum, einen Großdrachen zu stören – ungeachtet dessen, was er gerade tat und wie wichtig es war.

Das Hintergrundrauschen wurde lauter, als Brooks ihn durchstellte. Er konnte lautes Stimmengewirr und Musik im Hintergrund hören. »Ryanthusar?« ertönte eine Männerstimme mit einem nichtssagenden Akzent, aber die Anzeige seines Telekoms verriet ihm, daß dieser Mann über Dunkelzahns Telekom sprach. Aus Sicherheitsgründen blieb der Bildschirm dunkel.

Der Drache hat für die Zeremonie der Amtseinführung menschliche Gestalt angenommen. »Meister, ich muß Bericht erstatten. Ich glaube, Darke hat einen Locus ausgegraben.«

Der Gesprächslärm wurde leiser und verstummte schließlich gänzlich, als Ryan das Klicken einer sich schließenden Tür hörte. Dunkelzahns Stimme war jetzt deutlicher zu hören. »Wo bist du?«

»San Marcos, vierzig Kilometer jenseits der Grenze der Konföderierten Amerikanischen Staaten südlich von Austin.«

»Das ist ein wahrscheinlicher Kreuzungspunkt«, sagte Dunkelzahn. »Wie sieht das Objekt aus?«

Ryan beschrieb den See, der von kristallklarem Quellwasser gespeist wurde, die Arbeitsmannschaften und die massiven Sicherheitsvorkehrungen an der Stätte und was er von dem riesigen Fels sehen konnte. Seine glatte Oberfläche war wie ein geometrisch geformtes schwarzes Loch, das Licht aufsog.

»Wirf rasch einen Blick auf die Aura des Felsens. Sag mir, was du siehst.«

Ryan starrte auf die Szene unter sich. Er konzentrierte sich eine Sekunde lang auf den Wechsel der Wahrnehmung im Astralraum. Die physikalischen Gegenstände verschwammen, und das Schwarz und Grau der nächtlichen Bilder wich der in leuchtende Farben getauchten Landschaft des Astralen. Im Astralraum strahlte Lebenskraft Licht aus – Auren, die für jedes Wesen und jeden Gegenstand einzigartig waren. Magische Wesen und Gegenstände strahlten am hellsten, aber eine Aura hatte alles und jedes.

Die Aura des Locus wurde ein wenig von der lebendigen Materie im Wasser darüber verzerrt, war aber dennoch nicht zu übersehen. Der Fels leuchtete matt in einem dunklen Violett, und auf der Oberfläche war ein Netz goldener Linien zu sehen. Das war Orichalkum, und zwar eine gewaltige Menge, wenn diese Adern den gesamten Fels durchzogen. Die Goldadern pulsierten, leuchteten hell auf, bevor sie wieder matter wurden. Einen Augenblick später pulsierten sie erneut, ein langsamer Rhythmus wie der Herzschlag eines schlafenden Riesen. Und je eingehender Ryan den Fels beschrieb, desto drängender wurden die Fragen des Drachen.

Ryan hatte Dunkelzahn noch niemals so bestürzt erlebt. Der Drache war stets wißbegierig, dabei aber äußerst gelassen, ein anteilnehmender Beobachter, der kaum einmal eine Reaktion zeigte. Erst in letzter Zeit lag etwas Dringliches in seinem Verhalten. Es war so, als jage ihm etwas große Angst ein, eine Vorstellung, die für Ryan absurd war. *Wovor könnte Dunkelzahn überhaupt Angst haben?* Was es auch war, es mußte außerordentlich mächtig sein.

»Das Objekt, das du beschreibst«, sagte Dunkelzahn, »ist nicht vollkommen aktiv, könnte es aber bald sein.« Ryan hörte den Drachen tief Luft holen. »Du wirst Folgendes tun«, fuhr Dunkelzahn fort. »Kehre umgehend zurück und rede mit Black Angel. Dort werden Anweisungen von mir auf dich warten. Ich werde keine Zeit haben, mich persönlich mit dir zu treffen, aber dieser Auftrag wird der wichtigste deines Lebens.«

Eine andere Stimme meldete sich zu Wort. »Entschuldigen Sie, Sir, aber ich habe eine Verzögerung in der Übertragung entdeckt.« Es war Jane-in-the-box, die Deckerin, welche die Verbindung überwachte, um Vertraulichkeit zu gewährleisten. »Wir sind nicht mehr sicher. Wiederhole, wir sind *nicht* sicher.«

Dunkelzahn kam zum Ende. »Das Schicksal der Welt hängt von deinem nächsten Auftrag ab, Ryanthusar. Sei vorsichtig und laß mich nicht im Stich.«

»Selbstverständlich.«

»Mögen Zuversicht und Glück mit dir sein, mein Kind«, sagte Dunkelzahn und unterbrach die Verbindung.

Ryan war ein wenig benommen. *Das Schicksal der Welt? Drek, Dunkelzahn, was soll* das *jetzt bedeuten?*

Ryan hätte Dunkelzahns Worte der Melodramatik des Augenblicks zuschreiben können – der Drache war dafür bekannt, melodramatisch zu sein. Aber Ryan gegenüber war er das noch nie gewesen. Bei ihm war der Drache immer natürlich und ungekünstelt.

In der Ferne hörte Ryan das rhythmische Schrappen eines sich nähernden Hubschraubers. Er holte tief Luft und sah sich um. Dort war er, zu seiner Linken, eine insektenartige Maschine, welche die Gegend mit ihrem Scheinwerfer-Fühler abtastete, dessen Lichtkegel über den Boden strich. Hin und her. Und sich ihm rasch näherte.

Zeit zu verschwinden.

Ryan löste den Haken von der Metallsprosse, hielt sich mit den Händen fest und hakte seine weich besohlten Stiefel von außen hinter die Holme der Leiter. Langsam ließ er sich hinunter, begann eine halb kontrollierte Rutschpartie, wobei er den Fall mit den Füßen steuerte und seine Magie einsetzte, um das Gleichgewicht zu wahren. Er beobachtete die Leiter durch seine Beine, während sich seine Geschwindigkeit vergrößerte, bis die einzelnen Sprossen so schnell vorbeihuschten, daß sie nicht mehr auseinanderzuhalten waren. Seine Hände und Füße erhitzten sich durch die Reibung, die bei seinem kontrollierten freien Fall auftrat. Es ging hundert Meter tief abwärts, und der bewaldete Abhang unter ihm war in völlige Schwärze gehüllt.

Ryan glitt wie ein Tropfen schwarzes Öl an der verrosteten Nadel herab, während das rhythmische Donnern der Hubschrauberrotoren immer lauter wurde. Der Schweiß in seinem Nacken kühlte sich durch den Fallwind rapide ab und erzeugte ein Kribbeln auf seiner Haut. Bewegung und magisch unterstützte Physik hatte etwas Reines, Unverfälschtes an sich. Etwas Ursprüngliches und vollkommen Befriedigendes wie Sex.

Die Anspannung in Ryan steigerte sich noch, als der Lichtkegel des Suchscheinwerfers den Turm direkt über ihm streifte. Der Motor des Hubschraubers dröhnte in seinen Ohren, und der von ihm erzeugte Wind strich kühl und frisch über seinen fallenden Körper. Ryan konzentrierte sich. Nur noch ein paar Sekunden, und er würde unten sein, in der Deckung der Bäume und des Unterholzes. Die Welt ringsumher blitzte für einen Augenblick hell auf, als ihn der Suchscheinwerfer des Hubschraubers erfaßte. Eine Momentaufnahme. Dann wurde alles wieder schwarz, als er durch den Lichtkreis und in die Dunkelheit fiel.

Sie sind nah, dachte er. *Zu nah.*

Er hörte Rufe aus dem Hubschrauber. Der Lichtkegel tastete den Turm über ihm ab, während die Insektenmaschine wendete. In wenigen Sekunden würden sie ihn haben.

Ryan konzentrierte sich, als er die Betonplattform unter sich näher kommen sah. Er fiel zu schnell, um noch rechtzeitig abbremsen zu können. Trotzdem erhöhte er den Druck seiner Füße und Hände gegen die Leiter, um seinen Fall zu verlangsamen. Es würde nicht reichen, möglicherweise aber einen Beinbruch verhindern. Sein Puls dröhnte durch seinen Körper wie Trommelschläge. *Eins …* Behandschuhte Finger umklammerten abblätterndes Metall. *Zwei …* Heißer trockener Wind schlug ihm ins Gesicht, als er nach unten schaute und wußte, daß er zu schnell fiel.

Drei … Sie hatten ihn. Der Lichtkegel spießte ihn förmlich auf.

Schüsse ertönten, gefolgt von einem Jaulen, als die Kugeln von dem Turm abprallten. Zum Glück wurde er nicht getroffen.

Ich muß aus dem verdammten Licht heraus.

Ryan stieß sich mit aller Kraft von der Leiter ab. Er versuchte möglichst weit vom Turm wegzukommen, um nicht auf der Betonplattform zu landen, sondern in den Bäumen. Er verließ den Scheinwerferkegel und drehte sich dann in der Luft, ein verzweifelter Versuch, ein allerletztes Manöver, um zu entkommen. Doch er fiel zu schnell.

Wie ein Tropfen schwarzer Regen vor dem dunklen Himmel. Er wartete auf den Aufprall, wußte jedoch nicht, wie weit der Boden noch entfernt war. Wußte nicht, ob er auf den unnachgiebigen Beton klatschen würde.

Zählte die Schläge seines Herzens vor dem Ende.

2

Sie war groß und schön, eine Göttin aus Alabaster und Smaragd. Ein elegantes Abendkleid klebte an ihrer schlanken Figur wie ein Glacéhandschuh. Seine Farbe war dunkelgrün, fast schwarz, und es schillerte, wenn sie sich bewegte. Ihr rabenschwarzes Haar fiel ihr glatt und voll bis zur Taille, und ihre Augen funkelten grün wie Smaragde. Ihre verführerischen, dunkelroten Lippen verzogen sich zu einem zurückhaltenden Lächeln. Die reliefartigen Schatten ihres Gesichts betonten ihre elfischen Züge – hohe Wangenknochen, eine schmale Nase und Ohren, die sich zu einer zierlichen Spitze verjüngten. Alles an ihr war hundert Prozent natürlich, keine kosmetischen oder technologischen Veränderungen.

Keine künstlichen Aromen oder Farben.

Sie hieß Nadja Daviar und war die Stimme des Großdrachen Dunkelzahn. Wenn sie etwas sagte, war die größtenteils männliche Traube rings um sie wie verzaubert. Ihre Stimme war tief und volltönend, geschmeidig und seidenweich, völlig akzentfrei. Ihre Redeweise war hypnotisch und musikalisch, einem Großdrachen angemessen, der uralt, von überragender Intelligenz und weise war. Ihr Charisma schlug die versammelten Politiker und Megakonzern-Execs in ihrer Umgebung in seinen Bann.

Nadja fühlte sich zum erstenmal seit Beginn der Amtseinführung allein. Natürlich war sie nicht wirklich allein, wenn man das Gedränge der Metamenschen im großen Ballsaal des Watergate-Hotels berücksichtigte, von denen die meisten in ihrer oder Dunkelzahns Nähe sein wollten. Nein, Nadja fühlte sich allein, weil Dunkelzahn sich vor ein paar Minuten mitten in einem

Tango mit ihr entschuldigt hatte. Sie hatten sich sehr harmonisch auf dem Tanzboden bewegt, da der Drache seine menschliche Gestalt auf unvergleichliche Weise beherrschte. Die Menge hatte ihnen zunächst von Ehrfurcht ergriffen zugesehen und war danach ihrem Beispiel gefolgt.

Es war Carla Brooks, Dunkelzahns Sicherheitsleiterin, die den Tanz unterbrochen hatte, so daß Dunkelzahn einen privaten Telekomanruf entgegennehmen konnte. Der Anruf mußte äußerst wichtig sein. Dunkelzahn hatte sich überschwenglich entschuldigt, um einen Nebenraum aufzusuchen, und Nadja allein inmitten der vielen tanzenden Paare zurückgelassen. Sie kam sich ohne die Gedanken des Drachen in ihrem Kopf nackt vor.

Normalerweise sprach sie für ihn, weil es ihm nicht gefiel, menschliche Gestalt anzunehmen, und er es nur dann tat, wenn es unumgänglich war. Wie heute. Jetzt stand sie in der kleinen Gruppe und hörte Damien Knight sagen: »War es das dann für unseren neuen Präsidenten? Ich nehme an, er kommt doch langsam in die Jahre.« Knight hielt inne, um das Gelächter der anderen Pinkel abzuwarten. Dann sah er Nadja direkt an, und seine haselnußbraunen Augen bohrten sich in ihre. »Wie alt ist der Präsident überhaupt, Miss Daviar?«

Nadja bedachte Knight mit einem Lächeln und unternahm eine bewußte Anstrengung, den Anschein der Zuversicht und des Selbstvertrauens aufrechtzuerhalten. Sie hatte den Verdacht, daß er wußte, wie sehr sie ihn verabscheute, aber dies war ein gesellschaftlicher Anlaß, und die Presse war zugegen. Der Anstand mußte gewahrt bleiben. »Das ist streng vertraulich«, sagte sie. »Tatsächlich ist Dunkelzahn in diesem Punkt ein wenig empfindlich. Er sagt mir ständig, daß er keinen Tag älter ist als neunundzwanzig … tausend.«

Alle Männer lachten, Knight eingeschlossen, aber

Nadja wußte, daß es mehr ein politisches denn ein aufrichtiges Lachen war. Jeder der hier Anwesenden war äußerst bewandert in der Kunst des Speichelleckens. Und heute herrschte hier im Ballsaal gewiß kein Mangel an mächtigen Leuten, um diese Kunst anzuwenden, die sich in kleinen Gruppen unter die Massen der wählenden Öffentlichkeit gemischt hatten, welche hier erschienen war, um Dunkelzahns Sieg zu feiern und umsonst zu essen und zu trinken.

Die Gruppe, in der sie stand, war das Who's Who von Ares Macrotechnology, die alle hier waren, weil Ares einen bedeutenden Beitrag für Dunkelzahns Wahlkampagne geleistet hatte. Knight, der Dunkelzahn geholfen hatte, Kyle Haeffner zu seinem Vize zu machen, war der geschäftsführende Leiter des Megakonzerns, einem der sechs mächtigsten Multis der ganzen Welt. Er war nur unwesentlich kleiner als sie mit ihren zwei Metern und von breiter Statur und hatte graumelierte Haare und ein zerfurchtes Gesicht, das ziemlich attraktiv war. An seiner Schläfe glitzerte diskret eine mit einem Platinüberzug versehene Datenbuchse, die fast gänzlich unter seinem perfekt frisierten Haar verborgen war.

Neben Knight stand dessen Assistent, ein kahl werdender Mensch Mitte Vierzig mit blauen Augen und einem gewinnenden Lächeln, das beinahe aufrichtig wirkte. Er hieß Gerrold Watkins und achtete ganz genau darauf, was Knight tat. Wahrscheinlich zeichnete er alles mit einer Cyberkamera auf.

Außerdem anwesend war Roger Soaring Owl, der geschäftsführende Leiter von Knight Errant, ein kleiner Mann mit Bauchansatz und einem rostbraunen Hautton, der auf amerindianisches Blut schließen ließ. Soaring Owl hatte einen ausgeprägten Sinn für Humor, aber Knights Anwesenheit schien ihn zu hemmen, als spiele er den Lakai für den Ares-Präsidenten. Knight

Errant war eine Tochtergesellschaft von Ares, und Knight mischte sich regelmäßig in deren Angelegenheiten ein. Nadja hatte Geschichten über Reibereien zwischen den beiden gehört, und vielleicht konnte dieses Wissen, falls es stimmte, später noch von Nutzen sein, aber heute hatte sie kein Anzeichen dafür entdecken können.

Auf der anderen Seite und ein wenig hinter ihr stand ihr Assistent Gordon Wu, der mit seiner Headware alle Gespräche sorgfältig aufzeichnete, so daß sie später, falls nötig, analysiert werden konnten. Versprechen und Zusagen konnten auf diese Weise nicht zufällig vergessen werden, und obwohl Nadja ein fotografisches Gedächtnis hatte, ließ sie es nicht darauf ankommen.

Nadja sah sich in dem Ballsaal um und versuchte verstohlen, Dunkelzahns menschliche Gestalt auszumachen. Sie hoffte, er würde sie hier nicht zu lange allein lassen. Sie haßte es, mit diesen Konzernhaien Konversation machen zu müssen. Der Ballsaal des Watergate-Hotels war geräumig und elegant eingerichtet. Schwere Vorhänge aus purpurfarbenem Samt hingen an den Fenstern, und für die Beleuchtung sorgten Lüster aus Rauchkristall. An einem Ende war ein Podium errichtet worden, und darauf stand ein riesiger Trideoschirm, der eine Aufnahme von Dunkelzahn in seiner wahren Gestalt zeigte, wie er in der Wahlnacht seine Siegesansprache hielt.

Selbst dieser riesige Bildschirm konnte den Drachen nicht in seiner vollen Größe erfassen, der auf der Plattform hockte. Seine blauen und silbernen Schuppen glänzten im Scheinwerferlicht, und Muskeln und Sehnen schickten einen Regenbogen von Farben über den Bildschirm, wenn er seine Stellung veränderte und die Schuppen sich bewegten.

Nadja sah sich selbst auf dem Schirm. Sie stand direkt vor ihm, eine winzige Gestalt im Vergleich zu Dunkelzahns gewaltiger Körperfülle. Ein notwendiges und entscheidendes Element der Show, da sie die Worte des Drachen aussprach. Sie war seine Stimme, während er hinter ihr hockte und breit grinste.

Sie hörte ihre Stimme im Trideo. »Dies ist nicht mein Sieg. Er gebührt jedem, der gewählt hat, wofür ich stehe – Hoffnung, Fortschritt, eine bessere Zukunft für uns alle. Ein neues goldenes Zeitalter.« Es waren Dunkelzahns Worte, aber Nadja glaubte sie, als seien sie ihre eigenen. Der Drache war das edelste Wesen, das ihr je begegnet war. Dunkelzahn wollte die Welt verbessern, wollte den mit Füßen getretenen, zynischen Metamenschen dieses Zeitalters Hoffnung einflößen. Und er hatte einen Plan, um dies zu erreichen. Nadja war ihm absolut ergeben und liebte den Drachen sogar. Er war ihr bester Freund.

Nadja wandte den Blick vom Trideoschirm ab und setzte ihre diskrete Suche fort. Sie war nicht daran gewöhnt, lange ohne die Präsenz des Drachen auskommen zu müssen, und mochte es, seine Gedanken in ihrem Verstand zu spüren. Dann sah sie ihn aus einem der privaten Vorzimmer kommen. Seine Ausstrahlung wurde ein wenig durch seine menschliche Gestalt beeinträchtigt, aber er strahlte dennoch Macht aus. Es war fast ein Witz, daß ihn Geheimdienstmänner umschwärmten, die von der eigenen privaten Sicherheit des Drachen begleitet wurden. Carla Brooks ging neben ihm, eine hochgewachsene schwarzhäutige Elfe, die für alle Sicherheitsfragen verantwortlich war.

Seine persönliche Macht übersteigt die vereinten Kräfte dieser Leute bei weitem, dachte Nadja. *Aber ich nehme an, ohne diese Zurschaustellung von Sicherheit würde es einfach nicht* richtig *aussehen.* Sie lächelte den Execs ringsumher zu. »Bitte entschuldigen Sie mich«, sagte sie. »Der Präsident ist zurückgekehrt.«

Dunkelzahns menschliche Gestalt war eindrucksvoll, ohne prahlerisch zu wirken. Er war kleiner als Nadja und breiter gebaut. Er sah sehr jung aus, perfekt proportioniert wie Michelangelos David, und hatte olivfarbene Haut und lockige braune Haare. Nur seine Augen verrieten seinen übernatürlichen Ursprung – metallisch blau und silbern mit unnatürlich schwarzen Pupillen wie winzige Fenster in eine tiefe Leere. Nadja bemerkte, daß niemand seinem Blick lange begegnete.

Sie spürte die Berührung seiner Gedanken, als er in die Menge trat und sich an Damien Knight wandte. *Ich muß dich verlassen, Nadjaruska.* Die Gedanken des Drachen strichen über sie hinweg wie eine statische Entladung, und sie verstand sie, nicht wie Worte, sondern als seien sie eine Ausweitung ihres Bewußtseins. Sie richtete sich nicht auf und verfiel in den Trance-ähnlichen Zustand, der ihr die Übersetzung gestattete, aber sie war seit vielen, vielen Jahren bei Dunkelzahn. Ihr Geist und seiner waren inzwischen miteinander verbunden.

Dunkelzahn redete mit geschmeidiger, jugendlicher Stimme. »Ich muß Ihnen meinen Dank aussprechen. Für diese wunderbare Feier haben Sie ein großes Lob verdient.«

Knight streckte die Hand aus. »Sie verlassen uns schon so früh?«

Dunkelzahn schüttelte Knights Hand. »Bedauerlicherweise hat sich etwas Dringendes ergeben. Ich muß sofort zur Prince-Edward-Insel zurückkehren.«

»Dann auf Wiedersehen«, sagte Knight. »Nochmals herzlichen Glückwunsch.«

Dunkelzahn nickte und verabschiedete sich dann von den anderen. Die Geheimdienstleute bahnten ihm einen Weg durch die Menge, als er zu der großen Doppeltür ging.

Nadja folgte ihm aus dem lärmenden Ballsaal, dann

die Rolltreppen hinunter und durch die Lobby des Hotels. Jenseits der Trideokameras und Reporter wartete eine Limousine am Randstein, aber Dunkelzahn blieb vor der geöffneten Tür stehen.

Er drehte sich um und legte ihr die Hand auf die Schulter. Als er sie anschaute, sah sie Trauer in den Tiefen seiner uralten Augen. Seine Gedanken waren in ihrem Bewußtsein. *Ich habe bestürzende Nachrichten erhalten, Nadjaruska. Nachrichten, die mich zum Handeln zwingen, bevor unsere Feinde uns vernichten. In ein paar Tagen lasse ich dich holen.*

Nadja nickte nur.

Bis dahin wirst du meine Stimme sein, Nadjaruska. Auf Wiedersehen.

Dunkelzahn bedachte die Menge mit einem fotogenen Lächeln und stieg dann in die wartende Limousine. Ein Geheimdienstmann schloß die Tür hinter ihm, und die Kolonne setzte sich in Bewegung. Zwei Motorräder vorneweg, dann eine Sicherheitslimousine, dann Dunkelzahn. Ihnen folgten weitere Wagen der Polizei und des Geheimdienstes.

Nadja stand benommen da, und die feuchte Washingtoner Luft legte sich wie ein Tuch auf sie. *Was war so dringend?* Zwar kam es öfter vor, daß der Drache unvermittelt irgendwohin aufbrach, aber Nadja war es gewohnt, an seinen Entscheidungen teilzuhaben, insbesondere in den vergangenen Monaten, in denen sie seine Wahlkampfleiterin gewesen war.

Carla Brooks trat neben Nadja, während die Trideokameras herumschwenkten, um Dunkelzahns Limousine zu verfolgen. Die Sicherheitsleiterin war gute zehn Zentimeter größer als Nadja und trotz ihrer schlanken Statur wesentlich stärker. Brooks sah aus, als fühle sie sich in ihrem mitternachtsblauen Kleid ein wenig unwohl, und ihre muskulösen Arme und Beine schienen sich gegen den beengenden Stoff zu sträuben. Brooks war mit der neuesten Cyber- und Bioware ausgestattet und sah ziemlich umwerfend aus: schneeweiße Haare, dunkelbraune Haut, blaue Augen. Fast der genaue Gegensatz zu Nadjas porzellanfarbener Haut und den schwarzen Haaren.

Nadja sah, daß Brooks die Lippen bewegte, hörte jedoch keinen Laut. Offensichtlich gab sie ihren Sicherheitsteams über ihre Headware Anweisungen. Außerdem bemerkte Nadja das mikrofeine Glasfaserkabel, das Brooks' Datenbuchse mit einem im Innern ihres Kleides verborgenen Gefechtscomputer verband. Mimetische Isolierung machte das Kabel so gut wie unsichtbar, doch Nadja war auf derartige Beobachtungen trainiert. Sie mußte immer perfekt für die Kameras aussehen. *Perfekt* bedeutete, keine Verstärkungen, keine Makel. Keine Cyberware. Dunkelzahn war in diesem Punkt unnachgiebig gewesen, und da er die Rechnungen bezahlte, gehorchte sie.

Brooks ging ganz dicht an Nadja heran. »Dieser Anruf«, flüsterte sie kaum hörbar. »Es war Quecksilber.« Sie sah Nadja fragend an.

Nadja zuckte die Achseln. Sie wußte nichts über Ryans gegenwärtigen Auftrag. Er erzählte ihr nie etwas, und sie hatte gelernt, nicht danach zu fragen. Aber sie vermißte ihn. Mehr, als ihr lieb war. Ein jähes Gefühl der Einsamkeit überkam sie. Beim letztenmal waren sie nicht im guten auseinandergegangen.

Sie seufzte und beschloß, sich Ryan aus dem Kopf zu schlagen und weiter daran zu arbeiten, sich auf elegante Art und Weise von der Party zurückzuziehen, so daß sie noch etwas schlafen konnte, bevor der Umbau des Weißen Hauses begann. Dunkelzahn hatte tatsächlich vor, einen Großteil seiner Arbeit dort zu erledigen, und er würde nur dann seine menschliche Gestalt annehmen, wenn es absolut unumgänglich war.

»Nur Dunkelzahn weiß, woran Quecksilber arbeitet«,

sagte Brooks, deren Blick Dunkelzahns Wagenkolonne folgte, die gerade die Virginia Avenue überquerte. »Ich hatte gehofft ...«

Eine Explosion zerriß die Nacht. Dunkelzahns Limousine verdampfte in einem gigantischen Feuerball. Eine stachelige Kugel aus Plasma und sengender orangefarbener Hitze blitzte eine Sekunde lang auf.

Dann war das Feuer verschwunden, und es blieb nur seine Wirkung.

Was ist los?

In den Sekundenbruchteilen, bevor sie von der Druckwelle getroffen wurde, sah Nadja, wie die Sicherheitslimousine vor Dunkelzahns Wagen von einer unsichtbaren Woge aus Hitze und Splittern hochgehoben und nach vorn geschleudert wurde. Die Ahornbäume auf dem Mittelstreifen beugten sich unter der Druckwelle: Zweige und Äste wurden abgerissen, und Blätter verbrannten augenblicklich, obwohl kein Feuer mit ihnen in Berührung kam. Sie lösten sich in dem sengenden Wind auf.

Nadja spürte ihr Herz einmal schlagen, und sie wußte, daß sie sterben würde. Die Explosion war in zu großer Nähe erfolgt, die Bombe war zu gewaltig. Keine Zeit zu fliehen, kein Ort, der ihr Schutz geboten hätte, wenn sie hätte fliehen können.

Der Zeitablauf verlangsamte sich in diesen letzten Augenblicken. Sie sah Dunkelzahn in seiner Drachengestalt, sein Körper hatte eine geisterhaft weiße Farbe auf ihrer Netzhaut angenommen. Er war ein durchsichtiges Gespenst ohne Substanz. Der bogenförmige Kamm jeder Schuppe glomm in weißem Feuer, aber er hatte nichts Stoffliches an sich. Nichts war übrig, nur der Umriß, der sich in verzweifelter Qual wand, während sich sein uralter Leib auflöste.

Das weiße Glimmen wurde schwächer, als Dunkelzahn vor Schmerzen aufschrie, ein Donnerschlag telepathischer Qual, der in ihrem Schädel explodierte, bevor sein Schrei sie auf akustischem Weg erreichte. Im letzten Augenblick bekam sein verdampfendes Fleisch einen blutroten Schimmer.

Dann war er verschwunden, und die Druckwelle traf sie, eine Wand aus Hitze und Lärm, die sie von den Füßen hob und rückwärts durch die Glasfassade des Hotels schleuderte. Die Fenster zersplitterten und schnitten sie an tausend Stellen, während sie auf dem Plüschteppich in der Lobby landete. Immer noch am Leben. Immer noch ganz.

Wie war das möglich?

Brooks sprang neben Nadja auf und wischte sich Glassplitter vom Leib, während sie über ihr Kehlkopfmikrophon Verbindung zu ihren Sicherheitseinheiten aufnahm. Sie beugte sich über Nadja und bedeutete ihr, sich nicht zu bewegen. Brooks untersuchte Nadja auf Verletzungen, und als sie sich vergewissert hatte, daß keine Knochen gebrochen waren, half sie Nadja auf.

Was ist mit Dunkelzahn?

Nadja versuchte, durch die Menge und die zerschmetterten Eingangstüren einen Blick auf den Explosionsherd zu werfen, doch ein orkischer Sicherheitsbeamter, der zu ihr geeilt kam, versperrte ihr die Sicht. Er war groß, stämmig und vercybert und hatte einen Erste-Hilfe-Koffer in der Hand.

»Jeremy«, sagte Brooks zu dem Ork, »kümmern Sie sich um Ms. Daviar und schaffen Sie sie schnell hier raus. Sie hat ein paar Schnitte, aber nichts Ernstes.«

»Was ist mit Ihnen?« fragte Nadja.

»Ich bin in Ordnung«, sagte Brooks. »Ich weiß nicht, wie und warum, aber ich bin nicht ernsthaft verletzt.« Brooks' Augen verengten sich zu schmalen Schlitzen. »Diese Explosion hätte uns umbringen müssen«, sagte sie. »Sie hätte die gesamte Hotelfront zerstören müssen.«

»Warum ist das nicht geschehen?«

»Das weiß ich noch nicht. Ich würde auf einen magischen Schild tippen, aber in diesem Fall müßte er stärker gewesen sein als alles, was ich je erlebt habe. Und einige unserer Sicherheitsleute sagen, sie hätten gesehen, wie sich die Explosion umgekehrt hätte. Als habe eine Art Implosion stattgefunden.«

»Was ist mit Dunkelzahn?«

Brooks schüttelte den Kopf. »Das muß ich noch herausfinden.« Mit diesen Worten wandte sie sich ab und bahnte sich einen Weg durch die Menge, um sich einem ihrer Sicherheitsteams anzuschließen.

»Ms. Daviar?« Das war der Ork, Jeremy.

»Ja?«

»Ich würde gerne diesen Schnitt in Ihrer Schulter verbinden«, sagte er. »Anschließend sollten wir Sie von hier wegschaffen. Draußen wartet ein Wagen.«

»Einverstanden.«

Vier andere Wachen schlossen sich Jeremy an, und alle eskortierten Nadja durch die zerschmetterten Überreste der Eingangstüren. Jeremy hielt ihren Arm, als sie auf den mit Glassplittern übersäten Gehsteig stolperte und das Bild der Zerstörung betrachtete, das sich ihren Augen bot. In der Mitte der Allee tat sich ein gewaltiger Krater auf, der mindestens fünf Meter durchmaß und drei Meter tief war. Die Bäume im Umkreis des Kraters waren entwurzelt, umgestürzt und entlaubt, und das Gras rings um die verbrannten Stämme war durch die Hitze schwarz geworden. Taxis und Limousinen lagen überall herum wie auf den Rücken gedrehte Schildkröten, und die Hotelfenster in der näheren Umgebung waren alle zersplittert.

Bestand irgendeine Möglichkeit, daß Dunkelzahn überlebt hatte? Nadja glaubte es nicht, und als sie schlagartig diese Erkenntnis traf, wurden ihr die Knie weich.

Die Zerstörung endete jedoch abrupt. Ab der zweiten Etage waren alle Fenster vollständig intakt, und jenseits eines imaginären Radius waren alle Bäume grün und gesund, das Gras üppig und saftig. *Als hätte die Explosion einfach angehalten.*

Nadja folgte dem Bogen, der die Grenze der Zerstörung markierte, und stellte fest, daß sie und Brooks genau auf dem Rand gestanden hatten. *Glück gehabt,* dachte sie. *Wieder einmal.*

Plötzlich sah sie Ryan vor ihrem geistigen Auge, dessen kupferrotes Haar in einer Meeresbrise wehte, während sie Hand in Hand über den Strand gingen. Maui. Damals hatte er ihr gesagt, sie seien auf irgendeine Weise miteinander verbunden, und Glück gehöre mit dazu. Es hatte etwas mit ihrem Glück zu tun. Sie schienen beide außergewöhnlich viel Glück zu haben.

Ach, Ryan, was hast du nur zu Dunkelzahn gesagt? Weißt du irgend etwas über diese Sache?

Jeremy schob Nadja in eine Limousine und stieg dann neben ihr ein. Ihre Welt stürzte um sie ein, als sie sich setzte und das Blut aus ihren Schnitten den Ledersitz verklebte. Sie legte den Kopf in die Hände, und ihr wurde schwarz vor Augen. Sie wußte nicht, ob es am Schock oder am Blutverlust lag, aber sie verlor beinahe das Bewußtsein.

Was würde sie tun, wenn Dunkelzahn wirklich tot war? Das schien tatsächlich der Fall zu sein. Sein telepathischer Schrei. Wie konnte irgend etwas diese Explosion überlebt haben? Dunkelzahn war alles, was sie kannte, was ihr etwas bedeutete. Der Drache war ihr Leben gewesen. Ihre ganze Existenz war ihm gewidmet gewesen.

Jetzt hatte sich all das mit einem Schlag geändert.

3

Ryan fiel durch die Dunkelheit. Stürzte ab. In der Dunkelheit unsichtbar, schoß er dem Boden entgegen.

Er hörte die Stimme des Drachen in seinem Kopf, als er sich in der Luft drehte und einen perfekten Doppelsalto in dem Versuch ausführte, seinen Fall zu verlangsamen. Dunkelzahns Stimme klang forsch und drängend in seinem Kopf. »… dieser nächste Auftrag wird der wichtigste deines Lebens … Das Schicksal der Welt hängt von diesem nächsten Auftrag ab …

Laß mich nicht im Stich.«

Schwärze tauchte in der Hitze rings um Ryan auf.

Ich kann nicht sterben, dachte er. *Weil es dann niemanden geben wird, der Dunkelzahns Plan ausführt.*

Er wappnete sich gegen den unmittelbar bevorstehenden Aufprall.

Ich weigere mich, dich im Stich zu lassen, Dunkelzahn. Ich werde nicht hier sterben.

Jeden Augenblick …

Er bedeckte Kopf und Gesicht mit den Armen, als er die Baumkronen erreichte. Lebenseichen und Pecanobäume zerkratzten ihm Rücken und Beine. Er krachte zuerst durch die kleineren Zweige, dann prallte ein dicker Ast gegen seine Schulter. Ein anderer traf seinen Oberschenkel.

Dann war er durch das Geäst hindurch, und der Boden schoß auf ihn zu wie eine Magnetbahn. Schwarz und unnachgiebig.

Ryan rollte sich zu einer Kugel zusammen, bevor er aufschlug. Schmerzen explodierten in Schulter und Rücken, während er sich überschlug. Die Bäume mußten seinen Fall ein wenig gebremst haben, und die Neigung des Hangs schien seinen Aufprall gemildert zu haben, weil er jetzt hangabwärts rollte. Als er schließlich liegen blieb, konzentrierte er sich auf die Schmerzen und benutzte seine Magie, um sie zu verdrängen. Vorsichtig stand er auf und untersuchte sich. Am schlimmsten hatte es seine Schulter erwischt, die durch den Aufprall ausgerenkt worden war. Doch ansonsten hatte er nur Kratzer und Schrammen erlitten. Keine inneren Verletzungen. Keine größeren Fleischwunden.

Da ist wieder dieses Glück, dachte er.

Ryan konzentrierte sich eine Minute lang auf seine Schulter, wobei er den ausgerenkten Arm in eine Astgabel legte. Dann sondierte er das Gelenk mit seinem gesunden Arm und renkte es wieder ein. In ein paar Stunden würde der Arm so gut wie neu sein. Er heilte außergewöhnlich schnell.

Ryan überprüfte seine Ausrüstung, um sich zu vergewissern, daß sich nichts losgerissen hatte. Das Brusthalfter seiner Walther PB 120 ragte ein wenig über den Gurt, der seine Ausrüstung in der Taille hielt, aber die Minigranaten und der kleine Gürtel mit Wurfpfeilen waren noch an Ort und Stelle. Er rückte das Halfter zurecht und zupfte bedächtig Blätter und Zweige von seiner Kleidung. Sie würden ihm ein lautloses Vorankommen erschweren.

Der Hubschrauber über ihm suchte mit seinem grellweißen Fühler den Turm und die Bäume ab, während Ryan sich ins Unterholz duckte. Er betrachtete forschend den Hang ringsumher, wobei er seine Sehfähigkeit magisch verstärkte, um infrarot und Wärmeabstrahlungen sehen zu können, entdeckte aber nichts. Dann warf er einen Blick in den Astralraum.

Die Bäume schimmerten ringsumher, und er konnte keine Bewegung erkennen. Keine Geister oder Personen. Dann erblickte er eine Gestalt, die vor dem Hintergrund des blau-schwarzen Himmels über den Bäumen schwebte. Die Gestalt sah wie ein Mensch aus und trug ein leuchtend rotes Gewand, das funkelte, als sei es von einer Galaxie silberner Sterne umgeben.

Drek, dachte Ryan. *Ein Magier.*

Das astrale Abbild war eine Projektion seines Geistes in den Astralraum. Schamanen und Magier sowie gewisse Adepten konnten das. Ryan wußte, daß er vor der astralen Gestalt nicht fliehen konnte. Im Astralraum war eine viel schnellere Bewegung möglich als in der normalen Welt. *Aber vielleicht kann ich mich vor ihm verstecken,* dachte er.

Ryan preßte sich gegen einen Baum und rührte sich nicht mehr; er versuchte, seine Aura so zu maskieren, daß seine astrale Ausstrahlung mit derjenigen der Bäume ringsumher verschmolz. Er brauchte ein paar Sekunden, um seine Möglichkeiten gegeneinander abzuwägen. Sein Fahrzeug befand sich hangaufwärts jenseits des Zauns, ungefähr einen halben Kilometer entfernt.

Er war von der Aztechnology-Pyramide in San Antonio hergefahren, in einem Mitsubishi Runabout der Firma, da er versucht hatte, die Stadt zu verlassen, ohne seine Tarnung auffliegen zu lassen. Er war schon seit mehreren Monaten unter dem falschen Namen Travis W. Saint John aktiv. Jetzt war er praktisch aufgeflogen. Es war unmöglich für T. W. Saint John, morgen in sein Labor zurückzukehren. Ryans beste Chance bestand in dem Versuch, in der Nähe von Austin die Grenze zu den Konföderierten Amerikanischen Staaten zu überqueren.

Es war unwahrscheinlich, daß er seinen Runabout erreichen würde, ohne daß der Magier oder der Hubschrauber ihn entdeckten, aber welche andere Wahl hatte er? Konnte er sich ein anderes Fahrzeug stehlen?

Ich könnte den Hubschrauber nehmen. Damit *rechnen sie nie.*

Wie auf ein Stichwort machte die Insektenmaschine Anstalten, auf der Betonplattform neben dem alten Turm zu landen. Ryan wertete dies als Zeichen und schlich sich lautlos den Hang empor. Er benutzte seine Magie, um durch das Unterholz zu gleiten, ohne dabei die Blätter zu bewegen, und maskierte seine Aura, so daß der Magier über den Bäumen ihn nicht so leicht entdecken konnte.

Er erreichte den Rand der Betonplattform ohne Zwischenfall. Der Magier schwebte über den Bäumen hügelabwärts, während Ryan dem Hubschrauber bei der Landung zusah. Ryan duckte sich in den Schatten der Bäume und begutachtete seine Gegner.

Durch die getönte Makroplast-Frontscheibe sah Ryan den Rigger-Pilot, eine Frau mit dunklen Haaren, die zu einem ordentlichen Pferdeschwanz zusammengebunden waren. Ein Glasfaserkabel verband die Datenbuchse in ihrer Schläfe mit der Konsole.

Der Kopilot saß neben ihr und war weniger gut zu erkennen, obwohl seine Wärmeabstrahlung auf einen Ork oder Troll hindeutete. Von der Größe her tippte Ryan auf einen Ork; er hielt eine große Waffe in den Händen, die Ryan aufgrund ihrer Silhouette als Ares Alpha Combatgun identifizierte. Kurz vor der Landung öffnete sich die Seitentür des Hubschraubers, und kaum hatte die Maschine aufgesetzt, als eine Person heraussprang – ein formloser Schatten von einem Mann, der sich schnell und geschmeidig bewegte. Wie ein SimSinn-Held im Bildsuchlauf.

Ryan warf rasch einen Blick in den Hubschrauber, solange die Tür offenstand, um sich ein Bild von seinen Gegnern zu machen. Hinten saßen nur zwei Leute, beides Menschen. Einer war ein normal aussehender Konzern-Sicherheitsmann. Der andere war auf seinem Sitz zusammengesunken, höchstwahrscheinlich der Magier, der astral projizierte. Sein Geist hatte seinen Körper verlassen und flog auf der Suche nach Ryan im Astralraum umher, aber er konnte jeden Augenblick in seinen Körper zurückkehren.

Ryan machte eine Bestandsaufnahme: zwei vorne, einer davon vermutlich schwer bewaffnet, zwei hinten. *Null Problemo*, dachte er. *Wenn alles glattgeht, kann ich sie ohne Blutvergießen außer Gefecht setzen.* Ryan würde nicht davor zurückscheuen, sie zu töten, wenn es nötig sein sollte, um Dunkelzahns Anweisungen auszuführen, und er war sehr gut darin, anderen das Leben zu nehmen. Aber meistens war es nicht nötig, jemanden zu töten, um seine Ziele zu erreichen.

Dann wurde Ryans Blick von dem Mann angezogen, der ausgestiegen war.

Er sah größtenteils menschlich aus, aber ihm haftete eine Aura der Unmenschlichkeit an, die Ryan wie einen kalten Glanz spürte. In der physikalischen Welt war der Mann sehr groß, mindestens einen halben Meter größer als Ryan, und seine Dichte kündete von einem kybernetischen Rumpf und ebensolchen Gliedern. *Reiner Chrom unter seiner im Bottich gezüchteten Haut.*

Ryan entging niemals solch eine Einzelheit, obwohl der Mann dunklen, locker sitzenden Kampfdrillich trug. Sein Kopf war auf eine unheimliche Weise symmetrisch und zu klein für seine massigen Schultern und die gewaltige Brust. Und seine Beine waren merkwürdig proportioniert – die Unterschenkel waren viel zu lang für seine Größe.

Dieser Chummer ist größtenteils eine Maschine. Ein Cyberzombie.

Ryan hatte von solchen Kreaturen gehört, aber dies war die erste, der er in Fleisch und Chrom begegnete. Der größte Teil ihrer Seele war verschwunden, und sie waren außerordentlich gefährlich. Roboter, bei denen die Fähigkeit der Unterscheidung zwischen tot und lebendig eher dürftig ausgeprägt war.

In der einen Hand hielt der Mann eine schußbereite Netzpistole. Die andere war im Augenblick leer, aber an seinen Gurten hing ein beachtliches Arsenal. Im Astralraum war der Mann ein Feuerwerk, ein Sammelpunkt von Magie und Schnelligkeitszaubern. Seine Aura war ein dunkler Schatten inmitten der Leuchtfeuer. Ryans Haut kribbelte, als er sie betrachtete. Die Aura war irgendwie vom Körper getrennt. Phasenverschoben, wenn das überhaupt möglich war.

Ryan hatte noch niemals etwas Derartiges gesehen. Ihm fiel auf, daß der Astralraum an den Stellen, die der Cyberzombie passierte, ein wenig zu verschwimmen schien. Diese Kreatur vergiftete den Astralraum durch ihre bloße Existenz. Gerüchten zufolge dienten mächtige Zauber, die intensiviert und dadurch permanent wurden, als eine Art Haltestrick für die Seele von jemandem, der so viel Maschinerie in seinen Körper aufgenommen hatte. Verdammt unnatürlich.

Dann sah er den Beobachtergeist, ein kleines blutunterlaufenes Auge, das über der Aura des Cyberzombies schwebte. Der Beobachter sah Ryan, schaute ihn direkt an, rührte sich jedoch nicht. Er hatte offenbar eine andere Aufgabe. *Wahrscheinlich die, irgendeinen Magier oder Schamanen zu warnen, falls irgendwelche großen astralen Ekelpakete zu großes Interesse an unserem Robo-Kerl entwickeln.*

Ryan wechselte wieder auf die physikalische Ebene und holte ein paarmal kontrolliert Luft, um sich zu konzentrieren. *Also haben sie vor, mich gefangenzunehmen,* dachte er, als sein Blick wieder auf die Netzpistole fiel. *Interessant. Das erleichtert mir die Flucht sehr. Ich brauche nur an diesem Robo-Kerl vorbeizukommen, bevor der Hubschrauber abhebt. Die anderen Burschen sind kein Problem.*

Der Cyberzombie beobachtete die Umgebung mit äußerster Konzentration, und Ryan befürchtete plötzlich, seiner Tarnungsmagie könnte es vielleicht nicht gelingen, seine Wärmeabstrahlung vor der Infrarotsicht der Kreatur zu verbergen. Doch ihr Blick wanderte ohne jedes Zögern über ihn hinweg, und der Mann drehte sich, um die ganze Lichtung zu erfassen.

Ryan verhielt sich absolut reglos und still und wartete auf eine günstige Gelegenheit, in Aktion zu treten. Er sah, wie der Cyberzombie einen Taser aus einem seiner Gürtel zog und zum Rand der Betonplattform ging. Die Bewegungen des Robo-Kerls waren unglaublich flüssig und schnell, entschlossen und präzise.

Er könnte sogar schneller als ich sein, dachte Ryan, was beängstigend war, weil er niemanden außer Dunkelzahn kannte, der ihn im Kampf an Schnelligkeit übertraf. *Am besten, ich vermeide einen Kampf mit diesem Burschen. Der Ausgang wäre zu ungewiß.*

In diesem Augenblick steigerte sich der Lärm der Rotoren zu einem ohrenbetäubenden Brüllen, und der Hubschrauber hob langsam vom Boden ab. Ryan rannte blitzschnell zu der offenen Seitentür. Einer der Insassen streckte gerade die Hand aus, um die Tür zu schließen, als Ryan ihm einen Narkosepfeil in die Brust schoß. Lautlos, schnell und mit nachhaltiger Wirkung. Der Pfeil bohrte sich mit einem kaum hörbaren *plop*, das im Dröhnen der Motoren unterging, bis zum Schaft in die Seite des Mannes.

Der Mann erstarrte nach zwei Herzschlägen, brach dann zusammen und wäre aus der offenen Tür gefallen, wenn Ryan ihn nicht festgehalten hätte. Ryan sprang in den Hubschrauber, ließ den Bewußtlosen zu Boden sinken und glitt dann so schnell über ihn hinweg, wie ihn seine magisch verstärkten Muskeln trugen. Er rammte einen zweiten Pfeil in den reglos daliegenden Körper des Magiers – ein Mensch in lohfarbener Aztech-Rüstung mit einem Rangabzeichen der Jaguargarde auf der Schulter.

Damit er nicht aufwacht und mich mit einem Zauber angreift.

Ryan zog seine Pistole und drückte dem Kopilot mit einer geschmeidigen, geübten Bewegung den Lauf an die Schläfe. »*Cállete!*« bellte Ryan. »Keinen Laut, *pendejo*. Oder dein Hirn ziert die Frontscheibe.«

Der Kopilot war ein Ork mit offensichtlich aufgepeppten oder verdrahteten Reflexen, aber angesichts des kalten Metalls von Ryans Pistole auf seiner warzigen Haut leistete er keinen Widerstand. Der Ork hob langsam die Hände und gestattete Ryan, ihm seine Ares Alpha Combatgun abzunehmen.

Ryan hatte keine Zeit, sich lange mit dem Kopilot zu befassen, also stach er ihm mit einem Pfeil in den Hals. Es dauerte ein paar Sekunden länger als bei den anderen, bis der massige Körper auf dem Sitz zusammensank, aber dann war der Ork außer Gefecht.

All das hatte sich so schnell abgespielt, daß die in die externen Sensoren des Hubschraubers eingestöpselte Rigger-Pilotin nichts davon mitbekommen hatte. *Das wird sich rasch ändern*, dachte Ryan. *Wenn sie die Innenkameras überprüft.* Ryan bezog Stellung hinter dem Sitz der Riggerin und hielt ihr die Pistole an die Schläfe. Er hoffte, daß sie Angst vor dem Tod hatte, weil er sie brauchte, um den Hubschrauber zu fliegen. Er zog es ohnehin vor, seine Gegner nur kampfunfähig zu machen, es sei denn, sie mußten aus irgendeinem Grund sterben, doch jetzt konnte er es sich nicht einmal erlauben, die Pilotin zu betäuben. Zwar würde er sich möglicherweise mit den Kontrollen zurechtfinden, aber er war dieses Modell noch nie geflogen, und die Vorstellung, es unter diesen Umständen zu lernen, gefiel ihm nicht im geringsten.

Der Hubschrauber schwebte ungefähr drei Meter über dem Boden und neigte sich gerade nach vorn, um loszufliegen, als der Boden abrupt zur Seite kippte. Der Hubschrauber neigte sich nach rechts und richtete sich dann wieder auf. *Diese Riggerin braucht offenbar eine schmerzhafte Lektion*, dachte Ryan. Er wußte genau, welchen Nervenknoten er treffen mußte.

Doch es lag nicht an der Riggerin. Aus dem Augenwinkel sah Ryan die riesige Gestalt des Cyberzombies, der sich durch die offene Tür des Hubschraubers zog. Er war vom Boden hochgesprungen, und sein Gewicht war der Grund, warum der Hubschrauber sich zur Seite geneigt hatte.

Was, zum ...?

Ryan fuhr zu ihm herum und gab zwei Schüsse ab, die ihn in den Kopf hätten treffen sollen. Doch der Cyberzombie war schnell und hatte bereits mit einer Ausweichbewegung begonnen. Eine der Kugeln traf seine Schulter und prallte mit einem metallischen *ping* ab. Die andere verfehlte ihn.

Der Cyberzombie schoß seine Netzpistole in dem Augenblick ab, als Ryan in das Cockpit tauchte. Die Polykarbonfasern dehnten sich aus, als die Treibladung das Netz in Ryans Richtung schleuderte. Doch im Inneren war es zu beengt, und es war nicht genug Platz für das Netz, um sich vollständig zu öffnen. Es traf die mit Plastik überzogene Metallwand über dem reglosen Körper des Magiers der Jaguargarde. Das Hartplastik knackte unter der Wucht des Aufpralls, aber das Netz verfehlte Ryan.

Ryan zog eine Minileuchtgranate aus seinem Gurt und warf sie auf den Cyberzombie. Der Bursche beobachtete wie in Zeitlupe den Flug der Granate, er schien von der komplizierten Eigenrotation der Granate fasziniert zu sein. Der absurde Augenblick dauerte eine Ewigkeit, als beobachte man die Drehbewegungen eines Meteors bei null G, und da bemerkte Ryan den Namen, der in den fleischfarbenen Arm des Mannes eingebrannt war. Modulare Buchstaben in mattem Grau ergaben das Wort ›BURNOUT‹.

Dann ging die Granate hoch, und ein Blitz wie von tausend Sonnen leuchtete in der Dunkelheit auf. In genau diesem Augenblick sprang Ryan den Cyberzombie – Burnout – an. Ryan prallte mit der Schulter gegen seine Brust und schleuderte ihn durch die Seitentür. Burnout erwachte aus seiner kurzen Starre, als die Granate explodierte, und Ryan konnte die augenblickliche Kontraktion seiner kybernetischen Pupillen beinahe sehen.

Ryan wußte, daß der elektronische Blitzkompensator die blendende Helligkeit eine Mikrosekunde lang mit einem Duplikat des letzten gespeicherten Bildes überspielte, bis ein neues Bild empfangen werden konnte. Es war diese Mikrosekunde, in der Ryans Schulter gegen den Rumpf des Cyberzombies prallte. Doch der Mann war schwer, mindestens zweihundert Kilo aus hartem Metall und synthetischen Muskeln. Es war, als pralle er gegen eine Marmorstatue, und auf diese Entfernung stieg Ryan der Geruch nach synthetischen Schmiermitteln in die Nase, der ihn beinahe würgen ließ.

Ryan setzte seine gesamte Kraft ein. Der Cyberzombie taumelte in diesem Augenblick betäubter Sinneswahrnehmung zurück und durch die Seitentür. In das Heulen des Windes unter den Rotoren des Hubschraubers, in dem es stechend nach Schießpulver roch. Ryan ließ im letzten Augenblick los, und Burnout schwankte in der Tür. Sein freier Arm ruderte wild hin und her, während er nach einem Halt Ausschau hielt.

Ryan konzentrierte sich auf einen magischen Angriff – einen psychokinetischen Schlag, der keinen Körperkontakt erforderte. Er machte eine Handbewegung, als wolle er den Cyberzombie endgültig durch die Tür stoßen. Und obwohl Ryan ihn nicht berührte, landete sein Schlag auf Burnouts Brust.

Der Cyberzombie grunzte, als er getroffen wurde,

und taumelte rückwärts. Noch eine Sekunde, und er würde fallen. Der Hubschrauber schwebte zehn Meter über den Baumwipfeln. Ein Sturz aus dieser Höhe war gleichbedeutend mit ernstlichen Verletzungen. Dann hörte Ryan das Geräusch geölten Metalls, als die Finger von Burnouts freier Hand zurückschnellten und Teleskopfinger aus Chrom sichtbar wurden. Blut tropfte aus den Rissen in der Haut, wo die Finger gebeugt waren. Die ausfahrbaren Finger schossen wie winzige Greifschwänze vor und wickelten sich um den Haltegriff wie blutfarbene Chromschlangen. Burnout hielt sich fest.

Ryan schoß mit seiner Pistole auf die exponierte Gestalt des Cyberzombies, und mehrere Kugeln trafen, aber die Munition der Walther hatte nicht genug Kraft, um Burnouts Panzerung zu durchschlagen. Dann fiel Ryan die Ares Alpha des Kopiloten ein. Er bückte sich und hob sie auf, während Burnout sich in den Hubschrauber zog. Ryan richtete das schwere Maschinengewehr auf den Cyberzombie und drückte ab.

Doch Burnout hatte seine Balance wiedergefunden und schwang die Netzpistole in einer blitzschnellen Bewegung, so daß ihr Kolben den Lauf der Ares traf. Die Kugelsalve knatterte los, bevor der Rückstoß durch Ryans Hände zuckte und ihm die Waffe entrissen wurde. *Der Wichser ist stark.* Ein paar Kugeln mußten getroffen haben, weil Burnout zusammenzuckte. Dann krachte die Combatgun auf den gerippten Stahlboden und rutschte unter die Sitze.

Ryan versuchte zurückzuweichen, um mehr Platz für einen Angriff zu haben, doch sein Rücken stieß gegen die Wandung des Hubschraubers. Es *gab* nicht mehr Platz. *Drek*, dachte er. *Was jetzt?*

Burnout schwang die Netzpistole erneut, schnell wie der Schwanz eines Skorpions, und versuchte Ryan mit dem Kolben zu treffen. Ryan duckte sich, und Burnouts

Hieb krachte gegen die Wandung, zerschmetterte Hartplastik und beulte das Metall ein. Die Netzpistole verbog sich beim Aufprall.

Er versperrt mir den Fluchtweg, dachte Ryan, als Burnouts massige Gestalt vorrückte.

Ryans Angriff war schnell und elegant, eine auf die Knie gezielte Beinschere. Der Versuch, seinen Gegner aus dem Gleichgewicht zu bringen, so daß er diesen Sekundenbruchteil ausnutzen und an dem gefallenen Cyberzombie vorbei und entkommen konnte. Doch er traf nur ein Knie, und obwohl es sich zur Seite bog, reichte es nicht, um Burnout ins Stolpern zu bringen.

Dann packte eine der Hände des Cyberzombies Ryans Knöchel, indem sie zustieß wie eine Klapperschlange, bevor Ryan Gelegenheit hatte, den Fuß zurückzuziehen. Ryan spürte, wie sich die kybernetischen Finger wie ein hydraulischer Schraubstock durch seinen Nachtanzug preßten. Er drehte sich und zog, landete einen konzentrierten Tritt auf Burnouts Handgelenk in dem Versuch, seinen Griff zu brechen. Ohne Erfolg. Der Cyberzombie hielt mit unmenschlicher Kraft fest, und seine Finger brachen fast Ryans Fußknöchel.

Ryan versuchte es erneut mit seinem magischen Distanzangriff, ein Aufwärtshaken gegen die Kehle, irgend etwas, egal, was, um loszukommen. Doch als der Hieb traf und Burnouts Kopf in den Nacken ruckte, hörte Ryan das leise Geräusch von Metall auf Metall. Sein Blickfeld verengte sich, als er auf Burnouts Handgelenk starrte und die Nadel hervortreten sah, an deren Spitze ein Tropfen einer milchigen Flüssigkeit glänzte.

Das Brüllen des Windes draußen verstummte. Der Geruch nach Schießpulver verschwand. Ryans gesamte Existenz konzentrierte sich auf diesen lautlosen, seidigen Tropfen, der an der scharfen Nadel herunterglitt, die aus dem Handgelenk des Cyberzombies ragte.

Und dann die zeitlupenhafte Surrealität des langen eisigen Einstichs, als die Nadel in seinen Wadenmuskel drang. Kurz vor dem Ende überfiel ihn schlagartig die Erkenntnis, daß er gegen diese Maschine verloren hatte. Und das sichere Wissen, daß Dunkelzahns Plan scheitern würde, weil er verloren hatte. *Ich habe dich im Stich gelassen, Meister. Es wird mir auf ewig leid tun.*

Dann breitete sich die eisige Taubheit in seinem Bein aus und lähmte seine Muskeln. Sein Blickfeld verengte sich, bis nur noch die tintige Schwärze des Vergessens da war.

Ryan Mercury war nicht mehr.

12. August 2057

4

Nadja saß am Schreibtisch ihres Büros in Lake Louise und starrte versonnen aus dem Fenster. Versuchte zu begreifen, was in den vergangenen drei Tagen seit … seit der schrecklichen Explosion vor dem Watergate-Hotel geschehen war.

Seit Dunkelzahns Tod.

Drei Tage, aber die Szenerie stand ihr immer noch so deutlich vor Augen wie das Nachbild eines Blitzes. Die Lautlosigkeit der Zerstörung, Dunkelzahns telepathischer Aufschrei, der mit seiner Kraft jedem Nerv in ihrem Körper einen Stromstoß versetzte. Das Wesen, das ihr Mentor, Idol, Wohltäter und Freund gewesen war, gab es nicht mehr.

Ihr Büro war in Unordnung. Überall lagen Stapel von Ausdrucken herum, und unter den Papieren waren Chips und CDs verstreut. Der Papierkorb quoll über von zerkleinerten Dokumenten, gelöschten Datenchips und den Überresten ihres Mittagessens, das sie kaum angerührt hatte. Der Anblick war ein scharfer Kontrast zu Nadjas makelloser Erscheinung.

In den vergangenen zwei Tagen seit Dunkelzahns Tod hatte Nadjas Leben sich völlig verändert. In der Explosionsnacht hatte Carla Brooks sie aus Sicherheitsgründen nach Lake Louise zurückgeschickt. Der Bau des Drachen schmiegte sich an einen massiven Hang des Mount Hector, der ein Teil der alten kanadischen Rocky Mountains war. Technisch gesehen befand sich Lake Louise auf Salish-Shidhe-Territorium, aber diese Nation behandelte den Besitz des Drachen wie ein eigenständiges Lehen, insbesondere deshalb, weil Dunkelzahn sich dort seit dem Jahre 2014 aufhielt. Erst drei Jahre später hatte der Große Geistertanz die Amerindianer von der rassistischen Unterdrückung der Regierung der alten Vereinigten Staaten befreit.

Nadja wußte nicht, ob dieser Zustand sich nun nach Dunkelzahns Tod ändern würde. Erst vor zwei Tagen hatte sie erfahren, daß sie von Dunkelzahn zu dessen Testamentsvollstreckerin bestimmt worden war, eine Aufgabe, welche die Gründung eines neuen Konzerns erforderte – der Draco-Stiftung. Ihr Arbeitspensum schoß zusammen mit der Macht ihrer neuen Stellung in den Himmel. Sie hielt die Zügel eines neuen Megakonzerns in den Händen. Sie würde an ungefähr fünfhundert Personen und Konzerne, die sowohl im öffentlichen als auch im privaten Teil von Dunkelzahns Letztem Willen aufgelistet waren, Vermögen verteilen.

Heute hatte sie erfahren, daß der jetzige Präsident Kyle Haeffner sie als Vizepräsidentin der Vereinigten Kanadischen und Amerikanischen Staaten nominiert hatte. Sie würde über beträchtlichen politischen Einfluß verfügen, um Dunkelzahns Vorhaben weiterzuführen. Ihre Nominierung hing von den Erkenntnissen der Scott-Kommission ab, die den Anschlag auf Dunkelzahn untersuchte und tatsächlich auch sie selbst als Verdächtige überprüfte.

Es war eine geschäftige Woche, dachte sie, wobei sie

versuchte, über diese Untertreibung zu lachen. Es gelang ihr nicht. Es gab einfach zu viel, worüber sie nachdenken mußte.

Sie hatte vorgehabt, in den Bundesdistrikt Columbia zurückzukehren, um Dunkelzahns Testament vorzulesen, doch in Washington war es zu Unruhen gekommen, und die Gewalttaten hatten sich auf den ganzen Sprawl und dann auf den ganzen Kontinent ausgeweitet. Trotz ernsthafter Bemühungen der Truppen Lone Stars, Knight Errants, der UCAS und Ares' schienen die Unruhen nicht abzuflauen.

Angesichts ihres gewaltigen und ständig anwachsenden Arbeitsberges zwang Nadja sich jetzt, tief durchzuatmen und sich zu konzentrieren. Sie nahm sich einen Moment Zeit, um den Ausblick von ihrem Bürofenster zu bewundern. Sie liebte Lake Louise. Die Aussicht war atemberaubend – schneebedeckte Gipfel, die in der Sonne glänzten, steile bewaldete Hänge, die gletscherbedeckte Felswand, die in einem matten blauweißen Schein leuchtete. Ihr Büro befand sich in einem der verspiegelten Glasgebäude am Rande der Drachenhöhle. Sie war froh, daß es vom VisionQuest Vergnügungspark isoliert war, der gnädigerweise jenseits von einer der gewaltigen Flanken des Mount Hector lag und nicht zu sehen war. VisionQuest war ein hochmodernes Forschungszentrum für Virtuelle Realität und gleichzeitig ein riesiger Vergnügungspark. Dunkelzahn hatte das ganze Unternehmen vor vielen Jahren von Ares Macrotechnology erworben, und Nadja fragte sich noch immer, warum Damien Knight es verkauft hatte. VisionQuest erwirtschaftete in jedem Jahr einen riesigen Profit.

Zu ihrer unmittelbaren Linken konnte Nadja die riesige Öffnung im Fels sehen. Dies war der ›officielle‹ Eingang der Drachenhöhle, und er war durch die beste magische und technologische Sicherheit geschützt, die es gab.

Zumindest hatte Nadja das geglaubt. Aber sie hatte auch geglaubt, daß Dunkelzahn unverwundbar war. Und diese Annahme war falsch gewesen, Dunkelzahn war tot.

Es besteht immer noch die Möglichkeit, daß er noch lebt, machte Nadja sich klar, obwohl sie nicht wirklich glaubte, daß er überlebt hatte. Sie wollte die Hoffnung nicht aufgeben, doch jede Erinnerung, die sie an die Explosion hatte, jede Einzelheit wies darauf hin, daß der Drache umgekommen war. Und wenn er noch lebte, wohin war er dann verschwunden? Ihr Kontakt mit ihm war noch nie länger als einen Tag unterbrochen gewesen, seit sie ihn an jenem schicksalhaften Abend in Paris kennengelernt hatte.

Sie konnte sich noch gut an seine menschliche Gestalt erinnern, wie er inmitten einer kleinen Menge gestanden und über *Die Versetzung Wiens* diskutiert hatte, eines von Alonés Gemälden. An sein jungenhaftes Gesicht und seine Hände, an seine uralten Augen. Er hatte sie angesehen und mit seinem Geist in sie geschaut, und ein klares Lächeln war über sein makelloses Gesicht gehuscht. Dann hatte er sich bei den anderen entschuldigt und war zu ihr gegangen.

Zwischen ihnen waren Funken übergesprungen. Er hatte einen Teil ihrer Seele berührt, in dessen Nähe sie niemanden kommen ließ. Zu viele hatten es in den zurückliegenden Jahren versucht. Zu viele waren seit dem Tod ihrer Eltern ausgeschlossen worden. Es war, als hätte sie diesen Teil ihrer Seele für Dunkelzahn reserviert. Es war nichts Sexuelles. Es war nicht romantisch. Es war eine simple Verbindung, Freundschaft auf einer so instinktiven, natürlichen Ebene, daß sie sich nicht leugnen ließ.

Nadja verdrängte die Erinnerung. Sie wischte sich über die Augen und verfluchte sich für ihre Schwäche zu einem Zeitpunkt, da sie stark sein mußte. *Wenn ich doch nur mit Ryan reden könnte,* dachte sie. *Vielleicht bringt er etwas Licht in das Dunkel.*

Doch Ryan hatte sich nicht gemeldet, obwohl Nadja wußte, daß er es versucht haben würde, sobald er von Dunkelzahns Tod erfahren hatte. Ryan Mercury war vermutlich die einzige Person, die dem Drachen ebenso nahegestanden hatte wie sie.

Nadja überprüfte ihr Spiegelbild im dunklen Telekomschirm. Sie holte tief Luft, schob eine verirrte Strähne ihrer schwarzen Haare zurück und setzte ein Lächeln für das Telekomgespräch auf.

»Gordon«, sagte sie zu ihrem Sekretär. »Verbinden Sie mich bitte mit Jane-in-the-box.«

»Jawohl, Miss Daviar«, erwiderte Gordon. »Augenblick, bitte.«

»Danke.«

Eine Minute später erschien Janes Icon auf dem Bildschirm. Die Persona der Deckerin war eine idealisierte Frau mit wallenden blonden Haaren, unglaublich langen Beinen, riesigen, der Schwerkraft trotzenden Brüsten und winzigen Füßen. Sie trug eine rote Lederhose und eine tief ausgeschnittene Jacke, die sich über ihrem Busen spannte.

Das Bild ließ ein Lächeln über Nadjas Gesicht huschen. Sie kannte Jane – eine magere, hausbackene Brünette mit mehr Intelligenz als Weiblichkeit. Ihre Benutzung dieser Persona war eine Aussage über die Lächerlichkeit des gesellschaftlichen Bildes von der Idealfrau.

»Nadja«, sagte Jane. »Was kann ich für Sie tun?«

»Ich möchte Sie um einen Gefallen bitten.«

»Schießen Sie los.«

»Zuerst würde ich gern wissen …« Nadja suchte nach dem richtigen Wort und fand es. »Wie *loyal* Sie mir gegenüber sind, nun, da Dunkelzahn tot ist.«

Janes Icon lächelte entspannt. »Kein Grund zur Sorge, Nadja«, sagte sie. »Ich war Dunkelzahn wegen seiner Ziele ergeben. Jetzt, wo er tot ist, bin ich diesen Zielen nicht weniger verpflichtet.«

Nadja hätte sich fast auf ihrem Stuhl zurückgelehnt. *Ausgezeichnet.* Aber sie wollte ihre Erleichterung nicht zu deutlich zeigen. »Ich habe nichts anderes erwartet«, sagte sie. »Bei dem Gefallen geht es um Quecksilber.«

»Ja?«

»Ich brauche jede Information, die Sie über seine Tätigkeit haben, und ich muß wissen, wie ich mich mit ihm in Verbindung setzen kann.«

»Ich kann Ihnen eine Aufzeichnung seines letzten Gesprächs mit Dunkelzahn geben.«

»Bitte tun Sie das.«

»Ich meine, Sie sollten persönlich herkommen. Die Daten sind ziemlich heikel – zu heikel, auch für Glasfaserkabel.«

Nadja musterte Jane durchdringend. »Sie haben mitgehört?«

Janes Icon nickte.

»Können Sie irgendwelche Schlußfolgerungen ziehen?«

»Ja. Quecksilber sollte sofort zurückkehren. Mittlerweile hätte er längst hier sein müssen.«

»Er hat sich nicht mehr gemeldet?«

»Nein.«

Nadja rutschte auf ihrem Stuhl herum, versuchte es jedoch so verstohlen wie möglich zu tun, um sich nichts von dem Unbehagen anmerken zu lassen, das sie empfand. »Ich möchte, daß Sie ihn aufspüren, Jane«, sagte sie. »Setzen Sie ein, was immer Sie brauchen. Spüren Sie ihn auf und schaffen Sie ihn hierher.«

»Ich habe gehofft, daß Sie das sagen würden«, sagte Jane.

Nadja unterbrach die Verbindung und stand auf. Dann verbrachte sie ein paar Minuten damit, ihre Muskeln zu dehnen, wobei sie ihre Yoga-Techniken benutzte, um sich zu entspannen. Es war wichtig, sich weiterhin voll auf die Arbeit zu konzentrieren. Sie mußte mit Ryan sprechen, um in Erfahrung zu bringen, was er über Dunkelzahns Tod wußte, aus keinem anderen Grund.

Warum mache ich mir dann solche Sorgen um ihn? dachte sie. *Warum muß ich trotz der vielen Arbeit, die ich habe, immer an ihn denken?*

Die Antwort schoß ihr durch den Kopf, und sie versuchte sie zu ignorieren. Aber sie konnte es nicht, und die Antwort nistete sich in ihrem Verstand ein und füllte sie aus. Ließ sie erzittern. Die schlichte, unbestreitbare Wahrheit erfüllte sie mit Schwäche. Sie schlug die Hände vor das Gesicht und spürte, wie ihr die Tränen in die Augen traten.

Ich liebe ihn.

5

Er wälzte sich auf der harten Matratze herum, und das Laken brannte rauh auf seiner wunden Haut, während er von der Vergangenheit träumte.

Zu seiner Linken leuchtete plötzlich ein winziger Lichtpunkt auf. Er trieb in einer Strömung aus dunkler Seide und wehrte sich gegen den sanften Zug des erhabenen Gewebes. Der Punkt wuchs, als er sich ihm näherte. Oder vielleicht näherte sich der Punkt auch ihm. Er wußte es nicht.

Das Licht überholte ihn lautlos und mit einer unerbittlichen Gelassenheit. Und als es das tat, brachte es eine Erinnerung mit sich …

Die sensorischen Einzelheiten des Raums schlugen wie eine Flutwelle über ihm zusammen. Sein Kopf stand in Flammen, die Nervenenden im Nacken und in der Kopfhaut schrien. Blut lief ihm aus einem Mundwinkel über das Kinn, und er hatte seinen Eisengeschmack scharf auf der Zunge. Dann erkannte er, daß er sich nicht bewegen konnte. Seine Hände und Füße waren gefesselt und an einen Holzstuhl gebunden. Seine Handgelenke brannten, so stramm saßen die Fesseln, und die Muskeln schmerzten, als sei er geschlagen worden.

Der Raum, in dem er sich befand, roch muffig, der uralte blaue Teppichboden zeigte ein grau-weißes Rautenmuster. Und er roch alt. Oder vielleicht waren es auch die von der Decke bis zum Boden reichenden Vorhänge in demselben dunklen Farbton, aber ohne das Rautenmuster und mit schwarzen Flecken am oberen und unteren Rand.

Was ist das für ein Ort? Warum bin ich hier?

Wer bin ich?

Der Raum war sehr dunkel und wurde lediglich von einer Taschenlampe erhellt, die eine der Personen, welche ihn umringten, in der Hand hielt. Er konnte ihre Wärmeabstrahlung in der Dunkelheit sehen. Es waren drei – eine Trollfrau, riesig in ihrer roten Robe, die mit arkanen Symbolen bedeckt war, eine Menschenfrau mit Narben auf ihrer weißen Haut, die wie Runen aussahen, und die dritte ... Anscheinend ein bärtiger Mensch, aber er hatte etwas Merkwürdiges an sich. Etwas Leeres, Nichtssagendes, wie Cyberware aus dem Astralraum betrachtet. Aber es war keine Cyberware.

Er konnte sich nicht an ihre Namen erinnern, obwohl er sicher war, daß er es eigentlich mußte. Besonders an den des merkwürdigen Mannes. Er kannte ihn. In der Dunkelheit konnte er seine Züge nicht erkennen. Die Schatten schienen sich in seiner Umgebung zu verdunkeln. Der Rest des Raums war mit alten Tischen und Stühlen in verschiedenen Stadien des Verfalls und der Zerstörung möbliert. Wie in einem alten Restaurant oder einer Kantine. Zu seiner Linken sah er die staubige Reflexion eines riesigen Aquariums, das schon unendlich lange trocken war.

»*Basta ya*«, sagte die Trollfrau, deren gekrümmtes einzelnes Horn auf ihrem Kopf die Decke berührte, als sie sich aufrichtete. »Ich habe alles aus ihm herausgeholt, was ich kann.«

»Mr. T. W. Saint John«, sagte die andere Frau, »wurde vor vier Monaten von Fuchi übernommen. Wir haben eine Menge für sein Insider-Wissen bezahlt. Er hat im HQ in Tenochtitlán am Projekt des künstlichen Magiers gearbeitet. Vor drei Tagen hat er sich auf den Weg nach San Antonio gemacht, wohin er vorübergehend versetzt werden sollte. Wir haben seinen Firmenwagen einen Kilometer von hier entfernt gefunden.

Aber meine Gedankensonde hat ergeben, daß sein Name Ryan Mercury ist. Die Daten über seine DNS und Netzhaut müssen für die Saint-John-Identität gefälscht worden sein.«

Ryan Mercury? T. W. Saint John? Die Namen sagten ihm nichts.

»Was noch?« fragte der bärtige Mann.

»Nada. Sein Geist ist leer, als wehre er sich, aber das ist unmöglich. Er hat nicht die Kraft.«

»Er wehrt sich nicht, Gretchen«, sagte die Menschenfrau mit den Runennarben auf der Haut. »Etwas anderes behindert die Gedankensonde. Er trägt eine komplexe Maske, die ich nicht durchbrechen kann. Das könnte es sein.«

Der bärtige Mann trat vor. »Wir haben keine Zeit mehr zu verschwenden. Ryan Mercury ist uns bekannt. Er ist einer von Dunkelzahns Agenten. Mehr brauchen wir nicht zu wissen. Versucht es noch mit einigen … *konventionelleren* Verhörtechniken. Danach tötet ihn.«

»Jawohl, Señor Oscuro.«

Ein Trideogerät, das Ryan zuvor nicht bemerkt hatte, erwachte zum Leben. Der Oberkörper eines Mannes wurde sichtbar – dunkelbraune Haare, dunkelblaue Augen, weiße Haut. Jung und ziemlich gutaussehend. Er trug einen Anzug mit Krawatte. Seine Stimme hallte tief und dröhnend aus den Lautsprechern und durch den Raum. »Darke?«

Der bärtige Mann, der Oscuro genannt wurde, drehte sich zu der Trideoeinheit um. »Ah, Mr. Roxborough, welchem Umstand habe ich diese Unterbrechung zu verdanken?«

Ryan fiel auf, daß Mr. Roxboroughs Bild seltsam aussah, wenn er sich bewegte. Es war eine sehr subtile Angelegenheit. Die Maserung seiner Haut schien zu gleichförmig zu sein, und die Symmetrie seines Gesichts kam Ryan unheimlich vor.

»Ich hätte den Mann gern für meine Experimente«, donnerte Roxborough auf englisch mit starkem britischen Akzent. »Ist es möglich, ihn für mich am Leben zu erhalten?«

»Dieser Mann ist sehr gefährlich …«

»Meine Leute sind absolut fähig, mit ihm fertig zu werden.« Roxborough lächelte, und sein Selbstbewußtsein schien vom Bildschirm in den Raum zu strahlen. Dann strich sein Blick über Ryan. »Er hat genau den Körper, auf den ich gewartet habe. Ich werde Sie mit Freuden für Ihre Mühe entschädigen.«

Darke dachte ein paar Sekunden nach. »Also gut«, sagte er. »Obwohl eine Entschädigung unnötig ist. Ich verlange nur, daß Sie mir zwei Dinge versprechen. Erstens; wenn Ihre Biologen oder Magier irgend etwas über seine Vergangenheit oder seine Verbindung zu Dunkelzahn herausfinden, werden Sie es mir sofort sagen.«

»Selbstverständlich.«

»Und zweitens; töten Sie ihn, wenn Sie fertig sind.«

Roxborough nickte. »Gewiß. Ich werde sofort ein Team schicken, um ihn abzuholen.«

Das dreidimensionale Bild erlosch, und Darke wandte sich wieder den anderen zu. Gretchen, die Trollfrau, hatte einen schweren mit Gummi überzogenen Schlauch aus Metall unter einem der Tische hervorgeholt. Sie sah Darke fragend an.

Der bärtige Mann nickte. »Fahren Sie fort«, sagte er. »Ich bin draußen am See und überwache die Freilegung. Informieren Sie mich, wenn er irgend etwas sagt.«

Gretchen lächelte. »Selbstverständlich, Señor.«

Darke wandte sich ab und verschwand in den Schatten. Als er nicht mehr zu sehen war, verfolgte Ryan seinen Weg anhand der Geräusche seiner Schritte. Der Mann ging etwa sechs Meter weit auf dem Teppich, bevor er harte Fliesen betrat. Zwei Meter weiter, schätzte Ryan, passierte er eine Tür. Wenn er seine Fesseln lösen konnte, war vielleicht eine Flucht möglich.

»Jetzt«, sagte Gretchen, die den Arm schwang, um sich aufzuwärmen, »*wirst* du reden. Du wirst mir sagen, wer du bist und was du hier vorhattest.«

Ryan wußte, was ihn erwartete, und biß die Zähne zusammen. Die Trollfrau schlug ihn, und er sagte nichts. Schmerzen explodierten an den Stellen, die sie traf, aber die Schmerzen gingen vorüber. Jedesmal, wenn der Schlauch heruntersauste, empfand Ryan den Schmerz wie einen Stromstoß, dann war er verschwunden, von seiner Magie verdrängt. Der Schlauch traf seinen Rücken, seine Beine, die Brust, die Arme. Er wurde auf den Kopf und in den Unterleib geschlagen.

Gretchen irrte sich. Ryan redete nicht. Doch bei jedem Schlag, der auf ihn niederprasselte, blieben die Schmerzen länger, bis seine Magie nachgab. Abrupt überfielen ihn alle Schmerzen gleichzeitig, und sein Körper bockte unter der jähen Qual. Zum Glück verlor er das Bewußtsein.

Er war wieder in der Strömung aus seidigen Wolken. Träumte. Erinnerte sich. Das Licht wich zurück, bis es nur noch ein Flackern war. Ein winziger weißer Fleck am Rande seiner Wahrnehmung. Dann war es verschwunden.

Er trieb zeitlos dahin. Die Landschaft seiner Existenz bestand aus grauen und tiefdunkelblauen Schatten. Aus einem statischen schwarzen Fluß ohne Geräusche, ohne Gerüche. Es gab nur den Tast- und den Sehsinn. Ein Schoß der Toten.

Andere Erinnerungen überfielen ihn. Sporadisch und ohne jede Ordnung …

Eine wunderschöne Elfe saß auf ihm, und ihre nackte porzellanfarbene Haut war von den durch die Miniblende vor dem Fenster dringenden Sonnenstrahlen zebragestreift. Ihr rabenschwarzes Haar fiel ihr wie dunkler Regen über die Schultern.

Der Ozean rauschte draußen, und sein unterschwelliges Murmeln berührte einen Teil seines primitiven Geistes und beruhigte ihn. Er bewegte sich langsam in ihr und hielt sie mit seinen starken Händen fest. Angesichts seiner Muskulatur wirkte sie fast zerbrechlich, zierlich im Vergleich mit seiner Kraft.

Er fuhr mit den Fingerspitzen über ihren Rücken, über die Kurven ihrer Hinterbacken, dann nach vorn zu ihren Brüsten – wunderbar und voll mit rotbraunen Warzen. Sie stöhnte, als er sich aufrichtete und eine in den Mund nahm.

Die glatte Beschaffenheit ihres Warzenhofs auf seiner Zunge. Das Stoßen ihrer Hüften gegen seine. Das stetig stärker werdende Feuer der Ekstase.

Gab nach.

Und sie mit ihm.

... Dann war die Erinnerung verschwunden. Er trieb wieder in der Strömung der Seidenlaken. Dunkler schwimmender Stoff umgab ihn, trug ihn. Plötzlich kam eine andere Vision, kam glühendheiß von irgendwo rechts von ihm angeflogen. Das Flackern eines Traums, die Andeutung einer Erinnerung. Er krümmte und wand sich, um ihr zu entkommen, aber sie schlug über ihm zusammen wie eine Flutwelle. Ein Fragment eines Lebens, das längst tot war.

Der Drache hockte neben ihm, riesig und überwältigend. Dunkelzahn, ein Wesen mit Schuppen, die im matten gelben Licht des Gewölbes dunkelblau und silbern glitzerten. Ryan stand neben dem Drachen, und sein Kopf reichte diesem bis zur Hälfte seines eingeschlagenen Vorderbeins. Das Gewölbe ringsumher war eine riesige Höhle aus behauenem Stein, und obwohl es moderne Beleuchtung und Elektronik gab, erinnerte das Gewölbe mehr an die Schauplätze alter Fantasy-Romane denn an die technologische Gesellschaft des einundzwanzigsten Jahrhunderts. Es war ein Ort, der für mittelalterliche Magie, für Ritter und Jungfrauen angemessen war. Für furchtbares und unaufhaltsames Böses.

Für Helden. Für jene, die instinktiv den Unterschied zwischen Gut und Böse erkannten und trotz der Verlockung des Bösen für das Gute kämpften.

Ryanthusar, ertönte die Stimme des Drachen in seinem Kopf. *Hüte dich vor jener Denkweise, die in dieser Zeit so viele in die Irre leitet. Das Heldentum ist nicht aus der Welt verschwunden. Gewiß, es ist verborgen, roher in seiner Gestalt und subtiler in seinen Manifestationen. Aber auf den zynischen Straßen der Sechsten Welt gibt es tatsächlich noch Helden.*

Dunkelzahns Kopf war größer als Ryans Körper. Riesige schwarze Hörner ragten aus der Stirn seines Schädels, und die Nase war scharf und gebogen wie die eines Adlers, doch mit Stacheln besetzt. Seine Augen glänzten in einem öligen Gelb, und die Pupillen waren geschlitzt und reptilienhaft.

Obwohl der Drache Ryan mit einem beiläufigen Hieb einer seiner riesigen Klauen hätte in Stücke reißen können, fürchtete Ryan sich nicht vor ihm. Ryan war mit Dunkelzahn aufgewachsen, und er vertraute ihm bedingungslos.

Bist du bereit, in die Matrix einzudringen, Ryanthusar?

»Ja, Dunkelzahn.«

Jane?

»Ich bin bereit für ihn«, kam die Antwort. Sie war Mitte Dreißig, ein Mensch mit einem ausgemergelten Körper, der auf Vernachlässigung und eine generelle Abneigung gegen das Körperliche schließen ließ. Dünne braune Haare sprossen auf ihrem Kopf und hingen über den rasierten Bereich an ihrem Hinterkopf, wo ein farbloses Panel sechs Datenbuchsen und eine Softlink verbarg. Sie bedeutete Ryan mit einer skelettdünnen Hand, sich zu ihr an die Deck-Konsole vor der Wand zu gesellen.

Ryan ging zu ihr, wobei er sich der Tatsache bewußt war, daß der Blick des Drachen auf ihm ruhte. Er setzte sich neben Jane und versank in den bequemen Polstern des Sessels.

Ich werde euch folgen, ertönten Dunkelzahns telepathische Worte. *Wenn es Jane nichts ausmacht. Ich will aber nicht mein Icon benutzen.*

Jane nickte und sah Ryan an. »Hast du je ein Trampnetz benutzt?«

»Nein.«

Jane nahm eine Kappe aus schwarzem Nylongewebe und Glasfasern. Dann stand sie auf und trat hinter Ryan. »Man kann es aufsetzen … etwa so.« Sie zog ihm die Kappe über den Kopf. Sie saß perfekt.

»Ich stöpsele dieses Ende in die Trampbuchse an meinem Deck, und schon bist du bereit, mit mir durch den Datenstrom zu jagen. Du hast keine Kontrolle, und die Rückkoppelungsfilter müßten dich automatisch ausstöpseln, sobald es Ärger gibt, aber es gibt dennoch ein Risiko. Dieses Trampnetz ist das Neueste vom Neuesten, Chummer. Es kommt ganz frisch aus den Labors von VisionQuest. Seine Spezifikationen sind genauso gut wie die einer billigen Datenbuchse, so daß du spüren wirst, wenn ich auf ICs stoße.«

Jane stöpselte den Stecker in das glänzende schwarze Paneel auf dem Deck, dann zog sie ein weiteres Kabel heraus und stöpselte es in eine der Datenbuchsen in ihrem Schädel. »Natürlich erwischen mich nur ganz selten ICs, und dies ist ein leichter Run. Wir dringen nur kurz in den Fuchi-Stern ein, in Villiers' Lager, um dort die falsche Identität von T. W. Saint John einzuschleusen. *Deine* falsche Identität, mein Freund.«

Jane sah den Drachen an. »Alles bereit«, sagte sie.

Fahren Sie fort.

Jane versteifte sich ein wenig, als Dunkelzahn in ihre Gedanken eindrang. Er würde die Matrix durch sie erleben, auf telepathischem Wege. Es war fast so, als würde der Drache decken. Ryan spürte seine Anwesenheit, als Jane die Verbindung aktivierte.

Dann vergaß er alles, als er durch den Neonhimmel der Matrix flog. Im freien Fall.

Und fiel und fiel und fiel ...

Bis die Erinnerung lautlos davonrast. Wallende Decken aus weichster Seide hüllen ihn ein, als er fällt und sich dem Rand nähert. Dem gleichförmigen Horizont der Bewußtlosigkeit.

Aus. Vorbei.

Er kam langsam und mit großer Mühe wieder zu sich. Noch bevor er die Augen öffnete, spürte er, daß er auf einer harten Matratze lag, ein dünnes Schaumstoffkissen unter dem Kopf. Rauhe Laken kratzten über seine wunde Haut. Der dumpfe Schmerz gepeinigter Muskeln pochte in seinen Gliedmaßen wie in weiter Ferne. Wie durch einen Nebel schmerzstillender Medikamente oder Drogen.

Er wälzte sich vorsichtig herum. Öffnete die Augen einen Spalt weit und ließ ihnen Zeit, sich an das grelle weiße Licht der Deckenleuchten zu gewöhnen. Nichts was von ihm war, war noch übrig. Sogar die Erinnerungen, von denen er wußte, daß er sie soeben noch einmal durchlebt hatte, waren ihm entglitten, trieben aus seinem Bewußtsein wie Blätter im Wind.

Wer bin ich?

Er setzte sich abrupt auf und zuckte zusammen, als ihn jähe Schmerzen überfielen. Er mußte sehen, wie er aussah. Das Licht ließ ihn blinzeln, aber er mußte seinen Körper untersuchen, sich aus irgendeinem Grund, den er nicht benennen konnte, vergewissern, daß die Heiligkeit seines Fleisches nicht durch Maschinen verletzt worden war.

Er schlug die weißen Krankenhauslaken zurück und betrachtete seinen Körper. Menschlich, männlich, weiß mit einer blaß olivfarbenen Tönung. Er war stämmig gebaut und stark, aber er konnte erkennen, daß er erst kürzlich unter die Räder gekommen sein mußte. Rötlich violette Flecken und die Äderchen geplatzter Blutgefäße zeichneten sich unter seiner Haut ab.

Er tastete sein Gesicht mit den Fingern ab und stellte fest, daß es zwar unrasiert, aber weitgehend intakt war. Keine gebrochenen Knochen, kein permanenter körperlicher Schaden. Was das Geistige betraf, war er dagegen nicht so sicher. Wann würde sein Gedächtnis zurückkehren?

»Guten Morgen«, ertönte eine Stimme von oben. Ein tiefes hallendes Geräusch aus den Lautsprechern mit einem britischen Akzent, den er wiederzuerkennen glaubte. »Ich nehme an, Sie fühlen sich besser?«

Er sah sich zum erstenmal in dem Raum um. Er lag auf einem Einzelbett in einem kleinen Zimmer, dessen Einrichtung aus einem kleinen Waschbecken, dem Bett und einer Reihe von Maschinen an der Wand neben ihm bestand. In der Metallfassade der elektronischen Geräte gab es einen kleinen Bildschirm, der gerade flackernd zum Leben erwachte.

Den Mann auf dem Bildschirm hatte er schon einmal gesehen. Das wußte er, doch er war unfähig, dem hübschen jungen Gesicht einen Namen zuzuordnen. Die dunkelblauen Augen, das gelockte dunkle Haar, das zuversichtliche Lächeln – all das kam ihm bekannt vor.

»Ich scheine noch ganz zu sein«, sagte er zu dem Mann auf dem Schirm.

»Ausgezeichnet.«

Er erkannte in der Stimme diejenige, die er in seinen Träumen gehört hatte, ein beruhigender Baß, der korrektes Englisch sprach. Die Stimme tröstete ihn und rief ein Gefühl der Sicherheit in ihm wach. Er vertraute dem Mann, dem diese Stimme gehörte.

»Da ist nur eine Sache«, sagte er zu dem Mann. »Ich

kann mich nicht erinnern, wer ich bin und warum ich hier bin. Ich erinnere mich an nichts.«

Der Mann auf dem Bildschirm lächelte. »Keine Sorge, mein Freund. Ihre Erinnerung wird mit der Zeit zurückkehren. Eine Zeitlang sind Sie vielleicht ein wenig verwirrt, aber das wird vergehen. Was die Frage betrifft, wer Sie sind …«

»Ja?«

»Sie heißen Thomas Roxborough. Sie sind *ich.*«

Er sank wieder in die rauhen Laken seines Bettes. *Ja,* dachte er, *das klingt vollkommen logisch.*

6

Die Cybermancy-Klinik Aztechnologys war eine dreistöckige Festung aus Löschbeton, die im Dschungel des nördlichen Panama verborgen war. Nur jene mit Verbindungen und einer Menge Nuyen konnten sich die Dienste der Ärzte und Magier dieser Klinik leisten. Die meisten dieser Nuyen wanderten in die Forschung, und ein Großteil dieser Forschung hatte nur ein einziges Ziel: den Hauptbesitzer und Dauerinsassen der Klinik in einen gesunden menschlichen Körper zu versetzen.

Der Konferenzraum der Klinik war klein und gemütlich, gerade groß genug, um den ovalen Tisch aus Kirschbaum-Imitat aufzunehmen, der von hochlehnigen Kunstledersesseln umgeben war. Thomas Roxborough sah den Raum durch drei Videokameras, deren Input zusammen mit dem der Mikrophone von seinem Rig-Interface zu einem nahtlosen Ganzen verbunden wurde – einer 360-Grad-Komplettwahrnehmung des Konferenzraums.

Roxborough hatte sich daran gewöhnt, die Welt auf diese Weise zu sehen. Seit sechs Jahren befand sich sein Körper in einem Lebenserhaltungstank – einem Bottich mit einer mit Enzymen angereicherten Salzlösung, von dem seine körperliche Existenz abhing und der von Computern kontrolliert und beständig von Technikern überwacht wurde. Er war kaum noch am Leben. Sein eigenes Immunsystem hätte ihn beinahe getötet. Nur sein Reichtum und seine Entschlossenheit hatten ihn so lange überleben lassen. Seine beträchtlichen finanziellen Zuwendungen für Universal Omnitech und seine Weigerung, müßig herumzusitzen und kampflos zu sterben.

Am Tisch des Konferenzraums saßen sich Meyer und Riese gegenüber, die auf Roxborough warteten. Meyer war der Magier – ein Elf mit einem langen braunen Pferdeschwanz, braunen Augen und einer typisch arroganten Grundhaltung. Doch er war das Rückgrat der cybermantischen Prozeduren, also duldete Roxborough sein Ego und seine Insubordination.

Riese war der Wissenschaftler – eine kleine Menschenfrau von bemerkenswerter Energie und Intelligenz. Roxborough mochte sie sogar, weil sie zumeist freundlich war, zufrieden, solange sie ihre Forschungen durchführen konnte. Riese hatte ein hübsches rundes Gesicht und braune Haare, die knapp ihre Ohren bedeckten.

Roxborough aktivierte den Holoprojektor, so daß er auf dem Sessel am Kopfende des Tisches erschien. Die beiden beendeten ihr Gespräch, als sich Roxboroughs holographische Darstellung stabilisierte. Sein Simulacrum hatte nicht die geringste Ähnlichkeit mit seinem alten Körper aus alten Zeiten, als er noch Konzernpirat gewesen und in der wirklichen Welt herumgelaufen war. Nein, dies war das Bild, das er benutzte, seitdem er auf den Bottich angewiesen war – ein Mensch, jung und gutaussehend, mit blauen Augen und lockigen braunen Haaren. Als er Mitte Zwanzig gewesen war, hätte er so aussehen können, wäre er nicht so versessen auf die Köstlichkeiten der Gourmet-Küche und den erlesenen Geschmack von Tabak gewesen.

»Hallo«, sagte er zu den anderen.

»Guten Morgen, Mr. Roxborough«, antworteten sie im Chor.

Roxborough blätterte ein paar holographische Papiere durch. »Kommen wir gleich zur Sache«, sagte er. Die Papiere waren natürlich unnötig, aber er hatte festgestellt, daß sie die anderen ein wenig beruhigten. Dadurch fühlten sie sich in Gegenwart seines Simulacrums wohler. »Ich habe mit der Versuchsperson gesprochen, und sie scheint sehr gut auf die Behandlung zu reagieren. Entspricht das auch Ihrer Einschätzung, Riese?«

Riese fuhr sich mit der Hand durch ihr mausbraunes Haar. »Im wesentlichen, Sir ... ja. Aber es ist noch zu früh, um mit Bestimmtheit sagen zu können, daß das Gedächtnis dieses Mannes vollkommen zerstört wurde. Die Laés haben es geschafft, aber wir müssen noch abwarten, ob die Neubelegung der Synapsen das gewünschte Resultat erbringt.«

Der Elf beugte sich vor. »Ich glaube, daß es ein ernsthaftes Problem mit diesem Mann gibt«, sagte er mit einer Stimme, die zugleich herablassend und affektiert klang.

»Und das wäre?« fragte Roxborough.

»Seine Magie ist extrem stark. Seine Aura hat sich nicht verändert, seitdem die Laés verabreicht wurden. Ich habe ein ungutes Gefühl, was diesen Mann angeht. Auch wenn die biologische Seite funktioniert, bin ich nicht sicher, ob die cybermantische Prozedur bei ihm erfolgreich angewendet werden kann.«

Roxborough sah Meyer an und zoomte auf sein Gesicht. Der zugeschaltete Stimmen-Streß-Analysator verriet ihm, daß Meyer davon überzeugt war, die Wahrheit zu sagen. Er schien keine verborgenen Absichten zu verfolgen. *Außer vielleicht, sich abzusichern, falls er die Sache verpfuscht.*

Die experimentale Prozedur, die Roxborough aus seinem Gefängnis aus Makroglas und Salzlösung befreien würde, war ein zweistufiger Vorgang. Stufe eins war technologischer Natur – der Geist der Versuchsperson wurde mit Drogen ausgelöscht, und ihr Gehirn wurde durch das Implantieren neuer Erinnerungen neu belegt. Riese zufolge wurden außerdem Retroviren und Trypanosome eingesetzt, um die Verbindungsstruktur der Synapsen zu verändern, indem einige gestärkt und andere geschwächt wurden, bis das neuronale Netz so aussah wie Roxboroughs. Diese Stufe hatte bei acht oder neun Testpersonen funktioniert und war mittlerweile fast Routine.

Doch die zweite Stufe, die Magie beinhaltete, hatte nur bei drei Testpersonen funktioniert. Roxborough verstand die Einzelheiten nicht, aber bei dem Vorgang wurden Verfahren angewandt, die denjenigen bei der Cybermancy angewendeten ähnelten. Meyer hatte es ihm öfter als einmal erklärt, aber Roxborough stellte es sich immer als einen Austausch der Seelen vor. In der Cybermancy versuchten die Magier, das Wesen der Testperson an ihren Körper zu ketten, obwohl dieser zuviel Metall enthielt, um dieses Wesen, den Geist, die ›Seele‹, halten zu können. Die Zauber fungierten als eine Art Haltestrick oder Anker für den Willen der Testperson.

Die experimentelle Wesensübertragung sollte angeblich ähnlich funktionieren. Meyer und seine Magier würden Roxboroughs Wesen an Ryans Körper ketten, nachdem Ryans Wesen vernichtet worden war. Nach Meyers Ansicht bestand der Trick darin, Ryans Körper an die Schwelle des Todes zu bringen, diese aber nicht zu überschreiten, und dann mit Blutmagie eine Brücke zu formen, so daß Roxboroughs Geist in Ryans Körper wechseln konnte. Ryans Geist würde freigesetzt, und dann konnte der Körper geheilt werden, aber er würde Roxboroughs Geist, Erinnerungen und Wesen enthalten.

Ich werde wieder einen Körper haben.

»Sie wollen also«, sagte Roxborough in sarkastischem Tonfall, »daß ich die Versuchsperson, ein perfektes Exemplar, eliminiere, weil Sie ein ›ungutes Gefühl‹ haben?«

Meyer war jedoch an diese Art von Besprechungen

gewöhnt. »Ich trage lediglich meine Ansicht als Leitender Magier vor. Ich rate zur Vorsicht. Nach dem letzten Schub Retroviren sollten wir dieser Versuchsperson reichlich Zeit geben, sich an Ihre Hirnmuster zu gewöhnen. Es könnte etwas länger dauern, bis sich Ihre Erinnerungen eingenistet haben. Wenn sich seine Aura bis dahin geändert hat, könnten wir mit dem Transfer fortfahren.«

»Ihre Bedenken sind zur Kenntnis genommen«, sagte Roxborough. »Aber hoffentlich ungerechtfertigt.« Sein Simulacrum beugte sich vor und erhob ein wenig die Stimme. »Lassen Sie mich an dieser Stelle eines ganz deutlich machen, *verdammt* deutlich. Ich will diesen Mann. Sein Körper ist perfekt. Makellos. Schön ...«

Sie waren nicht so dumm, ihn zu unterbrechen, sondern saßen schweigend da.

»Sie werden dafür sorgen, daß es funktioniert, sonst werde ich Sie durch andere ersetzen, die es können. Verstanden?«

Riese nickte, doch Meyer starrte verbissen auf die glänzende Oberfläche des Konferenztisches. »Ich glaube nicht, daß Sie ...«

»Keine Ausflüchte!« Roxboroughs Stimme dröhnte jetzt aus den Lautsprechern. »Es hat bei unseren Testpersonen funktioniert, und es wird auch bei ihm funktionieren. Sie werden dafür sorgen, oder ich werde Sie entlassen ...« Er hielt inne, um sie darüber nachdenken zu lassen. Niemand verließ die Deltaklinik, um eine andere Laufbahn einzuschlagen. Entlassung war gleichbedeutend mit Tod, und das wußten sie.

Meyer hob den Kopf und sah dem Simulacrum in die Augen, sein Gesicht eine Maske kontrollierter Wut. Seine Lippen waren zu einer dünnen Linie zusammengepreßt. »Ich verstehe«, sagte er, dann erhob er sich abrupt und verließ den Raum.

Roxborough setzte ein Smartframe auf ihn an, um

ihm mit den Kameras im Flur zu folgen. In diesem Komplex gab es keinen Ort, an dem er sich der Überwachung durch Roxborough entziehen konnte. Und das beste daran war – die Sahne –, Meyer wußte, daß er in der Falle saß, und konnte nichts dagegen tun.

Deshalb bin ich der verdammte Boß, dachte Roxborough. *Deshalb besitze ich fast ein Drittel von Aztechnology.* Macht, danach war er süchtig. Nach Macht über die kleinen Leute. Über Informationen.

Und er hatte Macht, Macht über alles, mit einer Ausnahme. Einer *großen* Ausnahme – sein eigener Körper. Sein Körper, der beschlossen hatte, sich von innen zu verzehren.

Bald, dachte er. *Bald habe ich auch diese Macht. In Mercurys Körper wird mich nichts mehr aufhalten können. Und ich werde ihn bekommen. Der Mann, der einmal Ryan Mercury war, ist verschwunden, gelöscht wie ein Datenchip. Und an seiner Stelle wächst der Mann heran, der mein Ich sein wird. Zuerst meine Persönlichkeit und meine Erinnerungen. Dann, in ein paar Wochen oder Monaten, die endgültige Übernahme – mein Willen. Mein Geist. Ich.*

7

»Ich nenne dich Lethe«, ertönte die Stimme der Göttin, »weil du vergessen hast, wer du bist.«

Lethe badete in der Stimme der Göttin. Er sog das blendende Licht auf, das sie ausstrahlte. Das Licht und die Stimme vertrieben Schatten und Angst.

Lethe lebte an diesem Ort erlesener Schönheit so lange, wie er zurückdenken konnte. Und erst vor kurzem, in den letzten paar Augenblicken seiner Zeit, hatte die Göttin aufgehört zu singen. Ein Lied, so vollkommen, so schmerzhaft schön, daß er sich nicht bewegen konnte. Nichts anderes zu tun vermochte, als in der Schönheit ihres Lieds zu schwelgen.

Die Göttin war kleiner als Lethe und hatte eine ausgeprägte Gestalt – einen Körper mit symmetrischen Anhängseln. Arme und Beine, wußte er plötzlich. Zierlich und wunderbar in ihrer Zerbrechlichkeit. Ihr Haar war schwarz, das genaue Gegenteil des Lichts, das von ihr ausstrahlte, und es rahmte ihr Gesicht ein und gab ihm einen Gegenpol. Schatten für ihr Licht.

»Lethe, hör mir zu«, sagte sie. »Ich werde Thayla genannt, und ich brauche deine Hilfe.« Ein innerlicher Schauer überlief ihn beim Klang ihrer Stimme. Er würde alles für sie tun. »Du bist ein äußerst mächtiger Geist, und du kannst mir helfen. Du bist aus einem bestimmten Grund hier, obwohl ich ihn nicht kenne. Dunkelzahn muß dich geschickt haben oder Harlekin. Du spielst zweifellos eine wichtige Rolle, sonst wärst du nicht hier. Darke hat dich nicht geschickt, das ist offensichtlich, also mußt du hiersein, um mir zu helfen.«

Lethe konnte sich an nichts anderes als an diesen Ort erinnern. An nichts anderes als die Gottheit – Thayla, mit ihrem Licht und ihrem Lied. Er wollte ihr helfen, wußte jedoch nicht, wie er ihr antworten sollte. Ihre Sprache schien etwas Körperliches zu sein, und er besaß keinen Körper, keine körperliche Gestalt. Er glaubte jedoch nicht, daß sie *notwendigerweise* körperlich war. Er näherte sich ihr und projizierte seine Gefühle, seine Liebe für sie. Und sie kamen als Worte heraus. »Was kann ich tun?«

»Sieh dich um«, sagte sie.

Ihr Licht wurde ein wenig blasser, als er die Landschaft betrachtete, und ein böiger, trockener Wind kam auf. Lethe spürte ihn, obwohl die Luft ihn durchwehte. Der Himmel über ihm war farblos und hell, aber er konnte keine Lichtquelle erkennen. Der Boden unter ihm war hart und rissig, eine felsige braune Fläche. Thaylas Licht wurde schwächer, und Lethe sah den tiefen Abgrund, der sie auf drei Seiten umgab. Sie standen an der Spitze eines schroffen Felsvorsprungs.

Thayla stand direkt vor dem Abgrund, der sich jäh vor ihr öffnete. Lethe hatte keine Vorstellung von der Tiefe des Abgrunds. Er konnte den Grund nicht sehen. Als er sich umdrehte, sah er, daß der Vorsprung sich hinter ihnen zu einem breiten Bogen ausweitete. Der Abgrund markierte die Enden des Bogens mit der dunklen Linie seiner unendlichen Tiefen, der hinter ihnen unmerklich breiter wurde, bis er sich in der Ferne mit festem Land verband.

»Dieser Vorsprung ist das Ergebnis unnatürlich starker Magie«, sagte Thayla. »Der Abgrund ist die Kluft zwischen unseren Welten und denjenigen der … der …« Sie stockte. Das Sprechen schien ihr Schmerzen zu bereiten.

Lethe drehte sich um und starrte über den Abgrund. Nun, da Thayla zu singen aufgehört hatte, umtoste sie der Wind, der ihr die Haare ins Gesicht peitschte. Die andere Seite des Abgrunds war in der Ferne kaum zu sehen, doch Lethe konnte eine ähnliche Klippe am äußersten Rande seiner Wahrnehmung ausmachen. Er konnte einen ähnlichen Vorsprung erkennen, der von dem Land auf der anderen Seite in den Abgrund ragte. Dunkelheit klebte förmlich an dieser Landmasse, und Ekel stieg in Lethe auf, als er sie betrachtete.

»Ich bin hier, um sie daran zu hindern, ihre Brücke zu vollenden«, fuhr Thayla fort. »Sie sind böse und grausam und mächtiger, als wir uns vorstellen können. Wenn sie die Brücke vollenden, werden sie in Scharen kommen. Und wenn sie kommen, werden sie alles zerstören, was sie in die Finger kriegen. Sie werden uns quälen. Sie werden uns alle zwingen, Dinge zu tun …« Und wieder geriet sie ins Stocken.

Lethe zitterte angesichts ihrer Bestürzung. Ihre Stimme war sogar im Zustand des Schocks mächtig.

Thayla atmete tief durch und faßte sich. »Je höher das Mananiveau steigt, desto schmaler wird der Abgrund. Aber diese Vorsprünge sind unnatürlich – Auswüchse, die das Resultat der Anwendung von Blutmagie sind. Unsere Welten sind noch nicht bereit.«

»Aber dein Gesang …«

Sie lächelte ihn an, und das Licht strahlte von ihr aus und wärmte ihn. »Mein Lied hält sie auf. Weißt du, sie können nicht ertragen, es zu hören, und meine Stimme trägt sogar über den Abgrund.«

Lethe wußte, daß das stimmte. Ihr Lied war das Licht. Es war die Schönheit, die ihn so lange gebannt hatte, wie er zurückdenken konnte. An eine Existenz davor konnte er sich nicht erinnern, falls er überhaupt eine gehabt hatte. Zeit hatte keine Bedeutung für ihn gehabt, bis sie beschlossen hatte, ihr Lied zu unterbrechen und ihm einen Namen zu geben.

»Auf unserer Seite des Abgrunds gibt es welche, die bemüht sind, den Bau der Brücke zu beschleunigen, Marionetten des Feindes, denen an seiner baldigen Ankunft gelegen ist. Sieh nur.« Sie zeigte nach hinten in die Richtung der Landmasse.

Zuerst sah Lethe ihn nicht, weil er so klein war, ein Schatten unter Schatten. Doch als Thayla wieder anfing zu singen und die Welt mit Licht und Schönheit erfüllte, blieb ein winziger Fleck Dunkelheit. Er war fast bedeutungslos und hielt sich nur kurz, aber Lethe hatte ihn gesehen – ein Makel in ihrem Lied.

»Sie haben jemanden gefunden, der dem Lied widerstehen kann«, sagte sie. »Sie ist nicht stark genug, um lange zu bleiben, aber ich fürchte, daß ihre Stärke zunehmen wird. Und wenn das geschieht, werden andere kommen. Sie werden mich töten oder von hier vertreiben.«

Lethes Mut sank, als Thayla zu singen aufhörte.

»Es sei denn, du hinderst sie daran«, sagte sie.

»Wie?«

»Du mußt den großen Drachen namens Dunkelzahn finden. Vor einiger Zeit ist er zu mir gekommen, um zu sehen, wie es mir geht. Es hat den Anschein, als hätte Harlekin, der Elf, der mir bei der Wiederherstellung meiner Stimme geholfen und mich hierhergebracht hat, niemandem von Mr. Darke erzählt. Offenbar hat er niemandem von Aztechnologys Bemühungen berichtet, Blutmagie zu benutzen, um eine frühe Plage herbeizuführen. Dieser Elf ist so hochmütig!

Als Dunkelzahn erfuhr, daß Harlekin das Schicksal unserer Welten der Kraft meiner Stimme anvertraut hatte, kam er zu mir. Dunkelzahn wußte, daß mein Lied schon einmal versagt hatte, und er war sehr wütend auf Harlekin und seine Selbstherrlichkeit. Und darüber, daß er meinen Schutz ein paar Sterblichen anvertraut hatte.

Dunkelzahn hat mir gesagt, ich würde den Feind nicht länger als ein paar hundert Jahre zurückhalten können. Er hat gesagt, sie würden eine Schwachstelle in meinem Lied finden. Er hat gesagt, er brauchte mehr Zeit.

Dunkelzahn hat versprochen, einen Gegenstand zu erschaffen, der dafür sorgen wird, daß der Feind den Abgrund nicht verfrüht überschreiten kann. Das Drachenherz.«

Thayla neigte den Kopf. »Aber das war vor einiger Zeit, und der dunkle Fleck wird größer. Ich fürchte, daß etwas geschehen ist. Willst du dich aufmachen und Dunkelzahn suchen? Willst du mir das Drachenherz bringen?«

»Das will ich.«

»Danke«, sagte sie. »Geh jetzt, damit ich weitersingen kann. Wenn ich wieder mit meinem Lied begonnen habe, wird es dir nicht mehr möglich sein zu gehen.«

Es erfüllte Lethe mit Trauer, die Göttin Thayla zu verlassen, aber er tat, was er versprochen hatte. Er flog gedankenschnell über den Bogen zum Festland. Auf der Suche nach dem Großen Drachen Dunkelzahn und dem Drachenherz. Er hoffte, seine Suche würde nicht lange dauern, weil er sich jetzt schon danach sehnte, Thaylas Lied wieder zu hören und in ihrem Licht zu baden.

8

Er erwachte aus einem Alptraum, von Schüttelfrost gepackt. Sein Körper war schweißnaß, und seine Brust hob und senkte sich wie ein Blasebalg, da er gierig nach Luft schnappte. Die nassen Laken klebten an ihm. Er öffnete die Augen und versuchte sich auf die matten Lämpchen der Maschinen zu seiner Rechten und auf die leisen Geräusche entfernter Stimmen zu konzentrieren.

Die Bilder aus seinem Alptraum flackerten noch lebendig in seinem Verstand, und die schrecklichen Geräusche und Gerüche drohten ihn zu überwältigen. Sie schienen eher Erinnerungen als Träume zu sein. Wie vergessene Traumata, die er verdrängt hatte, weil der Akt des Erinnerns zu schmerzhaft war. Und die jetzt über ihn herfielen und ihn durchbrausten wie kalter Wind.

Das Gefühl zu ertrinken. Er war in einen Plexanbottich gesperrt, der mit einer mit Enzymen angereicherten Salzlösung gefüllt war. Er hatte keine Lungen, und sein nächster Atemzug kam niemals. Er geriet in Panik, schlug um sich, wehrte sich. Gierte danach, nur noch ein einziges Mal einzuatmen. Nur noch einen einzigen Atemzug zu tun.

Aber er wußte, daß er das niemals tun würde. Daß er dem Bottich niemals entkommen würde.

Jetzt, da er sich in seinem Krankenhausbett aufgerichtet hatte, atmete er tief ein. Genoß die saubere Luft. Füllte seine Lungen langsam und tief.

Mehr Visionen seines Traums durchzuckten ihn. Empfindungen seines körperlosen Herzens, das in seinem flüssigen Grab pochte und Vibrationen durch den Bottich sandte. Poch. Poch. Poch. Bis das endlose

Ticken in seinen Ohren widerhallte wie bei einer chinesischen Wasserfolter und ihn langsam, aber unaufhaltsam in den Wahnsinn trieb.

Er schüttelte den Kopf und holte noch einmal tief Luft. Das Krankenzimmer war dunkel, als er die Beine aus dem Bett schwang und zum erstenmal seit seinem Erwachen aufstand. Wie lange war er bereits hier? Einen Tag? Eine Woche? Er wußte es nicht. Das Zimmer hatte keine Fenster.

Er ging zum Waschbecken, drei Schritte über den harten Kachelboden. Das einzige Licht kam von der Wand mit den Maschinen und durch das kleine Fenster in der Tür. Er drehte den Wasserhahn auf, hielt die Hände unter den Strahl und beugte sich vor, um zu trinken. Das Wasser rann kühl und sauber durch seine trockene Kehle.

Über dem Waschbecken war ein Spiegel angebracht, und plötzlich wollte er sich sehen, sich davon überzeugen, daß er gesund und ein Mensch war. Die unvereinbaren Bilder aus seinem Alptraum waren verblaßt, aber eine hartnäckige Erinnerung bildete sich in seinem Verstand. Ein zusammenhängendes Muster.

In dieser Erinnerung war sein Körper ganz anders, fett und schwach. Ein Körper, dem der Schweiß ausbrach, wenn er nur aufstand. Der süchtig nach erlesener Nahrung war, ständig aß und Zigarren rauchte, die sehr teuer waren und stark rochen.

Die Erinnerung fügte sich zusammen. Eine Experimentalkammer. Hell und nach Blut riechend. In einem zylindrischen Bottich neben ihm brodelte eine dunkle, widerwärtige Flüssigkeit. Er stand auf einem etwa drei Meter hohen Gerüst auf einer Höhe mit dem oberen Rand des Tanks. An der Decke über ihm waren Glasfaserkabel angebracht, die wie dicke Arterien herunterbaumelten.

Ein Techniker in einem Laborkittel von Universal

Omnitech saß vor der Überwachungskonsole an der Basis des Tanks. Ein anderer bückte sich, um das breite Geschirr aus Segeltuch durch seine Beine und um die gewaltigen Hüften dieses Körpers zu ziehen. Zwei weitere überprüften die dunkle Salzlösung in dem Tank.

Sein Herz pumpte schwer in jener schwammigen Brust, als er darauf wartete, in den riesigen Zylinder abgesenkt zu werden, der in den nächsten Wochen sein Leben erhalten würde, während er sich einer experimentellen Behandlung unterzog – einer Genmanipulation, um den SLE, den Systemischen Lupus Erythematosus zu behandeln, eine autoimmune Krankheit, die seine Eingeweide auffraß.

Das Kabel an dem Geschirr straffte sich und hob seinen Körper von dem Gerüst wie eine Kuh zur Schlachtbank. Er kam sich vor wie ein Gehirn, das in krankes Fleisch eingesperrt war. Fleisch, das seit sechs Monaten verweste, seit ein leichter Schmerz in seinem rechten Knie aufgetreten und sich dann in den nächsten drei Tagen zu unerträglicher Qual gesteigert hatte.

Die Schmerzen hatten sich rasch auf seine anderen Gelenke ausgebreitet, bis er sich nicht mehr bewegen konnte. Sein Arzt hatte ihm gesagt, er habe einen ernsten systemischen Lupus, der sein Bindegewebe auflöse. Sein Immunsystem zerstöre sein eigenes Körpergewebe. Er würde sich glücklich schätzen können, wenn er je wieder laufen konnte.

Er hatte diesen Arzt gefeuert.

Die Krankheit hatte sich verschlimmert und sich von den Gelenken auf die Knochen und dann auf seine Muskeln und Organe ausgeweitet. Seine neuen Ärzte hatten ihm noch sechs Monate zu leben gegeben. Die Schmerzen waren unerträglich, und die Ärzte hatten gesagt, sie hätten so etwas noch nie erlebt. Es sei der schlimmste Fall von SLE in der Geschichte. Sie hatten gesagt, es gebe keine Heilung.

Er hatte sie alle gefeuert.

Dann hatte er beschlossen, es mit einer experimentellen Behandlung bei Universal Omnitech zu versuchen. Die Ärzte hatten gesagt, die Keimlinientherapie sei experimenteller Natur und funktioniere vielleicht nicht, aber sie biete eine Möglichkeit, sein Leben zu erhalten. Niemand anders hatte ihm das bieten können. *Eine verdammte Chance.* Er hatte die Nuyen flüssig gemacht und war nach Houston geflogen. Der ganze Vorgang sollte nicht länger als drei Wochen dauern. Und wenn alles klappte, würde er völlig geheilt sein. Besser als das Original.

Dies war sein einziger Trost, als er zusah, wie seine nackten Beine in der dunklen Flüssigkeit verschwanden. Eine hübsche Technikerin überprüfte zum letztenmal die Verbindung seiner Datenbuchsen und des Blutaustauschsystems. Dann nahm er seinen letzten Atemzug, bevor die Salzlösung seinen Kopf überspülte und seine Lungen füllte.

Die Matrix nahm rings um ihn Gestalt an, der virtuelle Raum, an den er sich mittlerweile gewöhnt hatte. Ein Heim, das so angelegt war wie sein Anwesen in London. Die Auflösung war extrem hoch. Er spürte seinen Körper überhaupt nicht mehr.

Erst viel später wurde ihm bewußt, daß er ihn nie wieder spüren würde. Daß er für immer und ewig an den Tank gefesselt war und in den einsamen virtuellen Gängen dieses Anwesens festsaß.

Die Therapie hatte sein Immunsystem reparieren und das beschädigte Gewebe regenerieren sollen. Und das hatte sie auch bewerkstelligt. Aber die Nebenwirkungen hatten ihn beinahe umgebracht. Als drei Wochen vergangen waren, erfuhr er, daß eine unvorhergesehene synergetische Reaktion zwischen der Regenerationstherapie und seiner Krankheit die Abgrenzung der verschiedenen Gewebearten aufgehoben hatte. Eine

Zeitlang waren sie krebsartig gewesen, bevor sie neue Formen angenommen hatten und zu etwas anderem wurden.

Muskelzellen verwandelten sich in Knochen und Haut. Die Zellen seiner Eingeweide wurden zu Fett, Nieren und Muskeln. Die Ärzte waren in der Lage, den Vorgang zu verlangsamen, aber es war zu spät, um den Schaden zu beheben. *Zu spät.* Sie hatten ihm gesagt, er würde den Bottich nie mehr verlassen. Nie mehr in der wirklichen Welt atmen.

Die Ärzte konnten nur noch seine Verbindung zur Matrix verbessern. Er setzte sein Leben fort. Er würde sich von nichts aufhalten lassen. Ihm gehörte immer noch ein beträchtlicher Teil von Aztechnology, von seinen Anteilen an verschiedenen kleineren Gesellschaften ganz zu schweigen – darunter auch ein ziemlicher Brocken von Universal Omnitech. Er wollte verdammt sein, wenn er einfach aufgab.

Nun, da er über das Waschbecken seines Krankenzimmers gebeugt stand, drückte er auf den Knopf, der das Licht über dem Spiegel einschaltete. *Bin ich endlich aus dem Bottich heraus? Vielleicht.*

Das Gesicht, das ihn aus dem Spiegel betrachtete, war trotz der blauen Flecken hübsch. Seine Augen waren silbergrau und mit blauen Sprenkeln durchsetzt, und durch die rötlich-braune Braue über seinem linken Auge zog sich eine Naht. Am Kinn und am Hals waren schwärzlich violette Flecke, von denen einige unter seinem kupferfarbenen Haar verschwanden.

Er trat weiter zurück, um seinen ganzen Körper zu betrachten. *Ganz nett,* dachte er. Eine erhebliche Verbesserung gegenüber dem fetten, schwammigen Körper, an den er sich erinnerte. *Auf diesen muß ich besser achtgeben.*

Er hörte Schritte im Flur, zwei Leute, die sich schnell seiner Tür näherten. Eilig. Als sich die Tür öffnete, duckte er sich und drückte sich gegen die Wand. Rasch und lautlos, ohne zu überlegen.

Was tue ich da? dachte er.

Zwei Personen traten ein. Der eine war ein Mensch in einem engsitzenden weißen Anzug und trug Waffen. *Einen Betäubungsschlagstock und eine Netzpistole,* wußte er plötzlich, obwohl er sich nicht erinnern konnte, woher. Der andere trug eine weite Hose und eine Jacke aus purpurfarbener Seide, die mit Goldfäden bestickt war. Er war ein Elf, hochgewachsen und schlank, mit einem braunen Pferdeschwanz und arrogant blickenden Augen.

Ein Magier? Wieder schoß ihm der Gedanke durch den Kopf, obwohl er nicht wußte, woher er kam. Aber er wußte, daß der Gedanke richtig war.

»Hallo?« sagte der Elf. »Mr. Roxborough?«

Er erhob sich.

»Da sind Sie ja«, sagte der Elf. »Stimmt etwas nicht? Wieder diese Alpträume?«

Er dachte an den Bottich. »Ja.«

»Bitte legen Sie sich wieder hin«, sagte der Elf. »Ich heiße übrigens Meyer. Sind Sie hungrig? Durstig?«

»Nein.«

»Was haben Sie geträumt?«

Er fühlte sich gezwungen, den Traum zu erzählen. Vielleicht half es, ihn aus dem Kopf zu bekommen. Vielleicht konnten sie ihm helfen. »Ich habe geträumt, ich würde ertrinken. Ich wurde in einen Bottich gesteckt und konnte nicht atmen.« Er sah den Elf direkt an und musterte ihn durchdringend. »Ist das tatsächlich mit mir geschehen?«

Meyer nickte ernst.

»Erzählen Sie mir davon.«

»Ich kann es Ihnen sogar zeigen.«

Der Elf legte ihm beruhigend eine Hand auf den Arm, streifte ihm einen dünnen Bademantel über seinen nackten Körper und führte ihn aus dem Zimmer. Der Flur wurde von Leuchtstoffröhren an der Decke erhellt. Schwarzweiß gekachelter Boden, weiße Wände. Dem Ort haftete etwas Antiseptisches an.

Sie gingen durch eine Abteilung, die der Elf als Erholungsstation bezeichnete, wo den Leuten, die hierher kamen, um sich operieren zu lassen, gestattet war zu ruhen, während sie heilten. Es schien so, als seien alle Patienten hier, um sich irgendwelches Metall implantieren zu lassen. Die Gefühle, die diese Entdeckung in ihm auslöste, waren gemischter Art. Ein Teil von ihm war stolz auf die Klinik, als habe er ein Interesse an ihrer Leistung, aber unter diesem Stolz war ein Gefühl, daß irgend etwas mit dem, was hier vorging, ganz entschieden nicht stimmte.

Der Flur wurde alle zwanzig Schritte von Feuerschutztüren aus verstärktem Stahl unterbrochen. Sicherheitskameras überwachten an diesen Stellen den Flur, und mit den Kameras waren Autokanonen gekoppelt.

Ziemlich viel Sicherheit für ein Krankenhaus, dachte er. *Überall Kameras.*

Niemand außer ihnen bewegte sich auf den Fluren, wenn man von einigen wenigen absah, die denselben weißen Overall und dieselbe Bewaffnung trugen wie sein menschlicher Begleiter. Die anderen Patienten schliefen entweder oder befanden sich hinter verschlossenen Türen. Er konnte ein paar leise Unterhaltungen hören, obwohl er die einzelnen Worte nicht verstand.

Meyer und der Mensch führten ihn zu einem Fahrstuhl. Beim Eintreten schaute Meyer in eine kleine Glaslinse auf der stählernen Kontrolleiste, da die Maschine seine Netzhaut scannte. Eine Sekunde später leuchteten ein paar zuvor verborgene Knöpfe auf der Leiste auf. Meyer drückte auf denjenigen mit der Beschriftung *B5-Roxborough,* und der Fahrstuhl fuhr abwärts.

»Wohin fahren wir?« fragte er.

»Sie müssen begreifen, daß Sie noch nicht vollständig sind«, sagte Meyer zu ihm. »Ein Teil von Ihnen befindet sich noch immer in diesem Tank. Wir nehmen Sie mit, um Ihnen diesen Teil zu zeigen.«

Ein Frösteln überlief ihn, als sich die Türen öffneten und den Blick auf einen dunklen Flur freigaben. Überwachungskameras und bewaffnete Drohnen scannten sie. Er zog den dünnen Bademantel enger um sich, aber das Frösteln ließ nicht nach.

Die Wände bestanden aus rohem Durabeton und schienen sehr dick zu sein, wahrscheinlich dick genug, um einem kleinen taktischen Atomsprengkopf standzuhalten. Fluoreszierende Lampen hingen an Metallstangen, die in die Decke eingelassen waren. Sie gelangten zu einer kleinen freien Fläche, die vor einer Tür endete. Wiederum mußte Meyer sich einem Netzhautscan unterziehen, um die Tür zu öffnen, und auf der anderen Seite standen zwei Wachen, die bereit zu sein schienen, jederzeit ihre Waffen zu ziehen.

Die Wachen trugen lohfarbene Uniformen über einem Körperpanzer mit schwarz-roten jaguarförmigen Rangabzeichen auf den Schultern. Die Köpfe waren vollständig rasiert; sie hatten keine sichtbaren Ohren, nur winzige Chrompunkte unter den Schläfen. Die Augen waren hinter einer dunkelvioletten Brille verborgen, die über eine mikrofeine Glasfaser in ihren Schädel gestöpselt war. Der weite Bereich hinter den Wachen wurde durch ein vom Boden bis zur Decke reichendes Gitter abgesperrt, dessen einziger Zugang die Tür zwischen den beiden Wachen war.

Hinter dem Gitter stand eine weitere Wache, eine dunkelhaarige Latino-Frau ohne sichtbare Cyberware. Noch ein Magier.

Die Wachen nahmen jedem der drei einen Tropfen Blut ab, indem sie ihnen in den Finger stachen. Das

Blut wurde von einem Streifen Papier aufgesogen, der durch einen neben der Tür angebrachten Scanner geschickt wurde. Während der Scanner ihre DNS mit den gespeicherten Daten verglich, wurden sie auf Waffen durchsucht. Die Suche war nur eine Formalität, weil sie bereits von dem SQUID abgetastet worden waren, den Ryan im Flur gesehen hatte. Das SQUID war eine Quanten-Interferenz-Vorrichtung und hätte jegliche Waffe und Cyberware registriert.

Woher weiß ich das alles? fragte er sich. *Weitere Erinnerungen?*

Nach ein paar Minuten des Unbehagens konnten sie passieren. Der Elf drehte sich zu ihm um und erklärte: »Wir können nicht vorsichtig genug sein. Sie sind einer der Hauptaktionäre von Aztechnology. Sie sind für Entscheidungen verantwortlich, die Auswirkungen auf Millionen von Leuten haben. Ihr Leben muß unter allen Umständen geschützt werden.«

Während er die Einzelheiten des Raumes aufnahm, schloß sich hinter ihnen die Tür mit einem Klicken. Die halbkreisförmige Wand vor ihnen wurde von einer Reihe großer Plexantanks gesäumt. Insgesamt waren es zwölf schwarze Tanks, ungefähr fünf Meter hoch und zylindrisch, etwa halb so breit wie hoch. Maschinerie summte und pumpte an der Basis der Bottiche, und die Oberfläche der Tanks war mit einem umfangreichen Spinnennetz aus Glasfaserkabeln bedeckt, die mit Sonden und Sensoren verbunden waren. Zwei Laufstege boten Zugang, einer etwa in der Mitte der Tanks, der andere am oberen Ende, wo weitere Kabel in die Tanks eintauchten. *Matrixverbindungen,* wußte er plötzlich.

Lampen beleuchteten nur vier der Tanks, jene in der Mitte. Die Geräte und die Elektronik der anderen waren abgeschaltet. Ein gelangweilt aussehender menschlicher Techniker in einem weißen Laborkittel stöpselte sich aus einem Terminal aus, als sie sich näherten. Ein weiterer Tech beobachtete sie vom oberen Laufsteg.

»Können Sie den Tank depolarisieren?« fragte der Elf.

»Wie Sie wünschen«, sagte der Tech, indem er sich zur Kontrolltafel umwandte und auf ein paar Tasten drückte.

Das muß das sein, was ich war, dachte er, während er mit Schrecken zusah, wie ein breites Fenster in der Seite des Bottichs auftauchte. Das schwarze Plexan änderte die Farbe und wurde durchsichtig.

Im Tank ging ein Licht an und zeigte ihm das Ergebnis seiner Krankheit. Organe und umgewandeltes Gewebe trieben in einer Suppe aus Salzlösung und Bindegewebe. Blut, Knochenstücke, Klumpen der Leber und anderer Organe trieben in dem Bottich wie ein Zell-Chili.

Das Herz schlug ihm im Halse, als er zusah. Ihm stockte der Atem, und seine Brust bewegte sich plötzlich nicht mehr. *Ich ertrinke.*

Er drehte sich zu Meyer um; konzentrierte sich auf seine Lungen und schaffte es, einmal flach zu atmen. »Ein Teil von mir ist immer noch dort drinnen?« fragte er.

»Ja«, sagte der Elf. »In diesem Tank und in dem daneben. Die Wissenschaftler wollen Sie nicht in Ihrem Wachstum hemmen.«

Dann trieb eine große solide Masse durch die Eingeweide und dicht vor das Fenster. Drähte und Schläuche durchdrangen sie, und die Form war teilweise zu erkennen. Das Gehirn, größtenteils intakt, aber größer als normal, während Schädel und Gesicht sich fast völlig aufgelöst hatten. Dicke Ranken aus Gehirnmaterie trieben wie nasse Dreadlocks hinter dem Klumpen. Das Ding drehte sich, bis er ein Auge sehen konnte, groß und geädert, das ihn durch das Fenster anstarrte.

Galle stieg in ihm auf. Der Magen drehte sich ihm um, und er konnte nicht mehr stehen. Er fiel auf die Knie und würgte, erbrach sich, bis nur noch ein trockener saurer Geschmack in seinem Hals zurückblieb und seine Magenmuskeln von der Anstrengung wund waren.

Meyer kniete sich neben ihn. »Wir sollten Sie jetzt zurückbringen, Sir«, sagte er. »Sie sind immer noch rekonvaleszent.«

Er versuchte aufzustehen. Der Elf und der Mensch stützten ihn, als er sich erhob. Der Techniker hatte den Tank wieder polarisiert, aber das Bild stand noch immer deutlich vor seinem geistigen Auge. Wie ungerecht so eine Krankheit war. Wie hatte er nur in diesem Zustand so lange überleben können?

Er erinnerte sich an nicht viel, und jetzt wollte er sich auch nicht an mehr erinnern. »Ich will, daß die Prozedur so schnell wie möglich beendet wird«, sagte er. »Ich will aus diesem Tank heraus.«

Der Elf lächelte, breit und aufrichtig. »Wir machen, so schnell wir können, Sir. Die Fortschritte waren in den ersten drei Tagen recht gut, und wir haben soeben eine größere Hürde überwunden. In etwa einer Woche dürfte der Vorgang abgeschlossen sein.«

9

Lucero träumte. – Sie war der dunkle Fleck in dem gleißenden Licht. Die winzige Muschel des Schweigens inmitten eines Ozeans von einem Lied. Wunderschöner Musik auf einem Plateau rissiger Felsen.

Sie dachte, es sei vielleicht Quetzalcóatl, der dort in dem Versuch singe, das ihr angeborene Böse auszutreiben. Doch sie bezweifelte, daß selbst seine Macht sie von ihrem Makel, von dem Fluch ihres blutigen Verlangens, befreien konnte. Von ihrer Sehnsucht nach der Macht des Blutes.

Ihrer Sucht.

Der dunkle Fleck auf ihrer Seele weigerte sich, sich abwaschen zu lassen. Untilgbar wie Blut an den Händen von Lady Macbeth.

Mehrere Augenblicke von erlesener Schönheit und furchtbarem Schmerz badete sie im gleißenden Licht und der Flut der Musik. Dann wich ihr Traum jäh einem Alptraum. Das prachtvolle Licht fiel über sie her und zerfetzte ihre Haut wie ein Regen harter Nadeln. Sie konnte es nicht mehr ertragen. Es überwältigte sie mit seiner schmerzhaften Schönheit und seiner quälenden Perfektion.

Dann war es verschwunden, und sie wälzte sich herum, als das Erwachen sie traf wie ein Vorschlaghammer. Der kalte Granit des Altars preßte sich gegen ihren Rücken und Nacken, als sie sich wie ein Fötus krümmte. Die Luft ringsumher war siedend heiß, obwohl die Sonne längst untergegangen war, und ihr narbiger Körper war in Schweiß gebadet.

Luceros Kopf war rasiert und glatt, das einzige Fleckchen Haut, das frei von den runenförmigen Narben war, die den Rest ihres kleinen Körpers bedeckten. Sie vergrub ihr Gesicht in den Armen und versuchte die Tränen zurückzuhalten. *Die erlesene Schönheit dieses Ortes*, dachte sie. *Verschwunden.*

»Hervorragend«, ertönte eine tiefe Männerstimme.

Sie spürte, wie eine weiche Decke über sie fiel und magische Wärme sie erfüllte. »Sie haben die Gabe, Lucero«, sagte der Mann. »Sie sind das Paradox, das sowohl die Dunkelheit als auch das Licht lieben kann. Jetzt ruhen Sie sich erst einmal aus. Sie werden nicht geopfert.«

Lucero betrachtete das Gesicht von Señor Oscuro. Er grinste sie an und hatte die Hände in einer Geste abstoßender Häme zusammengelegt, ein irres Glitzern in den schwarzen Augen.

Sie hatte den Test bestanden, eine Prüfung, bei der so viele vor ihr gescheitert waren. Man würde sie nicht opfern.

Hände stützten sie, halfen ihr auf. Bedienstete in grauen Roben führten sie aus der Sanktuarienkammer in der Mitte der *Teocalli* San Marcos zu den Priestergemächern. Wann hatte sie zuletzt das Innere eines Sanktuariums gesehen?

Bei ihrem letzten blutmagischen Gestaltritual, als ihre Magie noch stark war. Vor mehreren Monaten. Jetzt hatte ihre magische Kraft sie verlassen, war jäh aufgezehrt worden, als sie sich überanstrengt hatte. Als sie der Rückschlag des Gestaltrituals getroffen hatte und sie zu schwach gewesen war, um ihm zu widerstehen.

Der Blutverlust und die allgemeine Erschöpfung des Rituals hatten sie zusammenbrechen lassen. Damals hatte sie gespürt, wie ihr die Magie entglitten war. Nicht alles, nur ein wenig. Aber dieses wenige war schon zuviel gewesen. Es schwächte sie so, daß sie die mächtigen Zauber nicht mehr wirken, die Kraft für das

Gestaltritual nicht mehr aufbringen konnte. Es gab viele Initiaten, die auf ihre Chance warteten.

Sie hatte damit gerechnet, wie die anderen ausgebrannten Blutmagier vor ihr geopfert zu werden. Jetzt hatte es den Anschein, dies würde nicht geschehen. Als würde man ihr nicht gestatten, für ihre Sünden zu sterben. Für ihren Makel. Was würde mit ihr geschehen? Was hatte Señor Oscuro mit ihr vor? Sie wußte es nicht.

Die Bediensteten ließen sie in einem der an das Sanktuarium angrenzenden Vorzimmer zurück. Von dort aus hatte sie freie Sicht auf den Altar und auf Quetzalcóatls Statue mit den weit ausgebreiteten golden und blau gefiederten Flügeln, die den Altar überragte. In der anderen Wand waren gläserne Schiebetüren, die zu einem Balkon führten. Draußen konnte Lucero den Fortgang der Ausgrabungen im leuchtenden Quellwasser sehen. Dort spürte sie etwas, etwas Reines und Mächtiges. Etwas wie das Lied und das Licht.

Vielleicht konnte sie hier eine Weile glücklich sein. Vielleicht würde sie dazu kommen, diesen Ort in ihren Träumen noch einmal zu besuchen. Der Ort, an dem der Makel auf ihrer Seele beinahe von dem wunderschönen Gesang weggewaschen wurde.

Beinahe.

13. August 2057

10

Jane-in-the-box begutachtete den virtuellen Raum ihrer Kommandozentrale. Ein rechteckiger Raum mit gerippten Wänden aus rostfreiem Stahl umgab sie. Sechs Seiten Computer-generierter Realität, wobei jede Seite eine ihrer Datenbuchsen repräsentierte, die wiederum eine Verbindung, einen Kanal, zu einer anderen Welt darstellte, in die sie wechseln konnte. Ein würfelförmiges virtuelles Tor, das von einem Netz aus Cyberdecks und Hosts in Dunkelzahns Höhle in Lake Louise geschaffen wurde. Für einen ultrareichen Großdrachen zu arbeiten, hatte seine Vorteile, insbesondere dann, wenn der Drache ein Technologie-Freak war.

Janes Körper ruhte bequem vor ihrer Konsole, und sechs Glasfaserkabel verbanden die Datenbuchsen in ihrem Hinterkopf mit den Ports ihres Terminals. Doch ihr Körper bestand nur aus Knochen und trägem Fleisch, und im Augenblick spürte und sah er nichts. Das Cyberdeck unterdrückte die normalen Sinneswahrnehmungen zugunsten derjenigen, die von ihrem

MCPC – ihrem Master Control Processor Chip – geliefert wurden.

Zeit, die Schachfiguren zu bewegen, dachte sie. *Zeit, Quecksilber zu extrahieren.*

Auf fünf Stahlwänden leuchteten Bilder, einige davon Aufnahmen der Cyberkameras ihrer Teammitglieder. Die sechste Stahlwand direkt unter ihr zeigte eine glänzende Goldtür, das Tor von ihrem privaten virtuellen Raum in die Matrix – das elektronische Universum des weltumspannenden Computer-Netzwerks.

Ihr Team befand sich tief in Aztlan in der Deltaklinik im panamaischen Dschungel und wartete auf ihr Zeichen. Sie überprüfte den Zustand ihrer Leute. Kaylinn Axler war aufgrund ihrer jahrelangen Erfahrung äußerst befähigt und die Anführerin des Teams vor Ort. Jane registrierte Daten wie Herzfrequenz und Atmung, die visuelle und akustische Daten begleiteten. Axler verfügte sogar über einen kybernetischen Geruchsverstärker, so daß Jane sogar einen Duft von ihr bekam. Im Moment roch es in dem Krankenzimmer nach einer Mischung aus Schmieröl und Desinfektionsmitteln.

Axler, Grind und McFaren standen mit zwei anderen Leuten – Klinik-Techs, die an Axler und Grind eine vorbereitende Durchleuchtung vornahmen, um festzustellen, welche Cyberware sie bereits hatten – in dem kleinen Zimmer mit den weißen Wänden. Jane hatte Identitäten für sie zusammengebastelt und eine Reihe von Leuten bestochen, um diesen Termin zu bekommen. Angeblich, um cybermantische Operationen vornehmen zu lassen.

Axler war groß für eine Menschenfrau, wenngleich nett proportioniert – lange Beine, schmale Taille und breite Schultern. Sehr attraktiv mit ihren welligen blonden Haaren, braunen Augen und dem freundlichen Lächeln. Sehr trügerisch. Sie mochte es, die Opposition mit ihrer zurückhaltenden äußeren Erscheinung in Sicherheit zu wiegen. Axlers Chrom war diskret und gut verborgen. Genauso wie alle Emotionen, die sie einmal empfunden haben mochte. Trotz ihres Aussehens war Axler hart und unnahbar – eine Eiskönigin, immer kalt und frostig. Ihre biologischen Daten zeigten an, daß sie kühl und gesammelt war, absolut nicht nervös angesichts der Untersuchung durch den Klinik-Tech.

Grind war der andere Samurai, ein Zwerg mit ausreichend Testosteron für einen Troll. Sein Herz raste, während er neben Axler wartete, wie ein Rennpferd in der Startvorrichtung, daß der Tech endlich fertig wurde. Grind hatte schokoladenbraune Haut, die von zu vielen überstandenen Kämpfen vernarbt war, und gelockte schwarze Haare auf dem Kopf und im Nacken. Seine gewaltigen Muskeln waren durch synthetische Materialien verstärkt, und Jane hätte schwören können, daß sein männliches Ego durch Bioware unterstützt wurde. Anders als bei Axler war seine Cyberware offen sichtbar und so angelegt, daß sie auffiel. Insbesondere die Metallarme und die ausfahrbaren Finger in seiner Brust, die wie ein dritter Arm agierten. Alles war darauf angelegt einzuschüchtern.

Sowohl Axler als auch Grind hatten bereits so viel Chrom, wie sie in ihre Leiber stopfen konnten, ohne ihre Seele zu verlieren oder wie die Magier das nannten. Jane kannte sich mit dem magischen Hokus-Pokus nicht besonders gut aus, aber die Experten meinten, daß einen zu viel Chrom umbringen konnte. Sie sagten, ein Körper, dem zu viel von seiner ursprünglichen Substanz abhanden komme, könne die Fähigkeit verlieren, seine Seele an sich zu binden.

Jedenfalls, bis die Cybermancy gekommen war. Einige Deltakliniken heuerten Magier an, die für die richtige Menge Nuyen Rituale vollführten, welche die Einrichtung von Maschinen und Metall über die natürlichen Grenzen des Fleisches hinaus ermöglichte.

Bei dieser Anlage handelte es sich angeblich um so eine Klinik, und Jane war es gelungen, die Zulassungs-Subsysteme davon zu überzeugen, daß diese beiden Bedarf und ausreichend Nuyen hatten, um sich dieser Prozedur zu unterziehen. Eine List, um hineinzukommen.

Ihren Systemidentifikationsnummern zufolge arbeiteten die beiden Samurais, Axler und Grind, als proaktive Sicherheit für Pyramid Operations, Aztechnologys Deckunternehmen in Kalifornien. Jane hatte es ziemlich leicht gefunden, die Daten im System der kalifornischen Niederlassung zu fälschen. Die Kommunikation zwischen ihr und der Zentrale des Megakonzerns verzögerte sich oft, weil Aztechnology offiziell und legal in Kalifornien geschäftlich nicht aktiv sein durfte. Daher lief der Datentransfer zwischen den beiden über eine Reihe von Datenwäschereien in Malaysia und auf den Kaiman-Inseln.

McFaren war laut SIN der Supervisor der beiden. Er war der Magier des Teams, ein Mensch, der Grübchen bekam, wenn er lächelte, und feines blondes Haar hatte, das oben lichter wurde. McFaren war ein ruhiger Mann, aber ein brillanter Magier mit einer Reihe einzigartiger Zauber, die er für sich ausgearbeitet hatte. Er schien eins mit dem Universum zu sein, während er zusah, wie die Techs Axler scannten. Jane hatte seine Daten nicht, weil er sich weigerte, Elektroden zu tragen, aber sie bekam ein wackliges Videobild über die Mikrokamera an seiner Weste. Er trug keinerlei Cyberware.

Das letzte Mitglied des Teams war Terr Dhin, der Ork-Rigger, der draußen vor der Deltaklinik wartete. Dhin war ein Ork mit ungewöhnlichem taktischen Geschick, ein hervorragender Pilot für praktisch jedes Fahrzeug und ein geradezu unheimlicher Mechaniker. Die Daten, die Jane von ihm bekam, betrafen den Hubschrauber, in den er eingestöpselt war. Sie bezog die verzerrte Realität aus den Sensoren und Kameras des Northrup Yellowjacket, die nur geringe Aktivität auf dem kleinen Flugplatz außerhalb des Elektrozauns zeigten.

Dies war das beste Team, mit dem Jane je zusammengearbeitet hatte, und sie waren zusammen, seit Dunkelzahn sie angeworben hatte – seit über fünf Jahren, eine Ewigkeit auf dem Gebiet der verdeckten Unternehmungen und Shadowruns. Nominell waren sie Angestellte von Assets, Incorporated – ein echter Konzern, dessen Besitzer Dunkelzahn war, wenngleich dies kaum jemand wußte. Sie waren äußerst fähig, und Jane traute ihnen ohne weiteres zu, den Job zu erledigen. Sie folgten Janes Anweisungen, obwohl sie nicht in Fleisch und Blut bei ihnen war.

Die meisten Shadowrunner-Teams begriffen nicht, daß Jane oft ein klareres Bild von deren Situation hatte als die Runner selbst. Sie konnte die Daten aller Teammitglieder in ihrer Kommandozentrale auswerten und zu einem Bild zusammenfügen, das ihr eine bessere Vorstellung von der Realität ihrer Umgebung vermittelte, als es einem einzelnen Teammitglied möglich war. Virtuell *konnte* wirklicher sein als real.

Axler und ihr Team begriffen das. Sie vertrauten Jane. Es war eine Vereinbarung, die ihnen die Fähigkeit gab, Runs durchzuziehen, welche andernfalls eine viel größere, viel unflexiblere Einsatzgruppe erforderlich machen würden.

Jane holte tief Luft. Ihr Team war in Position. Es wurde Zeit, einen Blick auf die Opposition zu werfen. »Drei Minuten bis Phase eins«, sagte sie zu ihnen. Die verschlüsselten elektronischen Impulse ihrer Stimme hängten sich an Telekomanrufe bei ihrem Lokalen Telekommunikationsgitter an. Dann, nachdem sie sich vergewissert hatte, daß alle ihre Nachricht erhalten hatten, tauchte sie in die Matrix ein.

Einen Augenblick lang fühlte sie sich schwerelos, als sie aus ihrem Stahlkasten in ihre Persona fiel. Dann nahm ihre Persona Gestalt an – eine blonde Frau mit übertriebenen weiblichen Attributen. Eine enge rote Lederhose und eine dazu passende Jacke spannten sich über ihrer Haut. Das Bild war offensichtlich darauf angelegt, anderen Deckern einen falschen Eindruck zu vermitteln. Welcher Shadowrunner mit einer Reputation, die diese Bezeichnung verdiente, würde sich eine Konzern-Schnalle als Persona aussuchen?

Jane wechselte von Dunkelzahns privatem LTG durch die Glasfaserleitungen in das Regionale Telekommunikationsgitter von Tenochtitlán, um die frische digitale Luft der Aztlan-Matrix zu atmen. Der größte Teil des RTGs folgte der normalen Iconologie der UMS – der Universellen Matrix-Spezifikationen. Planare Konstrukte und semi-transparente geometrische Körper leuchteten in ihren Hüllen aus Neon und Chrom, eine digital präzise Reflexion der Computersysteme in der wirklichen Welt.

Die elektronische Datenlandschaft Tenochtitláns wimmelte von pyramidenförmigen Strukturen, doch zwei waren viel größer als die anderen – gigantische Stufenpyramiden-Konstrukte. Jane kannte sie gut und vermied es, auch nur in ihre Nähe zu kommen. Die eine Struktur war das Aztechnology-Hauptquartier und in einem Maß mit ICs gesichert, wie es sich für diesen paranoiden Megakonzern gehörte. Auch die andere war mit ICs gesichert – der Große Tempel von Quetzalcóatl. Glücklicherweise war keine dieser beiden ihr gegenwärtiges Ziel.

Jane hielt im Geiste drei Sekunden lang den Atem an, als sie einen verborgenen Systemzugangsknoten entstehen ließ. Einen ›verschwindenden SAN‹, wie er im Decker-Slang genannt wurde. Ihr Code funktionierte wie ein verdammter Voodoo-Zauber, und der Knoten materialisierte. Er sah wie eine riesige Hand aus, die Innenseite nach außen, die Finger gespreizt, und schimmerte vor dem schwarzen Hintergrund des Elektronenraums.

Es wird Zeit, ein paar Codes abzulassen, dachte Jane. Dann schoß sie zu der riesigen Hand. Im letzten Augenblick, kurz bevor sie mit der riesigen Innenfläche kollidierte, aktivierte sie ein kleines Smartframe – einen kleinen Programmcode, der auf dieser Seite des verschwindenden SAN bleiben und ihn nach dreihundert Sekunden wieder aktivieren würde, wenn ihr eigener Code den Knoten nicht lange genug geöffnet halten konnte, um wieder herauszukommen. Dann war sie hindurch, loggte sich in den SAN ein und jagte die private Datenbahn zu ihrem Ziel in Panama entlang. So cool wie Schnee.

Von außen sah das Zielsystem wie ein menschlicher Körper aus, ein in allen Einzelheiten dargestellter Mann mit weißer Haut, braunen Augen und lockigen Haaren. Der Mann trug einen maßgeschneiderten Anzug, der die Farbe wechselte, als sie ihn umkreiste. Von schillerndem Blau über Grün zu einem leuchtenden Rot. Jane war schon einmal hier gewesen, um das System für Dunkelzahn unter die Lupe zu nehmen, aber sie hatte noch nicht versucht, sich einzuloggen.

In diesem Augenblick überfiel sie ein unheimliches Gefühl. Ein schwaches Brennen auf ihrer Haut, als werde sie beobachtet.

Sie wirbelte herum, alle Angriffsprogramme bereit. Doch da war nichts. Sie sondierte das gesamte Gitter, fand jedoch nichts außer der kalten Leere der Matrix.

Und dennoch klebte die Empfindung an ihr wie ein Kribbeln. Als stünden ihr alle Haare auf ihrer Haut zu Berge. Sie versuchte das Gefühl abzuschütteln, doch es gelang ihr nicht. *Muß Paranoia sein,* dachte sie. *Es gibt keinen Geist in der Maschine.*

Jane startete ihre Masken-Utility, und ihre Persona paßte sich der Iconologie des modellierten Systems an, indem sie sich von einer sexy Schnalle in ein großes weißes Blutkörperchen verwandelte. Sie sah zu, wie Datenpakete von der UMS-Darstellung eines Oktaeders in rote Blutkörperchen oder winzige Plasmapartikel verwandelt wurden, als das System ihrem Deck seine metaphorische Darstellung aufdrückte. Die Datenpartikel bildeten Linien und flossen durch Löcher in den Handgelenken des riesigen Mannes wie Blut in das System.

Jane fädelte sich in den Fluß ein und gelangte auf diese Weise in den Körper, indem sie sich als routinemäßige Aztechnology-Anfrage zum Sicherheitsstatus einloggte. Das Ice an der Oberfläche, das wie eine große, dreigeteilte Herzklappe vor ihr aussah, begutachtete ihren Code. Dann öffnete sich die Klappe und ließ sie ein.

Der ganze Vorgang nahm kaum eine halbe Sekunde in Anspruch. Null Problemo.

Im Innern des Systems setzte sich das Körperthema fort, doch mit einer bemerkenswerten Eigenart. Organe schienen in einer Suppe aus einer rötlichen Flüssigkeit zu schwimmen und auf wahllose, willkürliche Art miteinander verbunden zu sein. Ein gewaltiges Herz pumpte Datenpakete durch Arterien zu allen anderen Organen. Nieren, Leber und Hirn hingen im umliegenden Raum. Keine Lungen.

Ihre Analyse-Utility erkannte in den verschiedenen Organen Subsysteme, die vermutlich andere Funktionen verwalteten. Sie schoß zum Hirn, dessen Lappen in einem mattrosa Grau vor ihr aufragten. Sie folgte dem Strom der Datenpakete und versuchte sich zu diesem Subsystem Zugang zu verschaffen, indem sie ihre Sicherheitsanfrage-Identität noch einmal benutzte. *Keine Zeit zu verlieren.*

Zwei Herzschläge vergingen, bevor sie drin war. *Zu lange,* dachte sie. *Das könnte einen Alarm ausgelöst haben.*

Sie suchte nach einem Datenspeicher und fand ihn mit ihrem Analyse-Programm einen Augenblick später. Er hing wie ein riesiger Nervenknoten vor ihr. Sie startete das Dumbframe, das sie programmiert hatte, und befahl ihm, nach kürzlich erfolgten Klinikeinweisungen zu suchen, während sie die Dateien anhand des Datums überflog. In weniger als zehn Sekunden brachte ihr das Dumbframe sieben Einträge. Keiner davon paßte auf Ryan.

Verfluchter Drek! Jane hatte noch immer keinen konkreten Beweis dafür, daß Ryan Mercury alias Quecksilber sich hier in der Klinik aufhielt. McFaren und zwei andere Magier, die für Dunkelzahn arbeiteten, hatten etwas von Ryans Gewebe benutzt, um ihn mit ritueller Magie aufzuspüren. McFaren war sicher, daß Ryan hier war, und Jane vertraute ihm, aber sie wollte dennoch einen sichtbaren Beweis. Sie wollte ein Kamerabild von ihm.

Plötzlich fiel ihr etwas auf, als sie die Zimmerbelegung durchging. Eines der Zimmer, D307, war am gestrigen Tag aktiviert worden. Die Schlösser waren betätigt, Geräte und Überwachungskameras hochgefahren worden. D307 hatte eine Menge Aktivität erlebt, doch es war kein offizieller Eintrag erfolgt. *Das muß es sein.* Sie beschloß, sich die Kameraaufzeichnungen anzusehen.

Ein großes, Makrophagen-ähnliches Konstrukt stieß auf sie herab, als sie sich von der Ganglien-Datenbank löste und versuchte, sich aus dem Gehirn-Subsystem zu schleichen.

»Benutzeridentifikation«, sagte es.

»Köder«, sagte sie zu dem Dumbframe. Als sie sich dem Ice vor ihr zuwandte, um ihm ihre gefälschte Sicherheitsfreigabe zu übermitteln, schoß das Dumbframe an ihr vorbei und auf den Datenspeicher zu.

Das Ice setzte sich in Bewegung, um das Dumbframe abzufangen. Jane nutzte diesen Sekundenbruchteil aus, um ein Angriffsprogramm zu starten. In der Metaphorik dieses Mainframes sah ihr Angriff wie ein Bandwurm aus, der sich auf groteske Weise aus ihrer Persona spulte. Er wickelte sich um den Makrophagen wie eine Python, und in dem Augenblick, als das Ice das Dumbframe zerstörte, wurde es von dem Bandwurm zerquetscht. Die IC zersplitterte in unzählige Fragmente und löste sich auf.

Dann schoß sie in das Sicherheits-Subsystem, bevor mehr Ice sie festnageln konnte. Dieses Subsystem sah wie ein Krebsgeschwür am Ansatz des Rückgrats aus, und sie erkannte rasch, daß es sich im passiven Alarmzustand befand. Sie überprüfte noch einmal ihr bestes Masken- und Schildprogramm, bevor sie versuchte, dem Subprozessor die Befehle zu geben, welche ihr Einblick in die Kameraaufzeichnungen gewähren würden. Alles lief reibungslos, bis sie ausdrücklich die Trideoaufzeichnungen für Raum D307 anforderte.

Plötzlich materialisierten ein Makrophage und zwei symbiotisch aussehende Konstrukte in ihrer unmittelbaren Umgebung. Die Symbionten sahen wie Bakterienzellen mit verstärkten Wandungen und massiver Glykoproteinbewaffnung aus, und sie brauchte ihre Analyse-Utility nicht, um zu wissen, daß sie schwärzestes Ice waren. Die Utility bestätigte es nur, erwähnte jedoch noch, daß das Ice psychotropischer Natur sei.

Einfach Sahne. Schwarzes Ice konnte töten, indem es eine Biorückkopplung im Hirn des Deckers erzeugte und zum Herzstillstand oder zum Gehirnschlag führte, während das Opfer eine Reihe krampfartiger Anfälle durchlief. Jane hatte so etwas einmal miterlebt, und das war einmal zuviel gewesen. *Psychotropisches* schwarzes Ice konnte etwas viel Schlimmeres als töten. Es pflanzte unterbewußte Ängste in den Verstand eines Deckers.

Diese Ängste reichten von relativ harmlosen Phobien wie eine Aversion gegen das Eindringen in die Matrix bis hin zu Manien und Paranoia, was dazu führen konnte, daß der Decker sich ausstöpselte, Amok lief und jeden in seiner unmittelbaren Umgebung umbrachte. Sie wollte nicht, daß dieses Ice sie berührte.

Sie hatte genau das richtige Gegenmittel. Eines ihrer besten Angriffsprogramme. Sie startete es und sah, wie der Code vor ihren Augen materialisierte. Er sah aus wie ein kleiner, schwach leuchtender Stern. Sie aktivierte ihr Schildprogramm, während sie gleichzeitig die Sonnenschirm-Utility aufrief, die vor der Bombe schützte. Als diese eine Mikrosekunde später hochging, explodierten Scherben aus grellem Licht aus dem Stern, als ginge eine kleine Sonne auf.

Der Makrophage verschwand einfach unter dem Lichtansturm, und in der verstärkten Zellwandung eines der Symbionten erschienen Löcher, aber der andere schien den Angriff unbeschadet überstanden zu haben.

Verdammt robuste Schilde an diesem Code.

Aus dem unbeschädigten Symbionten spulte sich eine Ranke DNS, die sich über ihm krümmte. Das Matrix-Äquivalent zu Monodraht. Er peitschte in ihre Richtung, so scharf wie ein geschliffener Diamant. Sie hatte keine Zeit auszuweichen, und die DNS-Peitsche traf ihren Schild. Schmerzen schossen durch ihre Schulter, und der getroffene Teil des Schilds löste sich auf.

Zwei weitere Symbionten tauchten auf. Das System hatte jetzt auf akuten Alarmzustand umgeschaltet. Drek! *Dreieinhalb zu eins ist kein gutes Chancenverhältnis,* dachte sie. *Zeit, sich zu verstecken.*

Sie bildete Worte in ihrem Verstand und schickte sie als Datenpakete ab. »Axler«, sagte sie, »die Zielperson befindet sich sehr wahrscheinlich im D-Flügel. Eine Etage höher. Zimmer D307.«

Dann führte sie ihre Fluchtsequenz Alpha aus. Zuerst zog sie sich mit einem raschen Spurt von dem Ice zurück, wobei sie einen weiteren Treffer von der DNS-Peitsche abbekam. Augenblicklich aktivierte sie ein Barrierenprogramm, das hinter ihr eine transparente Mauer bildete. Die Mauer würde kaum mehr als ein, zwei Angriffen standhalten, aber das brauchte sie auch nicht. Ihr Zweck bestand darin, sie abzuschirmen und das Ice zu bremsen.

Sie ließ ein Smartframe neben sich materialisieren. Die Persona des Frames entsprach ganz genau ihrer eigenen, ein Datenklon, und war mit ihren besten Ausweichalgorithmen ausgestattet. Als i-Tüpfelchen kopierte sie ihre Datenspur auf das Frame, so daß es in der Lage sein würde, ihren Weg zurückzuverfolgen und das System zu verlassen. Sie ging nicht davon aus, daß es bis zum Ausloggen kommen würde, aber der Rückzug würde dadurch echt aussehen. Es mochte reichen, um das Ice zu täuschen.

Schließlich startete sie eine neue Maskenutility, welche die Oberflächengestaltung der Datenleitung kopierte und ihre eigene Persona in eine exakte Nachahmung der Wand verwandelte. Sie machte sich so klein wie möglich und drückte die Daumen. Wenn das nicht funktionierte, war sie mit ihrem Latein so gut wie am Ende.

Die Symbionten durchbrachen die Barriere in dem Augenblick, als ihr Smartframe aus dem Sicherheits-Subsystem ausbrach. Janes Puls raste, als das Ice an ihr ohne innezuhalten vorbeiwalzte, nicht einmal zögerte, um sie zu analysieren.

Einfach umwerfend! Das war der Grund, warum sie deckte.

Jane wartete sechs lange Sekunden einfach nur ab, in der Matrix eine Ewigkeit. Dann startete sie eine Medic-Utility, um den Schaden zu reparieren, den die DNS-

Peitsche ihrer Persona und ihrem Schild zugefügt hatte. Als sie sicher war, daß das schwarze Ice verschwunden war, kehrte sie in die CPU des Sicherheits-Subsystems zurück. Mittlerweile war der aktive Alarm aufgehoben worden, vermutlich deshalb, weil das schwarze Ice ihren Smartframe-Köder erwischt und ausgelöscht hatte. Diesmal versuchte Jane nicht, sich Zugang zu den Kameraaufzeichnungen für Zimmer D307 zu beschaffen. Diese Daten waren höchstwahrscheinlich immer noch zu heiß. Statt dessen forderte sie eine Übermittlung der aktuellen Kameraaufzeichnungen der Klinik an.

Die CPU kam ihrem Befehl ohne Verzögerung nach, und sie machte sich auf die Suche nach ihrem Team. Axler, Grind und McFaren hielten sich nicht mehr im Untersuchungsraum auf, und sie entdeckte sie auch nicht auf dem großen Flur, der als Cafeteria diente.

Jane kontrollierte rasch die anderen Flure, sah ihr Team aber nicht. Was gut war, weil das vermutlich bedeutete, daß sie sich dem Zugriff der Überwachungskameras entzogen hatten. Sie hoffte nur, daß sie nicht aufgeflogen waren. Wenn sie in einem der Hochsicherheitstrakte verhört wurden, würde sie nicht in der Lage sein, sie mit diesen Kameras ausfindig zu machen.

Blieb noch eine Sache, bevor sie sich ausloggte. Ihr Zählwerk zeigte an, daß sie bereits 245 Sekunden online war. *Dieser verdammte Cyberkampf hat viel zu lange gedauert.* Es war unwahrscheinlich, daß ihr eigenes Halteprogramm den verschwindenden SAN noch offenhielt, und ihr blieben noch fünfundfünfzig Sekunden, bevor das Smartframe den SAN erneut aufrufen würde.

Sie nutzte die Zeit, um einige Daten in die Speicher des Sicherheits-Subsystems einzuschleusen: Die Netzhaut- und Fingerabdruck-Daten ihrer Teammitglieder mit falscher Identifikation. Bei der nächsten Überprüfung, die einen Vergleich mit einem Back-up-Protokoll beinhaltete, würden die neuen Daten gelöscht werden, aber bis dahin würden Axler, Grind und McFaren leichter durch die Kontrollpunkte kommen.

Sie wollte sich gerade ausloggen, als sie plötzlich erstarrte, unfähig, sich zu bewegen. Sie verspürte einen Druck, ein Gefühl, als ertrinke sie. Es war, als liege ein gewaltiger Sack mit nassem Sand auf ihrer Brust, der wuchs und immer schwerer wurde, bis sie nicht mehr atmen konnte.

Die Blutgefäß-Wände verblaßten und wichen einem vornehmen Büroraum, der rings um sie materialisierte. Mahagonivertäfelte Wände, indirekte Beleuchtung, klassische Musik. Der Geruch nach Holz und frisch gebackenem Brot wehte herein.

»Bitte setzen Sie sich«, ertönte eine tiefe Stimme.

Ein Stuhl tauchte neben ihr auf, und sie bemerkte, daß ihre Masken-Utility nicht mehr funktionierte. Sie war wieder die Konzern-Schnalle in engem roten Leder. Sie sondierte den Raum mit ihrer Analyse-Utility, aber die half ihr nicht weiter. Solider Code, glatt wie Teflon, hart wie Stein. Wie Hardware.

»Entspannen Sie sich«, meldete die Stimme sich wieder. »Sie gehen eine Zeitlang nirgendwohin.«

Jane antwortete nicht und setzte ihre Suche nach einem Ausgang fort. Es mußte zumindest einen geben.

»Ich heiße Thomas Roxborough. Wie heißen Sie?«

Roxborough? Ich bin erledigt. Jeder wußte, daß Thomas Roxborough ein Bottich-Fall war und eine Legende in der Matrix. Jane rang gegen das unsichtbare Gewicht auf ihrer Brust nach Atem.

»Es bekümmert mich, daß Sie so unkooperativ sind«, ertönte Roxboroughs Stimme. »Zwang ist eigentlich nicht mein bevorzugter *Modus operandi*. Aber wenn Sie darauf bestehen ...«

Das Gewicht auf ihrer Brust wurde unerträglich, und sie stürzte zu Boden. Schnappte nach Luft. Keiner ihrer

Codes funktionierte in diesem System, was es auch sein mochte. Selbst ihre Abbruchsequenz für absolute Notfälle hatte keine Wirkung. Sie versuchte sich so weit auf die wirkliche Welt zu konzentrieren, daß sie in der Lage sein würde, sich mit ihrer Hand aus Fleisch und Blut auszustöpseln.

Ohne Erfolg. Ihre Wahrnehmung war fest in diesem Raum verankert. Sie spürte nichts außer ihrer Atemnot. Das Gewicht, das sich wie kalte Erde auf ihrem Grab anfühlte, während sie langsam, aber unaufhaltsam lebendig begraben wurde.

Plötzlich kehrte das schwache Brennen zurück. Als beobachte sie jemand. Es war ein heißer Juckreiz auf ihrer Haut, stärker als je zuvor. Ein rauhes Kratzen im Hals.

»Was versuchen Sie da?« fragte er harsch, und die Lautstärke ließ ihren Schädel dröhnen.

Ich mache nichts. Das bin ich nicht.

Die Empfindung wurde stärker, aus dem Kribbeln wurde ein Brennen. Das Brennen nahm zu, bis sie das Gefühl hatte, mit Napalm übergossen worden zu sein. Dann ließ es nach wie ein Fieber, und nur Kühle blieb zurück. Sie bemerkte, daß sich ein Teil des Bodens geöffnet hatte. Ein wirbelnder Strudel aus Licht und verwaschenen Farben tat sich neben ihr auf.

Dann hörte sie ein Flüstern wie von einem Geist in ihrem Verstand. »Komm.« Es war nicht Roxboroughs Stimme. Jemand anders half ihr.

Was blieb ihr anderes übrig? Sie hatte die Wahl, zu ersticken oder in diesen Lichttunnel einzutauchen. Sie kroch, stieß sich mit aller Kraft ab. Mobilisierte alle Kräfte, als sie sich dem Rand, dem digitalen Ereignishorizont näherte.

Eine Persona tauchte hinter ihr auf, als sie den Rand erreichte – ein Mensch in einem Anzug mit lockigen braunen Haaren. Er war eine exakte Nachbildung der

Systemarchitektur. Seine Hände schossen herab, um ihre Knöchel festzuhalten. »Alice! Ich lasse nicht zu, daß du sie nimmst«, schrie er in den Strudel. Die Stimme war die von Thomas Roxborough. »Was bedeutet dir diese Person? Wer ist sie?«

Doch das Flüstern antwortete nicht, und Jane zog die Knie an die Brust, als sie über den Rand kippte und in den Strudel fiel.

11

Er hing wie ein Tropfen schwarzer Tinte vor dem dunkleren Nachthimmel an der alten verrosteten Leiter des Vergnügungsparkturms. Der brennende Geruch eines Sommerfeuers lag in der glühendheißen Luft, als er sich das Fernglas vor die Augen hielt und auf den gewaltigen Felsen aus Obsidianglas im See am Fuß des Hügels schaute. Der schwarze Stein war mit Orichalkum durchsetzt, das strahlend golden leuchtete, während der mächtige Magier es mit neuem Leben erfüllte.

Plötzlich drangen Schreie an seine Ohren. Beharrliche, gellende Schreie eines Lamms in Menschengestalt. Ein Kind? Dann verstummten die flehenden Schreie, als ein Obsidianmesser zustach. Ein rascher Schnitt von einem weißhäutigen Menschen mit dunklen Haaren und einem Bart. Sein Lächeln war grausam und spöttisch, die Augen blickten hämisch und trunken von Macht. Er kam ihm *bekannt* vor.

Der Mann hielt das Kind bei den Haaren – ein dunkelhäutiges Mädchen am Anfang der Pubertät – und zog den Kopf in den Nacken, so daß ihr roter Lebenssaft in einen Trichter lief. Das Blut floß durch eine schmale Röhre, die durch das Wasser zu dem Obsidianstein auf dem Grund führte. Dünne rote Wolken bildeten sich in dem kristallklaren Wasser am Ende der Röhre und wallten vor dem Stein auf, während der letzte gurgelnde Schrei des Mädchens verstummte, als es starb.

Er spürte das Messer, als hätte es ihn anstelle des Mädchens getroffen. Ein sengender Schmerz im Hals, ein Blutstrom, der seine Kehle füllte und ihn zu ersticken drohte. Bevor …

Er schoß kerzengerade in seinem Krankenbett in die Höhe. Die kalten entfernten Lämpchen der Maschinerie an der Wand zu seiner Rechten blinkten ihn in stummem Spott über seinen Alptraum an. Atmen. Atmen. Schweiß verdunstete auf seinem Rücken.

Woher kommen diese Träume? Er konnte sich an nichts dergleichen erinnern, obwohl seine Erinnerung jetzt langsam zurückkehrte. Er kannte seinen Namen. *Thomas*, dachte er. *Ich heiße Thomas.*

Thomas Roxborough.

Das war die eine Wahrheit, an die er sich klammerte, der Fels in der Brandung sprunghafter Erinnerungen.

In diesem Augenblick öffnete sich mit einem Klicken die Tür, und eine Technikerin trat ein. Sie war groß und breitschultrig, und er kannte sie nicht. Ihr welliges blondes Haar rahmte ein glatthäutiges Gesicht ein, das hübsch gewesen wäre, wenn die dunklen Augen weicher und ihr Ausdruck weniger kalt gewesen wäre. Scharfkantige Ausbuchtungen unter ihrem Laborkittel ließen Warnlampen in seinem Verstand aufleuchten, als er sie auf sich zukommen sah.

Irgend etwas stimmte nicht.

Aber was sollte er unternehmen? Er wußte es nicht.

Sie stand neben seinem Bett, bevor er sich dazu entschließen konnte, etwas zu tun. »Ryan, ich bin's«, sagte sie. »Axler.«

»Diese Frau kennt mich? Und sie hat mich Ryan genannt. Warum nicht Thomas?«

Er antwortete nicht, obwohl sie ganz offensichtlich auf irgendeine Bestätigung wartete. Dann nickte er. Am besten spielte er mit.

»Wir sind hier, um dir zur Flucht zu verhelfen.«

Wir? Dann fiel ihm auf, daß sich die Tür zu seinem Zimmer nicht völlig geschlossen hatte. Etwas hielt sie auf, obwohl er dort nichts sehen konnte.

»Du mußt unter Drogen stehen«, sagte sie. »Kannst du dich bewegen?«

Er nickte wieder.

»Gut.« Sie gab ihm ein schwarzes Kleiderbündel. »Beeil dich und zieh das an, bevor der Alarm losgeht und den ganzen Laden aufweckt.«

Er starrte sie nur an, wußte nicht, was er tun sollte. Wie konnte er einfach mit einer Fremden weggehen?

»Mach schon!« zischte sie mit leiser, bedrohlich klingender Stimme. »Wir sind hier in Gefahr, Ryan! Verstehst du?«

Schon wieder Ryan? Trotz der Härte in ihren Augen konnte er erkennen, daß sie es aufrichtig meinte. Ihr lag etwas an seiner Sicherheit. »Ich verstehe«, sagte er. »Aber ich kann nicht mitkommen.«

Axlers Augen verengten sich. »Ich habe keine Zeit für diesen Quatsch, Ryan«, sagte sie. Dann griff sie unter ihren Laborkittel, und als die Hand wieder hervorkam, war sie nicht mehr leer. Zu schnell, um der Bewegung zu folgen, schoß ihre Hand zu seinem Hals.

Und hinterließ dort ein Pflaster. Ein Hautpflaster mit irgendeiner Droge.

»Tut mir leid, Ryan. Ich habe gerade keine Zeit, um mit dir zu diskutieren.«

Es dauerte nur ein paar Augenblicke, bis seine Muskeln sich entspannten. Er sackte in ihre Arme. Seine Sinne schienen sich von seinem Körper zu lösen, und er stellte fest, daß er sich nicht bewegen konnte.

Axler warf ihn sich über die Schulter. Sie war stärker als sie aussah. »Grind«, sagte sie leise, als sie das Zimmer verließ und den Flur betrat. »Ich kann Jane nicht erreichen. Kommst du zu ihr durch?«

»Nein«, antwortete eine schroffe Stimme aus dem Nichts. Niemand war zu sehen. *Magische Unsichtbarkeit?*

»Drek, wo ist sie?«

Axlers Schulter hämmerte gegen seine Brust, als sie den schwarz-weiß gekachelten Flur entlanglief. Der Posten am ersten Kontrollpunkt schien zu schlafen und bewegte sich nicht, als sie sich ihm näherten. Sein Kopf ruckte hoch, als ihn einer von Axlers unsichtbaren Begleitern an den Haaren packte. Das Auge des Mannes wurde vor den Netzhautscanner positioniert, und das Schloß öffnete sich.

»Das war der schwierige Teil«, sagte Axler, als sie durch die Tür waren. Sie kamen an den Fahrstühlen vorbei, die ihn zu den Tanks gebracht hatten. Ein Teil von ihm, ein Teil von Thomas Roxborough, befand sich immer noch dort in einem Bottich.

Oder war er Ryan? *Wer, zum Teufel, bin ich? Und wovor fliehe ich?*

Axler trat vor eine weitere Tür, sah in den an der Wand angebrachten Netzhautscanner und murmelte: »Ich hoffe nur, daß Janes Codes noch funktionieren. Und ich hoffe, du weißt den Drek zu schätzen, den ich für dich durchmache, Ryan.«

Dann bin ich wohl Ryan, dachte er. *Wenigstens einstweilen.*

Ryan spürte das kollektive scharfe Luftholen der beiden anderen Komplizen. Aber die Tür öffnete sich, und Axler führte sie hindurch. Null Problemo. Hinter der Tür befand sich ein breites Treppenhaus ohne Fenster.

Sie gingen zwei Stockwerke nach unten, und dort brachte Axlers Netzhaut sie wieder durch die Tür, in einen breiteren Flur mit mehreren Leuten darin. Ryan hörte sie mehr, als er sie sah. Seine Augen waren offen, und er konnte sehen, aber er hatte keine Kontrolle über seine Muskeln. Sein Kopf schwankte hin und her.

Ryans Blickfeld wurde größtenteils von Axlers Laborkittel ausgefüllt, aber die Leute, die er sah, ließen eine schleichende Übelkeit in ihm hochkriechen. Eine

Person sah er ganz aus der Nähe, früher vielleicht eine Zwergenfrau, aber jetzt war ihr Körper fast gänzlich kybernetischen Gliedern und einem Torso mit menschlichen Proportionen gewichen. Alles Äußerliche war künstlich. Abgesehen vom Kopf der Zwergin. Der Zwergen-Cyborg ging unbeholfen. Offenbar hatte sich der Körperschwerpunkt verändert, und die Umgewöhnung schien noch nicht erfolgt zu sein.

Ich bezweifle, daß das je vollkommen möglich sein wird, dachte Ryan. Und je mehr Leute er sah, desto klarer wurde ihm, daß kaum noch Leben in ihnen steckte. Alle waren größtenteils Maschinen, und die meisten waren wandelnde Hüllen. Ihr Willen war nur noch ein trüber Schatten. Es war ein jähes Verständnis, das durch unzählige Eindrücke kam, ein Gefühl, das durch den Geruch nach synthetischen Schmiermitteln und der absonderlichen Uniformität der kybernetischen Teile zustande kam.

Axler lief zur Doppeltür am anderen Ende des Flurs. Trotz Ryans Gewicht auf ihrer Schulter bewegte sie sich sehr schnell. Ryan revidierte die Einschätzung ihrer Kraft und Schnelligkeit erneut nach oben. *Sie ist viel mehr, als sie zu sein scheint,* dachte er.

Grind flüsterte hinter ihnen: »Ich kann Jane immer noch nicht erreichen.«

»Jane«, funkte Axler über Kehlkopfmikrophon. »Jane, hörst du mich?«

Sie wartete ein paar Sekunden. »Jane muß offline sein«, sagte Axler, indem sie sich zu ihren unsichtbaren Komplizen umdrehte. »Ich werde Dhin ohne sie rufen.«

»Verstanden«, sagte Grind.

Axler zog eine Maschinenpistole unter ihrem Laborkittel hervor. »Los, Dhin«, sagte sie. »Hast du verstanden? Sofortiger Abschuß.«

Sie hatten die Doppeltür erreicht, und Axlers Netzhaut öffnete das Schloß. Sie öffnete die Tür einen Spalt weit und hielt sie mit dem Fuß angelehnt. Und wartete. Eine Sekunde. Zwei.

Der Boden erbebte von einer gewaltigen Explosion. Im gleichen Augenblick stieß Axler die Tür auf und lief in das frühmorgendliche Sonnenlicht. Sie spurtete über eine schmale freie Fläche mit gepflegten Gärten und ordentlich gestutzten tropischen Bäumen. Das Gelände war auf der einen Seite von der Klinikmauer und auf den anderen drei Seiten von einem Zaun umgeben. Einem fünf Meter hohen Elektrozaun mit einer Lage Monodraht als Abschluß. Ryan wußte durch bloßes Hinsehen, daß der Zaun elektrisch geladen war, obwohl es ihm ein Rätsel war, woher er das wußte.

Ein Geräuschorkan fegte über ihn hinweg, während Axlers spitze Schulter sich in seine Eingeweide bohrte. Alarmsirenen jaulten. Automatische Waffen knatterten zu seiner Rechten los, als ein Kampfhubschrauber ein paar Bodentruppen unter Beschuß nahm, die das Klinikgelände abzuriegeln versuchten.

Ryan sah das Ergebnis der Explosion. Eine Granate hatte den Zaun am anderen Ende der freien Fläche getroffen und ein großes Loch gerissen. Über verbrannter Erde hatte sich eine zehn Meter breite Öffnung aufgetan. Doch vor dem Loch wimmelte es von Sicherheit, und Axler lief zum gegenüberliegenden Zaun.

»Au!« ertönte eine Stimme, die Ryan nicht kannte. Eine Sekunde später wurden zwei Personen sichtbar. Diejenige, welche den Laut ausgestoßen hatte, war ein Mensch in Jeans und einem MIT&T-T-Shirt. Die andere war Grind, ein Zwerg, dessen Arme durch kybernetische Glieder ersetzt worden waren. Ein dritter Arm, der etwas anders geformt war, ragte aus der rechten Seite seiner Brust. Grinds stark gekräuseltes Haar war schwarz, das Gesicht vernarbt. Er kniete sich vor den Zaun und zückte eine kleine kreisrunde Säge. Über seiner Schulter hing eine Maschinenpistole.

Der Mensch schaute in die Luft und hob die Hände in einer rätselhaften Geste. »Hier ist ein Magier im Astralraum. Augenblick.« McFaren schien einen anderen Ort zu sehen, während er verschnörkelte Gesten beschrieb.

Ryan konzentrierte sich darauf herauszufinden, was der Magier tat. Und plötzlich sah er es. Die Welt verschwamm für einen Augenblick, und Licht und Schatten veränderten sich zu einer seltsamen Welt, die irgendwie gleich, aber auch völlig anders aussah. Jedes Lebewesen leuchtete in prismatischer Schönheit in allen Farben des Regenbogens.

Dann sah er den Magier, der wie ein feuriger Phoenix in der Luft schwebte. Ein Energieblitz zuckte von McFaren zu dem anderen Magier. Der Phoenix schimmerte auf, flackerte und verschwand. *Starker Zauber,* dachte Ryan.

»Der ist weg, aber es kommen noch mehr«, sagte McFaren.

»Ich bin durch.« Das war Grind.

»Dann nichts wie weg hier.« Axler zerrte Ryan durch das Loch im Zaun. Links von ihm wurde wild geschossen. Sirenen jaulten. Ryan bekam Erde in den Mund, als Axler ihn sich wieder über die Schulter warf. Ihre spitzen Knochen stießen in seinen Bauch, während sie über die dreißig Meter offenes Gelände bis zum Rand des Dschungels spurtete. Sie drang ein paar Meter tief in das dichte Unterholz ein, bis sie in Deckung war, und ließ Ryan dann hinter einem Baum auf den feuchten Dschungelboden fallen.

»Dhin, kannst du uns sehen?«

»Hab euch klar im Visier, Grind. Soll ich euch 'ne Rakete schicken?«

»Vielleicht ein andermal, Chummer. Wie wär's mit 'ner Mitfahrgelegenheit?«

»Bin schon unterwegs.«

Der Hubschrauber schwang zu ihnen herum, wobei er wild hin und her schaukelte, um dem Beschuß der Bodentruppen auszuweichen. Er hatte sich fast aus dem Kampfgetümmel gelöst, als unerwartet von irgendwo auf dem Klinikdach eine Rakete abgeschossen wurde. Sie raste durch die Wolke aus Dampf und Rauch über dem Schlachtfeld. Ryan sah, wie die Rakete gegen den Hubschrauber prallte, einen Sekundenbruchteil später explodierte und das Metall der Wandung in einem weißglühenden Blitz zerfetzt wurde.

»Dhin!« rief Axler fassungslos.

Lodernde Flammenzungen zerfraßen die Antriebsabdeckungen. Feuer und Rauch wallten wie der Atem eines Dämonen auf, als der Hubschrauber ins Trudeln geriet. Dann bekam er den Gnadenschuß, als das Cockpit von einem magischen Höllenfeuer getroffen wurde, in dem die Windschutzscheibe aus Makroplast in Sekundenbruchteilen schmolz und jeder verbrannte, der sich dahinter befand.

Der Hubschrauber stürzte ab. Er explodierte vor dem Aufprall, und Flammenstrahlen und ein Splitterregen schossen aus dem Motor. Dann schlug der Rumpf auf, wobei er zuvor noch die Klinikmauer streifte, bevor er mit dem gräßlichen Geräusch reißenden Metalls zerschellte.

Das kann niemand überlebt haben, dachte Ryan.

»Drek!« sagte Axler. »Ich hoffe nur, daß Dhin nicht in dem Hubschrauber war, sonst wird es eine lange Heimreise.«

12

Der Geist Lethe hing im Astralraum und schaute auf das Drachenherz – ein solider pulsierender Ball von immenser Macht, der in der Mitte eines kunstvoll gearbeiteten Kreises ruhte. Die Linien und Formen des Kreises waren in den glatten Steinboden der kleinen Kammer gemeißelt. Miteinander verbundene Runen bildeten den Umkreis, während kompliziert gestaltete Dracoformen die Fläche ausfüllten.

Das physikalische Muster wich einem durchscheinend blauen und silbernen Vorhang im Astralraum. Das hypnotische Gewebe tanzte und bewegte sich, verschmolz und bildete Formen rings um das Drachenherz. Der Gegenstand selbst bestand aus einem magischen Metall von matt bronzener Farbe und war wie ein echtes vierkammriges Herz geformt. Die Oberfläche war glatt und makellos, in den Stein eingebettet, auf gleicher Höhe mit dem Boden und direkt in der Mitte des gemeißelten Kreises. Das Motiv, welches das Herz direkt umgab, war die Felszeichnung eines großen Drachen. Das Bild war mit so feinen Kerben in den Stein eingeritzt worden, daß Lethe den Drachen erkannte.

Dunkelzahn.

Doch Dunkelzahn war tot. Lethe hatte von seinem Tod erfahren, weil er Gespräche mitgehört hatte. Er hatte von der großen Explosion an einem Ort namens Washington FDC erfahren. Doch als er sich zu Nachforschungen dorthin aufmachte, hatte er ein Gewitter über der Explosionsstelle entdeckt – ein magisches Gewitter, dessen Zentrum über dem Bombenkrater lag. Wenigstens behaupteten die Leute das.

Das Gewitter hatte wie ein Strudel aus violetten Blitzen und roten Wolken ausgesehen. Es umspannte Welten, von der physikalischen zur astralen bis zu den Metaebenen, als sei das Gewebe des Universums an jener Stelle tatsächlich eingerissen. Es gab keine Spur von Dunkelzahn, kein Zeichen oder Echo von ihm, das Lethe erkennen konnte.

Jetzt, tief in Dunkelzahns Bau, betrachtete Lethe das Drachenherz. Es war seine letzte Hoffnung, Thayla zu helfen. Vielleicht war Dunkelzahns Teilnahme nicht unbedingt nötig, vielleicht konnte Thayla das Drachenherz verwenden, um die Dunkelheit daran zu hindern, sich weiter auszubreiten.

Es gab nur ein Problem: Lethe konnte den Gegenstand nicht berühren. Seitdem er Thayla verlassen hatte, war er gewachsen, hatte erfahren, daß er viele Fähigkeiten besaß, viele Kräfte. Es war ihm gelungen, an den Geistern und Metamenschen vorbeizuschlüpfen, die den Bau bewachten. Er konnte den hypnotischen Vorhang durchdringen und sich mit der Macht des Drachenherzen kurzschließen. Dabei spürte er etwas wie die Kraft von Thaylas Lied, das ihn durchpulste. Dasselbe, aber anders. Das Lied des Drachenherzen war rauher, heiserer, und er konnte seine Macht anzapfen, wenn er es versuchte. Er konnte sie benutzen, um sein Bewußtsein auszudehnen. Er konnte sie benutzen, um den Charakter des Hüters zu manipulieren, das Wesen der Magie, aus der die Drachenhöhle ringsumher bestand. Doch Lethe nahm Abstand davon, das Drachenherz zu benutzen. Es war, als wolle man die Kraft der Sonne einsetzen. Ehrfurchtgebietend und erschreckend.

Doch trotz seiner neuen Fähigkeiten konnte er das glatte Metall des Gegenstands nicht berühren. Er hatte keine Möglichkeit, sich zu manifestieren und ihn aufzuheben. Also blieb er auf dem Boden, fest in der physikalischen Welt verankert. Nutzlos für ihn. Nutzlos für Thayla.

Zeit verstrich, während Lethe über sein Dilemma

nachdachte. Er konnte versuchen, die Hilfe eines anderen Geistes oder eines Metamenschen mit magischen Kräften zu gewinnen, aber er kannte niemanden, der ihm zu Hilfe kommen konnte. Er kannte *überhaupt* niemanden. Nur Thayla, aber sie konnte ihren Platz auf der Brücke nicht verlassen.

Vielleicht ein anderer Drache? dachte er. Aber er wußte nicht, ob er den anderen Drachen vertrauen konnte.

Wieviel Zeit verstrich, bis die Gruppe Metamenschen die kleine Kammer betrat, wußte Lethe nicht. Es waren vier, groß und schlank, die sich leise bewegten. Verdächtig.

Zwei von ihnen leuchteten grell und zeigten damit Macht im Astralraum. Magier oder Schamanen, vermutete Lethe. Doch die anderen waren Normalsterbliche und in der physikalischen Welt verankert. An einigen Stellen sahen sie sogar löchrig aus, so als hätten sie Teile von sich verloren. Anscheinend hatten sie Metall und Plastik in ihren Körper implantiert. Lethe hatte ein paar andere mit ähnlichen astralen Entstellungen gesehen, doch bei niemandem war es so schlimm gewesen wie bei diesen beiden.

Die beiden Zauberer begutachteten den Kreis und umschritten ihn, während sie in das hypnotische Gewebe des durchscheinenden Vorhangs schauten; auf die Falten im Gewebe des Raums, die vom Drachenherz geschaffen wurden.

»Laut Spürer ist das die Stelle«, sagte einer.

»Kannst du den Hüter durchbrechen?«

»Ich sagte doch, ich könnte es, oder? Bewach nur den Eingang, Liner.«

»Wie lange?«

»Es wird einige Zeit dauern, auch wenn wir beide daran arbeiten.«

Die beiden Normalsterblichen postierten sich am Eingang der Kammer, währen die anderen mit der Arbeit an dem hypnotischen Vorhang begannen. Einer der beiden Zauberer, eine Frau, nahm einen Beutel von ihrem Gürtel und entnahm ihm ein paar Händevoll grünen Sand. Sie sprach ein paar Worte in Sperethiel – der Elfensprache – über den Sand. »*Tan'ath lie armma diesk cycampeth waregram'cen.*«

Lethe verstand die Worte. »Verschleiere die Macht dieses Hüters. Trübe die Bilder, die Macht dessen, was du beschützt.«

Der andere Zauberer hatte einen Spruch vorbereitet, der im Astralraum wie ein komplizierter Schlüssel aus Feuer und Blitz aussah. Er versuchte den Schlüssel in das Gewebe des Vorhangs einzuführen. Zeit verstrich, als der Zauber seine Wirkung entfaltete, bis er ein kleines Loch durch den Vorhang gebohrt hatte.

Die Frau warf den grünen Sand durch das Loch, so daß die Körner die Kerben der eingeritzten Bilder ausfüllten. An diesen Stellen wurde der Vorhang weniger solide und verdunkelte sich, bis der Hüter von einem schmalen Tunnel durchdrungen war.

Der bis zum Drachenherz reichte.

»Ich bin durch«, sagte die Frau.

»Wurde auch Zeit«, meldete Liner sich vom Eingang zu Wort.

Die Frau wob einen einfachen Zauber, den Lethe aufmerksam betrachtete. Der Zauber hob das Drachenherz von seinem Platz. Telekinese. Wenn Lethe diesen Zauber lernen konnte, würde er den Gegenstand vielleicht selbst bewegen können. Er beobachtete, wie das Drachenherz unter der Einwirkung des Zaubers über den grünen Sand durch den Tunnel – der Schwachstelle im Hüter – und in ihre Hände schwebte.

»Ich habe es.« Eine Minute lang drehte sie es fasziniert in den Händen. Das Drachenherz sah im Griff ihrer zierlichen Elfenfinger groß aus. Es hatte in etwa die Größe einer ihrer Hände. »Scheint aus solidem

Orichalkum zu bestehen«, sagte sie. »Sheila wird zufrieden sein.«

»Enthält es das verzauberte Orichalkum, das wir dem Wurm verkauft haben?«

»Höchstwahrscheinlich, aber das läßt sich jetzt unmöglich sagen. Als dieser Gegenstand geschaffen wurde, ist der Spürzauber zerstört worden.«

»Der Gegenstand ist aktiv?«

»Mit Sicherheit.«

»Gut. Laßt uns verschwinden«, sagte Liner.

»Ja, ich werde langsam nervös«, stimmte der andere Normalsterbliche zu.

Die Magierin verstaute das Drachenherz in ihrem Beutel und nickte den anderen zu. Dann waren sie verschwunden und eilten rasch durch die gewundenen Tunnel und das Labyrinth von Gängen in den Tiefen der Höhle. Lethe folgte ihnen halbherzig, da er nicht wußte, was er tun sollte. Sollte er sie aufhalten? Sollte er ihnen folgen? Wer waren diese Leute?

Dann geschah etwas. Ein Alarm ertönte, und viele Wachen und Geister kamen. Totale Verwirrung. Schüsse und haufenweise Magie. Lethe beobachtete aufmerksam und blieb dem Drachenherz auf den Fersen, aber er mischte sich nicht ein. Die Elfen, die den Gegenstand an sich genommen hatten, ließen das Labyrinth der Tunnel hinter sich und kamen zu einer schmalen Treppe, die sich durch das Gestein aufwärts wand.

Sie töteten jeden, der sie aufzuhalten versuchte, was Lethe falsch vorkam. Eine sinnlose Vernichtung von Leben. Sie näherten sich dem Ausgang und bereiteten sich darauf vor, gegen die kleine Gruppe von Wachen zu kämpfen, als Lethe jemanden erblickte …

Jemanden, der anders war.

Sie war offenbar eine Elfe und bekleidete eine Stellung, die mit Autorität verbunden war. Lethe fühlte sich auf unerklärliche Weise zu ihr hingezogen. Welch eine Ausstrahlung, welch eine Schönheit.

Sie stand in einem angrenzenden Gang in der Mitte einer Gruppe von Leuten und zog ihn mit ihrer imponierenden Ausstrahlung an. In der physikalischen Welt war sie natürlich, bezaubernd. Elegant mit ihrer porzellanfarbenen Haut, den smaragdgrünen Augen und dem rabenschwarzen Haar.

Ihre Autorität war offensichtlich, als sie mit einem großen, dunklen Ork sprach, dessen Aura ebenfalls dunkle Flecken aufwies. »Was ist los, Jeremy?«

»Brooks sagt, eine kleine Gruppe sei in die unteren Ebenen eingedrungen«, sagte Jeremy. »Aber der Hort scheint unberührt zu sein.«

»Wo sind die Eindringlinge?«

»Wir haben sie verloren«, sagte Jeremy. »Vorübergehend.«

»Lassen Sie mich wissen, wenn sie gefaßt werden. Ich will wissen, warum sie in den unteren Ebenen waren.«

»Sie müssen hinter dem Hort her gewesen sein«, sagte Jeremy. »Aber dann haben sie es mit der Angst zu tun bekommen.«

»Vielleicht.«

Ich muß mit ihr reden, dachte Lethe. *Ich kann ihr von dem Drachenherz erzählen und von den Elfen, die es genommen haben.* Doch anders als Thayla hörte sie seine Empfindungen nicht, als er mit ihr zu reden versuchte, und sie schien sich keiner anderen Welt hinter der physikalischen Realität bewußt zu sein.

Vielleicht kann ich einen Körper benutzen, um mit ihr zu reden? Der Gedanke kam ihm, und er handelte, ohne weiter darüber nachzudenken. Er umschloß Jeremys Geist und hüllte die Aura des Orks ein, um dann in den metamenschlichen Leib einzudringen. Er versuchte behutsam mit dem zerbrechlichen Geist umzugehen und achtete darauf, Jeremys Willen nicht völlig zu verschlingen.

Lethe füllte das Fleisch aus, wobei der Geist des Orks zu einem Nichts zusammenschrumpfte, bis er von Lethe absorbiert war. Er hatte den Körper vollständig übernommen. Dieses zerbrechliche Fleisch, das die metamenschlichen Geister Zuhause nannten. Es kam ihm so verletzlich vor. So schwach.

Der Körper dieses Wesens fühlte sich schwer und träge an. Er sah das verzerrte Bild der physikalischen Welt durch die Augen des Orks, hörte die gedämpften Geräusche durch dessen Ohren. Der Körper war im Vergleich zu Lethes reiner Geistform ungeschickt und unbeholfen und wartete mit einigen unvorhergesehenen Nebenwirkungen auf. Der Geruch der bezaubernden Elfe hatte eine erregende Wirkung auf den Körper des Orks, was Lethe nicht unangenehm fand.

Sehr seltsam, vollkommen unerwartet.

»Ich muß mit dir reden«, sagte er, und die Worte drangen unbeholfen aus dem Mund des Orks. Aber sie klangen nicht nach Jeremy. Der Unterschied war so groß, daß die Elfe sich wieder zu ihm umwandte.

»Wie war das, Jeremy?«

»Ich habe Jeremys Körper übernommen«, sagte Lethe, »um Kontakt mit dir aufzunehmen. Ich heiße Lethe, und ich bin, was du einen Geist nennst.«

Sie wich mehrere Schritte zurück und warf einen mißtrauischen Blick auf die Waffe an Jeremys Hüfte. »Was wollen Sie … Was willst du, Lethe?«

»Wie heißt du?«

»Nadja Daviar«, sagte sie.

Nadja Daviar, dachte Lethe. *Nein, nichts.* Er hatte gehofft, ihr Name würde einige Erinnerungen wachrufen, aber nichts dergleichen geschah.

»Ich kann dir sagen, was du wissen willst«, sagte er zu Nadja.

»Was meinst du damit?«

Jeremys Körper erwärmte sich unter Lethes Einfluß. »Die Leute, die hier eingedrungen sind, haben das Drachenherz genommen.«

»Was?«

»Das Drachenherz«, wiederholte Lethe, während Jeremy der Schweiß ausbrach. »Du weißt nicht, was das ist?«

»Nein.«

»Ein Gegenstand, den Dunkelzahn erschaffen hat. Ich muß ihn zu Thayla bringen.«

»Dunkelzahn hat mir nie von so einem Gegenstand erzählt.«

Mittlerweile war Lethe von mehreren Magiern umringt, und einige Wachen hatten ihre Waffen gezogen und auf Jeremys Körper gerichtet. Nadjas Aura war ein Mahlstrom intensiver Gefühle, aber nichts davon drang an die Oberfläche. Sie sprach in gemessenem Tonfall. »Was hast du mit Jeremy gemacht?«

»Er ist hier«, sagte Lethe. »Ich habe nur vorübergehend Besitz von ihm ergriffen. Ich werde ihn bald wieder verlassen, aber ich fühlte mich verpflichtet, mit dir zu reden. Ich komme von einem Ort des Lichts und der Musik, einem unwirtlichen Ort, der von der Stimme einer Göttin namens Thayla verzaubert wird. Ihr Lied schützt diese Welt vor der unmittelbar bevorstehenden Zerstörung. Sie hat mich geschickt, um Dunkelzahn und das Drachenherz zu finden, die ihr helfen können.«

»Dunkelzahn ist tot«, sagte Nadja.

Der Schweiß auf Jeremys Haut verwandelte sich in Dampf, und plötzlich umgab ihn ein verbrannter Geruch. *Ich muß diesen Körper bald verlassen*, dachte Lethe. »Ich habe von Dunkelzahns Tod gehört«, sagte Lethe. »Aus diesem Grund brauche ich deine Hilfe. Ich kann mich nicht manifestieren, um das Drachenherz zu tragen, und selbst wenn ich es könnte, weiß ich nicht, wie ich es über die Barriere schaffen soll, die deine Welt von meiner trennt.«

Nadja schüttelte zögernd den Kopf. »Lethe, ich weiß nicht ... Du klingst aufrichtig, aber ich weiß nichts von dieser Thayla. Dunkelzahn hat nie irgendein Drachenherz erwähnt. Was du mir erzählst, hört sich nach einer List an. Nach einem Trick, um irgendwie an Dunkelzahns Hort heranzukommen.«

Ihre Augen waren wie dunkelgrüne Steinsplitter, und Lethe konnte fast eine Andeutung von Zorn darin erkennen. »Aber selbst wenn es kein Trick ist«, fuhr sie fort, »glaube ich nicht, daß ich dir helfen kann. Meine Sicherheitsleute werden die Diebe fangen und alles, was sie gestohlen haben, auch das Drachenherz, aber ich kann nichts unternehmen, ohne deine Geschichte zuvor überprüft zu haben. Viele Leute wollen einen Teil von Dunkelzahns Erbe und machen vor nichts halt, um es zu bekommen. Es tut mir sehr leid.«

In diesem Augenblick brach Jeremys Körper zusammen, und seine Haut ging plötzlich in Flammen auf. Sein Herz explodierte in seiner Brust, und nach einer letzten Zuckung starb Jeremy. Lethe war gezwungen, das brennende Fleisch zu verlassen. Jeremys Geist ging mit ihm, riß sich von seinem physikalischen Widerpart los. Der Geist des Orks zerfaserte und floh, verschwand in der sanften Brise des astralen Windes. In der physikalischen Welt lag der Ork tot da, während Leute ihn umringten. Lethe war außerordentlich bestürzt. *Das hätte nicht passieren dürfen.* Er hatte keine Ahnung, was er als nächstes tun sollte. Er hatte das Drachenherz verloren. Er hatte einen unschuldigen Metamenschen getötet.

Und darüber hinaus, dachte Lethe, als er den traurigen Ausdruck auf Nadja Daviars Gesicht sah, die sich bückte, um Jeremy zu untersuchen, *habe ich den einzigen Verbündeten vor den Kopf gestoßen, den ich möglicherweise hätte haben können.*

13

Fallen, fallen. – Jane-in-the-box stürzte in den digitalen Strudel. Ihre Persona wurde von dem Tornado aus Licht und Statik in die Bytes ihrer Bestandteile zerlegt. Ein Wirbel aus violetten Fäden – Blitz ohne Donner. Nur das tiefe Zischen von Zufallsmustern.

Dann war es verschwunden, und Jane stand plötzlich an einer Straßenecke. Sie befand sich in ihrem physikalischen Körper – ihrem echten Körper –, der dünn wie eine Bohnenstange war, Haut und Knochen, und auf dessen Kopf ungewaschenes braunes Haar wie ein Vogelnest thronte. Sie fühlte sich schwach, und ihre knochigen Knie drohten nachzugeben. Sie brauchte etwas zu essen und eine Dusche.

Was ist passiert? Wo bin ich?

Hohe Gebäude aus Beton und verspiegeltem Glas reckten sich ringsumher in den Nachthimmel, aber auf der Straße gab es keinen Verkehr. Straßenlaternen beleuchteten den Gehsteig, und ihr Licht wurde von den verchromten Fenstern der Gebäude reflektiert. Doch es gab keine Leute. Nur Jane, eine sanfte Brise und die absolute Stille der leeren Stadt.

Plötzlich berührte jemand ihre Schulter.

Jane fuhr herum und sah eine junge Frau, menschlich, etwa fünfundzwanzig Jahre alt, mit schulterlangen blonden Haaren, heller Haut und meerblauen Augen. Sie trug schwarze Jeans und ein einfaches weißes Top. »Entschuldige, daß ich dich erschreckt habe«, sagte sie und nahm einen Zug von ihrer Zigarette. »Willkommen im Wunderland. Ich bin Alice.«

Jane wich einen Schritt zurück. *Wie bitte?* Das Wunderland war eine Matrix-Legende. *Ich bin immer noch eingestöpselt!*

Die virtuelle Realität ringsumher war so täuschend echt, daß sie von der wirklichen Welt nicht zu unterscheiden war. Ein ultravioletter Raum. Sie konnte sogar den Zigarettenrauch riechen. Jane hatte Gerüchte gehört, daß UV-Räume existierten, jedoch niemals einen erlebt. Sie hatte diesen Gerüchten keine große Bedeutung beigemessen und niemals an das Wunderland geglaubt – den berüchtigten Ort, der von mysteriösen Konstrukten und verlorenen Daten bevölkert wurde.

Jane sah Alice an. »Willst du mich hochnehmen?«

Alice lachte. »Nein«, sagte sie. »Ich nehme dich nicht hoch.«

»Hast du ...«, begann Jane. »Warst du diejenige ...«

»... die dich vor Rox gerettet hat?« sagte Alice. »Ja, das war ich. Ich mag dich, Jane. Ich mag, was du tust. Aber noch mehr hasse ich Rox. Erinnerst du dich an den Crash von 29?«

»Damals war ich noch zu jung, um zu decken«, sagte Jane. »Aber ich weiß davon.«

»Ich habe Echo Mirage angehört.«

»Was?« Die Mitglieder des Echo-Mirage-Teams hatten als erste direkte Interfaces mit Computern benutzt. Sie waren die ersten Decker gewesen, die Versuchskaninchen, die gegen das Virus gekämpft hatten, welches im Jahre 2029 das weltweite Computernetz zum Absturz gebracht hatte.

»Ich war in Rox' System, als ich der Crash-Wesenheit begegnete.« Alices Stimme brach für einen Augenblick.

»Was ist passiert?«

Alice wappnete sich, und ihre Erscheinung schien dichter zu werden, wenn das überhaupt möglich war. Sie zog langsam an ihrer Zigarette. »Schon gut«, sagte sie. »Es ist ganz einfach. Ich hasse Rox, und ich mag dich. Ich wollte nicht, daß er dich schnappt.«

Jane wußte nicht, was sie sagen sollte. »Äh ... danke.«

Alice bedachte Jane mit einem harten Blick, und ihre meerblauen Augen kristallisierten sich zu einem kalten Grau. Jane stellte fest, daß es ihr physisch unmöglich war, den Blick von ihr abzuwenden.

»Deine Rettung war kein Kinderspiel«, sagte Alice. »Sie hat ziemliche Mühe und ein großes Opfer gefordert. Rox' System ist eines von vielleicht fünf auf der ganzen Welt, die vor mir geschützt sind. Wenigstens im Augenblick.«

Jane konnte nichts darauf antworten.

»Für deine Rettung werde ich eine Gegenleistung verlangen«, sagte Alice, und dann verzogen sich ihre Lippen zu einem Lächeln. »Nicht jetzt, aber irgendwann in der Zukunft.«

Alices Lächeln blieb in Janes Verstand haften, gewinnend und attraktiv, aber zugleich gespenstisch, überwältigend und nicht abzuweisen. »Einstweilen auf Wiedersehen, Jane-in-the-box.«

Alices Worte hallten noch mehrere Sekunden lang durch Janes Verstand, nachdem die lautlose Stadt ringsumher längst verblaßt war. Dann war Jane wieder in ihrem Stahlkasten, und das Bild von Alices Lächeln hatte sich aufgelöst. Das Wunderland war verschwunden, und Jane fragte sich, ob der Schock ihrer Begegnung mit Roxborough Halluzinationen hervorgerufen haben konnte. Alles war so wirklich gewesen, ganz anders als alles, was Jane je in den detailliertesten modellierten Systemen gesehen hatte. Sie hatte nicht einmal gewußt, daß sie in der Matrix war.

»Jane!« ertönte eine Stimme über eine ihrer Verbindungen. »Hörst du mich? Jane, wo, zum Teufel, steckst du?« Das war Axler.

»Ich bin hier«, sagte sie, indem sie sich zusammenriß und wieder auf ihre Aufgabe konzentrierte. »Statusmeldung.«

»Status ist, daß wir hier unten ziemlich im Drek sitzen. Der Kopter ist abgestürzt. Ich hatte gehofft, daß Dhin auf Plan B gewechselt hat, aber ich kann ihn nicht erreichen, also muß er mit dem Kopter abgeschmiert sein, und jetzt hängen wir hier fest, so daß wir es nicht zum T-Bird schaffen.«

Jane überprüfte ihre anderen Verbindungen und sah sofort Axlers Fehler. »Augenblick, Axler«, sagte sie. »Ich hole euch in Null Komma nichts da raus.«

14

Ryan sah die Welt aus einem schrägen Winkel. Er hatte die Augen geöffnet, den Kopf zur Seite geneigt, weil ihn die Droge in dem Pflaster auf seinem Hals daran hinderte, ihn zu heben. Das feurige Nachbild des Hubschrauberabsturzes brannte in seinem Verstand, während er Axler und den anderen dabei zusah, wie sie sich in die Deckung des dichten Unterholzes duckten. Sicherheitstruppen aus der Klinik rannten über das freie Feld und drangen in das dichte Grün ein.

»Jane, wie willst du uns rausholen?« rief Axler laut, obwohl sie über ihr Kehlkopfmikrophon sprach. »Sie nageln uns fest. Wir können nicht zum T-Bird.«

In diesem Augenblick hörte Ryan das Dröhnen einer Autokanone und das Brüllen von Düsentriebwerken, als ein Thunderbird vor ihnen auftauchte und die Sicherheitstruppen niedermähte. Der Thunderbird war ein großes Fahrzeug, gut doppelt so groß wie der Hubschrauber, der vor ein paar Minuten abgestürzt war. Doch der T-Bird war ein Schwebepanzer, ein niedrig fliegendes Fahrzeug, das sich unterhalb des Radars bewegte. Für die Benutzung in feindlichem Gelände konzipiert, trug der Schwebepanzer schwarz-grüne Tarnbemalung und war wie eine der Länge nach abgeplattete Kugel geformt. Er schwebte auf den Strahlen von sechs Düsen, die sich unabhängig voneinander drehten.

Während er dicht über die Baumkronen hinwegflog, sprengte die Autokanone die Bäume in Stücke, um den Sicherheitstruppen den Weg zu versperren. Der Lärm war ohrenbetäubend, die Zerstörung phänomenal. »Axler«, ertönte eine Stimme, die Ryan durch McFarens Kopfhörer kaum verstand. »Axler, hörst du mich?«

»Dhin, bist du das?« sagte Axler. »Wo, zum Teufel,

warst du? Ich dachte schon, es hätte dich erwischt, als der Kopter abgeschmiert ist.«

Der T-Bird legte sich in eine Kurve, um einen letzten Anflug auf die Sicherheitstruppen zu starten, die sich bereits in alle Winde verstreut hatten, um dem mörderischen Beschuß zu entgehen. »Ich bin wie vorgesehen zu Plan B übergegangen. Ich war hier im T-Bird und habe den Kopter ferngesteuert«, sagte Dhin. »Die Explosion hat eine massive Rückkopplung in meinem Fahrzeugkontrollrig erzeugt, und dadurch ist die Funkverbindung für eine Weile ausgefallen.«

»Also schön, Schluß mit dem Gequatsche«, sagte Axler, um sich dann an Grind und McFaren zu wenden. »Seid ihr soweit?«

»Ich bin seit fünf Minuten soweit«, sagte McFaren. Der Mensch sah blaß aus und schien sich kaum noch auf den Beinen halten zu können, da er sich auf seine Magie konzentrierte. »Ich habe noch nie erlebt, daß mit so viel Magie um sich geworfen wurde, als sei es gar nichts. Glücklicherweise scheinen sich nur zwei der wirklich mächtigen Zauberer um uns zu kümmern.«

Grind nickte nur und nahm Ryan auf seine Metallarme, während der T-Bird zur Landung ansetzte und dabei alle noch verbliebenen Bäume mit seinen Bordwaffen niedermähte. Es dauerte nur ungefähr zwanzig Sekunden, bis er auf einem wackligen Hügel aus zermatschten Baumstammresten aufsetzte. Grinds Arme waren kalt auf Ryans Haut, als der Zwerg ihn zur Schiebetür und in den Panzer trug.

Dann schlug die Tür zu, und Ryan wurde auf den gerippten Metallboden geworfen, als der T-Bird sich wieder in die Luft erhob. Grinds Metallarme verfrachteten ihn auf einen Sitz, und der Zwerg benutzte seine Brusthand, um Ryan den Sicherheitsgurt über die Schultern zu ziehen und ihn anzuschnallen, während der Schwebepanzer beschleunigte und sich vom Schauplatz des

Kampfs entfernte. Jedenfalls nahm Ryan an, daß er das tat, da er halsbrecherische Manöver zu fliegen schien.

»Grind, geh in den Turm und klemm dich hinter die Sturmkanone«, rief Axler. »Wir sind noch längst nicht aus allem heraus.«

Aber der schwarze Zwerg war bereits auf dem Weg nach hinten, wo er sich anschnallte und die Hände auf die Kontrolltafel legte. »Schon passiert, Chica«, sagte er, womit er sich einen bösen Seitenblick von Axler einhandelte.

Die Mittelkabine des T-Bird war eng; an den Wänden befanden sich vier Sitze, die in Richtung des Laderaums schauten. Nur McFaren saß mit Ryan in dieser Kammer. Der Magier war erschlafft, sein Körper wurde nur von den Sicherheitsgurten gehalten. Axler war hinten bei Grind. Ryan konnte Axlers linke Seite durch das offene Schott sehen, da sie vor einer Konsole saß, und Grinds Stiefel waren auf dem Fuß des hohen Sitzes des Geschützturms zu sehen. Dhin saß im Cockpit, von dem Ryan annahm, daß es sich jenseits der kleinen Tür zu seiner Rechten befand.

»Rakete im Anflug«, ertönte eine synthetische Stimme über Lautsprecher. »Ares Macrotechnology Modell CH45ET200A, Cheetah. Radargelenkt mit zusätzlichen hitzesuchenden Sensoren.«

»Sind erfaßt.« Axlers Stimme.

»Aktiviere Stealth-Modus in zwei Sekunden«, verkündete Dhin über Lautsprecher.

»Leuchtballon bereit«, sagte Axler.

»Ab damit.« Das war wieder Dhin.

»Leuchtballon abgesetzt. Störstreifen abgesetzt.«

»Stealth-Modus aktiv. Wir fliegen kalt.«

Ryan spürte, wie der T-Bird langsamer wurde, und sofort erwärmte sich die Kabine. Dann hallte eine Explosion in seinen Ohren wider und erschütterte den T-Bird. Die Gurte gruben sich in seine Schultern, als der

Panzer erbebte, aber das war nach ein paar Sekunden vorbei, und alles schien noch intakt zu sein.

»Ja!« rief Grind. »Den Wichser haben wir verladen.«

»Sauber geflogen, Dhin«, meinte Axler.

»Sie scheinen uns in Ruhe zu lassen«, sagte Dhin. »Zumindest für den Augenblick.«

Eine neue Stimme kam über Lautsprecher, die Ryan zu erkennen glaubte. »Wir lassen ihnen keine Zeit, Flugzeuge zu schicken. Fliegt direkt zur Kanalzone. Binnen einer Stunde habe ich neue Identitäten für euch.«

»Verstanden, Jane-in-the-box.«

»Wie geht es der Fracht?«

Axler sah von ihrer Konsole auf und warf durch die offene Kabinentür einen Blick auf Ryan. »Er lebt, aber er scheint ziemlichen Drek hinter sich zu haben, Jane. Er ist nicht er selbst. Ich mußte ihn betäuben und raustragen.«

Eine Pause trat ein. Dann sagte Jane: »Das hatte ich befürchtet. Ich verständige einen Doc, der ihn untersucht, sobald ihr ankommt.«

»Verstanden, wir halten ihn warm.«

Der T-Bird flog jetzt gleichmäßig und ruckfrei. Nach ein paar Minuten der Stille kehrten Axler und Grind wieder in die Mittelkabine zu Ryan und McFaren zurück. McFaren richtete sich auf. »Wir werden im Astralraum verfolgt«, sagte er. »Ich habe ein paar Geister geschickt, um sie aufzuhalten, aber es könnte ein Problem werden.« Ohne eine Antwort abzuwarten, schlief er ein.

Axler setzte sich auf den Sitz neben Ryan und zog das Pflaster von Ryans Hals ab. »In ein paar Minuten kannst du dich wieder bewegen«, sagte sie. Dann nahm sie zwei Paar Handschellen aus einer schwarzen Nylontasche an der Wand und fesselte seine Hände und Füße an den Sitz.

Grind beobachtete sie, das runzlige Gesicht zu einer Grimasse verzogen. »Ist das klug …«

Ein Blick von Axler ließ ihn innehalten. »Warum wolltest du nicht mit uns kommen?« fragte sie.

Ryan stellte fest, daß er wieder die Lippen bewegen konnte. »Du kennst mich?« sagte er.

Axlers harte Schale wurde etwas weicher. »Ja«, sagte sie.

»Woher?«

»Wir haben ein paar Runs gemeinsam durchgezogen. Erinnerst du dich nicht mehr?«

Ryan wich der Beantwortung dieser Frage aus. Er wollte nicht preisgeben, was er mußte. »Wovor habt ihr mich gerettet?« fragte er.

»Diese Information hat man mir nicht vollständig mitgeteilt«, sagte Axler. »Jane sagt uns nur, was wir wissen müssen. Das ist besser für uns und wohl auch besser für sie, nehme ich an.« Axler stieß ein kurzes Lachen aus, und die harten Linien in ihrem Gesicht wurden weicher. »Ich weiß nur, daß du undercover bei Aztechnology gearbeitet hast. Ich habe dich schon immer für verrückt gehalten.

Vor einer Weile«, fuhr Axler fort, »haben wir einen Forscher von Fuchi extrahiert und ihn zu den Azzies gebracht. Der Name der Zielperson lautete T. W. Saint John – ein Genetik-Experte oder etwas in der Art. Das warst du, obwohl wir es damals nicht wußten. Wir haben dich in der Attrappe einer Gefrierkammer transportiert.

Ich erfuhr erst, daß du es warst, als Jane es uns gestern kurz vor diesem Run mitteilte. Ich reime es mir folgendermaßen zusammen … Irgendwie hast du unter der Saint-John-Identität Fuchi infiltriert, wobei du wahrscheinlich den echten Forscher ersetzt hast. Dann hat Jane uns angeworben, um dich bei Fuchi rauszuholen und zu Aztechnology zu bringen, und die Azzies dazu gebracht, ein hübsches Sümmchen für den ganzen Run zu zahlen. Wahrscheinlich wußte sie, daß die Azzies scharf auf Saint John waren, und hat diese Identität gewählt, wobei sie nur die Fotos und Daten geändert hat, um deine Tarnung glaubhaft zu machen. Jane kann ziemlich erstaunliche Sachen in der Matrix anstellen.

Deine Tarnung muß irgendwie aufgeflogen sein, und dann haben die Azzies dich hierher in diese Deltaklinik gebracht.«

»Wann hat dieser Transfer von Fuchi stattgefunden?«

»Vor drei Monaten.«

»Und du kanntest mich schon länger?«

»Ja. *Viel* länger.«

Grind stieß ein rauhes Lachen aus.

»Was?«

»Ich kann nicht glauben, daß du dich nicht mehr an die Nacht erinnerst, in der wir ...« Axler bedachte ihn mit einem wissenden Lächeln.

»Tatsächlich?« Ryan fand sie körperlich attraktiv, aber sie schien ihm zu kalt zu sein, um wirklich jemanden an sich heran zu lassen.

Axler schüttelte den Kopf. »Nein, nur ein blöder Witz«, sagte sie. »Aber wir kennen uns wirklich schon sehr lange. Seit über fünf Jahren, und das ist in diesem Geschäft eine *sehr* lange Zeit.

Als wir uns kennengelernt haben«, fuhr Axler fort, »warst du derjenige, der mich aus einem Drek geholt hat, der mir bis zum Hals stand. Ich war erst neunzehn. Ich arbeitete bereits seit zwei Jahren für Jane und hielt mich für unbesiegbar. Aber ich ließ mir von meinen Gefühlen das Urteilsvermögen trüben und blieb stehen, um einem Kind zu helfen.

Zuerst wollte ich nicht, aber der Junge schrie immer weiter um Hilfe. Rief, daß er sterben würde. Er war nur ein Unbeteiligter, ein Unschuldiger, den eine verirrte

Kugel erwischt hatte, wahrscheinlich eine von meinen. Die Opposition war tot und ihre Rückendeckung mehrere Minuten entfernt. Ich hatte massenhaft Zeit, ihm ein Pflaster aufzudrücken.«

Ryan sah, wie Axler die Fäuste ballte und die Zähne zusammenbiß. »Jedenfalls dachte ich das. Der Junge war eine Illusion, die mich aufhalten sollte, während ihr Sicherheitsmagier auf mein Herz zielte. Mit einer verdammten Mossberg CMDT, die mir auf die Entfernung ein faustgroßes Loch in die Brust gesprengt. Zum Glück warst du bei mir. Du hast die Illusion durchschaut und den Magier mit einem Narkosepfeil erledigt. Und meinen Arsch gerettet.«

Axler seufzte. »Es ist komisch, vor dem Run habe ich mich mit Jane über deine Teilnahme gestritten. Ich sagte ihr, du würdest uns nur zur Last fallen und daß ich deine Hilfe nicht brauchte. McFaren, Dhin und ich würden allein damit fertig. Grind hat sich dem Team erst später angeschlossen.

Damals wollte ich dir nicht vertrauen, aber jetzt weiß ich, warum du gekommen bist. Du hast für denjenigen gearbeitet, für den auch Jane arbeitet, und du bist gekommen, um uns zu beurteilen und auszubilden. Ich weiß nicht wie oder warum, aber nach diesem Run gab Jane uns höher dotierte Jobs. Gefährlicher, komplizierter. Und viel lukrativer.

Manchmal kamst du mit, und dann lernten wir alle von dir. Du kanntest Kampftechniken, die wir noch nie gesehen hatten. Du kanntest dich mit Infiltration und Undercover-Arbeit aus. Du bist einer der besten *Ki*-Adepten, mit dem ich je zusammengearbeitet habe. Du hast uns gesagt, du würdest dem Lautlosen Weg folgen und Magie für Spionage und Verstohlenheit, für Tarnung und Undercover-Einsätze anwenden. Ich muß sagen, es war jedesmal ein Vergnügen, wenn du bei unserem Team dabei warst.«

Ryan hatte aufmerksam zugehört. Axlers Geschichte klang wahr, aber er konnte sich nicht daran erinnern. Das *Gefühl* stimmte, aber die Einzelheiten waren in seinem Geist verschollen. *Wo sind meine* Ki-*Adepten-Fähigkeiten jetzt, wo ich das Gedächtnis verloren habe?* fragte er sich. *Und für wen arbeite* ich? *Jane? Und was ist mit Thomas Roxborough? Wie paßt er ins Bild?*

Was haben sie mir in dieser Klinik angetan?

»Ich glaube, wir können ihm vertrauen«, sagte McFaren, der aus seiner Trance erwachte. »Er scheint mehr verwirrt als unaufrichtig zu sein.« Er zwinkerte Ryan zu. »Ich habe deine Aura beobachtet«, sagte er. Dann wandte er sich an Axler. »Außerdem haben wir die Magier abgehängt, die uns verfolgt haben. Zumindest einstweilen.«

»Gut«, sagte sie.

McFaren nickte, dann fiel ihm der Kopf wieder auf die Brust, obwohl sein Atemrhythmus diesmal anders war als zuvor, so daß Ryan dachte, diesmal könne er tatsächlich schlafen.

»Wann kann ich mit Jane-in-the-box reden?« fragte Ryan.

Axler schloß Ryans Handschellen auf. »Bald«, sagte sie. »Sie wird ein Flugzeug zu unserer Basis schicken. Du bist eine der ganz wenigen Personen, von denen ich weiß, daß sie Jane schon persönlich getroffen haben.«

Wie auf ein Stichwort ertönte Janes Stimme aus den Lautsprechern. »Ich habe die Codes«, sagte sie. »Neue Identitäten für alle. Durchsehen und speichern. Ihr habt ungefähr zwölf Minuten.«

»Zwölf Minuten, bis was passiert?« fragte Ryan, ohne die Frage an jemand Bestimmten zu richten.

»Bis zur Grenzüberschreitung«, sagte Axler. »Aus Aztlan heraus und in die Panamakanalzone.«

»Werden sie uns rauslassen?«

Axler lächelte. »Das bezweifle ich. Aber ich bin überzeugt, Jane hat einen Plan. Nicht wahr, Jane?«

»Immer«, ertönte die Stimme aus den Lautsprechern. »Und dieser ist besonders raffiniert … Aber er ist auch heikel und kompliziert. Paßt genau auf.«

15

Wir sind alle da, Mr. Roxborough«, ertönte Meyers Stimme, die wie eine scharfe Klinge durch Roxboroughs Abgeschiedenheit schnitt. »Wir können fortfahren, sobald Sie bereit sind.«

Roxborough unterdrückte sein Verlangen und schloß das Vergnügungsprogramm. Es würde warten müssen, bis seine Geschäfte erledigt waren. Er ließ sein Bewußtsein und schaute durch das Überwachungssystem des Konferenzraums. Er wollte die Stimmung der Teilnehmer ausloten, bevor er sein Simulacrum aktivierte.

Meyer und Riese saßen auf ihren Stühlen. Meyers langes Elfengesicht sah nur etwas weniger gelangweilt aus als üblich, während er ein altes Buch des Arkanen durchblätterte. *Ein richtiges Buch,* dachte Roxborough, wobei er dessen muffigen Geruch über die Geruchsrezeptoren genoß. *Wie kurios.*

Anders als Meyer war Riese gereizt. Ihr winziger Körper drückte kaum beherrschte Wut aus, während sie in ihren Taschencomputer murmelte. Franklinson war ebenfalls anwesend, der trotz seiner Größe nervös und verängstigt wirkte. Franklinson war ein Troll und der Sicherheitsleiter der Klinik. Er trug die traditionelle lohfarbene Aztechnology-Uniform mit dem Schulterabzeichen der Jaguar-Garde, in dem eine winzige silberne Anstecknadel von Quetzalcóatl steckte, um seinen Rang als Major anzuzeigen. Franklinsons Akte war bemerkenswert. Roxborough vertraute ihm und versuchte sich einzureden, daß Franklinsons Nervosität nicht notwendigerweise implizierte, daß Ryan Mercury unwiederbringlich verloren war.

Ich habe genug gesehen, dachte Roxborough. Er aktivierte die Hologeneratoren des Raums und erschien auf seinem Stuhl am Kopfende des Kirschholztisches. Beim Geräusch der Hologeneratoren wandten sich alle seinem Stuhl zu. »Guten Tag«, sagte er, nachdem sein Simulacrum sich stabilisiert hatte. »Wir haben eine Krise, nehme ich an. Franklinson, wie ist der Status?«

»Wir haben die Infiltratoren verloren«, sagte der Troll, »und auch den Mann, den sie mitgenommen haben.« Franklinson bedachte Roxborough mit einem fragenden Blick, der besagte, daß es ihm nicht gefiel, über potentiell heikle Situationen in einer Einrichtung im unklaren gelassen zu werden, für deren Sicherheit er verantwortlich war. Roxborough hielt es nicht für unbedingt erforderlich, daß Franklinson über alle Experimente genau Bescheid wußte. Sie hatten diese Diskussion schon zu oft geführt, und keiner hatte nachgegeben.

»Sie haben jemanden mitgenommen, der sehr wichtig für uns ist«, sagte Roxborough. »Er heißt Ryan Mercury und ist ein Spion. Es ist wichtig, daß er gefaßt wird. Ich hätte ihn gern lebend zurück. Wie stehen die Chancen, sie wiederzufinden?«

Franklinson erhob sich und marschierte vor dem Tisch auf und ab. »Sie sind in einem Schwebepanzer vom Typ Saeder-Krupp Phoenix II entkommen. Sehr schnell und auf Satellitenbildern kaum auszumachen, aber ich glaube, sie waren zur Kanalzonengrenze unterwegs. Ich kann mit der dortigen Sicherheit Kontakt aufnehmen und dafür sorgen, daß sie ihre Überwachungsaktivitäten verdoppeln. Wenn sie versuchen sollten, dort die Grenze zu überschreiten, bin ich sicher, daß wir sie erwischen.«

»Das hoffe ich«, sagte Riese, »weil wir in diesen Mann eine Menge Zeit und Mühe investiert haben. Er war fast bereit für ...«

»Vergessen Sie nicht das Geld, Miss Riese«, unterbrach Roxborough sie. »Die Bilanzen.« Aber das war nicht das, was er wirklich dachte. Mercury war seine größte Hoffnung, aus dem Bottich herauszukommen. Sein Körper war perfekt.

Riese redete noch immer. »Der Verlust für den Fortschritt der metamenschlichen Wissenschaft wäre verheerend, wenn wir nicht überwachen können, was passiert, während die Behandlung ihren Lauf nimmt.«

Franklinson blieb stehen. »Wie ich schon sagte, wir haben sehr gute Chancen, sie an der Grenze zu erwischen.«

»Gut«, sagte Roxborough. Dann wandte er sich an den Elf. »Ich weiß, Meyer, Sie wollten diese Versuchsperson schon vor langer Zeit terminieren, und vielleicht bekommen Sie dazu noch Gelegenheit. Ich will, daß Sie Ihr Team für eine rituelle magische Exekution vorbereiten. Schaffen Sie das?«

Das schmale Gesicht des Elfs verzog sich zu einem sardonischen Grinsen. »Für Mercury?«

Roxborough nickte.

»Ja«, sagte Meyer. »Wir haben die Gewebeproben. Die Vorbereitungen dürften nur ein paar Stunden dauern.«

Riese mischte sich ein, indem sie Roxboroughs Simulacrum direkt ansah. »Warum wollen Sie ihn töten?«

»Ich will Mercury nicht töten, aber ich kann auch nicht zulassen, daß er entkommt«, sagte Roxborough, um sich dann wieder Meyer zuzuwenden. »Wenn es der Grenzpatrouille nicht gelingt, unsere geliebte Versuchsperson aufzuhalten, werden Sie mit der rituellen magischen Exekution beginnen. Entweder bekommen wir Mercury zurück, oder er stirbt.«

Weil, dachte er, *ich das Risiko nicht eingehen kann, daß er mit meiner Persönlichkeit und meinen Erinnerungen entkommt.*

Mit meinen Geheimnissen.

16

Im Thunderbird, der dicht über dem Dschungeldach dahinschoß, dachte Ryan über seine Vergangenheit nach. Er schien zwei ganz verschiedene Lebensläufe zu haben. An einen erinnerte er sich langsam. Er hatte sich in einem anderen Körper befunden – einem fetten, schwachen Körper, der von Erschöpfung geplagt war. Dennoch war er ein mächtiger Mann gewesen. Angesehen und reich und bedeutend, bis ihn eine furchtbare Krankheit heimgesucht hatte.

Die andere Vergangenheit war ihm ein Rätsel; er hatte keinerlei Erinnerung daran. Diese Leute hatten ihn gekannt: Axler, Grind, Jane-in-the-box und die anderen. Er war eine Art Krieger gewesen. Vielleicht ein Dieb. Gewiß eine gefährliche Person mit einem fragwürdigen Moralempfinden.

Wahllose Erinnerungen aus seiner Roxborough-Vergangenheit schossen ihm durch den Kopf. Zusammenhanglos und ohne Kontext. Jetzt sah er gerade in das Gesicht einer Elfe ... Wie hieß sie noch gleich? Sie trug ein Kostüm, perfekt gebügelt, und ihr Gesicht war so hart wie ein geschliffener Diamant. Unveränderlich. Sie hatte kurzgeschnittene blonde Haare und war ein ausgezeichneter Exec. Dafür respektierte er sie.

Sheila Blatavska. Der Name sprang ihn an. Geschäftsführerin der Atlantischen Stiftung – einer Organisation, die viel größer war und viel mehr Macht besaß, als ihr von Rechts wegen zustand. Sie widmete sich der Entdeckung untergegangener Zivilisationen wie Atlantis und hatte im Zuge dieser Mission eine ganze Reihe uralter und angeblich sehr mächtiger magischer Gegenstände entdeckt. Seinen Quellen zufolge genoß Blatavska beachtliche Rückendeckung aus beiden Tirs und möglicherweise auch von einigen Drachen.

In seiner Erinnerung sagte sie: »Denken Sie noch einmal über dieses Geschäft nach. Einige Gegenstände in unserem Inventar könnten sich in Ihrer ... Notlage als sehr nützlich erweisen.«

»Und im Gegenzug«, sagte er, »verlangen Sie die Genehmigung, archäologische Grabungen an zwei bestimmten Orten durchführen zu können?«

Ein dünnes Lächeln huschte über ihr Gesicht. »Ich hatte gehofft, Sie würden noch einmal über mein Ansinnen nachdenken, an der San-Marcos-Ausgrabung teilzunehmen.«

»Es tut mir leid, aber das kann ich nicht. Mein Einfluß in dieser Beziehung ist minimal.«

»Aber Sie kontrollieren einen beträchtlichen Anteil ...«

»Sie scheinen eine übertriebene Auffassung zu haben, was meinen Einfluß betrifft.« Roxborough lächelte. »Vergessen Sie San Marcos. Das steht nicht zur Debatte.«

Die Elfe nickte nur.

Roxborough fuhr fort: »Ich werde meinen Chefmagier James Meyer schicken, um diese Gegenstände zu inspizieren. In der Zwischenzeit bekommen Sie die Genehmigung für die Ausgrabungen an den beiden anderen Orten. Abgemacht?«

»Es gibt noch eine andere Möglichkeit«, sagte sie.

»Ja?«

»Haben Ihre Magier mittlerweile die Rituale für das Aufspüren von Orichalkum perfektioniert?«

»Vielleicht«, sagte Roxborough. »Warum?«

»Nun, um ganz offen zu sein, wir haben noch nicht alle Probleme in den Griff bekommen und hofften, diese Rituale bald einsetzen zu können.«

»Wofür?«

»Ah, mein lieber Mr. Roxborough«, sagte Blatavska mit einem Lächeln. »Höre ich da Interesse heraus?«

»Wofür benötigen Sie diese Rituale?«

»Dunkelzahn hat durch verschiedene Strohmänner große Mengen Orichalkum aufkaufen lassen, und wir haben den Verdacht, daß er gerade dabei ist, etwas sehr Mächtiges herzustellen.«

»Und das wollen Sie haben.« Es war keine Frage.

»Natürlich. Wir hätten gern Ihre Hilfe bei den Ritualen… Wenn Ihre Magier das Orichalkum tatsächlich aufspüren können.«

»Was bieten Sie als Gegenleistung an?«

»Wir werden Ihren Magiern zeigen, wie sie den Geist-Transfer verbessern können, an dem Ihnen so viel liegt.«

Die Erinnerung löste sich in Ryans Verstand auf. *Wann war das gewesen?* fragte er sich. *Vor wie langer Zeit?* Es frustrierte ihn, daß er die Erinnerung nicht einordnen konnte.

Jetzt, im Innern der dröhnenden Hülle des Thunderbird, holte er tief Luft. Die Anspannung Axlers und des Teams war groß, und diese Stimmung hatte sich auf Ryan übertragen. Ein Raketentreffer, und niemand würde sie noch von den Splittern unterscheiden können.

»Die Grenzpatrouille verlangt die Freigabecodes«, sagte Axler. »Jetzt kommt es darauf an.«

»Sende die Codes«, ertönte Dhins Stimme. »Wir können nur hoffen, daß Jane durchgekommen ist.«

»Wie wollen wir an ihrer Sicherheit vorbeikommen?« fragte Ryan.

»Die Codes wurden aus einem von Aztechnologys eigenen T-Birds gestohlen«, sagte Axler. »Nach Janes Ansicht höchste Geheimhaltungsstufe und unanfechtbar. Ich hoffe nur, sie wissen nicht, daß sie bestohlen worden sind.«

»Wird 'ne echt kurze Reise, wenn sie es wissen«, sagte Grind.

McFaren schlief oder sah zumindest so aus. Ryan wußte, daß er in die Astralebene projizieren konnte, um dort nach Zauberern und Geistern Ausschau zu halten. Der T-Bird flog eine Rechtskurve und wurde etwas langsamer.

»Wir sind noch drei Kilometer von der Kanalzone entfernt«, sagte Dhin. »Ich bringe uns ganz locker rüber, wie Jane gesagt hat.«

»Die Codes?« fragte Grind. »Haben sie die Codes akzeptiert?«

»Darüber liegen mir noch keine Daten vor.«

»Dauert das nicht zu lange?« fragte Grind, der äußerst angespannt klang. »Sie hätten uns doch längst die Freigabe erteilen müssen.«

»Bleib auf Kurs, Dhin«, sagte Axler. »Weiche erst aus, wenn du gegnerische Angriffsaktivitäten bemerkst.«

»Verstanden«, sagte Dhin. »Kurs halten.«

»Aber ...«

»Codes bestätigt«, meldete Axler. »Wiederhole, habe soeben eine Routinebestätigung erhalten.«

Dhin meldete sich. »Verstanden. Wir haben die Erlaubnis, Aztlan zu verlassen.«

»Das gefällt mir nicht. Zu große Verzögerung«, sagte Grind.

Jane-in-the-box' Stimme ertönte. »Mir auch nicht. Bleibt wachsam, Leute. Das könnte ein Hinterhalt sein.«

»Verstanden«, sagte Axler. »Bleiben auf der Hut. Volle Radarüberwachung.«

»Hereinkommende Jäger!« verkündete Dhins Stimme in voller Lautstärke. »Wiederhole, schnell näher kommende Echos. Wir haben Gesellschaft.«

»Verdammt, Hinterhalt ist korrekt!« brüllte Grind. »Vier Kampfflugzeuge der Azzies im Anflug!«

Axler unterbrach ihn. »Sie werden versuchen, uns

auf dieser Seite der Grenze abzuschießen, um keinen internationalen Zwischenfall in der Kanalzone zu riskieren.«

Janes Stimme erfüllte die Kabine. »Plan Beta«, sagte sie. »Umgehend. Sofort auf Plan Beta wechseln.«

»Bestätigt«, sagte Axler.

»Verstanden.« Das war Dhins Stimme.

Ryan wurde in die harte Schale seines Sitzes gepreßt, als der T-Bird sich in eine enge Rechtskurve legte und Vollgas gab. Düsen heulten auf, als sie südwärts zum Golf von Panama flogen. Er richtete sich auf seinem Sitz auf. »Kann ich irgendwie helfen?« fragte er.

»Kannst du mit einer Minikanone umgehen?« ertönte Dhins Stimme über Lautsprecher.

»Weiß ich nicht genau«, sagte Ryan. »Ich glaube schon.«

»Dann geh zu Axler und Grind. Setz dich in die Kuppel und schieß, wenn sie nah genug sind.«

Ryan ging in das hintere Abteil, das etwas kleiner als die Mittelkabine und mit weiterer Ausrüstung zur Beobachtung von Gegnern ausgestattet war. Axler saß an der Konsole und kümmerte sich um die Defensivbewaffnung, während Grind auf einem hohen Sitz hockte und durch das klare Makroplast der Kuppel der Sturmkanone schaute.

Die Kuppel der Minikanone war direkt achtern davon. Ryan erklomm die kurze Leiter und hockte sich auf den Sitz, als sei er für diese Aufgabe geboren, und als er die Kontrollen betrachtete, stellte er fest, daß er tatsächlich wußte, wie er die Kanone bedienen mußte. Instinktiv legte er Hände und Unterarme in die langen, servo-unterstützten Handschuhe aus netzartigem Metall und übte das Schwenken der Kanone.

»Richte dich nicht zu häuslich ein«, sagte Axler. »Wir springen in zwei Minuten ab.«

»Wenn wir dann noch leben«, fügte Grind hinzu.

»Genau.«

Ryan schaute auf das taktische Radarbild auf dem Überkopf-Display und schwenkte den Lauf der Minikanone einem der sich nähernden Kampfflugzeuge entgegen. Sie kamen aus der Richtung der Grenze und schlossen rasch zu dem T-Bird auf, der mit Höchstgeschwindigkeit der Südküste des schmalen Isthmus entgegenstrebte. Ryan wußte nicht, was Plan Beta beinhaltete, aber eines war ganz klar: Die Jäger würden den T-Bird einholen, bevor er die Küste erreichte. Aber selbst wenn sie nicht vor ihm in der Bucht ankamen, würden sie über dem Wasser ein leichtes Ziel sein.

»Eine Minute dreißig Sekunden bis zum Absprung«, ertönte Axlers Stimme.

Eine Alarmsirene jaulte auf. »Wir sind erfaßt worden«, sagte Dhin. »Haltet euch fest!«

Der T-Bird brach plötzlich nach links aus und tauchte dann in eine schmale Schlucht, um der Zielerfassung der gegnerischen Raketen zu entgehen. Doch der T-Bird war nicht geeignet, ein Kampfflugzeug abzuhängen. Er war langsamer und weniger manövrierfähig. Ihre einzige Chance bestand darin, dicht über dem Boden zu bleiben und zu hoffen, daß Bäume und Hügel ihnen Deckung gaben.

Ryan beschoß einen der Jäger, als Dhin abrupt bremste und der Jäger an ihnen vorbeiflog. Die Minikanone brüllte auf, ein trockenes Stakkatohämmern, als sie eine Salve großkalibriger Kugeln ausspie. Die Leuchtspurgeschosse bildeten eine durchgehende weiße Linie, die den Weg der Kugeln anzeigte. Dann war der Jäger verschwunden, und Ryan wußte, daß er ihn verfehlt hatte. Alles hatte sich viel zu schnell abgespielt.

»Sechzig Sekunden bis zum Absprung«, sagte Axler.

»Abschuß!« rief Dhin. »Wir haben eine Rakete im Nacken.«

»Kannst du sie ausmanövrieren, bis wir ...?«

Jane meldete sich. »Ich habe Verbindung mit den aufständischen Söldnern aufgenommen«, sagte sie. »Sie sind in Stellung und warten drei Minuten, bevor sie sich absetzen.«

Dhin schrie jetzt. »Die Rakete grillt uns in fünfzehn Sekunden, wenn Axler sie nicht abschießen oder ablenken kann.«

»Bin schon dabei.«

Die Schlucht ringsumher wich niedrigen, dschungelbedeckten Hügeln. In einer Minute würden sie über dem Wasser sein. Technisch gesehen nicht mehr in Aztlan. Wenn sie den Raketentreffer überlebten.

»Störfolien freigesetzt«, sagte Axler.

Dhin zog den T-Bird kurz hoch, und Ryan wappnete sich gegen den Aufprall. Doch es kam keiner. Aber er hörte auch keine Explosion. »Ist an uns vorbeigezischt«, sagte Dhin. »Die Störfolien haben ihr Radar verwirrt.«

»Ja!« rief Ryan. Er stellte fest, daß ihm die Situation Spaß machte.

»Zum Feiern ist es noch zu früh!« sagte Dhin. »Sie kommt wieder zurück, und soeben haben uns zwei weitere erfaßt.«

»Abschuß registriert«, meldete sich der Computer.

»Absprung in zehn Sekunden«, reif Axler, die sich von ihrer Konsole erhob, in die Mittelkabine ging und dort die Seitentür öffnete. Wind rauschte herein, und das Jaulen der Düsen des T-Bird kreischte in Ryans Ohren.

Grind und McFaren gesellten sich zu ihr, bereit zum Absprung. »Beweg dich, Ryan, beweg dich«, sagte Grind. »Wir haben nur diese eine Chance.«

Ryan kletterte von seinem Sitz in der Kuppel der Minikanone und lief zu der offenen Seitentür. Der Dschungel raste dicht unter ihnen vorbei, und die Spitzen der Baumwipfel berührten fast den Unterboden des T-Bird. Der Schwebepanzer wurde plötzlich langsamer, um dann abwärts zu sinken. Ryans Magen tat einen Sprung, als der massive Panzer wie ein Stein abwärts schoß, auf eine kleine Lichtung im Dschungel zu, die mit Tarnnetzen abgedeckt worden war.

»Jetzt, Ryan. Spring!«

Ryan folgte den anderen durch die Seitentür, und Dhin kam direkt hinter ihnen. Er ließ sich einfach nach vorn kippen. Und fiel, fiel. Ein seltsames Gefühl des Déjà vu überkam Ryan, während er sich in der Luft langsam überschlug.

Im Fallen sah er die gewaltigen Düsen des T-Bird Feuer speien. Die Maschine stieg plötzlich steil in den Himmel und setzte ihren Südkurs fort. Sie erreichte nicht einmal den Rand der Lichtung, bevor sie von drei Raketen getroffen wurden, die den Rumpf des Panzers aufrissen und in brennende Fetzen weißglühenden Metalls sprengten.

Verschwunden in einem einzigen Augenblick einer heftigen chemischen Reaktion. Verdampft.

Der Feuerball der Explosion versengte Ryan die Haare, während er sich zu einem Ball zusammenrollte. Splitter und Funken regneten auf ihn herab. Er landete in einem großen Tarnnetz, das von den Bäumen am Rande der Lichtung gehalten wurde. Die Landung war nicht weich, aber ihm passierte nichts dabei. Keine Schrammen, keine Kratzer.

Als er sich auf dem Dschungelboden abrollte, sah er, daß er und die anderen von Männern und Frauen in Dschungel-Tarnanzügen umringt waren. Söldner, vermutete Ryan. Die Rebellen, mit denen Jane Verbindung aufgenommen hatte. Einer der Söldner legte Ryan einen Poncho über die Schultern, um ihn zu tarnen, und dann setzten sie sich in den Dschungel in Marsch.

Unterwegs beobachtete Ryan ihre Führer. Er schätzte, daß es nicht mehr als fünfzehn Söldner waren, die meisten weder vercybert noch durch Magie unterstützt, aber alle schienen gut ausgebildet zu sein. Axler erzählte Ryan, daß diese Söldner mit Schmugglern zusammenarbeiteten, die Kontrabande von Schiffen in der Kanalregion über die Grenze schafften, um sie schließlich in Tenochtitlán zu verkaufen. Sie waren ebenso zufrieden damit, für einige zusätzliche Pesos lebende Kontrabande in die andere Richtung zu schmuggeln.

Ryan hörte die Jäger ein- oder zweimal über sie hinwegfliegen, während sie den Kilometer zur Grenze zurücklegten, aber er konnte die Flugzeuge durch das Dschungeldach nicht sehen und nahm an, daß es den Piloten ebenso schwerfallen würde, die getarnten Söldner auszumachen. Das Dschungeldach war einfach zu dicht. Als das Unterholz vor ihnen noch dichter wurde, kamen sie nur noch im Schneckentempo vorwärts, und plötzlich verschwanden die Leute vor ihm vor seinen Augen wie durch einen Schleier. Verschwanden in den Schatten.

Dann passierte Ryan die Illusion ebenfalls. Auf der anderen Seite befand sich eine steilwandige Rinne, die mit Ranken, Baumstämmen und Unterholz abgedeckt war. Auch ohne die magische Illusion wäre sie kaum zu sehen gewesen. Die Rinne, deren Boden überraschend eben war und stark begangen aussah, führte etwa zwanzig Meter weit abwärts, bis sie zu einem gepflasterten Weg wurde. Beton und Stein bildeten Wände zu beiden Seiten, und schließlich betraten sie einen Tunnel. Am Tunneleingang stand ein Posten, der sie für einen Augenblick aufhielt und mit einem der Söldner sprach, bevor er ihnen den Durchgang gestattete. Der unterirdische Weg brachte sie über die Grenze und in die Panamakanalzone, aus Aztlan heraus.

Axler blieb unterwegs dicht bei Ryan. Sie schien guten Mutes zu sein, als die Söldner ihnen neue Kleidung gaben – Uniformen der kalifornischen Marine. Sie würden sich als Angehörige des Hubschrauberträgers *Exeter* tarnen. Axler erläuterte, daß der Freistaat Kalifornien zwar keine nennenswerte Marine besaß, die wenigen Schiffe aber von der Regierung in Schuß gehalten würden und vom höchsten Bieter ›gemietet‹ werden konnten. In diesem Fall war das Jane.

Ihre Weiterreise zur *Exeter* verlief ohne Zwischenfälle. Die Söldner verließen sie am schmalen Strand an der Südküste, wo das Team von einem kleinen Hubschrauber abgeholt wurde, der mit ihnen aufs Meer flog. Ryan war erschöpft, aber er fühlte sich fast wieder sicher, wenngleich er nicht wußte, warum das so war. Der Flug zum Schiff war kurz, und als er aus dem Hubschrauber stieg, war er überrascht, von einem der Offiziere gegrüßt zu werden.

Sie war ein Mensch und fast so groß wie Ryan, mit breiten Schultern und schwarzer Haut. Ihre Haare waren zweckmäßig kurz geschnitten. »Sind Sie Quecksilber?« fragte sie.

Er überlegte einen Moment lang, dann antwortete er: »Ja, das nehme ich an.«

»Telekom für Sie«, sagte sie. »Dringend, von Nadja Daviar.«

»Vielen Dank«, sagte er, aber im stillen fragte er sich, *Wer ist Nadja Daviar?*

»Sie können das Gespräch unter Deck entgegennehmen«, sagte sie. »Hier entlang.«

Ryan folgte ihr mit Axler und den anderen im Schlepptau. Er fühlte sich zum erstenmal seit langer Zeit geborgen. In der Klinik hatte er sich im Grunde nicht sicher gefühlt, obwohl er immer noch nicht wußte, warum. Sie führte ihn hinunter ins Schiff und dann durch graue Metallgänge und an grauen Metallräumen vorbei, bis sie vor einer grauen Metalltür stehenblieb.

»Hier, bitte, Mr. Mercury«, sagte sie.

Er betrat den Raum, der winzig war und lediglich eine schmale Koje und einen Klapptisch enthielt, aber in eine Wand war ein Telekomschirm eingebaut. Er berührte den Schirm, um ihn zu aktivieren.

Das Bild einer Frau erschien. Eine Elfe mit heller Haut und schwarzen Haaren. Sie war wunderschön und faszinierend. Dunkelgrüne Augen funkelten unter den tiefen Linien in ihrer gerunzelten Stirn. »Ryan«, begann sie. »Ich habe mir Sorgen um dich gemacht, obwohl wir übereingekommen waren, daß ich so etwas nicht tun sollte.« Sie lächelte. »Geht es dir gut?«

Ryan zuckte zusammen. Sie kannte ihn intim, das war offensichtlich. Aber er erinnerte sich nicht an sie. Vielleicht hatte sie etwas Vertrautes an sich, aber so sehr er sich auch zu erinnern versuchte, es kam nichts dabei heraus. *Welcher Art war ihre Beziehung gewesen?* Er wußte nicht, was er für sie empfinden sollte. *Waren sie Freunde gewesen? Liebende?* Er hatte keine Ahnung.

Jetzt empfand er jedenfalls nichts für sie, nur eine völlige Gefühlsleere.

Außerdem erkannte er, daß sie verletzt sein würde, wenn sie erfuhr, wie gleichgültig sie ihm war. Und es ängstigte ihn, daß er Vergnügen dabei empfand, seine Gefühle vor ihr zu verheimlichen. Es kam ihm so vor, als würde sie der Ryan Mercury, den sie kannte, nicht belügen.

Doch der neue Ryan Mercury begriff die Dinge auf eine andere Weise. Der neue Ryan Mercury – der Mann mit den zwei Lebensläufen – wußte, daß ihm eine Lüge jetzt einen Vorteil in der Zukunft verschaffen konnte. Die Besorgnis der Frau um ihn und sein vorgetäuschtes Interesse an ihr mochten genau der richtige Weg sein, um sie zu manipulieren.

17

Vor Thomas Roxborough stand ein Junge mit Maya-Abstammung. Wunderschön, weiche, glatte goldbraune Haut, makellos. Seine großen Augen hatten die Farbe von Milchkaffee, und sein dichtes schwarzes Haar war um die Ohren kurz geschnitten. Er hieß Alberto, und er war ein Matrixgeschöpf aus Roxboroughs Phantasie.

Er war ein Spiegelbild in Roxboroughs Geist, eine virtuelle Skulptur seines Verlangens. Alberto war jung und robust und an den richtigen Stellen muskulös. Ein Junge, der, wenn er real gewesen wäre, als Erwachsener einen Körper wie Ryan Mercury hätte haben können.

Roxborough gestattete sich einen Augenblick der Ekstase bei dem Gedanken und wollte sich gerade seinen Phantasien hingeben, als ihn ein Anruf von Franklinson unterbrach. Roxborough seufzte. Der Junge würde warten müssen. Er berührte die Lippen des Jungen mit dem Finger. »Pause«, sagte er, und die virtuelle Gestalt erstarrte. Sie würde so bleiben, bis Roxborough zurückkehrte.

Roxborough betrachtete Franklinson, dessen massiger, häßlicher Körper umringt von Bildschirmen im Sicherheitsraum saß. Ein Rigger war über ein geschlossenes System in die Konsole neben dem Troll eingestöpselt. »Ja«, sagte Roxborough, indem er sein Bildschirmicon aktivierte.

»Sir«, sagte Franklinson, wobei er sich auf seinem Stuhl kerzengerade aufrichtete, »ich glaube, wir haben Ihren Spion daran gehindert, Aztlan zu verlassen, aber vermutlich ist er tot.«

»Berichten Sie.«

»Vier von unseren Jägern haben sie in der Nähe der

Grenze zur Panamakanalzone abgefangen und abgeschossen. Ihr Panzer hat beim Aufprall und der anschließenden Explosion erheblichen Schaden erlitten. Wir konnten keine Überlebenden entdecken.«

»Haben Sie die Leiche gefunden?«

»Ich fürchte nein. Alles war zerfetzt und bis zur Unkenntlichkeit verbrannt. Wir finden vielleicht ein paar Knochenfragmente. Ich werde Sie über unsere Fortschritte auf dem laufenden halten.«

»Hat ein Magier das Wrack untersucht?«

»Ja, aber die Ergebnisse sind nicht eindeutig wie die meisten Dinge, die mit Magie zu tun haben.« Franklinson war nicht gerade für sein Vertrauen in Magier und Schamanen bekannt.

Roxborough runzelte die Stirn. »Dann ist es also möglich, daß Mercury und die anderen entkommen sind. Vielleicht waren sie nicht an Bord, als der T-Bird explodierte.«

Franklinson verzog keine Miene. »Es ist möglich«, sagte er. »Aber nicht sehr wahrscheinlich.«

»Trotzdem, ich werde Meyer seine rituelle Magie fortsetzen lassen, und sei es auch nur, um endgültig zu ermitteln, ob Mercury noch lebt oder nicht.«

»Ja, Sir«, sagte der Troll. Er sah nicht sehr zufrieden aus.

Roxborough wollte zu seinem Jungen, Alberto, zurückkehren, konnte es aber noch nicht. Er aktivierte die Kameras in dem unterirdischen Ritualraum. Düsteres blaues und violettes Licht flackerte an den Wänden. Große Kerzen aus schwarzem und rotem Wachs brannten rings um den großen Ritualkreis, und ihre Flammen erfüllten die Kammer mit einem Geruch nach Anis. Der eigentliche Kreis bestand aus dem Blut frisch geopferter Hühner, das aus einem konservierten Ziegenmagen auf den Boden getropft worden war, den Meyer für alle seine Ritualkreise benutzte.

Meyer und zwei andere saßen mit überkreuzten Beinen innerhalb des Kreises, jeder am Eckpunkt eines gleichseitigen Dreiecks, das mit schwarzer Tinte auf den Durabetonboden gezeichnet worden war. Roxborough wollte sie nicht unterbrechen, doch Meyer mußte das Einschalten der Kameras bemerkt haben, weil er Roxborough anredete.

Der Elf sah zu einer der Kameras auf. »Wir wollten gerade mit dem Ritual beginnen«, sagte er. »Es sei denn, Sie haben Neuigkeiten, die es uns gestatten, dies zu beenden und mit unserer eigentlichen Arbeit fortzufahren.«

»Es tut mir leid«, sagte Roxborough. »Franklinson ist nicht hundertprozentig sicher, daß Mercury tot ist. Ich brauche Gewißheit.«

Meyer nickte. »Die werden Sie bekommen. Wenn Mercury noch lebt, finden wir ihn. Und wenn wir ihn finden, töten wir ihn.«

»Gut«, sagte Roxborough. »Genau das wollte ich hören.«

»Dann fangen wir jetzt an.« Meyer wandte sich ab, um mit den anderen zu reden, und bald darauf waren sie in einen tranceähnlichen Zustand versunken. Roxborough sah ihnen noch eine Minute zu und ließ sie dann allein. Bei ritueller Magie gab es nicht viel zu sehen, wenn man nicht in den Astralraum schauen konnte. Aber sie war ziemlich wirkungsvoll.

Mit diesem Gedanken, mit dem Gefühl der Vollendung, das mit einem gut erledigten Job einherging, kehrte Roxborough zu seiner Phantasie zurück, zu Alberto und seiner bezaubernden goldbraunen Haut. Roxborough berührte den nackten Körper des Jungen, so daß dieser zum Leben erwachte und lächelte, als er mit großen dunklen Augen zu ihm aufsah.

»Wollen wir fortfahren?« sagte Roxborough zu dem Jungen.

18

In der kleinen Kabine auf der *Exeter* betrachtete Ryan das wunderschöne Elfengesicht auf dem Telekomschirm. Nadja Daviar. Der graue Metallraum rings um ihn war von einer bedrückenden Einförmigkeit. »Ich bin nur ein wenig desorientiert«, sagte er. »Es war ein harter Tag.«

»Nun, er ist noch nicht vorbei«, sagte sie. »Du mußt so schnell wie möglich herkommen. Janes Team fliegt dich nach Lima, wo ein Suborbital nach Seattle auf euch wartet. Dort wird dich Janes Gruppe zu ihrer Anlage bringen, wo ein Transportmittel für dich bereitsteht.«

Während sie sprach, flackerte so etwas wie ein Funke des Erkennens in Ryan auf. Etwas in ihrer Modulation oder in der Art, wie sich ihr Mundwinkel bewegte. Der einzige liebenswerte Makel an ihrem ansonsten perfekten Körper. Er konnte nicht ganz den Finger darauf legen, was es war.

»Die ganze Reise sollte nicht länger als vier oder fünf Stunden dauern«, sagte sie. »Wir sehen uns heute abend.«

»Gut.«

»Ich muß mich vergewissern, daß all die Nuyen, die ich für deine Rettung ausgegeben habe, nicht verschwendet waren. Nichts Persönliches.«

»Natürlich nicht«, sagte Ryan. Nadja schien vor irgend etwas auf der Hut zu sein. *Ist sie nervös wegen des Wiedersehens mit mir?* dachte er. *Vielleicht.*

»Dann sehen wir uns später«, sagte sie, unterbrach jedoch nicht die Verbindung.

»Auf Wiedersehen, Nadja«, sagte Ryan und legte dann auf.

Axler trat neben Ryan. »Wir müssen los«, sagte sie. »Sofort.« Sie führte ihn wieder nach oben zu einem wartenden Hubschrauber – eine große, doppelrotorige Maschine, die sie nach Süden über das Meer in Richtung Peru flog.

Die nächsten vier Stunden verliefen genauso, wie Nadja gesagt hatte. Ein Suborbital erwartete sie auf der Rollbahn, als sie in Lima landeten. Das Logo auf dem Rumpf wies es als Besitz von Gavilan Enterprises aus, und sie waren die einzigen Passagiere. Ryan fragte sich, wie Nadja das arrangiert haben mochte.

Die Zeit auf dem Flug nach Seattle verging schnell. Ryan dachte an seinen Vater – tatsächlich an Roxboroughs Vater. Er erinnerte sich an den großen Mann, an seinen roten Bart und seinen kahl werdenden Schädel. Vater war ein einigermaßen erfolgreicher Unternehmer gewesen, und der junge Thomas Roxborough hatte ihn nur selten gesehen, solange seine Mutter noch lebte. Erst nach ihrem Tod bei einem Terroranschlag in London hatte Vater sich dafür interessiert, das Leben seines Sohns zu formen.

Ryan erinnerte sich an eine Gelegenheit, als Vater ihm versprochen hatte, mit ihm zu einem Spiel von Arsenal ins Highbury-Stadion zu gehen. Der kleine Tommy Roxborough hatte sich darauf gefreut, seine Lieblings-Fußballmannschaft spielen zu sehen. Ein richtiges Spiel miterleben! Wochenlang hatte er kaum an etwas anderes denken können. Vater hatte gesagt, er brauche nur seine Programmierungs-Hausaufgabe zu beenden, was er mit Bravour getan hatte.

Doch irgend etwas hatte sich im Zuge von Vaters Arbeit ergeben, eine wichtige Besprechung mit den Execs eines anderen Konzerns, Ryan wußte nicht mehr, welches, und das versprochene Spiel hatte ohne die Roxboroughs auf der Tribüne stattgefunden. Später hatte Vater ihm erzählt, daß er im Zuge dieser Besprechung über eine Million Nuyen verdient habe. Die Geschäfte, hatte Vater gesagt, hätten stets Vorrang.

Erst Jahre später hatte Roxborough wirklich verstanden, was er damit gemeint hatte. Roxborough war gerade dabei gewesen, eine Zwangsvollstreckung gegen Tennessee Nitro Technologies einzuleiten – eine Gesellschaft, die ihm eine beträchtliche Menge Geld schuldete –, als er erfahren hatte, daß sein Vater im Krankenhaus war und dort den Folgen der VITAS-Seuche, dem virusindizierten toxischen Allergie-Syndrom, erlag. Roxborough konnte sich die Gelegenheit, die Gesellschaft zu vernichten und Millionen zu verdienen, nicht entgehen lassen, also blieb er in Tennessee.

Vater war gestorben, bevor er ihn besucht hatte. Aber Roxborough war sicher, Vater hatte verstanden, sogar in seinen letzten Momenten, daß sein Sohn die richtigen Prioritäten setzte. Roxborough wußte, Vater würde stolz auf ihn sein. Er hatte für eine fantastische Beerdigung gesorgt. Alle wichtigen Leute waren gekommen.

Das Suborbital landete in Seattle. Ryan reckte sich und holte tief Luft, um das unheimliche Gefühl abzuschütteln, das auf ihm lastete wie ein erstickendes Laken.

Axler, Grind, McFaren und Dhin entspannten sich ein wenig, nachdem sie das Suborbital verlassen hatten und auf dem Beton des SeaTac-Flughafens standen. Sie befanden sich in der Nähe ihres Heimatreviers und fühlten sich hier offenbar sicherer, obwohl Ryan, als er sich umsah, das Gefühl beschlich, daß Seattle extrem gefährlich sein konnte.

Ein kleiner Jet brachte sie zur Anlage, die Axler als Assets, Incorporated, bezeichnete. Es war ein kleiner Flugplatz in Salish Shidhe, der indianischen Nation, deren Territorium die ehemaligen Bundesstaaten Washington, Idaho und British Columbia bildeten. Assets, Inc., lag in den Bergen über dem Hells Canyon verborgen, und Ryan nahm an, daß dies die Operationsbasis von Axler und ihrem Team war.

Die Anlage wurde auf der einen Seite von einer steilen Felswand begrenzt, die sich hoch in den Himmel reckte, und auf der anderen Seite von einem Abgrund – einer steilen Klippe, die über einen Kilometer tief war und bis auf den Grund des Canyons reichte, wo sich der Snake River einen Weg durch die Felsen bahnte, ein schmales grünes Band tief unter ihnen. Das Gelände von Assets, Inc., war eingezäunt, und Ryan sah eine Art Lagerhaus aus Wellblech, hatte aber keine Zeit, es zu inspizieren. Er wurde sofort in einen weiteren Jet gesetzt, größer und luxuriöser diesmal, der sogar mit einer eigenen Pilotin und einer Wachmannschaft bestückt war.

Axler verhielt sich ihm gegenüber nun, da ihre Mission sich dem Ende näherte, noch reservierter. Jane hatte ihr Honorar auf ihr Zürich-Orbital-Konto überwiesen, und Axler war ganz die coole Geschäftsfrau. Grind und McFaren schüttelten Ryan die Hand, bevor er an Bord ging, doch Axler sagte lediglich »Viel Glück«, auf ihre ultra-coole Art wie aus großer emotionaler Distanz. Dann wandte sie sich von ihm ab.

Geschäft erledigt. Keine Bindung erwünscht.

Die Wachmannschaft bezog Stellung im Heck des Jets, und Ryan blieb allein in der feudalen Kabine. Luxus und Einsamkeit hüllten ihn ein.

Dennoch empfand er ein Gefühl der Hoffnung, als der Jet startete. Sie brachten ihn zu Nadja, der Frau, die vielleicht Licht ins Dunkel seiner Vergangenheit bringen konnte; einer Frau, die er kannte, an die er sich aber nicht mehr erinnerte. Welcher Art war ihre Beziehung? Er würde es bald herausfinden.

Sie flogen nach Norden, und Ryan erfuhr, daß ihr Ziel Dunkelzahns Höhle in Lake Louise war, eine Drachenhöhle. Die Riggerpilotin kannte ihn. Sie hieß

Barb – eine gutaussehende Elfe mit braunen Locken, die ihr bis auf die wohlgeformte Kehrseite hingen. Sie erzählte ihm, daß er mit Black Angel und Dunkelzahn zusammenarbeite und einen guten Draht zu den hohen Tieren habe.

Also arbeite ich für einen verdammten Drachen, dachte er. *Die ganze Sache wird immer undurchsichtiger.*

Schließlich beschloß Ryan, einfach abzuwarten, was geschah. Seine Erinnerungen würden zurückkommen, wenn er es am wenigsten erwartete. Er lehnte sich zurück und versuchte sich zu entspannen, indem er aus dem Fenster sah und die vorbeihuschende Landschaft betrachtete. Die Gipfel der kanadischen Rocky Mountains ragten rauh und majestätisch in den Himmel und redeten zu Ryan in einer Ursprache. Die uralten Felsen waren abschreckend und verlockend zugleich.

Das Flugzeug landete auf einer kleinen Landebahn zwischen zwei Gipfeln. Die Sonne wurde von den schneebedeckten Hängen blendend weiß reflektiert. Die tiefer gelegenen blau-silbernen Glasgebäude funkelten wie geschliffene Edelsteine. Es war ehrfurchtgebietend. Kraß und wunderschön.

Sie stand auf der kalten Rollbahn und wartete darauf, daß er ausstieg. Sie war von Wachen umringt, und ihre schwarzen Haare flatterten im kühlen Wind. Er zog den Mantel, den man ihm gegeben hatte, enger um sich und stieg die kurze Leiter hinab. Aus der Nähe spürte er, daß sie eine äußerst mächtige Frau war. Ihre Ausstrahlung und Körperhaltung kündeten von Selbstvertrauen und Sicherheit. Die Art, wie sie dastand, war auf eine verschwörerische Art einladend, verriet jedoch zugleich eine solide Beständigkeit. Sie würde zuhören, aber *sie* würde die endgültigen Entscheidungen treffen.

Als Ryan vor ihr stand, schmolz diese Haltung dahin. Sie war ein wenig größer, aber ihre Statur war im Vergleich zu seiner zierlich. Sie betrachtete ihn mit feuchten Augen. Dann lächelte sie. Breit und aufrichtig. Er konnte das Verlangen in ihrer Miene erkennen, an ihr riechen. Und er war nicht überrascht, als er dasselbe Verlangen nach ihr empfand. Sie war äußerst attraktiv.

»Du hast dich verändert«, sagte sie.

Ryan nickte. »Ja. Ich kann mich kaum noch daran erinnern, wer ich war.«

»Es tut mir so leid, Ryan.« Als sie die Arme um ihn legte und ihn in einer Umarmung an sich zog, bei der ihm klar wurde, daß er sich nach ihr gesehnt hatte, empfand er einen Funken Vertrautheit. Die Einzelheiten des Augenblicks verschmolzen zu einem Ganzen und erinnerten ihn an eine andere Zeit.

Sie hatten einander gekannt. Sie hatten sich auch früher schon so umarmt. Doch es war eine Abschiedsumarmung gewesen, und sie waren beide von kalter Entschlossenheit erfüllt gewesen, das zu akzeptieren. Ihr Geruch brachte nun, da sie ihm so nah war, einen Sturzbach der Gefühle zurück, verwirrend und losgelöst von jeglicher Erinnerung.

Ein Bild zog plötzlich an seinem geistigen Auge vorbei, ein Bild von der Sonne, die gerade über der glatten kobaltblauen Oberfläche des Ozeans aufging. Die Morgendämmerung färbte den Himmel gelblichrosa. Es war warm, die kleine Bucht verlassen, als Ryan sich erhob und auf den Ozean starrte.

Sie war hinter ihn getreten, hatte die Arme unter seine gelegt und sie um seine Brust geschlungen. Ihn mit der Nase im Nacken gestreichelt. Ein Schauer überlief ihn, ein elektrischer Schlag von ihrer Berührung. Doch er unterdrückte seine Gefühle. Er errichtete bereits die innere Festung, die für sein zukünftiges Überleben und seine zukünftige Hingabe für Dunkelzahn nötig war.

Ich muß eine Insel sein, sagte er sich.

Er sah sie nicht an. »Black Angel hat angerufen«, sagte er. »Ich habe einen Auftrag.«

Ihre Hände wurden schlaff.

»Es tut mir leid«, sagte er. »Ich ...«

Ihre Stimme war tonlos, fast ein monotones Wispern. »Ich dachte, wir hätten zwei Wochen«, sagte sie.

»Ja, aber ...«

Ihre Stimme hob sich. »Sie haben uns zwei verdammte Wochen versprochen!« Sie ließ ihn los, und jetzt drehte er sich endlich zu ihr um.

Sie hatte die Arme vor der Brust verschränkt, über dem Baumwoll-Bademantel, der in der morgendlichen Brise flatterte. Ihre Haare waren noch zerzaust vom Schlaf. Die Hitze ihres Zorns ließ ihre weiße Haut erröten.

Sie ist die schönste Frau auf der ganzen Welt, dachte er. *Aber ich darf sie nicht lieben.*

Ich werde sie nicht lieben!

Sie sah, was er dachte. Sie hatten darüber geredet. Sie hatten sich Sorgen gemacht, daß dies geschehen könnte. Jetzt wollte er zu ihr gehen und sie festhalten, mehr als alles andere, was er je hatte tun wollen. Aber er arbeitete für Dunkelzahn, und Liebe war mit dieser Arbeit unvereinbar. Sie war im Weg.

Wenn er einen Auftrag übernahm, konnte er für niemand anders Verantwortung übernehmen. Er wollte nicht, daß sich jemand um ihn sorgte. Er wollte nur seinen Auftrag erledigen. Das allein zählte.

»Wann brichst du auf?« fragte sie.

»Um zehn Uhr.«

»Dann packst du jetzt besser«, sagte sie. »Wenn du noch Zeit für ein Frühstück hast, kannst du zu mir ins Café kommen.« Dann wandte sie sich schweigend ab.

Jetzt auf der Landebahn hielt Ryan sie ganz fest. Er wollte sie nicht loslassen. Er drückte sie an sich, seine einzige Verbindung zu einer Vergangenheit, die tatsächlich seine zu sein schien. Er legte seine Hand auf ihren Nacken und stellte zu seiner Überraschung fest, daß er zitterte.

Zu rasch ließ sie ihn los. »Wir müssen uns beeilen.« Sie nahm seinen Arm und führte ihn zu einem niedrigen Gebäude aus Beton. »Wir müssen dich in den Schutzkreis der Höhle schaffen. Ich nehme an, sie werden versuchen, dich durch rituelle Magie zu finden. Die Höhle sollte dich vor ihnen verbergen.«

Ryan nickte und ließ sich von ihr führen. Der Kreis der Wachen schloß sich um sie, dann traten sie durch die Stahltüren des Gebäudes, gingen durch blau gekachelte Flure und fuhren schließlich mit einem Fahrstuhl hinunter in den Berg. Nadja unterzog sich einem Netzhautscan, um Zugang zur untersten Etage zu bekommen.

Als der Fahrstuhl tief im Innern des Berges anhielt und sich die Doppeltür öffnete, wartete eine hochgewachsene Elfe auf dem Flur aus behauenem Stein. Ihre dunkelbraune Haut bildete einen starken Kontrast zu ihrem weißen Haar, das sie zu einem Pferdeschwanz zusammengebunden hatte, so daß es der scharfen Linienführung ihres Kopfes folgte. Sie lächelte breit, als sie Ryan sah, und ihrer Miene war offensichtliche Erleichterung anzusehen.

»Quecksilber«, sagte sie. »Schön, daß Sie heil zurückgekehrt sind.«

Ryan lächelte unwillkürlich. »Es ist schön, wieder zurück zu sein«, sagte er. »Glaube ich.«

Das schien sie für einen Augenblick zu verwirren. Dann fuhr sie fort: »Dunkelzahn hat einige Anweisungen für Sie hinterlassen. Ich habe sie in die Kammer gebracht. Lassen Sie es mich wissen, wenn ich helfen kann.«

Nadja zog an Ryans Arm. »Wir müssen gehen«, sagte sie. »Ihre Magier könnten dich sogar hier erreichen.«

Er folgte Nadja durch den Flur und in eine große, gewölbeartige Kammer. In der Mitte stand die silberne Statue eines Drachen. »Wir werden dich hier versiegeln«, sagte sie. »Die Wände sind mit einem feinen Gewebe aus verzaubertem Orichalkum und einer Schicht elementarer Erde bedeckt. Hinzu kommen weitere Schutzmaßnahmen, die Dunkelzahn errichtet hat.«

»Wo ist Dunkelzahn?«

Nadja blieb abrupt stehen und sah ihn an. »Du weißt es noch nicht?«

»Was soll ich wissen?«

Sie hielt inne und wurde sehr ernst. »Dunkelzahn ist tot.«

»Was?« Ryan war überrascht. Wie konnte ein Großdrache tot sein?

»Er wurde getötet.«

Ryan wußte, daß diese Nachricht mehr als Überraschung in ihm hätte auslösen, ihn hätte schockieren müssen. Sie hätte bis in sein Innerstes dringen und es zerschmettern, ihn völlig fassungslos machen müssen. Er entnahm dies der Art, wie Nadja es sagte, den unzähligen Hinweisen, die er hinsichtlich seiner Beziehung zu Dunkelzahn aufgeschnappt hatte. Zwischen dem Drachen und ihm hatte eine besondere Verbindung bestanden, ein Band, das über den normalen gesellschaftlichen Umgang hinausging. Er hatte Dunkelzahn geliebt.

Doch jetzt empfand er angesichts der Nachricht vom Ableben des Drachen nichts. Er empfand kein Bedauern oder Kummer. Keine Erleichterung oder Freude oder Trauer.

Er empfand überhaupt nichts.

»Eine Explosion in Washington ...« Nadjas Stimme verlor sich. »Vor vier Tagen, kurz nach der Amtseinführung. Ich kann dir die Einzelheiten später erzählen. Jetzt würde ich gern mit dir über das Telekomgespräch reden, das du mit ihm geführt hast, kurz bevor er die Party verließ.«

»Daran erinnere ich mich nicht«, sagte Ryan.

»Vielleicht können wir das eine oder andere tun, um dein Gedächtnis wiederherzustellen«, sagte sie. »Aber jetzt sollten wir die Kammer versiegeln. Hier bist du in Sicherheit.«

»Wann kann ich wieder heraus?«

»Sobald unsere Magier eine rituelle Sendung aufgefangen haben. Ich muß morgen nach Washington zur Eröffnung von Dunkelzahns Testament zurück. Wenn dein Auftrag es zuläßt, könntest du mich vielleicht ein paar Tage begleiten.«

»Ich glaube, das würde mir gefallen«, sagte er, und er war nicht im geringsten überrascht, als er feststellte, daß er die Worte in aller Aufrichtigkeit ausgesprochen hatte.

Sie lächelte. »Dann einstweilen auf Wiedersehen.« Sie trat näher, um ihn kurz an sich zu drücken, doch er zog sie in eine intimere Umarmung. Sie wandte den Kopf, um ihm in die Augen zu schauen, und ihre Lippen strichen über seine Wange. Er küßte sie auf den Mund, und ihre Lippen teilten sich bereitwillig, als sie den Kuß erwiderte, die Intimität genoß.

Der Augenblick verstrich viel zu schnell, und Nadja löste sich von ihm, wobei sie versuchte, sich ihre Aura der Würde und Beherrschung vor den zuschauenden Wachen zu bewahren. Ryan hatte das Gefühl, daß diese öffentliche Zurschaustellung untypisch für sein vergangenes Selbst war. Dann war sie verschwunden, und die dicke Steintür schloß sich mit knirschendem Krachen. Er wurde in der Kammer versiegelt.

Ryan versuchte sich zu konzentrieren. Er hatte das Gefühl, kurz davor zu stehen, sich daran zu erinnern, wer er war, am Rande der langen Rückkehr zu sich selbst. Vielleicht würde Dunkelzahns letzte Botschaft den entscheidenden Anstoß geben. Der Drache war ihm offenbar wichtig gewesen.

Ryan ging in die Mitte der Kammer und stellte sich

neben die Drachenskulptur aus glänzendem Silber, die im Licht der Kammer beinahe flüssig aussah. Fast so groß wie Ryan, stand der Drache auf den Hinterbeinen, den Kopf zur Decke gereckt und das Maul geöffnet, als wolle er Feuer speien. Zuerst dachte Ryan, es sei eine Statue von Dunkelzahn, aber aus der Nähe erkannte er, daß das nicht sein konnte. Anders als Dunkelzahn hatte dieser Drache keine Vorderpfoten, nur Flügel.

Instinktiv streckte Ryan die Hand aus, um die Statue zu berühren. Das Metall fühlte sich überraschend warm an, und als seine Hand über die Oberfläche strich, erwachte flackernd eine Gestalt zum Leben, ein Geist, der in der Skulptur gefangen war. Die glänzend silbrige Oberfläche kräuselte sich ob der Bewegungen des Geistes, so daß sich die Statue fast zu bewegen schien.

»Ryanthusar«, ertönte die tiefe Stimme des Drachen. Ryan fand die Klangfarbe der Stimme beunruhigend, wie eine Geisterstimme. »Hör gut zu, mein Diener. Dieser nächste Auftrag ist der wichtigste, den ich dir je anvertraut habe ...«

19

Lucero stand auf dem offenen Balkon hoch oben an der Seite der *Teocalli* von San Marcos. Der Stein unter ihren Füßen strahlte die Tageshitze ab. Trotz der vorgerückten Stunde war die Nachtluft noch heiß und unbewegt. Auf dem Hügel direkt gegenüber konnte Lucero die Silhouette des alten Turms des Vergnügungsparks erkennen, der hoch in den Himmel stach wie ein in schwarzes Blut getauchtes Stilett. Direkt unter ihm lag der von Quellen gespeiste See. Die Unterwasserscheinwerfer ließen ihn blau-grün leuchten. Im Zentrum des Lichts befand sich ein obsidianschwarzer Stein, umringt von Mannschaften in Taucherausrüstung mit Ausgrabungsgeräten.

Lucero spürte die Macht der Magie, die aus diesem See aufstieg. Sie pulsierte ringsherum wie eine lebendige Trommel. Was Señor Oscuro dort tat, mußte einen mächtigen Zauber schaffen. Lucero hatte nicht ihre gesamte Magie verloren, aber doch so viel, daß sie nur selten Dinge ohne Schwierigkeiten erspürte.

Der See strahlte Macht aus, die sie berührte, ihr winkte, ihr die Hoffnung brachte, bald wieder über Mana gebieten zu können. Sie würde wieder das sein, was sie einmal gewesen war, ein Herrscher über Lebensenergie. Eine Magierin.

Wenn ich doch nur noch eine Chance bekäme, dachte sie. *Ich würde den Makel nicht akzeptieren. Die Sucht nach Blutmagie. Die verzweifelte Sehnsucht, die meine Seele befleckt.*

Zwei Tempeldiener kamen zu ihr und baten sie, ihnen zu folgen. Ihre Anwesenheit war für ein weiteres Experiment erforderlich. Sie folgte ihnen ins Sanktuarium und erwies Quetzalcóatl stumm Respekt, als sie seine Skulptur passierte. Eine kleine Gruppe junger

Adepten und Schüler stand in Opfergewändern da, von Oscuro in Trance versetzt, der Lucero am Altar erwartete. Sie wußten nicht, daß sie geopfert würden. Oder vielleicht wußten sie es und waren erpicht darauf, ihre Lebensenergie dem Gott zu opfern, den sie alle so innig liebten.

Ein dünnes Lächeln, das hinter seinem schwarzen Vollbart kaum zu erkennen war, zierte Señor Oscuros Gesicht. Er war voller Hoffnung. Seine Augen verrieten seinen Eifer, mit dem Ritual fortzufahren. Er hielt ihr eine starke weiße Hand hin, und als sie sich ihm näherte, konzentrierte sie sich auf diese Hand, auf die einzelnen schwarzen Haare, die aus dem Handrücken ragten. Wie winzige Schlangen. Sie stellte sich vor, wie sie sich über seine Haut wanden, wie sich alle seine Haare in lebende Geißeln verwandelten.

Das Bild verblaßte, und Lucero kletterte auf den Altar. Die Kälte des Steins drang mühelos durch das dünne Baumwolltuch. Sie lag vollkommen still, als Señor Oscuro ihr Gewand öffnete und auseinanderschlug. Sie richtete den Blick nicht auf ihr eigenes Fleisch, auf die Abscheulichkeit ihrer vernarbten Haut. Sie konzentrierte den Blick auf Quetzalcóatl, auf die bunten Federn des Gottes, die im gelblichen Licht glänzten. Sie schien ihm in seiner Statue fast gleichgültig zu sein.

Oscuro begann seinen Zauber und ließ den ersten Adepten zu sich kommen; hielt den Kopf des Mädchens im richtigen Winkel, um leichten Zugang zu seiner Kehle zu haben. Lucero sah den Schnitt, als das zeremonielle Obsidianmesser die Kehle des Mädchens öffnete, sah das Blut herausquellen. Es sammelte sich auf Luceros Bauch und erfüllte den Raum mit einem metallischen Geruch, bevor Oscuro das tote Mädchen fallen ließ und dessen Blut über Lucero verteilte, über die vernarbte Haut ihrer Brüste, ihres Bauchs und der Oberschenkel.

Einen Moment lang empfand sie die Flüssigkeit als warm und klebrig. Dann verlor Lucero das Bewußtsein und flog durch den Astralraum. Überschritt die Schwelle zu den Metaebenen und passierte den Hüter-Blutgeist. War unterwegs zum Ort des Lichts und des Liedes.

Dort angelangt, hielt sie inne. Sie wußte, daß sie auf dem harten Stein einer unvollendeten Brücke stand, aber sie konnte ihre Füße nicht sehen. Das Licht war so hell und weiß, daß sie nichts anderes erkennen konnte. Die Musik, das Lied der Frau, deren Name sie nicht kannte, war wunderschön, klar und von einer kristallinen Reinheit. Lucero liebte diese Stimme.

Der dunkle Fleck ihres Blutsbandes war hier die einzige Schwärze. Während Lucero dastand und in dem Meer aus Licht und Tönen badete, breitete sich der Fleck wieder aus. Wie beim letztenmal quoll er aus Luceros Herz, ein schwarzer Schleim, der den Raum in ihrer unmittelbaren Umgebung verdunkelte. Er wuchs, bis sich eine unregelmäßige Hülle gebildet hatte, ein ausgefranstes Stück blutigen Stoffs auf einem weißen Laken.

Plötzlich verspürte Lucero eine derart immense Woge der Macht, daß sie sie nicht fassen konnte. Oscuro hatte die Verbindung zum unterseeischen Obsidianstein geschlossen. Den Locus, wie sie ihn nannten. Die zusätzliche Macht half ihr dabei, die Dunkelheit auszudehnen, und ließ sie wieder nach Blutmagie dürsten. Lucero war es egal, solange sie bleiben und der Stimme lauschen konnte. Doch die Stimme wurde immer leiser, je größer ihre Macht, je stärker ihre Verbindung zum Locus wurde.

Während die Dunkelheit ringsumher an Kraft gewann, wurde Lucero sich des Abgrunds bewußt, der gewaltigen Spalte zwischen dem schmalen Auswuchs, auf dem sie stand, und der anderen Seite, einer Steinmauer in der Ferne. Und sie spürte die Anwesenheit von Kreaturen, von alptraumhaften Wesenheiten mit beängstigender Macht, die von der Kraft des Liedes kaum in Schach gehalten werden konnten. Sie wollten auf die andere Seite kommen, das wußte sie. Sie wollten es mehr als alles andere, und sie würden vor nichts haltmachen, um dies zu erreichen. Luceros Anwesenheit freute sie.

Dann, so plötzlich wie beim erstenmal, wurde der dunkle Fleck von einer Lichtflut davongespült. Ihre Macht konnte der schier undurchdringlichen Schönheit dieser Stimme, dieses Liedes, das tief in Luceros Innerstem widerhallte und dort ein harmonisches Pulsieren durch den Kern ihres Wesens schickte, nicht standhalten.

Sie wurde in die physikalische Welt zurückgeworfen.

Lucero erwachte auf dem Altar. Ihr nackter Körper war glitschig vom Blut der geopferten Jugendlichen, der Adepten und Schüler, die ihre Lebensenergie gespendet hatten, so daß sie länger an diesem Ort hatte bleiben können.

Oscuros Gesicht hing über ihr, Haar und Bart so schwarz wie Ruß, die Augen wie Kohlensplitter in seinem Kopf. Aber er lächelte, und seine weißen Zähne blitzten. »Gut gemacht«, sagte er. »Der Locus hat geholfen, aber er ist noch zu schwach. Beim nächstenmal werden wir die Gestalt bereitstellen.«

Lucero nickte und richtete sich auf. Oscuro hüllte sie in ein sauberes weißes Laken. Sie hatte sich nie wohler gefühlt. Energie durchpulste ihren Körper und machte sie ekstatisch. Sie war wie Feuer in ihren Adern.

Macht. Annähernd das, was sie empfunden hatte, als sie Teil der Gestalt gewesen war. Es reichte, um sie vergessen zu lassen, daß sie ihre Sucht haßte, ihr vor dem Makel auf ihrer Seele graute. Sie stieg vom Altar herab, verließ das Sanktuarium und ging in ihre Kammer, um sich zu waschen. Das überwältigende Gefühl würde nachlassen, das wußte sie, also genoß sie seine süße Ekstase, das reine Vergnügen der Unüberwindlichkeit.

Aber durch den brennenden Nektar ihres Hochgefühls verspürte sie einen Anflug von Sehnsucht. Ein Verlangen, das immer stärker wurde. Es war das Verlangen, an den Ort des Lichts und des Liedes zurückzukehren und dort der wunderbaren Musik zu lauschen. Sie würde alles tun, um dort für immer zu bleiben.

Alles.

20

Roxborough schlief und marschierte im Traum durch die Flure der Klinik. In seinem Traum war er körperlich. In einem echten Körper, lebendig in der Welt der Atome und Moleküle. Aus Fleisch und Stahl.

Manchmal, wenn er träumte, wanderte sein Geist durch die Computersysteme der Klinik wie ein Schlafwandler. Dann gaben in der gesamten Klinik die Lautsprecher Gemurmel und Bruchstücke von Sätzen von sich, und sein Gesicht erschien auf den Trideo- und Telekomschirmen wie ein elektronischer Geist und erschreckte Patienten und Arbeiter gleichermaßen. Manche sagten, in der Klinik spuke es. Hin und wieder erwachte sogar sein Simulacrum im Konferenzraum zum Leben, während er schlief.

Roxborough war das im Grunde genommen egal. Je mehr seine Arbeiter ihn fürchteten, desto besser. Seine Matrix-Techniker sagten, dagegen könne nichts getan werden, ohne ihn aus der virtuellen Realität auszustöpseln, wenn er schlief. Und das war für Roxborough unannehmbar. Er hatte eine manische Angst davor, permanent abgeschnitten zu werden, vor dem Augenblick völliger Abwesenheit sensorischer Inputs, bevor der Computer erkannte, daß er wach war.

Die schwarze Leere der Stille, das Nichts, war wie ein erstickendes Grab. Und dieser Augenblick zog sich in die Länge, dehnte sich, bis Roxborough in Panik geriet und glaubte, für immer von der Welt abgeschnitten zu sein, alle Ewigkeit in dieser Leere verbringen zu müssen, wo er sich noch nicht einmal das Leben nehmen konnte. Und langsam, aber unausweichlich wahnsinnig wurde.

Also blieb er auch im Schlaf mit dem Host verbunden.

Jetzt weckte ihn etwas. Ein sanftes Piepsen, das einen Telekomanruf ankündigte. Roxborough sah, daß es Meyer war. In seinem Elfengesicht spiegelten sich Erschöpfung und Zufriedenheit wider. Er hatte sechs Stunden lang hart an der rituellen Magie gearbeitet.

»Ja?« sagte Roxborough.

Meyer holte tief Luft. »Wir sind fertig«, sagte er. »Wir haben ihn nicht gefunden. Mercury ist entweder tot oder so gut geschützt, daß es unsere Kräfte übersteigt, ihn ausfindig zu machen.«

Roxborough nickte. »Gut gemacht«, sagte er.

Meyer lächelte. »Vielen Dank.«

»Wie stehen die Chancen, daß er noch lebt, aber geschützt ist?«

»Verschwindend gering. Die einzigen Orte, die uns verschlossen sind, befinden sich hinter extrem mächtigen Hütern, welche die Fähigkeiten der Runner übersteigen, die ihn mitgenommen haben. Es sei denn, er ist im Weltraum. Wir können niemanden außerhalb der Manasphäre entdecken.«

»Danke, Meyer«, sagte Roxborough. »Sehen Sie zu, daß Sie etwas Schlaf bekommen. Sie haben ihn sich verdient.«

Meyer nickte und unterbrach die Verbindung.

Roxborough war zufrieden. Meyer war der mächtigste Magier, den er kannte, ein Mann, der stolz auf seine Arbeit war. Wenn Ryan noch lebte, hätte Meyer ihn ausfindig gemacht. Die Wahrscheinlichkeit, daß Mercury sich ins All oder in den Schutz eines Hüters abgesetzt hatte, war gleich null. Roxboroughs Ansicht nach statistisch vernachlässigbar, so daß sie ausgeschlossen werden konnte. Roxborough hatte mit Statistiken und Wahrscheinlichkeitsrechnung ein Vermögen verdient. Zahlen logen auf lange Sicht niemals.

Mit diesen befriedigenden Gedanken bereitete Roxborough sich darauf vor, wieder einzuschlafen. Doch kurz bevor er in seinen Traumzustand eintauchte, machte ihn sein Matrix-Interface auf einen weiteren Telekomanruf aufmerksam. Diesmal war es Darke. Also jemand, den er nicht ignorieren konnte.

»Darke, mein Freund«, sagte Roxborough. »Was kann ich für Sie tun?«

»Sparen Sie sich den Drek, Roxborough. Wo ist Mercury?«

»Tot.«

Darkes Augen verengten sich zu schmalen Schlitzen. »Sind Sie sicher? Meine Quellen besagen, daß er entkommen ist.«

Roxborough seufzte. Es war ihm nie gelungen, Darkes Informanten zu entlarven. »Ihre Quellen haben Sie nicht getäuscht«, sagte Roxborough. »Aber meine Sicherheitstruppen haben ihren Schwebepanzer abgeschossen, und meine Magier konnten ihn mit ihrer rituellen Magie nicht ausfindig machen. Er ist tot, so sehr es mich auch betrübt, das zu sagen.«

»Ich bin sicher, Ihre Sicherheitstruppen sind erstklassig, und ich weiß, daß Meyer und die anderen mächtige Magier sind. Schließlich habe ich sie ausgebildet.« Die Intensität von Darkes Blick ließ Roxborough fast zurückweichen.

Doch Roxborough behauptete sich. Er konnte nicht nachgeben oder Angst zeigen. Er konnte nicht einmal zulassen, Angst zu empfinden. Das wäre gleichbedeutend mit dem Eingeständnis der Niederlage, und Roxborough hatte schon vor langer Zeit geschworen, niemals aufzugeben.

»Aber«, fuhr Darke fort, »wir haben es hier mit jemandem zu tun, der auf Undercover-Arbeit spezialisiert ist – Infiltration, Tarnung und Flucht. Mercury ist viel gefährlicher, als Sie glauben.« Darkes schwarze Augen schienen in Roxboroughs Verstand zu dringen und ihn Molekül für Molekül zu begutachten. »Mercury paßt nicht in die statistischen Modelle, Roxborough. Er lebt in dem extrem kleinen Bereich außerhalb der Zahlen. Ich sagte Ihnen, daß er für Dunkelzahn arbeitet. Ist Ihnen vielleicht der Gedanke gekommen, eine Drachenhöhle könne einen Schutzkreis haben, der stark genug ist, die rituelle Entdeckung zu verhindern?«

»Dunkelzahn ist tot.«

»Ja«, sagte Darke. »Aber seine Höhlen sind nicht zerstört worden. Sie könnten noch immer denjenigen Schutz gewähren, welche dem Wurm nahegestanden haben.«

»Okay, also könnte er überlebt haben«, räumte Roxborough ein. »Das gefällt mir ebensowenig wie Ihnen. Was soll ich tun? Meyer hat bei seinem Ritual sämtliche Gewebeproben verbraucht, die wir von ihm hatten. Wo sollen meine Leute ihn suchen?«

»Tun Sie gar nichts. Ich habe Ihre Inkompetenz satt. Ich werde ein kleines Team damit beauftragen, ihn oder seine Leiche ausfindig zu machen, und wenn er noch lebt, werden sie ihn eliminieren.«

Damit wurde der Bildschirm dunkel.

Roxborough versuchte wieder einzuschlafen, konnte es jedoch nicht. Darke hatte kein Recht, ihn so herunterzuputzen. Er bekleidete nicht einmal eine offizielle Stellung innerhalb des Konzerns. Darke war nur ein Lakai von Juan Atzcapotzalco, dem Präsidenten von Aztechnology. Oder genauer gesagt, von Atzcapotzalcos Hintermännern. Der Mann war schon seit Jahren nicht mehr richtig beieinander. Doch Roxborough wußte auch, daß er alles aufs Spiel setzte, wenn er sich Darkes Willen widersetzte. Der Mann besaß zu viel

Macht, und solange Roxborough keinen Körper hatte, konnte er wenig tun, um diese Macht zu unterminieren.

Langsam glitt Roxborough in einen unruhigen Schlaf. Er hatte Alpträume, und aus den Lautsprechern der Klinik ertönte sein Heulen, wobei sich sein Geisterbild auf den Monitoren verzerrte.

21

Ryan stand auf dem Steinboden der verzauberten Kammer und betrachtete die silbrig-flüssige Oberfläche der Drachenstatue. Ein Geist war im Innern der fließenden Metallskulptur zum Leben erwacht. Ryan spürte seine Anwesenheit. Es mußte irgendein gefangener Beschützergeist sein. Weißes Licht erhellte den Raum, als er vor der Statue zurückwich.

Der Geist sprach mit einer Stimme zu Ryan, die vertraut und fremdartig zugleich klang. *Es muß Dunkelzahns Stimme sein,* dachte er. Und genau das konnte nicht sein. Dunkelzahn sprach nicht auf dieselbe Weise, wie es Metamenschen taten.

»Ich habe einen magischen Gegenstand geschaffen, der Drachenherz genannt wird«, sagte der Geist. »Es handelt sich um ein großes herzförmiges Objekt aus reinem Orichalkum.« Der Geist stieß ein unheimliches Lachen aus. »Der Gegenstand ist ziemlich mächtig, und du könntest ihn auch dazu benutzen, deine Fähigkeiten zu verstärken. Aber das ist nicht sein Zweck, Ryanthusar.

Du findest das Drachenherz in einer behüteten Kammer am Mittelgang auf Untergeschoß 5. Die Tür ist mit einer astralen Sigille gekennzeichnet. Du wirst den Hüter ohne Schwierigkeiten passieren können, aber laß niemanden mit dir gehen, sonst werdet ihr beide angegriffen.

Dein Auftrag lautet, das Drachenherz zur metaplanaren Stelle des großen Geistertanzes zu bringen und ihn der Frau zu geben, deren Lied die Zacke schützt. Sie heißt Thayla. Ich wiederhole das noch einmal, Ryanthusar, weil es so wichtig ist. Hole das Drachenherz und bringe es zur metaplanaren Stelle des großen Geistertanzes – zur Brücke, die nicht fertiggestellt werden darf.

Um deinen Auftrag zu erfüllen, mußt du dich der Dienste eines mächtigen Magiers versichern, der das Ritual beherrscht, dich und das Drachenherz auf die Metaebenen zu bringen. Dieser Magier muß der Sache ebenfalls absolut ergeben sein. Unter all meinen Freunden gibt es nur zwei, auf die diese Kriterien zutreffen – meinen alten Freund Harlekin und Ehran der Schreiber. Harlekin wäre meine erste Wahl. Er kennt Thayla und hat große Erfahrung, obwohl er unter Selbstüberschätzung leidet. Doch Harlekin zu finden, könnte sich als schwierig erweisen. Jane-in-the-box hat vielleicht ein paar Ideen, wie man ihn finden kann. Ehran ist kompetent und außerdem sehr leicht zu finden. Er ist einer der Prinzen von Tir Tairngire. Aber seine Hilfe wird schwerer zu gewinnen sein.

Die Erfüllung dieses Auftrags ist absolut vorrangig. Ich habe dir von den Zyklen der Magie erzählt, aber bisher hat es noch niemand gewagt, sie so zu manipulieren, wie das jetzt der Fall ist, und damit dieses Zeitalter so bald in diesem Manzyklus an den Rand der Zerstörung zu bringen. Die Entdeckung eines Locus durch Darke könnte das verheerendste Ereignis der gesamten Geschichte sein. Wenn der metaplanare Abgrund überbrückt wird, bevor wir bereit sind, werden wir alle leiden. Alle Lebewesen werden sterben.

Alle Lebewesen.

Die anderen Drachen sind zu überheblich und glauben, sie könnten sich in ihren Höhlen verstecken, wie sie es immer getan haben. Doch wenn der Feind kommt, werden die Ungeheuer in der Lage sein, unsere Technologie einzusetzen, um unsere Höhlen zu finden und in sie einzudringen. Diesmal ist kein denkendes Wesen sicher. Je höher das Mananiveau ansteigt, desto schmaler wird der Abgrund, bis der Feind ihn auch ohne Brücke überqueren kann. Doch diesmal wird es keine Möglichkeiten geben, sich zu verstecken. Die Technologie verändert alles. Keine Magie kann vor ihr schützen.

Diesmal also kein Verstecken, sondern Krieg. Wir müssen uns vorbereiten. Wir müssen die Zeit gewinnen, die wir brauchen, um *unsere* Technologie zu entwickeln, so daß wir die Fähigkeit besitzen, den Feind zu bekämpfen, wenn er kommt. Aber um Zeit zu gewinnen, müssen wir unsere natürlichen Grenzen schützen. Sie dürfen nicht fallen, und das Drachenherz wird dafür sorgen. Thayla wird wissen, wie sie es anwenden muß. Bring es zu ihr, bevor es zu spät ist.

Auf Wiedersehen, Ryanthusar, und viel Glück. Das hast du immer gehabt, und bei diesem Auftrag wirst du sehr viel davon brauchen.«

Der Geist flackerte in der verzauberten Statue und verschwand. Nachdem er Dunkelzahns Botschaft überbracht hatte, war er nun freigesetzt worden.

Ryan saß lediglich benommen da. *Wo bin ich da hineingestolpert? Wer war ich, daß man mir die Erfüllung solch einer Aufgabe zutraut?*

Interessiert mich das überhaupt?

Ryan dachte ein paar Minuten lang nach, und ihm war gerade klargeworden, daß er nicht wußte, ob es ihn interessierte oder nicht, als die große Steintür aufschwang. Vor dieser Sache mit Roxborough hatte es ihn interessiert, dessen war er sich sicher. Aber jetzt? Jetzt war er nicht mehr so sicher. Jetzt fragte er sich, ob es überhaupt noch eine Rolle spielte. Dunkelzahn war tot. Vielleicht war der ganze Auftrag damit sinnlos geworden.

Nadja betrat die Kammer in Begleitung von vier Wachen. »Rhamus, unser führender Magier, sagt mir, daß er eine rituelle Sendung aus der Gegend von Roxboroughs Klinik entdeckt hat. Eigentlich müßte es jetzt ungefährlich für dich sein, die Kammer zu verlassen.«

»Gut.«

Nadja wollte etwas sagen, hielt jedoch inne. Statt dessen sagte sie. »Was nun?«

»Du meinst den Auftrag?« fragte Ryan und verstand dann instinktiv, warum sie innegehalten hatte. Sie war nicht immer in seine Aktivitäten eingeweiht.

»Ja«, sagte sie schlicht.

Nun, dachte Ryan, *die Dinge haben sich verändert.* Wie konnte er erwarten, solch ein Unternehmen ohne sein Gedächtnis angehen zu können? Er brauchte Hilfe, und er kannte niemanden, dem er mehr vertrauen konnte als Nadja. Er mußte ihr nicht alles erzählen, nur so viel, daß sie sich einbezogen fühlte und er ihre Hilfe bei einigen wichtigen Dingen bekam.

»Kennst du einen Gegenstand, der Drachenherz genannt wird?« fragte Ryan.

Nadja starrte ihn eine Weile an, ein kaum erkennbarer Ausdruck des Argwohns auf ihrer Miene. Sie schien überrascht zu sein, daß er ihr von seinem Auftrag erzählte. Dann verschwand der Ausdruck, und sie sagte: »Ja. Wir hatten erst kürzlich im Zusammenhang mit diesem Gegenstand ein Sicherheitsproblem.«

»Was?«

»Dieben haben ihn aus einer der Kammern in der Nähe des Schatzes gestohlen.« Sie hielt nachdenklich inne. »Hüter und Schutzmaßnahmen dieser Kammer waren sehr stark. Sie waren offenbar sehr gut vorbereitet.«

»Sie sind entkommen?« Ryan fand es schwer zu glauben, daß jemand etwas aus einer Drachenhöhle stehlen konnte.

»Ich fürchte, ja. Aber dann ist noch etwas sehr Seltsames geschehen, von dem du wissen solltest. Während des Diebstahls, als die Sicherheit die Infiltratoren verfolgte, kam ein freier Geist zu mir. Er ergriff Besitz von einem meiner Männer und sagte, er sei von jemandem namens Thayla geschickt worden. Der Geist erwähnte einen Gegenstand, der Drachenherz genannt werde. Er bestand darauf, das Drachenherz an einen Ort des Lichts und des Lieds bringen zu müssen. Es klang wie eine Lüge, und dann tötete der Geist meinen Wachmann, verbrannte ihn vor meinen Augen.« Ihre Stimme brach am Ende. Offenbar war ihr der Tote nicht gleichgültig gewesen.

»Es stimmt«, sagte Ryan. »Mein Auftrag betrifft das Drachenherz, und ich muß es finden.«

Nadjas Augen weiteten sich. »Ach, *das* bedeutet es also«, sagte sie.

»Was?«

»In Dunkelzahns Testament gibt es eine Zeile«, sagte sie. »Ryanthusar hinterlasse ich mein Herz …«

»Oh«, war alles, was Ryan sagen konnte.

»Er muß das Drachenherz gemeint haben, glaubst du nicht auch? Und jetzt ist es gestohlen worden. Es tut mir so leid, Ryan.«

»Es ist nicht deine Schuld«, sagte Ryan.

»Aber es ist offensichtlich sehr wichtig. Was wollte dieser Geist damit anfangen?«

»Wenn er dich nicht belogen hat«, sagte Ryan, »dann hat der Geist denselben Auftrag wie ich.«

Nadja wurde blaß. »Es tut mir leid, Ryan«, sagte sie. »Ich wünschte, ich hätte gewußt, daß der Geist die Wahrheit sagt.«

»Hätte dir das dabei geholfen, das Drachenherz zurückzubekommen?«

»Nein.«

»Dann ärgere dich nicht«, sagte Ryan. »Das Drachenherz wird wieder auftauchen. Ich verstehe nur nicht, warum Dunkelzahn es in sein Testament eingeschlossen hat.«

»Er war ein bizarrer alter Wurm«, sagte sie. »Und vielleicht etwas paranoid. Das Testament wurde ständig überarbeitet. Er hat dir auch noch ein paar andere Dinge hinterlassen, die im öffentlichen Teil nicht aufgeführt sind, darunter auch Assets, Incorporated.«

»Was?«

»Den Konzern, für den die Runner arbeiten, die dich aus Aztlan herausgeholt haben.« Nadja runzelte die Stirn. »Ich frage mich, warum Dunkelzahn mir gegenüber das Drachenherz nie erwähnt hat.«

Ryan wußte, daß dies nur eine rhetorische Frage war, aber er antwortete trotzdem. »Hat dir der Drache immer alles erzählt?«

Nadja lächelte. »Nein, aber ich glaube, ich wußte mehr über seine Pläne als sonst jemand. Vielleicht abgesehen von Jane-in-the-box. Ich war seine Stimme, seine Verbindung mit der Öffentlichkeit. Es ist nur etwas überraschend, von einem anderen Aspekt seiner Pläne zu erfahren und herauszufinden, daß er mir in dieser Hinsicht jegliche Informationen vorenthalten hat.«

»Ich würde gern mit Jane reden«, sagte Ryan. »Sie kann das Drachenherz möglicherweise aufspüren.«

»Ja«, sagte Nadja. Dann lächelte sie breit und strahlte ihn förmlich an.

»Was ist?«

»Eigentlich nichts. Du bist nur so motiviert, so zielstrebig. Du hast dich überhaupt nicht verändert.«

Aber er hatte sich verändert. Er fühlte sich nicht motiviert oder zielstrebig. Er fühlte sich verloren und manipuliert. Soweit er es beurteilen konnte, hatte er so gut wie nichts mit seinem sich rasch vervollständigenden Bild von seinem ehemaligen Selbst gemeinsam. Seine *Ki*-Adepten-Fähigkeiten waren größtenteils verschwunden, nur noch ein Bruchteil seiner Magie war übrig. Seine Verbindung zu Dunkelzahn, die angeblich einen unbeirrbar loyalen Lakaien aus ihm gemacht hatte, existierte nicht mehr.

Er bewunderte den Drachen, aber er verehrte ihn nicht, wie es der frühere Ryan angeblich getan hatte. Er würde nicht mehr blind Befehlen gehorchen. Das war etwas für Roboter und Automaten. Ryans Hingabe für diese ganze Sache ließ nach. Obwohl sie offensichtlich sehr wichtig war, konnte er für sich selbst keinen Grund sehen, warum er sein Leben aufs Spiel setzen sollte. So wichtig war ihm das alles nicht. Es konnte ihm auch gar nicht wichtig sein, bis er nicht herausgefunden hatte, wer er war.

Tatsächlich schien das einzige, was er mit seinem früheren Selbst gemeinsam zu haben schien, eine Zuneigung zu dieser attraktiven Elfe Nadja Daviar zu sein. Sie hatte Leute angeworben, um sein Leben zu retten. Sie war warm und offen und so verdammt sexy, daß er abgelenkt und sein Urteilsvermögen getrübt wurde. Aber da war noch mehr als das, oder wenigstens glaubte er es. Nadja und er waren sich auf irgendeine grundlegende Weise ähnlich, die sie von anderen unterschied.

Aus diesem Grund traf er, nachdem eine medizinische Untersuchung ergeben hatte, daß er gesund und munter war, alle nötigen Vorbereitungen, um mit ihr nach DC zu reisen. Sie hatte dort wichtige Dinge zu erledigen, die Verlesung des Testaments, die Anhörungen der Scott-Kommission und die Vorbereitungen für die Übernahme des Vizepräsidentenamts. Aber sie wollte, daß Ryan sie begleitete.

Er war geneigt, ihrem Wunsch nachzukommen.

Ryan hatte kein Zuhause. Sogar den Raum in der Höhle hatte er nur vorübergehend bewohnt. Sein vorheriges Selbst hatte ein unstetes Leben geführt und war ständig unterwegs gewesen. Er hatte niemals Andenken gesammelt.

Jetzt bedeutete das für Ryan, daß es keine Hinweise darauf gab, wer er gewesen war. Wer er war. Es schien so, als sei sein vorheriges Selbst ein Chamäleon gewesen, jemand, der sich an jede Situation und Umgebung hatte anpassen können. Das hatte ihm dabei geholfen, Konzerne und Regierungen zu infiltrieren und auszuspionieren. Das war sein hervorstechendstes Merkmal: Vielseitigkeit.

Das bedeutete aber auch, daß er jetzt nichts hatte, woran er sich klammern konnte, keine besonderen Wesensmerkmale. Nichts außer dieser Elfe, die ihn liebte. Nadja war so etwas wie ein Anker in seinem Leben. Und er würde sie unter keinen Umständen loslassen.

22

Burnout stand wachsam und konzentriert da und begutachtete den abgedunkelten Raum des ehemaligen Restaurants, in dem Ryan Mercury gefoltert worden war. Staubiger, verschlissener Teppichboden mit grauem Rautenmuster. Alte Vorhänge in derselben Farbe, die nur noch an Fäden hingen. Tische und Stühle aus verfaulendem Holz, die wie defekte Cyberware verstreut lagen. Ein ausgetrocknetes Aquarium voller Spinnweben.

Burnout richtete seine Aufmerksamkeit darauf, was rings um ihn gesagt wurde. Drei Leute waren nicht weit entfernt, die sich miteinander unterhielten und Pläne schmiedeten. Sie sprachen nicht direkt mit ihm. Tatsächlich redeten sie über ihn, als sei er nicht anwesend.

Daran war er gewöhnt, und es war ihm egal; weil er sich die meiste Zeit ihrer ohnehin nicht bewußt war.

Zwei andere standen am Eingang des Raums. Burnout hatte sie anhand ihrer Wärmeabstrahlung überprüft, hatte ihre Schwächen isoliert und war bereit, sie zu vernichten, sollte es nötig werden. Sie waren bewaffnet, und daher mußten sie vielleicht neutralisiert werden.

»Burnout! Paß auf!«

Slavers Stimme ertönte wie aus großer Entfernung, wie ein Schrei von draußen, obwohl der Mann direkt neben ihm stand. Als Burnout den Kopf wandte, verspürte er wieder den hartnäckigen Juckreiz im Nacken. Psychosomatisch, hatte man ihm gesagt. Keine seiner ursprünglichen Nackenmuskeln und Nerven waren noch da, alle waren durch synthetisches Gewebe und Mikrohydrauliken ersetzt worden. Er nickte Slaver zu, um zu signalisieren, daß er zuhörte.

Slaver war sein Kommandant, jemand, den er beschützen und dem er gehorchen mußte. Slaver war ein Magier und klein für einen Menschen. Viel kleiner als Burnout, der sich nicht mehr als Mensch betrachtete. Burnout hatte die Größe eines großen Orks und wog mehr als ein Troll.

Slavers Kopf war kahl und wies lediglich die kunstvolle Tätowierung einer gewundenen Schlange auf, die am Haaransatz begann und sich in Grün-, Schwarz- und Blautönen über seinen Schädel schlängelte. Er trug einen locker sitzenden Overall aus lohfarbener Seide, lächerliche Kleidung, die keinerlei Schutz vor Kugeln bot, ihm aber Bewegungsfreiheit gab, die, wie Slaver beharrte, wichtig für seine Spruchzauberei war. Auf dem Overall prangte ein Schulterabzeichen der Jaguar-Garde, und für einen Augenblick verlor Burnout sich in den filigranen Details des Jaguars.

Burnout war früher ein mächtiger Magier gewesen. In einer Vergangenheit, die so entfernt, so anders und so losgelöst von seinem gegenwärtigen Zustand war, daß Burnout sich nicht als Teil seiner selbst daran erinnerte, sondern als die Geschichte von jemandem, den er gut kannte. Es war wie das Kanalisieren des Geistes einer anderen Person oder eines vergangenen Lebens. Burnout hatte die Magie geliebt, hatte für die Astralebene gelebt, für die elektrische Spannung, all diese Energie durch eine winzige Leitung zu pumpen, um es irgendeinem armen Kerl so richtig zu zeigen.

Dann, eines Tages, war sein Vorsprung dahin gewesen. Er war einen Schritt zu langsam.

Er hatte als Ausgleich Cyberware installiert. Ein grober Fehler, denn dadurch hatte er seine Magie noch langsamer gemacht. Der Entzug nach einem Zauber hatte seinen Tribut gefordert, und kurz darauf hatte er eine Woche gebraucht, um sich von einem Zwei-Stunden-Run zu erholen. Das war nichts für ihn. Er war kein Mann für die zweite Reihe. Er hatte immer zu den Besten der Besten gehört, und so legte er sich immer mehr Cyberware zu. Er wurde ausgebildet, lernte, wie man jemanden tötete. Er wurde ein Straßensamurai, einer der besten. Bis die Azzies seine Dienste im Austausch gegen brandheiße Cyberware und erstklassige Ausbildung mit Freuden akzeptiert hatten. Eine Karriere als Killer im Tausch gegen seine Seele. Und letzten Endes hatten sie genau das genommen. Seine Seele.

Er konnte sich nicht mehr erinnern, wann seine Vergangenheit gestorben und er zu dieser Inkarnation geworden war. Vor zwei Monaten? Sein innerer Kalender würde es ausweisen, aber es war ihm egal. Jetzt war er mehr Maschine als Mensch. Er war wie ein Rigger für seinen eigenen Körper. Das war ein Gedanke von erschreckender Schönheit.

Er konnte es nicht ertragen, sein eigenes Spiegelbild zu sehen. Und das Schreckliche daran war, daß er immer noch die Magie liebte und spüren konnte, wenn sie nah war, wie den Geruch eines guten Essens – raffiniert und verlockend. Er wurde instinktiv davon angezogen.

Das war auch der Grund, warum er sich den Drek gefallen ließ, mit dem Slaver ihn überhäufte. Er haßte Slaver, und eines Tages würde der Magier zu weit gehen. Eines Tages würde Slaver den Weg aller Gegner Burnouts gehen – direkt in die Hölle.

Schließlich gelang es Burnout, seine Aufmerksamkeit wieder auf das Gespräch zu richten. Der Mensch mit den schwarzen Haaren und dem Bart sprach im Befehlston mit Slaver. »Mercury lebt noch«, sagte er. »Meine Quellen in Lake Louise berichten, daß er dort ist. Sie werden ihn finden und vernichten. Ist das klar?«

Slaver verbeugte sich unterwürfig. »Natürlich, Señor Oscuro.«

»Ich stelle Ihnen einen Rigger und eine Rotormaschine mit diplomatischen Kennzeichen von Aztechnology zur Verfügung.«

»Vielen Dank, Señor.«

Das Wesen, das neben Slaver auf der anderen Seite von Burnout stand, war nicht metamenschlich, obwohl es vage wie ein Elf aussah. Seine Haut hatte die Farbe getrockneten Blutes und war über und über mit großen schwarzen Pockennarben bedeckt. Sein Kopf war kahl, und die Knorpel seiner Nase waren ausgefranst und lagen offen, wo Slaver ihm Blut für seine Zauber abzapfte. Ziemlich kraß, obwohl es Burnout kalt ließ. Sein Name war La Sangre, ein Blutgeist, an Slaver gebunden und sein Verbündeter. Wie Burnout war dem Geist nicht gestattet zu reden.

Dann war das Gespräch beendet, und Burnout hatte das meiste davon verpaßt. Nicht, daß es ihm so oder so irgend etwas ausgemacht hätte. Er hatte alles mit seiner Cyberkamera aufgezeichnet, so daß er, falls nötig, alles noch einmal abspielen oder einen ganz bestimmten Teil suchen konnte.

»Also los«, sagte Slaver, um dann leise zu murmeln: »Schwachkopf.«

Slaver schien zu glauben, daß Burnout sein Flüstern nicht hören konnte. Oder vielleicht war es ihm auch egal. Aber Burnout war es nicht egal. Er war kein Schwachkopf. Er war lediglich *abgelenkt*. Das war ein Zustand, der in seiner Situation normal war. *Wenn Slaver damit nicht klarkommt, kann er …*

Burnout ließ den Gedanken in der Luft hängen, als ihn eine Woge der Wärme erfüllte, da er eine Dosis seiner Glücksdroge verabreicht bekam – der chemischen Substanz, die ihn bei der Stange hielt. Haß war eine gute Sache. Die Docs sagten, er helfe dabei, ihn am Leben und seine Willenskraft aufrechtzuerhalten. Aber sie wollten nicht, daß er es übertrieb. Also hatten sie die Droge mit einem automatischen Injektor gekoppelt, der seinen Adrenalinpegel oder irgendeinen Drek maß, und wenn er sich nicht in einer Kampfsituation befand, hielt er ihn davon ab, auszurasten und Unschuldige zu massakrieren.

Es beeinträchtigte ein wenig den Spaß daran, solch eine furchtbare Tötungsmaschine zu sein, aber der Kick war ganz nett.

Burnout schloß sich Slaver und La Sangre an, als diese nach draußen ans Seeufer gingen. Die Ausgrabung war in vollem Gange. Burnout konnte sehen, daß sie fast den gesamten riesigen schwarzen Stein freigelegt hatten.

Burnout wußte, daß der Felsen magisch war, und sein arkaner Glanz war wie ein Leuchtfeuer, das ihn anzog wie eine Lötlampe eine kybernetische Motte. Er konnte sich nicht bewegen. Er mußte ihn haben. Zur Hölle mit allem anderen. Der Stein enthielt seine Zukunft. Er konnte mit dessen Macht seine Magie wiederherstellen.

Das hypnotische Kräuseln der schwarzen Oberfläche zog ihn an, bis ihm klar wurde, daß er die beiden anderen am Seeufer hatte stehenlassen. Er stand bis zur Brust im Wasser und ging tiefer hinein.

Da kam ihm ein Gedanke. Sie kamen immer, wenn er die Kontrolle verlor. Sie wollten, daß er in seinem neuen Körper verankert blieb, in dieser gräßlichen Verschmelzung aus Drähten, Fasern und Metall. Er dachte an seine Mutter und ihr strahlendes, lächelndes Gesicht, wenn sie seinen Kopf tätschelte. Er war acht Jahre alt oder vielleicht neun. Sie wandte sich an ihn und sagte: »Ich bin so stolz auf dich. Wieder das beste Zeugnis. Du bist immer der Beste in allem, was du tust ...«

Die aus der Erinnerung geborene Wärme war kaum von der Droge in seinem System zu unterscheiden. Euphorie durch Lob.

»Komm zurück, du Idiot!« brüllte Slaver. »Wir müssen los.«

Als Burnout wieder in der Gegenwart war, befand sich irgendeine magische Barriere zwischen ihm und dem Stein. Die Verlockung wurde durch die Barriere geringer, aber die Macht des Steins war immens, und die Barriere konnte sie nicht völlig verhüllen. Dennoch versuchte Burnout sie zu ignorieren und sich den anderen anzuschließen.

Eine halbe Stunde später, als sie sich in dem Hubschrauber befanden und nach Norden in Richtung der Kanadischen und Amerikanischen Staaten flogen, fragte Burnout, was sie tun würden.

»Der Auftrag wird dir gefallen«, sagte Slaver zu ihm. »Wir werden jemanden töten. Jemanden namens Ryan Mercury.«

14. August 2057

23

Es war Vormittag, als Ryan mit Nadja, ihrem Sekretär Gordon Wu, Carla Brooks und einigen Sicherheitsleuten in eine Lear-Cessna Platinum III stieg. Sie waren nach Washington unterwegs.

Ryan beschloß, während des Flugs noch etwas zu schlafen, da Nadja ihren Sekretär Anweisungen diktierte. Geschäftiges Arbeiten. Dies war für alle an Bord, vielleicht mit Ausnahme von Ryan, eine Arbeitsreise. Seit Dunkelzahns Tod hatte sich ihr Arbeitsaufwand beträchtlich erhöht.

Ryan stellte seinen Sitz in Ruhelage, als das Flugzeug startete, während er zur Kenntnis nahm, daß die breiten Ledersitze viel bequemer waren als die Hartplastikschalen im T-Bird. Es schien so lange her zu sein, daß er in dem Klinikbett geschlafen hatte, ein Gefangener, ohne es zu wissen. Und jetzt …

Jetzt war er auf eine andere Art ein Gefangener – ein Gefangener von Dunkelzahns Auftrag. Irgend etwas wollte ihn nicht vollkommen aufgeben lassen, obwohl er das am sehnlichsten wollte. *Wenn ich die*

Dinge in Bewegung setze, dachte er, *habe ich es wenigstens versucht.*

Ryan aktivierte sein Armbandkom und wählte die sichere Nummer, die Nadja ihm für Jane-in-the-box gegeben hatte. Es dauerte ein paar Augenblicke, bis sich Verschlüsselungs- und Entschlüsselungsprotokolle synchronisierten, dann sah er Janes Persona auf dem Schirm.

Sie sah wie eine blonde Konzern-Schnalle in rotem Leder aus. Sehr stilisiert und unrealistisch, aber auf eine absurde, Comic-hafte Art attraktiv. »Quecksilber«, sagte sie. »Ich nehme an, es geht dir gut?«

Ryan lächelte. »Das verdanke ich dir«, sagte er. »Wenigstens lebe ich noch, obwohl meine Probleme gerade erst begonnen zu haben scheinen.«

Jane nickte und wechselte auf Geschäftsmodus, als ihr klar wurde, daß dies kein freundschaftlicher Anruf war. »Was kann ich also für dich tun?«

»Weißt du etwas von dem Gegenstand namens Drachenherz, der gestern aus der Höhle gestohlen wurde?«

»Ich habe die Berichte über diesen Diebstahl verfolgt«, sagte Jane. »Mehr weiß ich nicht.«

»Ich muß diejenigen aufspüren, die das Drachenherz entwendet haben, und in Erfahrung bringen, wo es jetzt ist. Es ist dringend, und ich weiß nicht, wen ich sonst fragen soll.«

Janes Persona lächelte. »Ich bin geschmeichelt«, sagte sie und stieß dann ein leises Kichern aus.

Ryan zuckte zusammen. Er konnte sich nicht erinnern, Jane je begegnet zu sein, obwohl Axler gesagt hatte, er sei einer der ganz wenigen Personen, welche der Deckerin schon von Angesicht zu Angesicht begegnet seien. Er hatte das Gefühl, daß sie in Wirklichkeit ganz anders war, als es dieses Bild suggerierte: Sehr intelligent, sehr clever und raffiniert. Schlau. Diese Persona mußte eine Tarnung sein, ein Bild, das Leute dazu bringen sollte, sie zu unterschätzen.

Ryans Einschätzung von Jane beruhte auf seinen Gesprächen mit Axler und später mit Nadja. Die Deckerin schien in der Matrix eine unsichtbare Wesenheit zu sein. Obwohl sie extrem fähig war, wußten nur wenige in der Matrix, wer sie war, weil sie nie als sie selbst auftrat. Nadja hatte Ryan erzählt, daß Jane viele Jahre für Dunkelzahn gedeckt hatte und dabei als eine Art Über-Schieber aufgetreten war. Sie hatte ein Gutteil des Managements der Schattenunternehmungen des Drachen erledigt und dabei die Aktivitäten anderer Schieber überwacht, denen nie klargeworden war, daß sie für Dunkelzahn arbeiteten.

Ryan mochte sie instinktiv. »Es war nicht meine Absicht, dir zu schmeicheln«, sagte er, »obwohl ich es tue, wenn es hilft.« Er lachte. »Das ist sehr wichtig, Jane. Bitte unternimm alles, was du kannst.«

Ein Comic-haftes Lächeln breitete sich auf dem Gesicht von Janes Icon aus. »Ich hänge mich rein, Quecksilber.«

»Danke.« Der Schirm wurde dunkel.

Der Jet landete etwa eine Stunde später in Washington, das durch Krawalle und Ausnahmezustand fast abgeriegelt war. Dunkelzahns Tod hatte in den gesamten Ucas zu Krawallen geführt. Alle großen Städte waren betroffen. Auf der einen Seite gab es viele, die ihrer Enttäuschung Luft machten, weil sie den Drachen verehrt hatten. Und auf der anderen Seite feierten diejenigen, welche ihn gehaßt hatten, sein Ableben, indem sie Eigentum zerstörten, plünderten und seine Anhänger bekämpften.

Der neue Präsident, Kyle Haeffner, hatte erst vor ein paar Stunden den Ausnahmezustand über den Bundesdistrikt verhängt und Sicherheitskräfte von Knight Errant und Ares Arms gerufen, um den Bundespolizisten zu helfen, die Krawalle zu unterdrücken. Nadja zufolge hatten sie bisher kaum Fortschritte erzielt.

Auf dem National Airport war es unheimlich ruhig, als Ryan aus dem Jet stieg und über die Landebahn zu einem Privathubschrauber ging. Es war früh am Mittag, und die Sonne schien heiß vom Washingtoner Himmel. Zu heiß, um ein Trost zu sein. Der Luftverkehr war nahezu zum Erliegen gekommen, und während es Sicherheitspersonal in Hülle und Fülle gab, war von den regulären Flughafenarbeitern kaum etwas zu sehen.

Plötzlich ertönte in der Ferne das Geknatter automatischer Waffen. Ryan fuhr herum, um sich ein Bild von der Situation zu machen, da er sich exponiert fühlte. Wie auf dem Präsentierteller. Doch Brooks und ihre Wachen umringten Ryan und Nadja. Die Schüsse waren mehr als einen Kilometer entfernt, wurde ihm gleich darauf klar. Er hatte sie deutlich gehört, aber sein Gehör war besser als das der anderen.

Meine Fähigkeiten kehren langsam zurück, dachte er. *Natürlich weiß ich nicht einmal, welche das waren. Ich kann mich nicht an meine Ausbildung erinnern.*

Nadja wurde von ein paar Konzernpinkeln begrüßt, und sie redete ein paar Minuten lang mit ihnen, bevor sie ihren Weg zum Hubschrauber fortsetzten. Vielleicht waren sie von der Regierung. Ryan wußte es nicht. Nadja gab ihnen Anweisungen, was mit der Ladung des Jets zu geschehen habe. Ein paar Dinge aus Dunkelzahns Besitz würden morgen nach der Verlesung des Testaments des Drachen ausgegeben werden.

Der Flug zum Watergate-Hotel dauerte nicht lange. Nadja stieg normalerweise in Dunkelzahns Anwesen in Georgetown ab, aber die Verlesung des Testaments sollte morgen im großen Ballsaal des Watergate stattfinden. Angesichts der Krawalle hielten sie es für sicherer, unnötiges Reisen zu vermeiden.

Ryan überzeugte den Piloten davon, einmal am Watergate vorbeizufliegen, bevor er wendete und auf dem Dach landete. Er wollte die Explosionsstelle sehen. Er hoffte, daß dies etwas in ihm auslösen würde, Erinnerungen oder Gefühle bezüglich Dunkelzahn.

Der Bereich war von einer Menschenmenge umgeben – Touristen, Trauernde, Medienschnüffler und sogar Gläubige, die Dunkelzahn als Märtyrer betrachteten. Der Explosionskrater war größer, als Ryan erwartet hatte, ein gewaltiges Loch mitten in der Straße, das mit einem Bauzaun abgesperrt war.

Über dem Krater schwebte eine prismatische Wolke, die aussah, als bestünde sie aus Licht und Energie. Sie wand sich und veränderte die Form, wallte wie ein wellenförmiger Tropfen Öl, der in einer unsichtbaren Wasserkugel gefangen war. Die Wolke war ganz offensichtlich magischer Natur, und als Ryan sich konzentrierte, konnte er tatsächlich ihr astrales Spiegelbild sehen.

Im Astralraum sah sie genauso aus.

Das war äußerst seltsam, sogar beängstigend, als sei das Gewebe des physikalischen Raums genau an dieser Stelle weggerissen und die Barriere zum Astralraum eliminiert worden, so daß dieses Managewitter, wie sie es nannten, in beiden Realitätsebenen gleich aussah. Warum sonst sollte es in der physikalischen Welt Licht abstrahlen?

Ryan spekulierte nur. Es war ein unbekanntes Phänomen, und selbst Nadjas beste Quellen hatten seine wahre Natur noch nicht ermittelt. Er war enttäuscht, daß der Anblick seinem Gedächtnis nicht auf die Sprünge half; er hinterließ lediglich ein Gefühl der Ehrfurcht und des Staunens vor etwas, das einen Großdrachen wie Dunkelzahn vernichten konnte.

Der Hubschrauber landete auf dem Dach, und die Hotelsicherheit eskortierte sie zu einer Suite, die mit einem Wohnzimmer, einem Büro sowie zwei Schlafzimmern geräumig und dabei schlicht und elegant ausgestattet war. Nachdem Nadja alle Pinkel und Konzerntypen entlassen hatte, bat sie die Sicherheit, die Suite zu verlassen. Dann setzte sie sich auf das Sofa und zog sich die Schuhe aus. »Ich hasse diese verdammten Dinger«, sagte sie.

Ryan lächelte. Es war das erste Mal, daß er sie so locker reden hörte, und er fand es liebenswert. Sie ließ ihre Fassade für ihn bröckeln, eine Geste der Intimität. Er setzte sich neben sie. »Soll ich dir die Füße massieren?«

Sie lächelte. »Fang nichts an, was du nicht zu Ende bringen willst.«

Ryan nahm einen ihrer Füße und legte ihn auf seinen Schoß. Ihre Haut war kühl unter den Schwielen seiner Handflächen. Er rieb sie, übte Druck auf die Muskeln aus, konzentrierte sich, versuchte sie zu zwingen, sich zu lockern, zu entspannen. Er stellte fest, daß er seine Hände heiß werden lassen konnte, wenn er es versuchte, und er nahm an, daß diese Fähigkeit magischen Ursprungs war.

Nadja ließ sich in die Polster zurücksinken. »Was ist in Aztlan mit dir geschehen?« fragte sie.

»An viel kann ich mich nicht erinnern. Irgendeine Art von Persönlichkeitstransfer. Thomas Roxborough wollte meinen Körper für seinen Geist benutzen.«

»Es tut mir leid.«

»Stört es dich?«

Nadja dachte eine Minute lang nach. »Ich weiß nicht, ob du Ryan bist oder nicht.«

»Erzähl mir von Ryan … von mir.«

Nadja lächelte. »Wir sind miteinander verbunden, du und ich«, sagte sie. »Da ist etwas Fundamentales, das uns aneinander bindet, etwas, das sich nie ändern wird. Ich weiß nicht, was es ist, aber sogar Dunkelzahn hat mir versichert, daß es stimmt. Oft manifestiert es sich als Glück, manchmal als Vorahnungen oder Träume.« Nadja schüttelte den Kopf. »Ergibt das irgendeinen Sinn für dich?«

Ryan antwortete nicht. Er war überwältigt von den Gefühlen, die sie in ihm auslöste, dem Klang ihrer Stimme, dem Animalischen in ihrem Geruch; der leichten Unordnung ihrer Haare, glatte schwarze Strähnen, die ihr ins Gesicht fielen. Die blassen Sommersprossen auf ihrem Nasenrücken waren nur aus nächster Nähe zu sehen, und es war diese Anhäufung winziger Fehler – die liebenswerten Makel in ihrer Perfektion –, die sich tief in sein Bewußtsein bohrten und ein verzweifeltes Verlangen nach ihr auslösten.

Er atmete tief durch, sog ihren Duft ein, als sich seine Haut spannte und er einen Druck zwischen den Beinen und das schwache Kribbeln der Vorfreude verspürte.

Sie berührte seinen Arm mit den Fingerspitzen. »Woran erinnerst du dich?« fragte sie.

»In bezug auf uns?«

Nadja nickte.

»*Erinnern* kann ich mich an nicht viel«, sagte Ryan. »Aber ich spüre eine Menge.«

»Was spürst du?«

»Daß wir einander sehr viel bedeuten, daß wir intim miteinander sind. Daß wir außerdem eine sehr tiefe Beziehung haben.«

Ryan hatte kaum ausgeredet, als sie ihn an sich zog und ihr Gesicht dicht vor seines schob. »Volltreffer«, flüsterte sie, während sie ihre Hüften bewegte, um sein Gewicht besser tragen zu können. Er erwiderte ihre Umarmung, seine breite Brust an ihrer, und drückte sie in die Polster des Sofas.

Sie sah ihm in die Augen und fuhr mit ihrer zierlichen Hand durch sein Haar. Sie blinzelte in Zeitlupe, so dicht vor ihm, daß er das Spiegelbild seiner eigenen Pupillen auf ihren sah. Ihre Hände glitten unter sein Hemd und gruben sich in seine Rückenmuskeln, während er Hals und Wange bis hinauf zu ihrem spitzen Ohr mit sanften Küssen bedeckte.

Er richtete sich auf, um sie anzusehen, und sie starrte ihn an, während ihre Lippen leicht über seine strichen. Er konzentrierte sich auf die Rundung ihrer Oberlippe, als er sie küßte, als sich ihr Mund teilte und ihre Zunge seine suchte. Ihr Geschmack kam ihm bekannt vor, vertraut. Wunderbar.

Sie löste sich ein wenig von ihm, neckte ihn. Doch Ryans Mund folgte ihr, ließ sie nicht los, küßte sie hart. Ein brutaler Verlust jeglicher Beherrschung, bevor er sich zu einem sanfteren, innigeren Kuß zwang. Er sehnte sich verzweifelt nach ihr. »Ich muß dich haben, sofort«, sagte er.

Sie reagierte darauf, indem sie ihm das Hemd aus der Hose zerrte und es ihm über den Kopf streifte. Dann strichen ihre Hände über seinen breiten Rücken, fuhren zur Hüfte und verschwanden unter dem Bund seiner Hose, wo sie nackte Haut berührten.

Er rollte sie herum, und sie fielen auf den Boden, sie auf ihn, ihr Rock bis zu den Hüften hochgeschoben, so daß sie auf ihm sitzen konnte. Ryan konzentrierte sich auf ihre Brüste unter der Seidenbluse, und er hob die Hände, um sie zärtlich zu streicheln. Nadja knöpfte sich die Bluse auf, doch Ryan konnte nicht mehr warten und riß ihr die Bluse vom Leib.

Er hatte seine erste Vision, als er ihren Rock herunterriß und seine Hose abstreifte. Eine Erinnerung aus seiner – Ryans – Vergangenheit. Er und Nadja in Maui, wie sie Hand in Hand unter einem mondlosen Himmel einen Privatstrand entlangspazierten. Sich auszogen und in dem dunklen, klaren Wasser schwammen. In der Brandung spielten. Und sich dann unter der Außendusche langsam und intensiv liebten.

Jetzt, in der Hotelsuite, lagen sie nackt auf dem blauen Plüschteppich und wälzten sich herum wie leidenschaftliche Teenager. Sie lag jetzt unter ihm, und brennendes Verlangen spiegelte sich auf ihrem Gesicht wider, als sie den Rücken krümmte. Ihre nackten Beine hatten sich ihm geöffnet, die Oberschenkel heiß und glatt.

Er drängte unwillkürlich gegen sie. Alle Beherrschung war dahin.

»Jetzt«, flüsterte sie.

Er drang in sie ein.

Sie stöhnte und biß in seine Schulter, während sich ihre Fingernägel in seine Hinterbacken gruben. Sie wollte es rauh, hart.

Er bewegte sich schneller. Gab ihr genau das, was sie wollte.

Etwas geschah in seinem Gehirn. Mehr Visionen, Erinnerungen. Sie überfielen ihn, als er den Höhepunkt erreichte. Überfluteten ihn in Wellen.

Er sah die gewaltige schlangenförmige Gestalt Dunkelzahns, ein wunderbar leuchtender Wurm im Astralraum. Dann war das Bild verschwunden, und er roch Cayennepfeffer und Brot – ein Essen, das er bei einem Manöver während der Wüstenkriege mit Sergeant Matthews geteilt hatte.

Und die Erinnerungen überfielen ihn weiter, während unter ihm Nadja bei ihrem Orgasmus heftig erbebte. Fragmente seines Lebens rasten durch seinen Verstand.

Er hörte ein donnerndes Grollen in seiner Erinnerung. Er war noch sehr jung. Ein Bild von Dunkelzahn, wie er einem feurigen Raubvogel gleich vom Himmel stieß, blitzte durch seinen Verstand. Vom Himmel stieß, um ihn zu retten. Dann hörte er einen Schmerzensschrei, eine andere Szene, viel jüngeren Datums – höchstens ein paar Jahre alt. Axler, die sich bückte, um einem weinenden Kind zu helfen, das von einer verirrten Kugel getroffen worden war. Szenen aus seinem Leben, die ihm wahllos einfielen.

Ryan hob Nadja auf und trug sie zum Bett. Sie drückte ihn gegen die Kissen und wälzte sich dann auf ihn. Er legte die Hände auf ihre Brüste und streichelte die großen braunen Nippel, während sie ihn wieder in sich aufnahm. Sie liebten sich noch einmal.

Die Erinnerungen überfielen ihn weiter. Er erlebte seine Liebe für Dunkelzahn, seine Ausbildung und seine unzähligen Aufträge. Ryan erinnerte sich an alles in jenen Minuten. Er erinnerte sich an seinen Auftrag, der ihn nach Aztlan geführt hatte, an die Entdeckung des Locus, an den Bericht, den er Dunkelzahn geliefert hatte, bevor der Hubschrauber kam und der Cyberzombie ihn betäubt hatte. Ein Schauder überlief Ryan, als er neben Nadja lag und mit dem Finger zärtlich einen Kreis um das braune Oval ihres Warzenhofs zog, während sie einschlief.

Ryan erinnerte sich vollständig an seine Vergangenheit.

24

Lethe sehnte sich nach Thaylas Stimme, schmachtete nach der Berührung ihres Lieds. Er vermißte Thayla, die ihm einen Namen gegeben hatte. Doch seine Aufgabe war noch lange nicht beendet, und er würde nicht ohne das Drachenherz zu ihr zurückkehren.

Den Gegenstand zu verfolgen, war schwerer gewesen, als Lethe erwartet hatte. Er hatte seine Macht gespürt, als er in Dunkelzahns Höhle gewesen war, und sich seine astrale Resonanz eingeprägt. Daher hätte er in der Lage sein müssen, ihn überall in der Manasphäre zu finden.

Doch seine Aura war maskiert worden, getarnt von den Metamenschen, die ihn aus der Kammer in Dunkelzahns Höhle gestohlen hatten. Sie hatten seine astrale Resonanz gedämpft und damit Lethes Fähigkeit geschwächt, seiner Spur durch den Astralraum zu folgen. Doch in bezug auf das Drachenherz waren seine Sinne extrem geschärft. Die Verfolgung war zeitaufwendiger und schwieriger gewesen, aber dennoch fand Lethe die Manaspuren, die das Drachenherz zurückließ, die feinen Wirbel und Strömungen, die es im Astralraum schuf.

Die Elfen, die es genommen hatten, konnten zwar das Herz maskieren, nicht aber dessen Wirkung auf den Astralraum. Lethe war der Spur mit der ständig wachsenden Überzeugung gefolgt, daß dieses Drachenherz ein extrem mächtiger Gegenstand war. Seine bloße Anwesenheit formte den astralen Hintergrund um. Dieser Effekt war gering, sehr subtil, aber Lethe konnte ihn sehen, und ihm folgen.

Sie hatten das Drachenherz an einen Ort namens Eugene in der Elfennation Tir Tairngire gebracht. In der physikalischen Welt sah das Gebäude, in dem sich der Gegenstand befand, alt, aber stabil aus. Es bestand aus Beton und Holz, aus Ziegeln und Stahlträgern. Das Innere wimmelte von Geistern und Magiern, die mit verzauberten Gegenständen spielten. An diesem einen Ort gab es mehr Gegenstände von unterschiedlicher Macht und Potenz, als Lethe für möglich gehalten hätte.

Nachdem er eine Zeitlang aufmerksam zugesehen und versucht hatte, seine Entdeckung zu vermeiden, kam Lethe zu dem Schluß, daß die Magier und Geister diese Gegenstände erforschten und ihre Kräfte und Fähigkeiten prüften. Sie versuchten die Geschichte jedes Gegenstands zu ergründen, indem sie dessen Vergangenheit magisch nachspürten. Wer hat ihn benutzt? Wofür? Wann?

Der Keller enthielt Übungseinrichtungen wie für eine Armee, obwohl Lethe nur wenig von den Kampfpraktiken der Metamenschen wußte. Lethe erkannte die Elfen, die das Drachenherz gestohlen hatten und sich gerade mit anderen Elfen unterhielten. Tatsächlich waren alle Anwesenden Elfen. In der physikalischen Welt trugen alle eine ähnliche schwarze Kampfrüstung – engsitzend, aber flexibel. Und sie hatten alle noch etwas anderes gemeinsam, Zeichen, die Lethe zuvor nicht bemerkt hatte. Jeder Elf war mit einem Halbmond unter einem langen Schwert und einem Banner tätowiert.

Lethe konzentrierte sich auf die astrale Resonanz des Drachenherzen und fand es schließlich in einer behüteten Kammer zwei Etagen über der Übungsanlage. Der Hüter sah im Astralraum stark aus, eine elektrisch blaue und grüne Glaskugel um den Gegenstand.

Plötzlich ertönten Alarmsirenen. Er war entdeckt worden. Lethe drehte sich um und sah eine Reihe von Luft- und Feuerelementaren auf sich zukommen.

»Bleibt mir fern«, sagte er. »Ich werde bald gehen, und ich will euch nichts tun.«

Die Elementare ignorierten ihn. Sie waren von Magiern gebunden worden und gezwungen, ihnen zu gehorchen. Sie eilten ihm entgegen und versuchten ihn einzukreisen, ihn einzuhüllen.

Lethe streckte seine Willenskraft nach ihnen aus, und als er sich konzentrierte, verschwanden sie, verbannt auf ihre Heimatebenen. Aber sie hatten ihn aufgehalten. Andere würden kommen. Magier und Schamanen, vielleicht so mächtig, daß sie Lethe gefährlich werden konnten. Er kannte nicht das Ausmaß ihrer Fähigkeiten.

Er floh einstweilen und ließ das Drachenherz zurück. Und damit auch seine Hoffnung, Thayla bald wiederzusehen und in der Schönheit ihres Lieds zu schwelgen.

25

Die Nacht in Washington war wie eine Sauna, heiß und feucht. Ryan holte tief Luft und lehnte sich gegen das Betongeländer des Balkons der Suite. Weit unter ihm zur Linken knisterte das Managewitter und besprenkelte eine Menschenmenge mit seinem regenbogenfarbenen Licht.

»Kannst du nicht schlafen?«

Ryan drehte sich um und sah Nadja durch die Glasschiebetür zu ihm nach draußen kommen. Sie trug einen perlmuttfarbenen Morgenrock aus Seide, der fast durchsichtig war. Ihre vorstehenden Brustwarzen preßten sich gegen den dünnen Stoff. Doch es waren ihr schiefes Lächeln und die tiefe, geschwungene Linie ihres Schlüsselbeins, die sich im Kragenausschnitt ihres Morgenmantels zeigte, die ein freudiges Lächeln auf sein Gesicht zauberten. Sie war wahrhaftig eine Augenweide.

»Nein«, sagte er. »Ich habe mich an alles erinnert.«

Ihre Augen weiteten sich. »Wirklich? Dann bist du wieder *du?*«

»Größtenteils.«

Sie standen ein paar Minuten lang schweigend da, ihr Arm auf seiner Hüfte. Er genoß ihre Anwesenheit, aber seine Gedanken waren woanders. Er beobachtete das Managewitter, aus dem Dunkelzahn vielleicht auferstand, wenn er es sich fest genug wünschte.

Ryan erinnerte sich jetzt an seine erste Begegnung mit dem Drachen. Damals war er noch ein Junge gewesen, sieben Jahre alt, und hatte in der Wohnsiedlung El Infierno im Freistaat Kalifornien gelebt. Die Erinnerung stand ihm vollkommen klar vor Augen. Der mitternächtliche Himmel leuchtete hell von den reflektierten Lichtern der Stadt, und der Verkehrslärm ließ nach, als er das Knattern automatischer Waffen hörte. Eine Sekunde später ertönte ein Schrei, der nach seiner Mutter klang, aber er war zu hoch. Wie der Schrei eines Vogels.

Er rannte. Er mußte in die Wohnung.

Er hörte seine Mutter abermals, die hysterisch schrie. Sie lebte noch. Er konnte sie noch rechtzeitig erreichen. Das Herz hämmerte in seiner Brust, und das Blut pochte in seinen Ohren, als er barfuß über den löchrigen Asphalt rannte. Mit Graffiti bedeckte Betonmauern huschten verschwommen an ihm vorbei.

»Halt's Maul, du Schlampe!« ertönte eine Stimme, die er erkannte. Sie gehörte TB, dem Anführer der Hood Watch, der mächtigsten Gang in der Siedlung. »Hör auf zu jammern und sag mir, wo er ist.« Der Mann sprach abgehackt, spie die Worte aus wie verdorbene Nahrung. »Oder du endest so wie dein Alter hier.«

Ryan schoß durch die Tür und in die Wohnung. Seine Mutter kniete fünf Meter entfernt auf dem harten Fliesenboden, das Gesicht von Ryan abgewendet. Links neben ihr stand ein hochgewachsener Ork, der seiner Mutter eine Maschinenpistole an den Kopf hielt. Rechts neben ihr lag sein Vater in einem sich stetig vergrößernden dunklen Fleck auf dem Boden. Er bewegte sich nicht.

Ryan erstarrte. Er konnte seiner Mutter nicht helfen. Er fuhr herum, um zu fliehen.

Nur um von einem anderen Mitglied der Gang festgehalten zu werden, das plötzlich hinter ihm auftauchte. »Sieh mal, TB. Sieh mal, wen wir hier haben.«

»Dann brauchen wir diese Schlampe nicht mehr«, sagte der Ork mit der Maschinenpistole. Er drückte ab.

Mom wurde vorwärts geschleudert und fiel leblos zu Boden. Blut sickerte in den abgewetzten Teppich.

»Laß uns verschwinden«, sagte TB. »Ich will diese Belohnung.«

Sie fesselten ihm Hände und Füße mit Klebeband und klebten ihm auch mehrere Streifen über den Mund, bevor sie ihn nach draußen in die heiße Nacht trugen. Doch trotz der Hitze hatte Ryan innerlich gefroren. Ein kalter Schauder hatte ihn erfaßt, und er hörte nicht auf zu zittern. Tränen standen ihm in den Augen, und er hätte fast das Bewußtsein verloren.

Plötzlich erhellte sich der Himmel über ihnen. Ryan fiel schmerzhaft auf den Asphalt, als die Gangmitglieder ihn fallen ließen. Er schaute auf und sah einen riesigen Drachen am Himmel. Flammen schossen aus seinem Maul und flackerten über seine blauen und silbernen Schuppen, als er herunterschoß.

Die Gangmitglieder flohen, verteilten sich wie Blätter im Wind. Ryan sah zu, wie der Drache jeden einzelnen verbrannte oder fraß, und er wappnete sich, als die Kreatur sich ihm näherte. Doch der Drache tat Ryan nichts.

Hallo, Ryanthusar, ertönte die Stimme des Drachen in seinem Kopf. *Ich bin Dunkelzahn und habe dich gesucht. Kommst du mit mir?*

Ryans Fesseln rissen, und das Klebeband löste sich von seinem Mund. Telekinetisch. »Ja«, sagte er ängstlich.

Dunkelzahn hob den jungen Ryan mit seinen Klauen auf und flog mit ihm in den Nachthimmel; er brachte Ryan in seine Höhle in Lake Louise.

Ein paar Jahre später hatte Ryan Dunkelzahn nach den Gründen gefragt, warum seine Eltern getötet worden waren.

Dunkelzahn hatte sich an den Jungen gewandt, der trotzig neben der riesigen Drachengestalt stand. *In der Welt existieren sowohl Gut als auch Böse, Ryanthusar. Das mußt du noch lernen. Es gehört zur wunderbaren Komple-*

xität des Universums, daß die meisten bewußt denkenden Wesen eine Mischung von beidem enthalten. Es ist eine Seltenheit, wenn man jemanden findet, der nur gut oder nur böse ist. Dunkelzahn hielt inne. Der junge Ryan war verwirrt.

»Aber das erklärt nicht, warum meine Eltern ermordet wurden«, protestierte er. »Was ich meine, ist ...«

Nicht, was wir empfinden, macht unser Wesen aus, sondern wie wir handeln, fuhr Dunkelzahn fort. *Jene, die deine Eltern töteten, haben ihrer bösen Seite nachgegeben und entsprechend gehandelt. Aber sie waren nicht von Grund auf schlecht, das ist niemand. Sie hatten Familien und haben viele vor Gewalttaten anderer beschützt.*

Der junge Ryan blinzelte nur. Dunkelzahn sprach oft in Rätseln, und Ryan fand das irgendwie fremdartig und schwer zu begreifen.

Vergiß nicht, was ich dir sage, Ryanthusar. In uns allen gibt es eine Stimme des Bösen. Lausche dieser Stimme und verstehe sie, denn sie ist ein wichtiger Teil von dir. Aber denke immer daran: Wer du bist, ergibt sich daraus, ob und wie sehr du danach handelst, was dir die böse Stimme sagt.

Erst viele Jahre später erfuhr Ryan die näheren Umstände des Todes seiner Eltern. TB war bezahlt worden, um Ryan den Aztlan-Priestern zu übergeben. Er fand heraus, daß gewisse Leute von Natur aus dazu befähigt waren, die arkanen Energien dieser Welt zu manipulieren. Diese Leute konnten ausfindig gemacht und ausgebildet werden.

Dunkelzahn sagte Ryan, daß er das Potential habe, eines der mächtigsten magischen Lebewesen zu werden, und das sei der Grund dafür, warum Aztlan ihn habe entführen lassen wollen. Das war auch der Grund, warum Dunkelzahn ihn gesucht hatte. Um ihm anzubieten, ihn auszubilden. Seitdem war Ryan mit dem Drachen zusammengewesen.

Jetzt, auf dem Balkon des Watergate-Hotels, traf es

Ryan wie ein Schock, als er das Managewitter über der Stelle betrachtete, wo Dunkelzahn gestorben war. *Kann Dunkelzahn wahrhaftig tot sein? Wie ist das möglich?* Die Vorstellung überstieg sein Begriffsvermögen. Er konnte es kaum fassen. So ein mächtiges Wesen, so eine edle Persönlichkeit. Ein wahrer Held dieser Zeit und in Ryans Augen jemand, der seiner Ergebenheit und bedingungslosen Hingabe würdig war.

Wer kann das getan haben? Und warum?

Er wußte, daß er sich diese Frage eigentlich nicht stellen sollte. Dunkelzahn würde nicht gewollt haben, daß er seine Zeit mit dem Gedanken an Rache verschwendete, sondern seinen Auftrag ausführte.

Etwas fiel ihm ins Auge, ein roter Lichtblitz am Himmel. Er sperrte Mund und Nase auf, als er die Szene sah. Ein Drache jagte über den Himmel und stieß herab wie ein riesiger Adler auf seine Beute. Rote Flammen schossen aus seinen Nüstern und hingen ihm nach wie zwei Kometenschweife. Es war nicht Dunkelzahn, das wußte Ryan, aber er sah aus wie ein Großer Westlicher. Lofwyr? Oder ein anderer?

Ein langgezogenes melodiöses Bellen verkündete die Ankunft eines zweiten Drachen. Ein Großer Östlicher mit grünen Schuppen, kürzeren Flügeln und einem S-förmigen Leib. Wie eine Schlange in der Luft.

Die beiden begegneten sich mit schwindelerregender Geschwindigkeit über dem Managewitter und hinterließen feurige Streifen, der eine grün, der andere rot. Ein weiterer Drache traf ein, diesmal eine Gefiederte Schlange. Und noch ein Westlicher. Sie umflogen die Stelle, an der Dunkelzahn gestorben war, und drehten Spiralen umeinander, während sie sich in den Himmel schraubten.

Ryan spürte die Magie ihres Tanzes, die zunahm, als immer mehr Drachen eintrafen und einfielen. Zuerst fand der Tanz in völliger Stille statt, die um so eindringlicher war, da mittlerweile in der ganzen Stadt Kämpfe und Krawalle zum Erliegen gekommen waren, wenigstens so weit Ryan hören konnte. Die Leute waren durch den Anblick verzaubert.

Nach einigen Minuten zählte Ryan zwölf oder dreizehn Drachen am Himmel. Alle Dracoformen waren vertreten. Nadja stand neben ihm und sah schweigend und ehrfürchtig zu. Der Tanz der Drachen war rauh und mächtig, magisch und geheimnisvoll. Der von ihnen geschaffene Teppich von Bewegung strahlte Licht und Hitze ab.

Dann hörte Ryan Brüllen und Schreie. Die tanzenden Drachen hatten ihr Schweigen gebrochen. Das Brüllen erschütterte Ryan bis ins Mark. Es waren Schreie des Kummers und der Empörung. Trauergeheul um ihren gefallenen Artverwandten, der wider alle Natur seiner sterblichen Hülle beraubt worden war. Ein instinktiver Aufschrei gegen diese Ungeheuerlichkeit.

Bei diesem Anblick wurde Ryan von einer Woge der Wut und der Trauer erfaßt. Seine Knie zitterten und gaben nach.

»Alles in Ordnung?« Nadja half ihm auf.

Ryan antwortete nicht. *Nein,* dachte er. *Nichts ist in Ordnung. Nichts wird je wieder in Ordnung sein.*

Tränen traten ihm in die Augen, während er den Drachen weiterhin bei ihrem Tanz zusah. Welche Macht verkörperte bereits jeder Drache für sich, und jetzt waren sie zu einer wahrhaft ehrfurchtgebietenden Streitmacht vereint. Welch ein Wunder ihr Tanz war.

Eine Huldigung an einen von ihnen, der vor seiner Zeit gegangen war.

Wieder traf Ryan die Erkenntnis, und fast wäre er ein zweitesmal gestürzt. Die Bedeutung dieses Tanzes. Dunkelzahn war wahrhaftig tot. Seine Artgenossen wußten es. Jegliche Hoffnung auf eine Rückkehr des Drachen erlosch und damit auch seine Willenskraft.

Plötzlich stellte er fest, daß er sich wünschte, er hätte sich nicht erinnert. Seine Vergangenheit kam ihm jetzt brüchig vor, nach dem Tod seines Herrn zerschmettert und in Trümmern. *Als mir alles egal war*, dachte er, *war ich stärker. Ich war mir selbst Kraft genug. Jetzt …*

Wer wird in Zukunft kommen und mich retten? Wo finde ich jetzt Kraft?

Der Tanz der Großen Drachen dauerte noch mehrere Stunden, und als er vorbei war, hatte Ryan seinen Kopf in Nadjas lieblich duftenden Haaren vergraben und weinte. Sie war jetzt seine Stütze. Nun, da es Dunkelzahn nicht mehr gab, war sie sein einziger Halt.

Ein paar Minuten später fand er seine Kraft wieder, als ihm ein Teil seiner Roxborough-Vergangenheit zu Bewußtsein kam. Erinnerungen an seine Krankheit und die Behandlung, das Eintauchen in den Bottich. Wenn er die Behandlung und das sichere Wissen überstanden hatte, nie mehr aus dem Bottich herauszukommen, dann konnte er alles überstehen. Er hatte niemals aufgegeben, sich niemals auf jemand andern verlassen als sich selbst.

Ryan wischte sich über die Augen und brachte Nadja wieder ins Zimmer. Zurück ins Bett. Sie hielten einander für eine Weile, und kurz darauf schlief sie fest. Ryan lag wach neben ihr und dachte an seine zwei Vergangenheiten, an seinen Auftrag und an das neue Gefühl, das in ihm aufstieg.

Wut.

Wut auf Dunkelzahn. Zorn auf die Kreatur, die ihn am Ende im Stich und allein gelassen hatte. Zum erstenmal in seinem Leben allein und einsam.

26

Jane-in-the-box marschierte vor ihrer Elektronik auf und ab und versuchte, den Blutkreislauf durch ihre knochigen Glieder anzuregen, bevor sie sich wieder einstöpselte. Sie nahm noch einen Bissen von ihrem Käse-Croissant, einer besonderen Aufmerksamkeit des Kochs, Enrico – ein Troll mit großem Magen und einer Vorliebe für die französische Küche.

Ihr Trideo-Interface summte und verkündete, daß ihr Smartframe seine Suche beendet und eine Übereinstimmung gefunden hatte, wie sie bemerkte. »Erste Sahne«, sagte sie. Sie war allein in der riesigen Kammer, und ihre Worte hallten von den behauenen Steinwänden der Kaverne wider. Jane führte oft Selbstgespräche, wenn sie nicht eingestöpselt war. Sie halfen ihr dabei, ihre Gedanken zu ordnen.

Nach Ryans Anruf, in dem er sie gebeten hatte, Informationen über den Verbleib des Drachenherzen ausfindig zu machen, hatte Jane sich das Überwachungsvideo angesehen, um die Identität der Diebe zu ermitteln. Eine ihrer Bilderkennungsroutinen, die nach besonderen Kennzeichen suchte, hatte eine Tätowierung auf dem teilweise entblößten Unterarm eines der Runner entdeckt, einer Frau und im Hinblick auf ihre Kleidung wahrscheinlich einer Magierin.

Die Tätowierung war ein Halbmond unter einem Schwert und einem flatternden schmalen Banner. Auf dem Banner stand ein Wort, ›Tal'shai‹. Jane hatte laut gelacht. Das war fast schon zu leicht.

Sie hatte ein weiteres Frame programmiert, um in den Datennetzen nach Hinweisen auf die Tätowierung zu suchen sowie nach allen bekannten elfischen Shadowrunner-Teams mit dem Ruf und den Ressourcen, einen Run gegen die Hochsicherheitsanlage der Höhle durchzuziehen.

Jetzt stöpselte Jane sich wieder ein und betrat den vertrauten virtuellen Raum ihres Stahlkastens. Sechs Seiten aus grauem Metall wurden rings um sie animiert. Die Ergebnisse der Suche ihres Smartframes schwebten direkt vor ihr, und als sie diese durchsah, teilte sie die Daten in zwei Stapel, Treffer und Fehlschläge.

Das Smartframe hatte das eintätowierte Wort in Janes Online-Sperethiel-Wörterbuch gefunden. Es bedeutete ›Schwarze Witwe‹. Das engte die Möglichkeiten nicht im geringsten ein. Jeder elfische Runner konnte diesen Straßennamen haben. Doch als Jane ihre Suche fortsetzte, veränderte sie die Programmierung des Smartframes, um die Suchparameter einzuengen, indem sie die falschen aussonderte und jene betonte, bei denen sie das Gefühl hatte, daß sie zum Ziel gelangten.

Sie fand die Mitteilung zur gleichen Zeit wie ihr Frame. Die Leiche eines Elfs mit derselben Tätowierung war von der Seattler Abteilung Lone Stars aufgefunden worden. Der einzige Unterschied bestand darin, daß kein Wort in das Banner tätowiert war, sondern ein kleines schwarzes Symbol – drei Dreiecke, deren Spitzen sich fast berührten, nicht ganz in der Mitte. Dieser tote Elf war männlich und wies keinerlei Ähnlichkeit mit einem der Diebe des Drachenherzen auf.

Lone Stars Bericht besagte, die Tätowierung identifiziere den Verstorbenen als Sicherheitsangehörigen der Atlantischen Stiftung. Das Smartframe hatte die Personalakten der Atlantischen Stiftung durchgesehen, aber dort war kein Sicherheitspersonal aufgelistet. Jane wußte, daß die Atlantische Stiftung ihre Sicherheit von den Mystischen Kreuzrittern bezog, einer rätselhaften Organisation, deren Zweck Jane nicht kannte.

»Äußerst interessant«, sagte Jane. Sie wußte, daß die

Atlantische Stiftung Artefakte sammelte, insbesondere magische. Auch wenn ihr die mystischen Kreuzritter ein Rätsel waren, schien es doch wahrscheinlich zu sein, daß die Stiftung hinter dem Diebstahl steckte. Doch wohin hatten sie das Drachenherz gebracht?

Jane bereitete sich darauf vor, sich wieder in die Matrix einzustöpseln. Sie würde in ein paar Mainframes der Stiftung eindringen und sehen, ob irgendwo in den letzten zwölf Stunden besondere Lieferungen eingetroffen waren. Sie kicherte leise vor sich hin. Das würde sogar Spaß machen.

Es gab nur eine Sache, die ihr Sorgen machte. Verschwörungstheoretiker behaupteten, daß die Atlantische Stiftung nicht nur von Elfen, sondern auch von unsterblichen Elfen geführt werde. Elfen, deren Existenz niemals bewiesen worden war, die aber angeblich Tausende von Jahren alt waren. Jane glaubte, daß in der Tat ein oder zwei unsterbliche Elfen existierten. Sie hatte so viele Aufträge für Dunkelzahn erledigt, daß sie gewisse Dinge *wußte.* Aber sie glaubte nicht, daß sie hinter der Atlantischen Stiftung steckten. Jedenfalls gab es dafür keinen direkten Beweis.

Zumindest hoffte sie das. Diese Unsterblichen waren äußerst mächtig und schlau. Sogar Dunkelzahn hatte ihre Macht respektiert. Wenn sie das Drachenherz hatten, war sogar Quecksilber, Dunkelzahns bester Agent, entscheidend im Nachteil.

27

In der Kälte der Kanadischen Rocky Mountains nahe Lake Louise stand Burnout so still wie eine Statue da und betrachtete die Szenerie. Er befand sich auf einem vereisten Hang oberhalb eines kleinen Flugplatzes, der in den Berg gesprengt worden war. Zweiundvierzig Minuten zuvor waren Burnout und Slaver auf einer kleinen, etwa einen Kilometer entfernten Lichtung aus dem Hubschrauber gestiegen. Der Rigger war in der Maschine geblieben und wartete auf die Beendigung der Mission – die Eliminierung von Ryan Mercury.

Der spätabendliche Himmel war mondlos und dunkel, aber nicht für Burnout. Seine Augen stellten sich auf die Lichtverhältnisse ein. Die wenigen Natriumlampen vor den verspiegelten Glasgebäuden neben dem Flugplatz leuchteten auf seinen kybernetischen Netzhäuten hell und tauchten sein Blickfeld in ein kaltes, bläulich-weißes Licht.

Das Gelände war durch eine drei Meter hohe Mauer mit Monodrahtbesatz, Überwachungskameras und auf Schienen montierte Drohnen gesichert, die automatisch hin und her fuhren. Zweifellos wurde die gesamte Sicherheit mittels eines geschlossenen SimSinn-Systems von einem Rigger gesteuert, der die Waffen mit einem Gedanken aktivieren konnte. In regelmäßigen Abständen schritt eine der sechs Wachen die Begrenzung innerhalb der Mauer ab. Die Wachmänner befanden sich immer in Begleitung eines Wachtiers: eines Hundes oder Critters. Zweifellos eines Tiers mit einem ausgeprägten Geruchssinn. Die Wachen trugen leichte Körperpanzer unter ihren Uniformen, Pistolen sowie Ares Cascades.

»Burnout, schnapp dir eine der Wachen.« Slavers

Stimme kam wie aus großer Entfernung, wie aus einem Traum oder über einen windgepeitschten See. Doch Burnout hörte sie, und eine weitere Aufforderung brauchte er nicht. Er bewegte sich. Schnell und leise, wobei er sich eine Stelle aussuchte, die für die Kameras nicht zugänglich war.

Er wußte, daß er normalerweise ein leichtes Ziel für astrale Wesen war, aber Slaver hatte angeblich seine Aura so gut wie möglich maskiert. Egal. Jetzt konnte er deswegen ohnehin nichts mehr unternehmen. *Kein Zögern*, sagte er sich. *Keine Vorbehalte.* Nur die flinke Behendigkeit dieses mechanischen Körpers.

Er schlich durch die Pinien, überquerte die kleine Lichtung wie ein Geist aus Metall und erreichte die Mauer. Er sprang, als sie vor ihm aufragte, und benutzte dabei die ganze Kraft der Hydraulik in seinen Beinen. Er übersprang Mauer, Monodraht und Schiene mit Leichtigkeit und landete geräuschlos auf der anderen Seite. Eine Mikrosekunde lang sah er sich um, dann fixierte er eine Wache, die sich von ihm entfernte. *Ziel erfaßt.*

Dann eilte Burnout mit gezogenem Taser hinter dem Mann her. Der Hund bemerkte ihn zuerst und fuhr in dem Augenblick zu ihm herum, als er hinter den beiden aufragte. Der Taser summte leise, und der Hund ging mit einem leisen Jaulen zu Boden.

Der Wachmann kam nicht einmal dazu. Er bewegte sich wie in Zeitlupe, und seine Hand war noch nicht an seiner Waffe.

Burnouts Hand legte sich über den Mund des Wachmanns und schloß sich um dessen Kiefer, bevor er sie zurückzog und den Mann von den Beinen riß. Burnout mußte sich beherrschen, um ihm nicht das Genick zu brechen. Slaver hatte seine Gefangennahme befohlen, nicht seinen Tod.

Die Pupillen des Mannes weiteten sich, als er Burnout sah, und er versuchte zu schreien. Seine Schreie wurden gedämpft und verstummten völlig, als Burnout ihm den Lauf seines schallgedämpften Predator II an die Stirn hielt. Ein schneller harter Schlag in den Bauch beraubte ihn seines Atems und ließ ihn nach Luft schnappen, während Burnout ihm den Mund mit Klebeband versiegelte und ihm dann Hände und Füße fesselte.

Zwei weitere Dinge. Zuerst der Hund. Ein rascher Ruck brach ihm das Genick. Zweitens, die Flucht. Das konnte etwas schwieriger werden.

Burnout sah sich um. Keine Störungen, keine Anzeichen von Alarm. Er erhöhte die Leistung seines Gehörs, schnappte jedoch nur das Knacken eines sich abkühlenden Hubschraubermotors und das Summen seiner eigenen Mikrohydraulik auf.

Der Wachmann schlug ein wenig um sich, als Burnout ihn aufhob und sich über die Schulter warf. Das erschwerte das Tragen. Burnout war unzufrieden. *Dieser Mann muß unter Kontrolle gebracht werden.* Burnout ließ den Mann geräuschlos zu Boden gleiten und packte dann einen Fuß mit einer Hand. Mit der anderen Hand landete er einen harten seitlichen Schlag gegen das Knie des Mannes und brach es an mehreren Stellen.

Der Aufschrei des Wachmanns wurde fast völlig erstickt. Sehr wirkungsvolles Klebeband, und er wand sich auch nicht mehr so, als Burnout ihn sich zum zweitenmal über die Schulter warf. Burnout sprang mit seiner menschlichen Fracht wieder über die Mauer und rannte dann über die Lichtung zurück in den Schutz der Bäume. Kein Geräusch von den Drohnen. Er hatte es geschafft.

»Du hast ihm das Bein gebrochen?« fragte Slaver, als Burnout den Mann in den Schnee warf.

Burnout nickte nur.

»War das nötig?« Doch Slaver ließ Burnout gar nicht

antworten. Er kniete sich neben den Mann und legte ihm die Hände aufs Gesicht. Die Brust des Mannes hob und senkte sich wie ein Blasebalg, als Slaver seinen Verstand mit Magie untersuchte. Die Schmerzensschreie blieben ihm im Halse stecken.

Nach ein paar Minuten sah Slaver auf. Der Wachmann hatte das Bewußtsein verloren. »Mercury ist nicht mehr hier«, sagte er. »Er ist bei Nadja Daviar. Sie sind nach Washington FDC geflogen.«

Er erhob sich und wischte den Schnee von seiner Kleidung. »Jetzt töte ihn und laß uns verschwinden«, sagte er.

Burnout bückte sich und packte den Kopf des Mannes, der bereits bewußtlos war, so daß er nichts spüren würde. Außerdem war dies eine äußerst wirksame und humane Methode. Ein jäher brutaler Ruck brach dem Mann das Genick. Er war auf der Stelle tot.

28

Die Wut ließ in Ryan nach und brodelte nur noch unter der Oberfläche, während er das prismatische Licht auf der Wand über dem Bett beobachtete. Die Farben fielen durch das Fenster und stammten von dem Managewitter – feine Wellenlinien in den Farben Rot, Orange, Gelb, Blau und Violett, die hypnotische Muster auf der weißgestrichenen Wand der Suite bildeten.

Dunkelzahn war tot. Es machte ihn wütend. Wie hatte der Drache so verdammt verwundbar sein können? Warum hatte er es nicht kommen sehen? Dämlicher Wichser!

Nadja lag neben ihm und schlief fest. Ihr entspanntes Gesicht sah unschuldig aus, und ihr friedlicher Schlaf ließ auf innere Gelöstheit schließen.

Ganz anders Ryan. Er konnte nicht schlafen. Zuviel ging ihm im Kopf herum. Er mußte über viel zuviel nachdenken.

Nadjas innerer Frieden wurmte ihn. Warum war *sie* mit der Fähigkeit gesegnet, ihre Sorgen zu vergessen, und er nicht?

Ryan hatte noch nie gut geschlafen. Keines seiner früheren Ichs hatte einen natürlichen, friedlichen Schlaf gehabt. Als Roxborough hatte er nur mit Hilfe von Drogen oder Alkohol schlafen können. Als Ryan hatte er den Schlaf magisch herbeigeführt, eine erzwungene Ruheperiode, die oft durch irgendeine Krise unterbrochen worden war.

Jetzt hatte er weder das Verlangen noch die Neigung, diesen Zustand herbeizuführen. Es wäre nicht der kindliche Schlaf gewesen, dessen Nadja sich erfreute, sondern lediglich eine Art von Instandhaltung.

Ryan kam langsam zu der Erkenntnis, daß er weder

das eine noch das andere seiner früheren Ichs war. Er war nicht die unterwürfige Kreatur, die Ryan Mercury gewesen war. Wenn überhaupt, war er im Innern mehr wie der alte Thomas Roxborough. Härter, geistig belastbarer. Er verließ sich auf niemanden außer sich selbst.

Ryan kam zu dem Schluß, daß er so sein wollte. Plötzlich wußte er, daß es unsinnig war, seine Wut auf Dunkelzahn aufrechtzuerhalten. Es war kontraproduktiv, sogar dumm.

Die schlichte und einfache Wahrheit ist die, daß Dunkelzahn mir nicht mehr so viel bedeutet, dachte Ryan, um sich davon zu überzeugen, daß es stimmte. Es war ein Trick aus seiner Roxborough-Vergangenheit. Therapie durch Entwertung. Und es klappte hervorragend.

Ryan holte tief Luft. Die Beklemmung in seiner Brust war mit der Erkenntnis entstanden, daß Dunkelzahn wahrhaftig tot war, mit dem Kummer, den er empfunden hatte; sie hatte sich verstärkt, als sein Kummer der Wut gewichen war. Jetzt war sie verschwunden, und er konnte fast wieder normal atmen.

Dunkelzahn ist nicht mehr Teil meines Lebens. Ich muß mich weiterentwickeln.

Er fühlte sich bereits viel besser. *Ich brauche den Drachen nicht*, dachte er. *Ich kann eine Insel sein. Ich brauche niemanden.*

Er betrachtete Nadja, die bezaubernde Rundung ihres weißen Halses auf dem blauen Satinlaken. Schwarze Haare rahmten ihren Kopf ein wie eine Lache aus dunkler Tinte.

Ein Bild nahm vor seinem geistigen Auge Gestalt an. Eine Erinnerung?

Die Frau in dem Bild war eine andere, aber die Stellung ihres Körpers war gleich. Sie lag auf dem Rücken, den Kopf ein wenig nach links gedreht. Die Wölbung ihres Nackens war so verlockend, die Haut weich unter seiner Berührung. Ein Schopf dunkler Haare umgab ihren Kopf.

Dann stellte er sich vor, wie seine Finger über ihre Kehle strichen, ganz zart, um sie nicht aufzuwecken. Er wollte ihren friedlichen Schlummer nicht stören. Er stellte sich vor, wie er ihren Hals mit seinen beiden Händen umschloß, so daß die Daumen auf der Luftröhre lagen. Die Male, die er hinterließ, waren nicht sofort zu sehen – die Flecke, die sich bilden würden, wo er plötzlich zudrückte und die Ballen seiner Daumen in die weiche Stelle ihrer Kehle dicht unter dem Kiefer bohrte.

In der Vision verwandelten sich die Haare in Blut. Die dicke kupfrige Flüssigkeit quoll aus dem Loch in ihrem Schädel, da er gezwungen gewesen war, ihren Kopf gegen den Bettpfosten zu rammen. In den stillen Augenblicken nach dem kurzen Kampf, bevor die Male sichtbar wurden, lag sie so da, als schlafe sie. Ebenso friedlich. Ebenso gelöst.

Und verspottete ihn aus dem Jenseits.

Die Vision verblaßte, und Ryan schüttelte den Kopf. Nadja lag da, unangetastet und lebendig. Es war keine Erinnerung, das wußte er jetzt. Es war eine Phantasievorstellung aus Roxboroughs entfernter Vergangenheit. Die Frau hieß Eva Thorinson, und er kannte sie aus dem College. Sie war etwa drei Monate seine Freundin gewesen. Drei sehr intensive Monate.

Er hatte sich in sie verliebt, aber sie nicht in ihn. Sie hatte ihn nur für Sex und wegen des Geldes gewollt. Sie hatte ihn *benutzt*! Ryan empfand Wut bei dem Gedanken. Sie hatte ihn benutzt und dann verlassen, als er vorgeschlagen hatte zusammenzuziehen. Eva hatte ihm mit versteinerter Miene in die Augen gesehen und ihm gesagt, daß sie sich bei ihm eingesperrt vorkam.

Ha, daß er ihr Angst einjagte. Von allen dummen verdammten Lügen ausgerechnet diese. Er behandelte sie wie eine Königin, kaufte ihr alles, was sie wollte. Das undankbare Miststück! Er wollte sie töten, aber er hatte nie den Mut gehabt, es durchzuziehen.

Nadjas Hals schimmerte im prismatischen Licht, forderte ihn auf, ihn zu berühren. Sie würde dasselbe tun wie Eva. Daran zweifelte er nicht im geringsten. Diese Elfenhure würde ihn für diesen unsinnigen Auftrag und zum Sex benutzen, danach aber für den nächsten Mann vergessen. Für jemanden, der zu Hause bleiben konnte.

Augenblick mal, dachte Ryan. *Was tue ich da?* Er zog seine Hand zurück. Sie hatte über ihrer Kehle geschwebt.

Es wäre ein leichtes, sie zu töten. Er kannte viele Methoden. Ihr die Luftröhre einzudrücken, würde schmerzhaft sein, aber der Erstickungstod war angemessen. Roxborough wußte, wie sich das anfühlte. Jetzt würde sie es ebenfalls erfahren.

Er streckte die Hand aus und verhielt über ihrem Hals. Er mußte es schnell tun. Entschlossen und kraftvoll. Ohne zu zögern. Ohne nachzudenken.

Ryan senkte seine Hand um den Bruchteil eines Zentimeters. Er berührte sie immer noch nicht, war ihr aber ganz nah. So nah, daß er die Wärme ihrer Haut spüren konnte. Er spürte sogar die Schwingungen in der Luft, wenn sie ein- und ausatmete.

Ah, was für ein zierlicher Hals. So schön. So zerbrechlich. Wie konnte er sich dazu überwinden, so viel Schönheit zu zerstören?

Sein Armbandtelekom summte, und er riß die Hand zurück. Stille. Keine Regung von Nadja.

Es summte noch einmal, und er stand auf, um den Anruf zu entgegenzunehmen. »Quecksilber«, sagte er mit leiser Stimme.

»Jane.«

»Verifizieren, Jane.«

Ihr Identifikationscode wurde auf dem kleinen Bildschirm eingeblendet. »Gut«, sagte er. »Es ist spät. Was hast du?«

»Die Daten, die dein Kom übermittelt hat, ließen darauf schließen, daß du wach warst«, sagte Jane.

»Das bin ich auch«, kam Ryans Antwort viel zu schnell. »Komm zur Sache, Chummer. Was hast du?«

»Ich habe ein paar Hinweise hinsichtlich des Gegenstands, den du suchst.«

»Sind wir sicher?« fragte er.

»Ja.«

»Du weißt, wer das Drachenherz gestohlen hat?«

»Ich denke schon.«

In diesem Augenblick drang etwas in den Raum ein. Eine Präsenz, deren Energie Ryan förmlich spüren konnte, obwohl er nichts sah. Er fuhr herum und sah sich in dem Raum um, konnte aber nichts Ungewöhnliches entdecken. Nadja schlief trotz seiner leisen Unterhaltung immer noch friedlich.

»Augenblick.« Ryan konzentrierte sich und schaute in die Astralebene, die gleich darauf vor seinen Augen stand und ihn blendete. In der Mitte des Zimmers leuchtete eine strahlend goldene Erscheinung aus astraler Energie, deren Helligkeit in einem steten Rhythmus wechselte.

Ein Geist?

Ryan versuchte zu verstehen, was er sah. Rings um die gelbe Energiekugel sah er eine fast durchsichtige Fluktuation, eine Verzerrung des Astralraums wie ein Hitzeflimmern. Energieblitze zuckten aus der leuchtenden Mitte durch die Verzerrung. Ryan wußte nicht, ob das Flimmern Teil der Wesenheit oder ein Effekt des zentralen Kerns war, aber die Verzerrung durchdrang die Wände des Raums und verschwand aus Ryans Blickfeld. Zu groß, um in die Enge dieses Raums zu passen. Ryan hatte noch nie ein derartig großes astrales Wesen gesehen.

Was, zum Teufel …?

29

Lethe schwebte in der Hotelsuite und betrachtete den Mann vor sich. In der physikalischen Welt war er groß für einen Menschen und mit seinen starken, ausschließlich natürlichen Muskeln extrem durchtrainiert. Er stand bis auf ein kleines Gerät an seinem Handgelenk, in das er gesprochen hatte, völlig nackt da. Seine Haare waren rötlich braun, die Augen waren blau mit seltsamen silbernen Sprenkeln, die ihnen ein metallisches Aussehen verliehen.

Im Astralen tobte ein Kampf in diesem Mann. Seine Aura war stark magisch, und es gab ein Fundament der Stabilität, aber es hatte den Anschein, als bildeten sich in diesem Fundament Fluktuationen. Unterbrechungen, die Lethe ganz deutlich sehen konnte. Diese Person war anders, als sie erschien, und veränderte sich mit jedem Augenblick.

Der Mensch schien in der Lage zu sein, Lethes Anwesenheit zu spüren. Vielleicht gelang es Lethe, mit ihm zu kommunizieren, ohne von jemandem Besitz zu ergreifen. Vielleicht war er in dieser Hinsicht wie Thayla. Lethe konzentrierte seine Willenskraft. »Du kannst mich sehen.«

»Ja«, sagte der Mensch.

»Du kannst mich hören?«

»Wer bist du?«

»Ich bin das, was du einen Geist nennst. Ich heiße Lethe.«

»Was willst du?«

»Ich will mit der Elfe sprechen, mit Nadja Daviar.«

»Ryan?« Das war Nadjas Stimme. Sie war aufgewacht.

»In diesem Raum befindet sich ein mächtiger Geist, Nadja«, sagte Ryan. »Er nennt sich Lethe.«

Nadja schoß kerzengerade in die Höhe. »Was will er?«

»Mit dir reden.«

»Als er das letztemal mit mir geredet hat, ist jemand gestorben.«

»Das war ein Unfall«, sagte Lethe. »Ich habe noch nie zuvor von jemandem Besitz ergriffen, und mir war nicht klar, was passieren würde. Es tut mir aufrichtig leid.«

Ryan übermittelte Nadja seine Worte.

»Das ist der Geist, von dem ich dir erzählt habe«, sagte sie. »Er hat mir vom Diebstahl des Drachenherzen erzählt.«

»Du weißt um das Drachenherz?« fragte Ryan.

»Ja, ich suche es.«

»Warum?« Offenes Mißtrauen in der Stimme des Menschen.

»Eine Frau namens Thayla hat mich gebeten, es ihr zu bringen«, sagte Lethe. »Sie beschützt die Welt vor der Zerstörung, aber es gibt welche auf dieser Welt, die versuchen, ihr Wirken zu untergraben.«

Der Mensch wirkte benommen. »Unglaublich«, sagte er.

»Was meinst du?«

»Man hat mir denselben Auftrag erteilt.«

»Wer?«

»Dunkelzahn«, sagte Ryan.

Ausgezeichnet! dachte Lethe. *Ein Verbündeter! Dieser Mensch muß die Fähigkeiten besitzen, den Auftrag zu erfüllen, wenn er ihn von Dunkelzahn bekommen hat ...* »Ich würde gern helfen«, sagte Lethe. »Ich weiß, wo der Gegenstand ist.«

»Tatsächlich?« sagte Ryan. »Wo?«

»Die Elfen, die ihn gestohlen haben, brachten ihn in

eine Stadt namens Eugene im Land Tir Tairngire. Er befindet sich in einem schwer bewachten Gebäude, in dem noch viele andere Gegenstände aufbewahrt und untersucht werden.«

Ryan hob die Hand und sprach in die Vorrichtung an seinem Handgelenk. »Jane, dieser Geist sagt, er weiß, wo das Drachenherz ist.«

»Wo?« ertönte eine blecherne synthetisierte Stimme.

»In einem gut bewachten Gebäude in Eugene, Tir Tairngire.«

Jane antwortete nicht sofort, wog vielleicht die Möglichkeiten ab. »Das paßt«, sagte sie schließlich. »Es könnte stimmen.«

»Was hast du herausgefunden?«

»Die Runner, die das Drachenherz gestohlen haben, gehören zu einer Gruppe namens Mystische Kreuzritter. Ich weiß nicht viel über ihre Organisation, aber unter anderem stellen sie der Atlantischen Stiftung Sicherheit und Runner zur Verfügung.«

Lethe wußte nichts von alledem, doch Ryan nickte.

»Ich kenne die AS«, sagte Ryan. »Nur weiter.«

»Du kennst sie?« Jane klang überrascht. »Hast du dein Gedächtnis wieder?«

Ryan lächelte. »Glaub mir, es war ein zweifelhaftes Vergnügen.«

»Jedenfalls habe ich einen oberflächlichen Run gegen den Mainframe der AS unternommen. Die Stiftung unterhält eine Forschungsniederlassung in Eugene. Es ist eine von drei Hochsicherheitsanlagen. Die Einrichtungen sind überwiegend Lagerhäuser, Bürogebäude und spärlich gesicherte Museen. Ich habe ihre Eingangslisten durchgesehen, aber nichts gefunden. Ihren Datenbanken zufolge haben sie seit über zwei Wochen keinen neuen Gegenstand mehr bekommen.«

Diese Jane ist ziemlich einfallsreich, dachte Lethe. *Ganz eindeutig ein Aktivposten.* »Selbst wenn sie den Gegenstand in der Zwischenzeit fortgebracht haben«, sagte er zu Ryan, »kann ich ihn noch finden.«

»Wie?«

»Das weiß ich nicht genau. Ich kenne seine Signatur und kann seine Spuren im Astralraum lesen. Verstehst du?«

Ryan schüttelte den Kopf. »Ich habe noch nie von etwas dergleichen gehört, aber es klingt ein wenig nach ritueller Magie.«

Nadja zog sich ihren Morgenmantel aus Seide an und stand auf. Sie ging zu Ryan und schlang die Arme um ihn. »Wovon redet ihr?« fragte sie. Nadja konnte Lethe nicht hören, und Ryan hatte nicht alles übermittelt.

»Ich glaube, Lethe wird mir dabei helfen, das Drachenherz zu finden«, sagte er.

»Die Angaben des Geistes passen zu meinen Daten«, sagte Jane. »Ich kann den Ort nicht enger als bis auf drei Möglichkeiten eingrenzen. Also können wir es auch zuerst in Eugene versuchen.«

Ryan nickte. »Also gut. Wen können wir als Rückendeckung bekommen?«

»Wie wäre es mit Axler und ihrem Team bei Assets, Incorporated?«

»Schaffen sie das?«

»Sie haben dich aus Aztlan herausgeholt, oder?«

»Das haben sie wohl«, sagte Ryan. »Und mich dabei ein paarmal fast umgebracht.«

Janes Tonfall war todernst. »Sie sind die Besten, die ich kenne.«

»Okay, sind sie verfügbar?«

»Ich glaube schon«, erwiderte Jane.

»Würdest du das für mich überprüfen?«

»Sicher, Chummer.«

»Danke, Jane«, sagte Ryan.

»Wir sehen uns.« Jane unterbrach die Verbindung.

Lethe hörte dem Gespräch fasziniert zu, darauf bedacht, sich die Bedeutung zu erschließen. Er glaubte zu verstehen, was Ryan sagte, stellte jedoch fest, daß seine Wahrnehmung stark durch seine Fähigkeit unterstützt wurde, Ryans Astralbild zu sehen. Das vermittelte ihm Hinweise in bezug auf Bedeutung und Aufrichtigkeit. Doch Janes Wendungen und Slangausdrücke zu entschlüsseln, die noch dazu mit künstlicher Stimme aus einem elektronischen Medium ertönten, war nahezu unmöglich.

Ryan wandte sich wieder an Lethe. »Kommst du mit?«

»Ich sehe keine Möglichkeit, wie du mich daran hindern könntest«, sagte Lethe, ohne Ryan damit zu nahetreten zu wollen. Doch kaum hatte er es gesagt, als Ryans Miene einen verwirrten Ausdruck annahm. Seine Aura flammte für einen Augenblick blau auf.

Ryan lachte. »Warum sollte ich das wollen?« sagte er. Doch Lethe sah ganz deutlich, daß das Lachen gezwungen war. Ryan war nicht hundertprozentig aufrichtig. Lethe betrachtete dies als fatalen Fehler. Ryan war kompetent. Er war willig. Aber war er auch engagiert? War er bereit, für diese Mission sein Leben zu riskieren?

Lethe glaubte es nicht. Lethe kam zu dem Schluß, daß Ryan zu einer Belastung werden konnte. Einstweilen würde Lethe mitspielen. Er würde Ryan helfen, das Drachenherz zu bekommen. Doch er war auf der Hut. Er wußte, es mochte eine Zeit kommen, in der er und Ryan Mercury uneins waren. Wenn das geschah, würde Lethe bereit sein.

15. August 2057

30

Im trüben Licht des Morgengrauens stand Burnout auf dem Dach von Howard Johnson's gegenüber dem Watergate-Hotel und lauschte angestrengt der Übertragung des Lasermikrophons. Der für das Dach zuständige Wachmann lag nicht weit entfernt tot am Boden, und ein Rinnsal Blut lief ihm aus dem offenen Mund. Burnout hatte ihn aus dem Aztechnology-Hubschrauber heraus mit den Diplomatenkennzeichen erschossen, während dieser zur Landung angesetzt hatte. Der nächtliche Flug von Lake Louise war ohne Zwischenfälle verlaufen, und jetzt stand eine Belohnung bevor. Burnout konnte sie förmlich riechen.

Slaver saß in seiner Vorstellung von Straßenkleidung – locker sitzende guatemaltekische Hose, auffällig violett und gelb gestreift – mit überkreuzten Beinen neben ihm. Sein Hemd paßte dazu, stark reflektierend und selbst in der Nacht leicht auszumachen. Ein leichtes Ziel im Kampf. Slavers tätowierter Schädel glänzte im prismatischen Licht, das von der Straße heraufschien, und die gewundene Schlange schien in dem flackernden Regenbogen zu tanzen.

Das Licht stammte von dem magischen Phänomen, das mitten über der Straße unter ihnen schwebte. Das Managewitter, wie Slaver es genannt hatte. Ein unheimlicher Anblick, der Burnout an den Astralraum erinnerte, die Welt, die er nicht mehr sehen konnte, an seinen zerbrochenen Traum.

Das Managewitter hatte den Blutgeist La Sangre in einen Reizzustand versetzt, kaum daß sie sich ihm genähert hatten. Der Geist saß schweigend da, aber er war offensichtlich wütend auf Slaver, der ihn zuvor in das Hotelzimmer geschickt hatte. La Sangre war völlig verstört zurückgekommen und hatte etwas von einem unsichtbaren Geist in dem Raum gefaselt, der so mächtig sei, daß er ihn mit einem einzigen Gedanken bannen könne. Jetzt hockte La Sangre neben dem kniehohen Zementsims und wimmerte.

Burnout sah Haß auf den Magier in den Augen des Geistes, und es war nicht das erstemal, daß er ihn dort sah. Burnout fragte sich, ob Slaver wußte, daß der Geist ihn töten wollte. Slaver schien das zunehmende Unbehagen zu ignorieren, das sein Geistverbündeter in Gegenwart des Managewitters empfand. Der Magier hatte Ruhe befohlen, so daß er zuhören konnte.

Das Lasermikrophon benutzte einen Lichtstrahl, um die Vibrationen des Fensterglases der Hotelsuite auf der anderen Straßenseite aufzufangen. Jedes Geräusch, das auf das Glas traf, wurde von dem Mikrophon verstärkt, das Burnout in der Hand hielt. Die in sein Handgelenk eingebaute Servohalterung hielt das schwere Mikrophon ruhig. Die Vorhänge des Zimmers waren zugezogen, so daß sie nicht hineinschauen konnten.

Mehrere Stimmen ertönten über die Lautsprecher. Zwei Stimmen schienen aus dem Raum zu kommen, eine männliche und eine weibliche. Eine weitere

Stimme klang künstlich, als komme sie aus einem Telekom oder Trideo. Burnout hatte die männliche Stimme schon einmal gehört. Sie entsprach seinem Erinnerungsmuster von dem Menschen, gegen den er in San Marcos gekämpft hatte. In dem Hubschrauber. Der Mann hatte sehr gut gekämpft, war überraschend schnell und stärker, als er aussah.

Sein Name lautete Ryan Mercury.

Er war der Mann, den Burnout töten sollte, und seine Stimme füllte Burnouts Kopf wie statisches Rauschen aus. Es bedurfte für ihn aller Konzentration und Mühe, sich still zu verhalten. Der Mann war ganz nah, auf der anderen Straßenseite in dem Hotel.

»Ja, Jane?« ertönte Mercurys Stimme.

»Ich habe Assets, Incorporated, verpflichtet«, ertönte eine andere Stimme, blechern und kaum hörbar. Burnout nahm an, daß sie Jane gehörte.

»Gut«, sagte Mercury. »Wie komme ich dorthin?«

»Ich habe dir einen Platz in einem Suborbital nach Seattle reservieren lassen, natürlich Diplomatenklasse. Axler holt dich am Flughafen ab. Sie bringt dich zum Firmengelände.«

»Sind sie und die anderen auf den Run vorbereitet?«

»Wenn du dort ankommst, werden sie es sein.«

»Gut.« Nach einer Pause. »Was ist, Lethe?« Kurze Stille. »Okay, sofort.«

Dann war zunächst nichts weiter zu hören als das Geräusch von Fingern, die über eine Tastatur huschten. Burnout verspürte ein Jucken in seinem Verstand, ein Verlangen zu erfüllen. Diesen Ryan Mercury zu töten. Er war jetzt hier. Warum Zeit verschwenden? Dieser Mercury war schnell, gewandt. Er konnte jederzeit verschwinden. Vielleicht entkam er ihnen.

»Die männliche Stimme entspricht unserer Zielperson«, sagte Burnout. »Wir sollten ihn jetzt töten, solange er …«

»Halt, verdammt noch mal, das Maul!« flüsterte Slaver in harschem Tonfall. »Ich versuche hier etwas zu verstehen, du Vollidiot! Ich muß ganz sicher sein, daß er es ist, bevor wir anfangen. Die Geister sollen dich hängen.«

»Aber ...«

»Halt einfach nur das Maul!«

Burnout spürte Haß in sich aufwallen. Er hatte die Identität der Zielperson bereits verifiziert. Slaver wurde langsam zu einer Belastung für ihren Auftrag. Er mußte neutralisiert werden, so daß Burnout mit dem Auftrag fortfahren konnte. Burnouts Arm mit dem Lasermikrophon schwankte und schwang nach links.

Rauschen dröhnte aus den Lautsprechern, als der Laser über das Glas wischte. Slaver warf Burnout einen Blick zu, eine weitere verächtliche Bemerkung auf den Lippen.

Dann erfüllte die Droge Burnout mit Vergnügen, und er erinnerte sich an sein Leben mit der Magie, damals, als er noch ein Teenager und mit seinen Freunden unterwegs gewesen war. Er hatte sie mit einem Levitationszauber verblüfft, den er vom alten Getty gelernt hatte.

Slavers Beleidigung war nicht wichtig. Nichts war wichtig.

Burnout richtete den Laser wieder aus. Doch in der Suite war jetzt alles ruhig. Das Gespräch war beendet. Mercury war gegangen. Sie hatten ihn verloren.

»Verdammter Penner!« sagte Slaver. »Wenn das wirklich Mercury war, hast du ihn gerade entkommen lassen.«

Burnout stand nur da und dachte an seine Vergangenheit. Angenehme Erinnerungen. Die Droge durchpulste ihn, wärmte ihn von innen. Es spielte keine Rolle, was Slaver sagte. Zwar wußte Burnout, daß der Magier sich irrte, aber er würde die Schuld auf sich nehmen. Wenn sie gehandelt hätten, anstatt zu warten, wäre Mercury längst tot.

Aber das spielte jetzt keine Rolle. Slaver hatte recht. Burnout hatte unrecht.

Und Ryan Mercury lebte noch, aber nicht mehr lange. Es war die Aussicht auf einen weiteren Kampf mit ihm, die Burnout einen weiteren Adrenalinstoß verpaßte. Diesmal würde der Kampf bis zum Tod gehen, blutig und grausam. Diesmal würde es keinen Befehl geben, ihn gefangenzunehmen, keine Einschränkungen, die Burnout davon abhielten, den Mann zu töten.

Es würde keine Injektion von Gamma-Skopolamin geben, um ihn bewegungsunfähig zu machen. Nichts, was das Leben dieses Mannes retten konnte. Nur gebrochene Knochen, spritzendes Blut und eine ausgeweidete menschliche Leiche.

31

Ryan lehnte sich in seinem Sitz zurück, als das Suborbital zum Landeanflug auf den Flughafen SeaTac ansetzte. Er hatte darüber nachgedacht, was in Washington passiert war. Er hatte Nadja beinahe umgebracht, war dicht davor gewesen, die einzige Person zu töten, für die er noch etwas empfand. Und wofür?

Im Grunde wußte er es nicht. Und das hatte ihm eine Heidenangst eingejagt.

Ein Schauder überlief ihn. Er hatte einige ernste Probleme zu bewältigen. Bruchstücke und Splitter seiner Roxborough-Vergangenheit fielen ihm zu unerwarteten Zeiten ein. Sie ließen ihn unvorhersehbar agieren. Beim letztenmal hätte es Nadja fast das Leben gekostet. *Ich muß sehr vorsichtig sein*, dachte er. *Und stark, so daß ich das Richtige vom Falschen unterscheiden kann.*

Ryan sehnte sich nach Aktivität. Seit seiner Befreiung waren erst drei Tage vergangen, und die Untätigkeit machte ihn bereits gereizt. Das war einer der Hauptgründe dafür, warum er beschlossen hatte, mit dem Drachenherz-Auftrag weiterzumachen, wenigstens einstweilen. Um die Langeweile zu bekämpfen und um sich zu *bewegen*, zu handeln. Er war ein *Ki*-Adept. Sein Leben wurde über körperliche Aktivität definiert. Übermäßig viel Ruhe gab ihm zuviel Zeit zum Nachdenken.

Zuviel Zeit, um Roxboroughs Erinnerungen zu durchleben.

Das Suborbital fiel in einem beängstigend steilen Winkel aus der Stratosphäre wie ein aerodynamischer Stein, obwohl der Flug sehr ruhig war. Kurze Zeit später war Ryan gelandet und wurde am Terminal von Axler begrüßt.

Sie bedachte ihn mit einem kalten Lächeln. Das Rehbraun ihrer Augen entsprach der Farbe ihrer fransenbesetzten Wildlederjacke. Sie sah gut in Straßenkleidung aus, wenngleich ihre Haltung aggressiv, ja beinahe feindselig war. Sie war hart und hatte nicht die Absicht, irgendwelche Anzeichen von Schwäche zu zeigen.

Sie strich sich eine Strähne ihrer blonden Haare aus der Stirn. »Dhin wartet«, sagte sie.

»Ich freue mich auch, dich zu sehen«, sagte Ryan. »Und es geht mir gut, danke der Nachfrage.«

Das zauberte fast ein Grinsen auf ihr Gesicht. Dann verbiß sie es sich und sagte: »Hör mal, Ryan, ich habe nichts für belangloses Gequatsche übrig. Wenn du das willst, besorg dir irgendeine Schnalle.«

»Puh, das war doch nur 'n verdammter Witz, *Omae.*«

»Und ich bin nicht dein *Omae*, Chummer.«

»Schon verstanden«, sagte Ryan.

Dann lachte sie, und es war ein aufrichtiges, freundliches Lachen. Ryan fand es erfrischend, aber dann sah er eine Gelegenheit, die Kontrolle über das Gespräch an sich zu reißen. Ein Teil von Roxboroughs Ausbildung überflutete ihn und ließ es nicht zu, die Gelegenheit ungenutzt verstreichen zu lassen. Er unterbrach ihr Gelächter. »Ihr seid bereit?«

Ihr Lachen verstummte abrupt, und sie funkelte ihn an. »Wir bekommen noch Daten von Jane.«

»Sag mir, was ihr bisher habt.«

»Nicht hier.« Ihm fiel auf, daß sie wieder auf der Hut und ihre Körpersprache ganz geschäftlich war. Sie mußte Reflexbooster haben, um zu derart geschmeidigen Bewegungen, zu derartiger Selbstkontrolle fähig zu sein. Außerdem hatte er den Verdacht, daß ihre Muskeln durch synthetische Fasern ersetzt worden waren. Sie sah nicht so stark aus, aber sie gab sich so, als könne sie einen Troll in einem Handgemenge demütigen.

Ryan zweifelte nicht daran, daß sie das tatsächlich

konnte. Er wußte noch, wie sie ihn mühelos aus der Delta-Klinik getragen hatte.

Doch ihre gesamte Cyberware war verborgen. Ihre Augen sahen natürlich aus. Ihr Schädel wies keinerlei Spuren einer Operation auf. Sogar ihre fleischfarbene Datenbuchse war diskret unter den Haaren verborgen. Das gehörte zu ihrem Plan, die Gegner zu der Einschätzung zu verleiten, sie sei nur eine Schnalle – bevor sie ihnen gründlich in den Hintern trat.

Sie passierten eine Sicherheitskontrolle und betraten den Bereich für Privatflugzeuge. Seattle hatte ziemlich schwer unter den Krawallen gelitten, die nach Dunkelzahns Tod in den gesamten UCAS gewütet hatten. Der Luftverkehr war minimal, aber Jane mußte Überstunden gemacht haben, weil ihre Kredstäbe sie mühelos durchbrachten.

Dhin schlief im Cockpit des modifizierten Hughes Airstar, als sie in den Hubschrauber stiegen. »Hoi!« sagte Axler und schlug die Tür hinter sich zu.

Dhin erwachte abrupt und stieß sich dabei fast seinen großen warzigen Kopf an der Rigger-Konsole. »Drek, Axler«, sagte er, indem er sich etwas grauen Sabber vom Kinn wischte. »Laß das gefälligst.«

Axler lachte kurz. »Setz einfach die Mühle in Gang.«

»Die Hells-Canyon-Tour?«

»Ja. Zu Assets.«

Während Ryan sich auf einem arg mitgenommenen Vinylsitz neben Axler anschnallte, warf Dhin die Rotoren an. Augenblicke später, als sie rhythmisch dröhnten, zog Dhin den Kopter steil in die Höhe. Dann schaltete er die Düsentriebwerke zu, und sie jagten über Salish-Shidhe-Territorium.

Die Cascades leuchteten in der Nachmittagssonne, weiße Schneekappen auf bewaldeten Hängen. Mehrere der höchsten Gipfel waren seit den gewaltigen Eruptionen beim Großen Geistertanz vor vierzig Jahren stark abgerundet. Ryan war damals erst fünf gewesen – vier Vulkane waren in der gewaltigsten Zurschaustellung ritueller Magie aller Zeiten gleichzeitig ausgebrochen. Die indianischen Ureinwohner waren die Unterdrückung leid gewesen und hatten es ihren Schamanen überlassen, die Regierungstruppen aufzuhalten, die sie zu vernichten drohten. Viele Schamanen hatten sich im Zuge des Rituals geopfert, so ging das Gerücht, und all die dadurch entstandene magische Energie war in die vulkanischen Cascades geleitet worden.

Seitdem war nichts geschehen, was sich damit hätte vergleichen lassen.

Als der Hughes Airstar die Gipfel hinter sich gelassen hatte und sie am nördlichen Rand der Columbia-Schlucht entlangflogen, nahm Axler Verbindung mit Jane auf. Das Wasser des Columbia leuchtete rechts von ihnen in einem klaren Blau, und auf der anderen Seite lagen die Hügel der Elfennation Tir Tairngire. Die Elfen standen in dem Ruf, einen Hang zu paranoiden Grenzpatrouillen zu haben, weshalb sich Dhin von der Grenze fernhielt.

Wir überschreiten sie noch früh genug, dachte Ryan, während ihn die Erregung durchfuhr wie ein jäher Stromstoß. Der morgige Run würde sie tief in die Elfennation führen. Es war ein gefährlicher Run, und sie würden schlau und verstohlen vorgehen müssen, um ihn durchzuziehen. Er war genau das, was Ryan brauchte.

»Jane«, sagte Axler zum Telekomschirm. »Ryan ist hier. Wir sind unterwegs zu Assets, um uns dort mit den anderen zu treffen und den Run zu planen.«

»Ich habe einige Details über die Gebäudesicherheit der Atlantischen Stiftung«, kam Janes flache ausdruckslose Stimme aus den Lautsprechern.

Ryan aktivierte den Telekomschirm neben seinem Sitz und sah, wie ihn Janes lächerliche blonde Persona musterte. Roter Lippenstift, glänzende Augen, ein gewaltiger Busen und Hüften wie eine Eieruhr unter einem Nadelstreifenkostüm. Er hätte beinahe gelacht, doch statt dessen sagte er: »Bereit zum Empfang.«

Eine Reihe von Grafiken wurde in den Speicher des Telekoms geladen: Karten von Eugene und Umgebung, Vergrößerungen des Forschungsparks am Willamette River, wobei eines der Gebäude hervorgehoben war. Es gab Fotos aus fast jedem Winkel, und Jane hatte auf der Grundlage der Fotos ein dreidimensionales Modell erstellt.

Ryan war beeindruckt. »Hervorragende Arbeit«, sagte er. »Sehr gründlich.«

»Da ist noch mehr«, sagte Jane. »Ich konnte keinen Etagenplan bekommen, aber es ist mir gelungen, die Original-Blaupausen aus einer sehr alten Datenbank zu entwenden – von allen möglichen Orten ausgerechnet dem verdammten Stadtarchiv.«

Die Blaupausen erschienen auf Ryans Bildschirm. »Wie alt?«

»Das Gebäude ist zweiundvierzig Jahre alt, aber die Atlanter haben es erst seit siebzehn Jahren. Ich würde sagen, die Blaupausen sind bestenfalls unzuverlässig. Mittlerweile könnten sie im Inneren eine Menge Veränderungen vorgenommen haben. Ich konnte die aktuellen Etagenpläne nicht bekommen, ohne zu riskieren, ihre Sicherheit aufzuwecken. Ich kann es aber versuchen, wenn sie von entscheidender Bedeutung sind.«

»Wir werden dich hoffentlich bis zum eigentlichen Run nicht auf der Anlage benötigen, virtuell gesprochen«, sagte Ryan. »Lethe könnte uns vielleicht dabei helfen herauszufinden, welche Veränderungen vorgenommen wurden. Immerhin war er schon einmal in der Anlage.«

»Ich weiß, aber ...« In Janes Stimme lag ein Zögern.

»Ich traue diesem Geist nicht über den Weg. Was wissen wir über ihn?«

»Gute Frage. Wir wissen Drek.«

Axler mischte sich ein. »Ich will ihn nicht dabei haben«, sagte sie. »Er könnte unser aller Tod sein.«

Ryan wandte sich an sie. »Ich glaube nicht, daß wir eine Wahl haben. Der Geist ist viel zu mächtig, um ihn daran zu hindern. Wenn er mitkommen will, können wir nichts dagegen tun.«

»McFaren kann ihn vielleicht festsetzen oder binden«, sagte Axler.

Ryan lachte nur.

»Was ist?«

»Vielleicht«, sagte er schließlich. »Aber ich bezweifle es stark. Lethe ist der mächtigste Geist, dem ich je begegnet bin.«

»Wir müssen uns nur darüber im klaren sein, daß seine Absichten vielleicht nicht mit unseren übereinstimmen«, sagte Jane.

»Einverstanden.«

»Wo ist er überhaupt?« fragte Axler.

»Keine Ahnung«, sagte Ryan. »Zuletzt habe ich ihn heute morgen in FDC gesehen.«

»Ich bin hier«, ertönte eine Stimme, bei der Ryan fast von seinem Sitz aufgesprungen wäre. Er schaute in die Astralebene und sah das blendende Leuchten Lethes. Nur ein winziger Teil des Geistes paßte in den Hubschrauber, aber selbst dieser Bruchteil reichte aus, um Ryan kalte Schauer über den Rücken zu jagen. Wie Eiswasser im Mark seiner Knochen.

32

Der Zwerg rutschte nervös auf seinem schicken Sessel herum, ockerfarbenes Leder, hochlehnig, mit dunkel lackierten Holzlehnen. Burnout war an diese Reaktion gewöhnt. Manchen Leuten gefiel einfach nicht, was aus ihm geworden war, eine Perversion aus Mensch und Roboter.

Der Zwerg hieß Wynar Smith. Er war ein Schieber im Gebiet von Washington DC, hatte ausgezeichnete Verbindungen und war an ein komfortables Leben und Verhandlungen mit mächtigen Konzernexecs gewöhnt. Er hatte das Shadowrunnerteam um Kaylinn Axler für mehrere Runs angeworben. Oder jedenfalls hatte Slaver das von seinen Kontakten erfahren. Smith kannte Assets, Incorporated, den Ort, wohin Ryan Mercury geflogen war. Und früher oder später würde der Schieber mit dieser Information herausrücken. Es war nur eine Frage der Zeit und der richtigen Foltermethoden.

Burnout kannte all diese Fakten, aber sie umschrieben dieses bebende Bündel Zwergenfleisch vor sich nicht einmal annähernd. Wynar Smith hatte Angst zu sterben, und Burnout konnte seine Angst riechen.

Sie roch jämmerlich. Trotzdem stand Burnout hinter Slaver und dessen Blutgeistverbündeten und wartete auf den Befehl, von dem er wußte, daß er kommen würde. Zuerst die Information. Das durfte er nicht vergessen. Sie mußten die Information bekommen, bevor er dem Mann den Hals umdrehen konnte. Ja, Burnout würde warten müssen.

»Ich will den Standort von Assets, Incorporated, wissen«, sagte Slaver, der auf und ab marschierte. Der kleine Mensch war nur ein wenig größer als der Zwerg, aber Slaver strahlte ein Selbstvertrauen aus, das ihn viel größer wirken ließ. »Ich bin bereit, einen Handel abzuschließen, aber ich muß es erfahren.«

»Ich ... ich ... Sie müssen verstehen, daß ich Ihnen das nicht verraten kann. Wenn das je herauskommt ...«

»Was dann?« fragte Slaver. »Werden Sie dann von ihnen getötet?«

Wynar Smith sah sich um und hielt bei den Leichen der Straßensamurai, die ihm als Leibwächter gedient hatten, vergeblich nach Lebenszeichen Ausschau. Burnout und La Sangre hatten sechs von ihnen getötet, zwei Magier und vier Messerklauen. Gute Kämpfer. Nicht wie dieser Feigling von einem Zwerg.

»Sie ... sie *werden* mich töten«, sagte der Zwerg kategorisch. »Ich ... ich ... ich will nicht sterben.«

»Niemand will das«, sagte Slaver mit einem Unterton falscher Aufrichtigkeit. »Wir wollen nur die Information. Wenn wir gegangen sind, können Sie tun, was immer Sie für nötig erachten. Lassen Sie es wie einen Einbruch aussehen, als hätte man Ihnen damit gedroht, Sie zu töten, wenn Sie es nicht verraten.« Slaver hielt inne und lächelte. »Ach so, stimmt ja, das ist sogar die Wahrheit.« Er stieß ein kleines knirschendes Lachen aus.

Burnout zuckte ungeduldig. Das dauerte alles viel zu lange.

»Außerdem«, sagte Slaver mit einem leisen Lachen, »brauchen Sie es mir nicht zu sagen. Ich habe es in Ihren Gedanken gelesen. Die Firma liegt am Rande einer tiefen Schlucht.«

»Darauf falle ich nicht herein«, sagte Wynar Smith. »Ich werde nicht daran denken.«

»Welche Schlucht ist es, du halbe Portion? Versuchen Sie keine Spielchen mit mir, verstanden? Nicht der Grand Canyon? Nein. Was ist mit Zion? Nein.«

»Mein Geist ist leer«, murmelte Smith vor sich hin. »Mein Geist ist leer. Leere. Nichts da. Mein Geist ...«

»Hells Canyon?« sagte Slaver und hielt dann inne, da er sich stärker zu konzentrieren schien. »Das ist es«, sagte er schließlich. »Hells Canyon.«

»Sie wissen einen Drek«, brüllte Smith. »Hells Canyon ist über hundertfünfzig Kilometer lang. Sie werden sie nie finden.«

»Ts, ts, ts, jetzt werden wir aber ein wenig unzivilisiert«, tadelte Slaver. »Burnout, kannst du ihm nicht Manieren beibringen?«

In Burnout kam Bewegung wie in einen lauernden Tiger. Mit dem Laserwerkzeug in der Hand trat er neben Smith. Er umklammerte die Knöchel des Zwergs so schnell, daß Smith nicht einmal Gelegenheit hatte zu erschrecken. Burnout riß Smith mit den Füßen voran von seinem Sessel und hielt ihn mit dem Kopf nach unten, während er den kleinen Laser aktivierte.

»Ah, lassen Sie mich runter!«

Der Laser würde keinen großen Schaden anrichten, wenn er nicht auf die Augen gerichtet wurde, aber auf höchster Stufe schmerzte er, besonders dann, wenn er an empfindlichen Stellen wie den Genitalien zum Einsatz kam. Burnout glaubte nicht, daß das heute nötig sein würde. Er hielt den Zwerg einfach hoch und zog ihm seine Armanté-Schuhe und die karogemusterten Socken aus. Dann brannte er ein herzförmiges Muster in die Haut über der Achillessehne.

Der Zwerg schrie, als sich der Laser in seine Haut brannte und mit dem Geruch nach versengtem Fleisch und Haaren ein dünner Rauchfaden aufstieg.

»Der Standort von Assets, Mr. Smith?« sagte Slaver.

»Fahr zur Hölle!«

Burnout lächelte. Das mochte ein größerer Spaß werden, als er ursprünglich gedacht hatte. Smiths Hände erzeugten dumpfe Laute, als sie ihn in den Unterleib trafen, aber er registrierte die Schläge kaum. Das Herz war fertig, also beschloß er, dem Zwerg einen Zeh mit dem Laser abzutrennen, den kleinen Zeh seines linken Fußes. Es würde zehn Minuten dauern, bis sich der Laser hindurchbrannte.

Die Schreie des Zwergs hallten durch den Raum, während Slaver sich ein Glas aus einem Krug mit Limonade eingoß, der auf dem Tisch stand. Dann kam er wieder zurück. »Töte ihn nicht«, sagte er. »Noch nicht.«

Es war eine schlichte Bemerkung und im Rückblick eine harmlose. Aber sie nervte Burnout. Natürlich würde er ihn nicht töten. Er wußte das. Er hatte *verstanden*. Er spürte den Haß in sich aufsteigen.

»Was Sie sich klarmachen müssen, Mr. Smith«, sagte Slaver zu dem Zwerg, »ist die Tatsache, daß mein metallener Freund hier nicht der Hellste ist. Er ist sehr gut, wenn es darum geht zu töten, und praktisch nicht umzubringen, aber wenn er sich einmal in seinen Chromschädel setzt, daß Sie es nicht verdienen weiterzuleben, kann selbst ich ihm das nicht mehr ausreden.«

Der Haß überflutete Burnout in einer jähen Woge. Und diesmal kam sie so schnell, daß die Droge erst verabreicht wurde, als er bereits reagiert hatte. Er schwang den um sich schlagenden Zwerg wie eine dicke Keule und schmetterte ihn gegen den Marmorkamin. Der weiße Marmor wurde beim Aufprall rot bespritzt, als der Kopf des Zwergs aufplatzte wie ein verfaulter Kürbis.

»Burnout, du verdammter Idiot!«

»Er ist nicht tot«, sagte Burnout, indem er den blutüberströmten Zwerg hochhielt.

Slaver verbiß sich eine Bemerkung, während sein Gesicht einen Ausdruck intensiver Sammlung annahm, als er sich auf die blutige Gestalt des Zwergs konzentrierte.

Während Burnout von der Wirkung der Glücksdroge erfaßt wurde, hielt er den Zwerg ruhig, dessen Blut zusammen mit Knochensplittern und Gehirnmasse auf den Teppichboden tropfte. Die Droge machte ihn zufrieden, und seine Erinnerungen und die Sehnsucht nach Magie verankerten ihn im Reich der Lebenden.

Schließlich sah Slaver auf. »Er ist tot«, sagte er zu niemandem im besonderen. »Aber seine Gedanken haben ihn am Ende verraten. Ich weiß, wo wir Assets, Incorporated, finden.«

Burnout ließ die Leiche des Zwergs fallen und trat zurück. Er wußte, daß er irgendein Vertrauen zwischen sich und Slaver gebrochen, irgendeine unsichtbare Linie überschritten hatte, die zwischen ihnen existierte. Existiert hatte. Sie wußten es beide, aber er hatte keine Ahnung, was sie deswegen unternehmen würden.

»Wir verschwinden«, sagte Slaver, ohne ihn anzusehen.

Burnout nickte und folgte den anderen nach draußen.

33

Der düsenangetriebene Hughes Airstar schoß auf seinem Weg zu Assets, Incorporated, durch die kühle Luft über dem Columbia River. Ryan atmete mehrmals tief ein und aus, um sich wieder zu fassen.
»Lethe«, sagte er mit einem erzwungenen Lachen. »Erschreck mich nicht so.«

»Ich kann dir versichern, daß ich vertrauenswürdig bin«, sagte der Geist. »Meine Absichten sind lauter.«

Jane meldete sich. »Ist er dort bei euch?«

»Vielleicht kann er die Anlage auskundschaften, damit wir die Blaupausen auf den neuesten Stand bringen können. Es wäre nett, aktuelle Unterlagen zu haben.«

»Was sagt der elektronische Geist?« erkundigte sich Lethe.

Ryan lächelte daraufhin. »Sie will wissen, ob du bereit bist, noch einmal in das Gebäude einzudringen, in dem das Drachenherz aufbewahrt wird. Wir brauchen einen Lageplan der Räume und Gänge, damit wir die Blaupausen, die wir haben, den Gegebenheiten anpassen können. Es würde uns bei der Vorbereitung des Runs helfen.«

Der Geist antwortete rasch. »Ja.« Dann war er verschwunden, als sei er nie dagewesen.

Ryan seufzte. »Nun, jetzt ist er wieder weg«, sagte er.

»Wohin?« fragte Axler.

»Ich glaube, er beschafft uns die Daten, die Jane benötigt.«

»Ausgezeichnet«, sagte Jane.

»Wenn wir ihm trauen können«, wandte Ryan ein.

Inmitten der spektakulären Szenerie der Berge, die sich rings um sie erhoben, verstrich der Rest des Flugs rasch. Bei der Einmündung des Snake River in den Columbia lösten sie sich vom Columbia und folgten über eine Stunde lang dem Lauf des Snake, bevor die Felswände der Schlucht auf beiden Seiten anstiegen. Sie sah aus wie ein gezackter Einschnitt im Fleisch der Welt. Dhin zog die Maschine immer höher, bis sie sich über dem Rand eines Vorsprungs in der östlichen Schluchtwand befanden – einem schmalen, ebenen Gelände, das gepflastert und in eine geheime Einrichtung verwandelt worden war.

Ryan erinnerte sich an Assets, Incorporated, von einigen seiner Aufträge vor dem Roxborough-Zwischenfall. Doch die Anlage schien sich im vergangenen Jahr verändert zu haben. Axler, Grind, McFaren und Dhin waren die einzigen Angestellten der Firma, die sich über verschiedene Holding-Gesellschaften und Scheinfirmen zu hundert Prozent in Dunkelzahns Besitz befand. Nadja hatte Ryan soeben mitgeteilt, daß der Drache Ryan diese Firma in seinem Testament vermacht hatte.

Also gehört all das mir, dachte er, als er aus dem Hubschrauber stieg und sich umsah. Es gab ein Lagerhaus aus Wellblech, eine Landebahn aus Beton, ein paar Metallschuppen voller Waffen und Munition und einen unterirdischen Bunker.

Was für ein Drekloch.

Aber was hatte er erwartet? Assets war von Jane-in-the-box als Scheinfirma für ein Sondereinsatzteam gegründet worden. Auch als Shadowrunner bekannt. Oder Kriminelle.

Axler ließ Ryan in das Lagerhaus ein, das offenbar schon bessere Tage gesehen hatte. Die Paneele hingen schief, und das Metall war stellenweise verrostet. Große, Hangar-ähnliche Tore öffneten sich in das wahllose Durcheinander von Dhins Rigger-Werkstatt, überall lagen Öldosen, Schmierfett und Maschinenteile herum. Ryan sah die skelettartigen Überreste eines

Aguilar-Kampfhubschraubers und einen offenbar funktionstüchtigen T-Bird.

Axler ging durch eine harmlos aussehende Tür in der Seitenwand voran in einen kleinen, funktionalen Umkleideraum. Spinde und Schränke voller Uniformen, Verkleidungen und Körperpanzer aller Art hingen an den Wänden. Der angrenzende Raum war mit leichten und mittelschweren Waffen und der entsprechenden Munition vollgestopft. Die schweren Waffen wurden, wie Ryan wußte, in einem anderen Schuppen aufbewahrt.

Axler zog ihre Stiefel aus und bedeutete Ryan, es ihr gleichzutun. Er gehorchte und folgte ihr durch die Tür auf der anderen Seite und die vier Treppen hinunter in die Kommandozentrale. McFaren und Grind begrüßten sie, als sie den Kommandoraum betraten. Er war sauber und sehr modern, und seine Kommunikationsanlage konnte sich mit der Sicherheitszentrale jeder gut geschützten Konzerneinrichtung messen.

Es gab eine Trainingsetage mit Gewichten, einer Sparringsmatte und einem SimSinn-Deck. Ein großes Trideo war von Sofas umringt, dazu gab es eine Eßecke sowie einen Konferenztisch und Schreibtische. McFaren hatte für seine magische Arbeit einen separaten Raum eine Etage tiefer.

Ryan änderte seine Meinung rasch. Dunkelzahn hatte es offenbar für richtig gehalten, die Basis seit Ryans letztem Besuch hier auszubauen. Axler und ihrem Team stand eine weitaus bessere Einrichtung zur Verfügung, als er gedacht hatte. Dunkelzahn und Jane hatten eine hohe Meinung von ihnen, und sie hatten es tatsächlich geschafft, Ryan aus einer gut geschützten Delta-Klinik im Herzen Aztlans – einem bestenfalls feindseligen Land – zu befreien. Ryan fing an zu glauben, daß sie diesen Run zur Wiederbeschaffung des Drachenherzen tatsächlich durchziehen konnten.

Das Trideo erwachte zum Leben und zeigte Janes dreidimensionales Konstrukt des Gebäudes der Atlantischen Stiftung. Die Wände waren in einem transparenten Grau gehalten, und der Grundriß der Etagen zeigte die Einrichtung, zumindest aus der Zeit, als das Gebäude gebaut worden war.

Grind ging zu Ryan und streckte eine seiner Metallhände aus. »Hoi.«

Ryan schüttelte dem Zwerg die Hand. »Schön, dich zu sehen, Chummer.«

Grind nickte. »Wir sind Janes Daten durchgegangen«, sagte er. »Wir haben ein paar Ideen, wie wir eindringen können, aber uns sind zu wenig Einzelheiten über die Sicherheit bekannt. Wir hoffen, daß dieser Geist uns helfen kann.«

»Ich auch.«

McFaren gesellte sich zu ihnen, und sie setzten sich auf ein Sofa. »Er ist noch nicht da«, sagte der Magier.

»Er?«

»Der Geist, Lethe.«

»Warum nennst du ihn einen Er?« fragte Ryan.

McFaren verzog das Gesicht. »Ich dachte, du wüßtest es«, sagte er. »Du hast doch den Blick. Er ist männlich.«

»Oh«, sagte Ryan nur. Doch die Bemerkung des Magiers störte ihn, als sei seine Wahrnehmung durch die Vorfälle in Roxboroughs Klinik getrübt worden. Durch die verrückte Dualität seines Geistes, seiner Vergangenheit, die keinen Sinn ergab, wenn man außer acht ließ, daß er noch bis vor ein paar Tagen aus zwei Personen bestanden hatte.

Ryan unterdrückte ein Stirnrunzeln. »*Er* müßte bald mit den Informationen zurück sein.«

»Laßt uns einstweilen ohne ihn fortfahren«, sagte Axler. Sie hielt eine Fernbedienung in der Hand, die sie benutzte, um die äußeren Abwehranlagen hervorzuheben. »Also, zuerst das Grundsätzliche. Zunächst einmal ist die Atlantische Stiftung ihrem Wesen nach ein stark magisch ausgerichteter Konzern mit einem Interesse, Artefakte arkaner Natur zu erwerben. Die Anlage in Eugene liegt im Riverfront-Forschungspark direkt am Willamette im Herzen von Eugene zwischen dem Franklin Boulevard und dem Westufer und ist von einem bewaldeten Park mit Pinien, Ahornbäumen und so weiter umgeben. Der Park erstreckt sich etwa zwölf Kilometer weit den Fluß entlang, und zwar an beiden Ufern. Wir könnten flußabwärts – oder flußaufwärts – hineingelangen und zu Fuß zu der Anlage gehen, entweder über die Kieswege oder durch die Bäume.«

»Irgendwelche Cops, über die wir uns Sorgen machen müssen?« fragte Grind.

»Vielleicht«, sagte Axler, »aber auch nicht mehr als anderswo. Sobald wir in der Anlage sind, brauchen wir uns wegen der Cops keine Gedanken mehr zu machen, nur noch wegen der Konzernsicherheit. Wir kennen die Begrenzung von den Fotos. Normaler Elektrozaun mit Monodrahtbesatz.«

»Drohnen?«

»Keine Drohnen«, sagte sie. »Auch keine Kameras. Die haben sie sich für die Außenmauer aufgehoben. Aber es gibt paranormal begabte Tiere.«

»Welcher Art?«

»Höllenhunde«, sagte sie.

McFaren erbebte, sagte jedoch nichts.

»Es gibt nicht viele, vielleicht fünf oder sechs«, fuhr Axler fort. »Sie patrouillieren das Gelände zwischen dem Begrenzungszaun und der Schutzmauer.« Der Zeiger folgte einer freien Fläche innerhalb des Zauns. »Das zweite Hindernis ist die Mauer«, sagte sie. »Es handelt sich um eine fünf Meter hohe Steinmauer, die mit unseren beliebten Ares-Sentinel-Drohnen und Sicherheitskameras bestückt ist.«

»Sie könnte zusätzlich mit Geistern und Watchern

oder vielleicht einem Hüter gesichert sein«, sagte McFaren.

Ryan spürte eine Präsenz in seiner Nähe und wechselte auf astrale Wahrnehmung. Lethe hatte sich zu ihnen gesellt. »Er hat recht«, sagte der Geist. »Sag ihnen, daß es Luft- und Feuerelementare und mehrere Dutzend Watcher gibt.«

Ryan gab die Information weiter und fungierte in der Folge als Übermittler für den Geist. Jane schloß sich ihnen an, sobald sie hörte, daß Lethe mit neuen Daten zurückgekommen war, und veränderte das 3-D-Hologramm entsprechend. Nach einigen Stunden hatte sich ihr Detailwissen verzehnfacht, und sie hatten eine Infiltrationsstrategie ausgearbeitet.

Ihr Plan war weit davon entfernt, perfekt zu sein, und sie verfügten längst nicht über alle Daten. Lethe hatte davon Abstand genommen, in die Kammer einzudringen, in der das Drachenherz aufbewahrt wurde. Der Raum war durch einen Hüter gesichert, und er hatte die Barriere nicht durchbrechen wollen, um die Forscher nicht auf seine Anwesenheit aufmerksam zu machen. Axler, Jane und Ryan gingen den Plan mehrmals durch, wobei sie Änderungen erörterten, Möglichkeiten abwogen und potentielle Fehler ausmerzten.

Erregung packte Ryan, als sie den endgültigen Zeitplan erstellten. Er lechzte nach Aktivität. Er arbeitete gut mit diesen Leuten zusammen. Insbesondere mit Jane, die ein erstaunliches Talent dafür besaß, mit dem einfachsten Plan aufzuwarten, der trotz seiner Schlichtheit bei jedem Schritt Maßnahmen für den Fall eines Scheiterns und auch für die Flucht vorsah, wenn das Drachenherz in ihrem Besitz war.

Grind und McFaren zogen ihre Verkleidung an, bekamen von Jane gefälschte Systemidentifikationsnummern und brachen sofort auf. Sie mußten als erste in der Anlage sein. Ryan und Axler benötigten noch ein paar Stunden, um alles vorzubereiten, bis schließlich auch sie aufbrachen. Die Erregung ließ Ryan die Haare im Nacken zu Berge stehen, als Dhin den Hubschrauber startete. Axler hatte sich neben ihm angeschnallt und einen Ausdruck eiskalter Entschlossenheit aufgesetzt.

Ryan lächelte. Es war ein guter Plan. Einer, der fast jeden Faktor in Betracht zog und entsprechende Maßnahmen vorsah. Fast jeden. Es gab nur eine Sache, die Ryan störte. Eine Unbekannte, die alles verderben konnte: Lethe. Sie verließen sich viel zu sehr auf den Geist, und Ryan war nicht bereit, ihm völlig zu vertrauen. Der Geist war fremdartig und sehr mächtig. Es gab keine Möglichkeit, seine wahren Absichten in Erfahrung zu bringen. Wenn Lethe sie hintergehen wollte, würde er das mühelos tun können.

34

Jane-in-the-box begutachtete die übermittelten Daten. Sie befand sich in ihrem Stahlwürfel, und die Video- und Audio-Übermittlungen ihres Teams umschwirrten sie, während sie die Inputs jedes einzelnen Runners überprüfte und ständig den Blickpunkt wechselte.

Axler und Dhin waren mit Ryan im Hubschrauber, und die Nacht hatte sich wie ein schwarzes Laken aus Samt um sie gelegt. Sie kamen vom Willamette-Paß östlich von Eugene. Ihre Ankunft erfolgte in ungefähr neun Minuten. Jane bekam keine Daten von Ryan, obwohl sie ihn, falls nötig, über sein Armbandtelekom erreichen konnte.

Grind und McFaren befanden sich bereits innerhalb der Anlage, wahrscheinlich in Begleitung des Geistes Lethe. Es war früher Abend gewesen, als es McFaren gelungen war, unter Benutzung der neu geschaffenen Identität als Dr. Jack Rinehart, einem führenden Forscher des magischen Ordens der Illuminaten Des Neuen Morgens, hineinzugelangen. Dr. Rinehart wollte Schutz von der Atlantischen Stiftung, bis er sich mit ihr über den Verkauf eines Artefakts würde einigen können, das er für sehr mächtig hielt.

Grind war als sein persönlicher Leibwächter dabei, und Lethe war das Artefakt. Oder wenigstens sollte er die mundane afrikanische Skulptur, die McFaren bei sich hatte, so aussehen lassen, als sei sie ein uralter magischer Gegenstand.

Jane hoffte, daß es klappen würde. McFaren hatte um Schutz vor den IDNM gebeten und behauptet, der mächtige magische Orden würde eine Gruppe von Initiaten versammeln, um ihn durch rituelle Magie zu töten. Die Atlanter seien die einzige ihm bekannte Gruppe, die einen hermetischen Kreis schaffen könnte, der mächtig genug sei, ihn zu schützen.

Durch Grinds Cyberkamera konnte Jane sehen, daß er und McFaren sich innerhalb eines großen Kreises aus aufgemaltem Sperethiel und Kreidesymbolen befanden. Drei Forschungsmagier untersuchten das angebliche Artefakt in der Ecke des größeren Raums. So weit, so gut.

Abgesehen von den Magiern waren nur zwei Wachen bei ihnen. Lethe mußte sie nur so lange davon überzeugen, daß die Skulptur magischer Natur war, bis Axler und Ryan eintrafen. Noch ein paar Minuten. Alle Inputs waren stark. Zeit für einen kleinen Ausflug in die Matrix.

Jane glitt durch ihr virtuelles Tor in den Elektronenhimmel des privaten Gitters von Lake Louise. Sie hielt kurz inne, um ihre virtuellen Muskeln zu strecken, dann schoß sie über ihre speziellen Datenbahnen ohne jede Verzögerung in das Herz der Matrix von Tir Tairngire. Sie war schon hier gewesen und hatte eine legitime Tarnidentität als Immobilienmaklerin, obwohl ihr Host als virtuelle Maschine auf einem starken Mainframe operierte, der von einer in Eugene niedergelassenen Firma namens Synerman Technologies betrieben wurde.

Es war eine billige und leichte Möglichkeit zu vermeiden, jedesmal die Abwehrmaßnahmen Tirs zu überwinden, wenn sie in die elektronische Landschaft des Landes einbrechen mußte, und das kam mittlerweile ständig vor.

Jane glitt aus ihrem virtuellen Host in das LTG von Eugene. Die meisten Konstrukte entsprachen noch dem Universellen Matrixsymbolismus – Oktaeder und planare Explosionen von Daten in Blau und Violett. Die Elektrizitätsgesellschaft – Eugene Water and Electric –

sah wie eine große Elfenhand aus, die zwei Blitzstrahlen in einer geschlossenen Faust hielt. Die Blitze blinkten abwechselnd gelb und blau, aber unter der Fassade entsprach alles der üblichen Geometrie.

Jane loggte sich als Anforderung für eine Rechnungskorrektur ein, als normales achteckiges Datenpaket. Sie kam ohne Schwierigkeiten an dem Sondierungs-IC vorbei und änderte dann die Taktik. Mit ihrer Analyse-Utility untersuchte sie das Universum der Datenbanken und Subprozessoren. Einer der Subprozessoren war derjenige, den sie suchte.

Sie schlich sich an der Teerbaby-IC vorbei und übernahm die Kontrolle über den Subprozessor, der nicht sonderlich stark bewacht war, weil er es nicht zu sein brauchte. Er kontrollierte nichts. Jane lächelte. Das war das Schöne an ihrem Plan. Sie würde die Gefahr verringern, indem sie mehrere scheinbar harmlose Infiltrationen unternahm, die synergistisch arbeiteten. Jede einzelne Maßnahme war leichter als ein direktes Eindringen in den Host, aber das Ergebnis würde hoffentlich dasselbe sein.

Jane aktivierte ein Smartframe, das sie für diesen Run programmiert hatte. Es würde untätig warten, bis der richtige Zeitpunkt gekommen war. Dann würde es Einfluß auf das System nehmen und es so aussehen lassen, als sei eine Kraftstation ausgefallen. Wenn das Smartframe nicht funktionierte, würde ihre nächste Aufgabe sehr viel schwieriger werden.

Jane schlich sich aus dem Host, loggte sich dankbar aus und schoß weiter durch das LTG von Eugene, um einen Blick auf das Konstrukt des Forschungsparks zu werfen. Es war ein fensterloser Festungsturm aus weißem Elfenbein, der sich wie eine virtuelle Nadel in den Elektronenhimmel reckte. An der Basis gab es eine einzige Tür.

Das Turmkonstrukt enthielt die Sicherheits-Hosts

mehrerer Gebäude, darunter auch das der AS. Jane wußte, daß sie über das Zentralsystem der AS in Atlanta in dieses System eindringen konnte, aber sie war überzeugt, daß das Zentralsystem schwerer zu knacken sein würde als dieses. Das Zentralsystem war mit Ice zugepackt, und es mochte zu lange dauern, bis sie hindurch war. Außerdem benötigte sie keinen Zugang zu irgendwelchen Geheimdaten. Sie wollte nur einen kurzen Blick auf ihre Sicherheit werfen. Darüber hinaus hatte sie den Verdacht, daß dieser Elfenbeinturm weniger unüberwindlich war, als er aussah. Nur eine Fassade, um unerfahrene Decker abzuschrecken.

Wenigstens hoffte sie das, als sie sich dem Eingang näherte. Sie schoß ein großes Netz ab und fing damit ein Datenpaket, das zu der Tür unterwegs war, um es von ihrem Deck analysieren zu lassen, bevor sie es wieder freigab. Das wiederholte sie ein paarmal. Sie hatte immer noch ein paar Minuten Zeit, bis ihr untätiges Smartframe aus seinem Koma erwachte. Nach sechs Versuchen fand ihr Deck ein Datenpaket mit dem Code für den richtigen Bestimmungsort – dem Sicherheitssubsystem der AS.

Sie behielt die normale Oktaeder-Fassade bei, benutzte jedoch den Bestimmungscode des Datenpakets, als sie sich der Tür näherte und einzuloggen versuchte. Das System verlangte einen Paßcode und eine Gültigkeitserklärung, die Janes Täuschungsalgorithmus lieferte. Nach langer Pause öffnete sich die Tür und ließ sie ein.

Im Innern des Turms änderte sich der Symbolismus, und Jane paßte sich ihm an. Das Thema war das eines Bürogebäudes, nicht gerade die originellste Metaphorik für eine derart gewaltige Rechenkapazität. Doch das störte Jane nicht im geringsten. Sie paßte lediglich ihre Persona an, indem sie sich in ein schwebendes Memorandum verwandelte – eines von der uralten Sorte, das auf richtigem Papier geschrieben war.

Sie machte das AS-Gebäude ausfindig und begutachtete es. In den zentralen Host zu gelangen, würde schwierig werden, wenngleich nicht unmöglich. Nur potentiell unangenehm.

Sie hatte jedoch nicht die Absicht, die Dinge unangenehm werden zu lassen. Sie benötigte keinen Zugang zum zentralen Host, lediglich zu dem Subsystem, das den Sicherheitsrigger in seinem geschlossenen Sim-Sinn-System mit Daten versorgte. Wenn es keinen Rigger gab und die Drohnen auf Autoerkennung geschaltet waren – unwahrscheinlich, aber möglich –, würde Janes Aufgabe noch leichter sein.

Sie ging in Stellung und war bereit, als ihr Smartframe den falschen Alarm auslöste, indem es das Subsystem dazu brachte, ein falsches Meßergebnis zu akzeptieren. Das EWEC-System schickte eine Standardwarnung.

»In der Kraftstation, die Ihr Gebäude mit Strom versorgt, ist ein Spannungsverlust entdeckt worden. Einer der Umformer ist ausgefallen und muß repariert werden. In der Zwischenzeit wird die Stromversorgung von einer Hilfsstation übernommen. Es sollte zu keinem Stromausfall kommen, aber leichte Spannungsschwankungen sind möglich. Die Eugene Water and Electric Company übernimmt keine Haftung für etwaige Schäden an elektronischen Anlagen, die in der Umschaltphase entstehen. Vielen Dank.«

Perfekt. Jane eilte mitten in den Datenwust der vorrangigen Botschaft und den Anweisungen, die damit einhergingen, und schlich sich auf diese Weise an einem gefährlich aussehenden schwarzen Ice vorbei, das in dem mit Teppichboden ausgelegten Flur wie ein Reißwolf für Papier aussah, die eingehenden Daten aber nicht gründlich genug durchstöberte. Der Vorrang-Status täuschte es. So weit, so gut, und jetzt verspürte Jane eine Gefühlsaufwallung. Der Run fing langsam an, sie auf die Probe zu stellen, obwohl er immer noch wesentlich leichter war als ihr Run gegen Roxboroughs System.

Bis jetzt, schränkte sie ein. *Werde nur nicht zu selbstsicher.*

Wie auf ein Stichwort verspürte sie in diesem Augenblick wieder das brennende Gefühl auf der Haut. Das Gefühl, beobachtet zu werden. *Wieder Alice? Oder nur Paranoia?*

Jane ignorierte das Gefühl. Wenn es Alice war, würde sie nach dem Run mit ihr reden. Wenn nicht, würde Jane alle Chips neu brennen müssen, um dieses geisterhafte Gefühl aus ihrem Deck zu bekommen.

Endlich war sie im Sicherheits-Subsystem. Es dauerte nur eine Mikrosekunde, um einen verzögerten Spannungsanstieg für drei Kameras und eine Drohne zu programmieren. Die Stromzufuhr für den Elektrozaun würde ebenfalls für ein paar Minuten unterbrochen sein. Sie hatte einen toten Winkel geschaffen, einen blinden Fleck innerhalb der Abwehranlagen, der genau dann aktiviert würde, wenn die Elektrizitätsgesellschaft auf die neue Kraftstation umschaltete. Es würde so aussehen, als habe der Spannungsanstieg die Elektronik durchbrennen lassen.

Als das Smartframe an Ort und Stelle war, zog Jane sich so schnell wie möglich zurück. Sie mußte jedoch noch einmal Zwischenstation machen, bevor sie die Matrix verließ. Die Feuerwache würde ein leichtes Ziel sein. Doch zunächst mußte sie in ihren Würfel zurück und sehen, welche Fortschritte der Run machte.

Sie wollte die Matrix gerade verlassen, als Alice sich vor ihr manifestierte. Dann war Jane nicht mehr im LTG von Eugene und auch nicht mehr in der Matrix. Sie befand sich auf einer regennassen schwarzen Straße in der verspiegelten Schlucht von Wunderland City. Alice stand unter einer Straßenlaterne und sah auf, während sie eine Zigarette aus dem Mund nahm.

Jane spürte den Regen, roch den Zigarettenrauch. Alles erschien so wirklich. »Ich bin mitten in einem Run«, sagte sie. »Bitte laß mich zu meinen Freunden zurückkehren. Sie verlassen sich auf mich.«

Alice lächelte, und die das Licht der umliegenden Gebäude reflektierende Straße spiegelte sich als endlose Kette von Spiegelbildern in ihren Augen. »Ich weiß jetzt, wie du mich bezahlen kannst«, sagte sie. »Ich erkläre es dir kurz, dann lasse ich dich gehen.«

Selbst wenn Jane in der Angelegenheit eine Wahl gehabt hätte, sie bezahlte ihre Schulden immer. »Ich höre«, sagte sie.

35

Und los!« rief Axler, deren Stimme im ohrenbetäubenden Dröhnen der Rotoren des Hubschraubers nahezu unterging.

Ryan ließ sich so schnell durch die Nachtluft fallen, daß er das Herabgleiten an dem Nylonseil, das aus dem Hubschrauber hing, kaum noch kontrollieren konnte. Er sah Axlers schwarz gestreiftes Gesicht immer kleiner werden, und seine behandschuhten Hände wurden rasch heiß, da das Seil mit wahnsinniger Geschwindigkeit durch das Haltegeschirr glitt.

Der Himmel war ein kohlschwarzes, fleckiges Tuch, und dann sah er Axler nicht weit über sich, die an ihrem Seil herabglitt. Sie trug denselben schwarzgrauen Tarnanzug wie Ryan mit semiflexibler Kevlar-Panzerung darunter. Auf ihrem Rücken waren die Umrisse eines Rucksacks mit der Ausbuchtung ihrer Ares Alpha Combatgun zu erkennen, ihrer Lieblingswaffe – automatisches Sturmgewehr und Granatwerfer in einem.

Ryan konzentrierte sich wieder auf sich und benutzte seine magisch gestärkten Sinne und Kräfte dazu, in den Bäumen des Parks zu landen. Sekunden später war er unten und löste das Geschirr vom Seil, duckte sich, verschmolz mit der umgebenden Deckung. Er begutachtete rasch das Gelände, obwohl er dasselbe auch schon aus dem Hubschrauber getan hatte.

Nichts im thermalen, nichts im visuellen und auch nichts im astralen Spektrum zu sehen, nur Büsche, Bäume und Sträucher.

Axler landete geschickt neben ihm und musterte ihrerseits die Umgebung. Als sie ihn über Kehlkopfmikrophon ansprach, hörte er ein tiefes Flüstern im Ohr. »Zustand?«

Ryan antwortete ebenfalls über Kehlkopfmikro. »Grün. Auf geht's.«

Er sah Axlers Nicken in der Dunkelheit und folgte ihr durch die Bäume. Sie schlichen sich den Fluß entlang, von Strauch zu Busch, bis sie etwa zwei Kilometer weit gekommen waren. Überall waren asphaltierte Wege für Fahrräder und Kieswege für Fußgänger. Es gab Vögel und Kleintiere und haufenweise Pflanzen. Erstaunlich für das Zentrum einer verdammten Stadt. Natürlich, dies war Tir Tairngire. Die Elfen waren für ihren kompromißlosen Naturschutz berüchtigt.

In diesem Fall war es zu Ryans Vorteil. Er und Axler konnten sich dem Außenzaun des Gebäudes der Atlantischen Stiftung gefahrlos bis auf dreißig Meter nähern, bevor sie stehen blieben. Nach dem langen, ereignislosen Flug im Hubschrauber war es großartig, sich körperlich betätigen zu können. Die Grenzpatrouillen von Tir hatten sich nicht gerührt, als sie am Nachmittag bei La Grande die Grenze überflogen hatten.

»Das gefällt mir nicht«, sagte Axler. »Jane hat schon zu lange nichts von sich hören lassen.«

»Warten wir?«

Axler nickte. »Geben wir ihr fünf Minuten«, sagte sie.

Ryan hockte sich auf die Fersen und betrachtete das Gebäude. Ein drei Meter hoher Drahtzaun markierte die Grundstücksbegrenzung. Monodrahtschlingen bildeten den Abschluß, und in diesen Schlingen waren im Abstand von zwanzig Metern Kameras und elektrische Pulsgeneratoren angebracht. Eine solide Innenmauer aus getünchtem Löschbeton verlief parallel zum Zaun. Das Gebäude erhob sich ein paar Meter hinter der Mauer. *Das wird nicht leicht.*

Ryan konzentrierte sich. Sammelte sich. Nach einer Minute wechselte er auf astrale Wahrnehmung. Das Gebäude hatte eine Aura, die in verschwommenen Rot- und Grüntönen leuchtete wie ein unscharfer Weihnachtsbaum. Die starke Hintergrundstrahlung erschwerte es Ryan, die Watcher auszumachen, aber nach ein paar Minuten äußerster Konzentration glaubte er, alle entdeckt zu haben. Zwei winzige Geister, die wie fliegende Augäpfel aussahen, schwebten genau über der Innenmauer und warteten auf Eindringlinge.

Ryan konnte keine Elementare oder Naturgeister sehen, aber dafür gelang es ihm, einen kurzen Blick auf einen der Höllenhunde zu werfen. Der Paracritter war größer als ein gewöhnlicher Hund, etwa doppelt so groß wie ein Wolf, hatte rote Augen und konnte gleichzeitig die physikalische und die astrale Ebene beobachten. Er trottete über einen ausgetretenen Pfad zwischen dem Zaun und der Mauer und verbrannte dabei nervöse Energie.

In diesem Augenblick blieb der Hund stehen und hob direkt vor ihnen witternd den Kopf. Ryan hielt den Atem an und wechselte wieder auf die physikalische Ebene. Er griff nach Axlers Arm und hielt einen Finger vor die Lippen, als sie ihn ansah. Er deutete auf den Zaun, wo der Höllenhund witternd auf und ab trabte.

»Axler, Ryan«, ertönte Janes Stimme in seinem Ohr. Obwohl sie flüsterte, pochte Ryan plötzlich das Herz im Halse. Sein Atem beschleunigte sich für einen Augenblick, bevor er Magie einsetzte, um sich zu beruhigen, um sich auf das Hier und Jetzt zu konzentrieren. *Keine verdammten Überraschungen mehr.*

»Abwarten, Jane«, flüsterte Axler unhörbar.

»Ich wurde kurz aufgehalten«, sagte Jane. »Aber jetzt bin ich bereit. Euer Fenster öffnet sich in zwanzig Sekunden.«

Der Höllenhund sah in Ryans und Axlers Richtung, während diese völlig reglos zwischen dem Blattwerk kauerten. Schließlich setzte er seinen Weg auf dem ausgetretenen Pfad fort.

Wieder ertönte Janes Stimme in Ryans Ohr. »Grind

und McFaren sind bereit. Sie warten, bis ihr die äußeren Begrenzungen überwunden habt. Wo ist der Geist?«

Ryan warf einen Blick in den Astralraum, konnte aber keine Spur von Lethe erkennen. *Augenblick*, dachte er. Die Verschwommenheit der Aura des Gebäudes wurde klarer, als stünde eine durchsichtige Glasscheibe oder ein Hitzeflimmern zwischen ihm und dem Zaun. »Bist du das, Lethe?« flüsterte er.

»Ja, ich bin hier. Du bist sehr aufmerksam.«

»Vielen Dank«, sagte Ryan, aber er fragte sich, wie der Geist sich im Astralraum fast unsichtbar gemacht hatte. Ryan hätte das nicht für möglich gehalten. »Du mußt mir irgendwann einmal zeigen, wie man das macht.«

»Ich bin mir nicht sicher, ob ich das jemandem beibringen kann«, lautete die Antwort.

»Bereit?« fragte Axler.

»Ja«, erwiderte Lethe.

»Bereit«, sagte Ryan.

»Der tote Winkel befindet sich zwischen diesen beiden Kameras.« Axler zeigte auf eine Stelle etwa sechs oder sieben Meter rechts von ihnen. »Wir müssen uns genau dort dem Zaun nähern, sonst erfassen uns die anderen Kameras.«

Ryan sah Lethe an. »Kannst du dich um die Watcher kümmern?«

»Ja«, kam die Antwort. »Sie werden uns nicht sehen.«

Axler spannte sich neben Ryan. »Es beginnt ... jetzt. Also los.«

Sie ging geduckt voran, ein paar Meter am Rand der Bäume entlang, dann direkt über die Lichtung zum Zaun. Ryan blieb direkt hinter ihr, ein lautloser unsichtbarer Schatten. Axler erreichte den Zaun und besprühte die Maschen mit einem Schuß aus ihrer Ares Cascade.

Bei der Flüssigkeit im Reservoir handelte es sich um mit DMSO versetztes Wasser in Verbindung mit einem modifizierten Gamma-Skopolamin-Magazin. Das Zeug würde jeden Metamenschen bei Kontakt betäuben. Der feine Nebel der Flüssigkeit legte sich ohne das geringste Zischen auf den Metallzaun. Keine Elektrizität.

Axler sah sich nach den Höllenhunden um, dann zog sie eine Drahtschere aus ihrem Gürtel, durchtrennte ein paar Maschen am Boden und kroch hindurch. Ryan folgte ihr. Der Spurt zwischen Zaun und Mauer verlief reibungslos, aber gerade, als Axlers Enterhaken sich auf der anderen Seite der Mauer verfing, trottete einer der Höllenhunde um die Ecke.

Ryan setzte sich in Bewegung, ein Schemen in der Nacht, und hatte einen Narkosepfeil gezogen, bevor der große Hund überhaupt wußte, daß er da war. Der Pfeil, ein Hochgeschwindigkeitsprojektil, flog lautlos durch die Luft. Ein weiterer befand sich in Ryans Hand, bevor der erste den Hund am Hals traf.

Ryan hatte seine Magie seit der Nacht auf der Leiter des Vergnügungsparkturms nicht mehr angewandt. Es tat gut, wieder Magie einzusetzen. Er erinnerte sich, wie er in jener Nacht gestürzt war und gegen den Cyberzombie Burnout gekämpft hatte. Und dabei zum erstenmal in seinem Leben unterlegen war. Der Gedanke hielt sich einen Augenblick in seinem Bewußtsein. Hatte er seinen Meister im Kampf gefunden? Er und Dunkelzahn hatten in jener Nacht beide verloren.

Aber das ist nur ein verdammter Hund. Er fiel über den Hund her, bevor dieser auch nur jaulen konnte. Ryan packte seine Schnauze und drückte zu, verschloß ihm das Maul und riß ihn in einer einzigen geschmeidigen Bewegung um. Kein Risiko. Das Tier hatte keine Möglichkeit, sich zu wehren. Ryan war zu schnell und zu stark. Er rammte dem Hund den zweiten Pfeil in den Hals, und er verlor das Bewußtsein.

Der ganze Vorfall hatte kaum länger als ein, zwei Sekunden gedauert.

Dann schleifte er den Hund von dem abgetretenen Pfad weg, bevor er Axler das Seil hinauf und über die Mauer folgte. Auf der anderen Seite landeten sie in einem grasbewachsenen Hof mit Tischen und Bänken. *So weit, so gut.* Der anvisierte Raum lag jenseits der Doppelglastür und eine Etage höher. Doch als Ryan und Axler den Rasen überquerten und die Tür öffnen wollten, fanden sie diese verschlossen vor.

Drek! Grind und McFaren sollten hier gewesen sein und die Tür geöffnet haben. Was kann ihnen zugestoßen sein?

Axler zuckte die Achseln und trat zur Seite, als Ryan sich an die Ausführung des Alternativplans machte – er würde das Schloß knacken. Doch das würde einige Zeit dauern, und Zeit war ein Luxus, den sie sich nicht leisten konnten. Er untersuchte das Schloß – ein einfacher Verriegelungsmechanismus, der von einem ID-Scanner gesteuert wurde. Die beste Möglichkeit bestand darin, die Verriegelung mit Säurepaste zu behandeln.

»Jane«, flüsterte Axler. »Die Tür ist verschlossen. Kannst du uns helfen?«

Durch das getönte Glas erblickte Ryan etwas auf der anderen Seite. Leute kamen. *Wachen?* Er trat blitzschnell neben die Tür und zog Axler mit sich, dann drückte er sich gegen die Mauer. Er konzentrierte sich, horchte auf das Geräusch der sich nähernden Schritte. Das grelle blau-weiße Licht der Scheinwerfer auf der Mauer fiel durch die Bäume und warf verzerrte Schatten auf die Tische und Bänke im Hof. Perfekte Deckung.

Ryan zog einen kleinen Spiegel aus seinem Gürtel und hielt ihn vorsichtig vor sich, so daß er die sich nähernden Gestalten sehen konnte. Es waren insgesamt vier, schwarz und rot uniformiert und mit irgendwelchen automatischen Waffen. Sie steuerten direkt auf die Doppeltür zu.

»Kämpfen oder abtauchen, Axler«, sagte Ryan. »Vier Wachmänner. MPs, leichte Körperpanzer, Schwerter. Wahrscheinlich ein Magier oder Schamane. Bereit?«

Axler seufzte, zückte ihre Ares Cascade und stellte die Mündung auf breite Streuung. Sie nickte.

»Okay, Chummer«, sagte sie, »laß uns jemandem kräftig in den Arsch treten.«

36

In ihrem virtuellen Stahlwürfel versuchte Jane das anhaltende Gefühl von Wunderland City abzuschütteln und sich ganz auf Grinds Input zu konzentrieren. Alices Forderung war leicht zu erfüllen und konnte bis nach dem Run warten, aber was Jane schwer zu schaffen machte, war das, was sie im Zuge ihrer Nachforschungen in bezug auf den Crash von '29 über Alice erfahren hatte.

Die einzige Alice, die je am Projekt Echo Mirage teilgenommen hatte, war eine gewisse Alice Haeffner. Es gab zwei Dinge, die Alice in diesem Zusammenhang irritierten. Das erste war ihr Nachname. Alice Haeffner erwies sich als die Ex-Frau von Dunkelzahns Vizepräsident, dem jetzigen Präsidenten der UCAS, Kyle Haeffner. Das zweite war noch unheimlicher: Alice Haeffner war tot. Sie war im Cyberkampf gegen das Virus getötet worden, das vor vierzig Jahren den weltweiten Computerabsturz verursacht hatte.

Jane holte tief Luft und schüttelte die virtuelle Gänsehaut ab. Es wurde Zeit, all das aus ihren Gedanken zu verbannen und sich mit dem Hier und Jetzt zu befassen. Im Augenblick stahlen sich Grind und McFaren unter dem Mantel der Unsichtbarkeit in sicherem Abstand hinter den vier Sicherheitsleuten durch den Flur zu der Tür, vor der Axler und Ryan warteten. Es waren drei Frauen und ein Mann, alle vier Elfen. Es waren nicht dieselben, die das Drachenherz gestohlen hatten, aber sie zweifelte nicht daran, daß sie zu den Mystischen Kreuzrittern gehörten.

Sie waren mit ähnlichen Uniformen bekleidet, wenn man davon absah, daß eine der Frauen ein Hundefell wie einen Kopfschmuck trug. *Muß eine Schamanin sein,* dachte Jane. Die anderen waren höchstwahrscheinlich Samurai oder *Ki*-Adepten wie Quecksilber. Die Datenbuchse in der Schläfe des Mannes besagte, daß er ein Rigger oder Decker sein mochte, aber der Mann trug außerdem eine ganze Palette von Messern bei sich und wenigstens drei Schußwaffen, die Jane durch Grinds Augen sehen konnte.

Glücklicherweise hatte keiner von ihnen sich bisher astral umgeschaut. Tatsächlich machten sie auf Jane einen übermäßig gelassenen Eindruck, als machten sie gerade eine Pause. Sie unterhielten sich auf Sperethiel.

Zuvor hatten Grind und McFaren in dem Raum mit dem hermetischen Kreis die beiden Wachen mit einer Kombination aus Magie und präzisen Kopfschüssen ausgeschaltet. Genau in diesem Augenblick hatte Lethe die astral projizierenden Gestalten der drei Magier festgesetzt, welche die afrikanische Skulptur untersucht hatten. McFaren hatte einen Maskierungszauber in dem Raum gewirkt, um ihn so aussehen zu lassen, als sei alles wie zuvor, wobei er einen seiner Elementare gerufen hatte, um den Zauber aufrechtzuerhalten.

Nun, da sie sich im Flur hinter den vier Mystischen Kreuzrittern verbargen, flüsterte Grind: »Jane, irgendwelche Vorschläge, wie wir diese Truppe loswerden können?«

»Laßt sie die Tür öffnen«, sagte Jane. »Wir können nur hoffen, daß sie Axler und Quecksilber nicht sehen.«

»Das gefällt mir nicht. Sie haben dienstfrei, glaube ich. Wahrscheinlich gehen sie nach draußen, um eine Pfeife zu rauchen oder einen Tee zu trinken oder was, zum Teufel, Müslifresser in ihrer Pause eben tun.«

»Ich glaube nicht, daß wir versuchen sollten, sie auszuschalten«, sagte Jane. »Zu riskant. Zu viel Lärm, wenn einer dazu kommt, einen Schuß abzugeben.«

»Ich kann einen Lautlosigkeitszauber gegen sie wirken«, sagte McFaren, »aber dabei könnten wir sichtbar werden. Die hohe Hintergrundstrahlung hier macht meine Magie ein wenig unberechenbar.«

Axlers Stimme kam durch. »Jane, ich brauche *Anweisungen*. Sie sind fast an der Tür.«

Drek, Drek, Drek. Nicht genug Zeit, um es vernünftig zu planen.

»Okay«, sagte sie. »McFaren, Lautlosigkeitszauber, wenn sie die Tür öffnen. *Nicht* vorher. Axler, du ...«

»Zu spät«, sagte Axler. »Sie öffnen gerade die Tür.« Axler drehte sich, und durch ihre Augen sah Jane, wie sie die Cascade hochriß.

Eine der Samurai rief eine Warnung, doch ihr Ruf verursachte keinen Laut. Als sie ihre Kanone zog und Anstalten machte, aus dem Weg zu springen, hatte sie bereits eine Ladung aus der Cascade abbekommen. Die Waffe war auf breite Streuung eingestellt, und alle vier Wachen wurden getroffen.

Neben Axler schoß Ryan mit seiner schallgedämpften Pistole. Gelgeschosse, wie Jane erkannte, um sie zu betäuben und die Anzahl der Todesopfer so gering wie möglich zu halten. Zuerst ging die Hundeschamanin zu Boden, als sie von einem der Geschosse am Hals getroffen wurde.

Der Mann wich zurück und riß mit unmenschlicher Geschwindigkeit seine Waffe hoch. Der Laserzielpunkt zuckte für einen Sekundenbruchteil über Axlers Brust, bevor Ryans zweite Kugel seine Hand traf und der Schuß sein Ziel verfehlte. Gut und schön, aber Jane fragte sich, wieviel Lärm die Kugel machen würde, wenn sie die Wand traf.

Die ganze Szene war wie ein SimSinn-Spiel, bei dem der Ton abgestellt worden war. Im wirklichen Leben war das Gefecht nach wenigen Augenblicken vorbei. Nach weiteren zwei Minuten hatte Ryan der gelähmten Hundeschamanin eine Paßkarte abgenommen und sie zusammen mit den drei anderen in den Büschen versteckt.

Janes Schachfiguren waren wieder in Position; im Gebäude und unter dem Schutz eines neu gewirkten Unsichtbarkeitszaubers. Unterwegs zu dem Raum, in dem das Drachenherz aufbewahrt wurde.

Da meldete sich Ryan. »Lethe sagt, wir müssen uns beeilen. Ein paar Geister haben uns entdeckt.«

37

Während Ryan lautlos den Flur entlang ging, wechselte er auf astrale Wahrnehmung. Er sah das transparente Flimmern Lethes, aber kein Zeichen feindlicher Geister. »Wo sind sie?« fragte er.

»Ich habe sie auf ihre Heimatebenen verbannt«, sagte Lethe. »Dort sind sie ohnehin glücklicher.«

Janes Stimme ertönte in Ryans Ohr. »Was ist los?« fragte sie.

»Lethe hat die Geister gebannt. Aber ihre Abwesenheit wird ihre Gebieter alarmieren.«

Die Gruppe beschleunigte ihre Schritte und eilte schnell und leise vorwärts – wenngleich nicht so leise, wie Ryan es gern gesehen hätte. Ihm wurde klar, daß diese Runner gut waren, aber nicht so wie er dem Lautlosen Weg folgten. Der Magier, McFaren, war, was die Verstohlenheit betraf, kein Experte, und Grind war mehr Kämpfer als Dieb. Ohne den Unsichtbarkeitszauber wären diese beiden mittlerweile tot gewesen. Und das konnte Ryan nicht zulassen. Er brauchte den Magier, um den Hüter zu durchdringen, der das Drachenherz schützte.

»Die Tür links – die Treppe«, sagte Axler. »Wir gehen eine Etage höher. Standardformation.«

Standardformation hieß, Ryan an der Spitze, dahinter Axler und McFaren und Grind als Nachhut. Ryan öffnete die Tür zum Treppenhaus, die zu seiner Überraschung nicht verschlossen war. Er bemerkte jedoch, daß die Tür von der anderen Seite verschlossen gewesen wäre. Jeder im Treppenhaus benötigte eine Paßkarte und einen Code, um es wieder zu verlassen. Ryan zog Klebeband aus einer Tasche und klebte einen Streifen über den Riegel. Ein alter Trick, aber er war einfach und funktionierte.

Ein rascher Blick zeigte ihm, daß niemand auf der Treppe war. »Klar«, sagte er, dann schlich er vorwärts. Er sah Überwachungskameras und Schienen für Drohnen. Treppenhäuser waren räumlich eng, und Konzerne brachten darin mit Vorliebe Killer-Drohnen an.

Ich kann nur hoffen, die Unsichtbarkeit hält an.

Ryan brauchte sie nicht für sich. Er hatte seine eigene Magie, die ihm half, mit seiner Umgebung zu verschmelzen. Er hielt seine schallgedämpfte Walther PB-120 bereit und nahm langsam und stetig eine Stufe nach der anderen, bis er vor einer Tür mit der Aufschrift ›1. Etage: Thaumaturgische Forschung‹ stand.

Er begutachtete das Schloß, während die anderen hinter ihm eintrafen. Er wußte, daß ihre Astralbilder in dem dunklen Treppenhaus wie Leuchtfeuer aussehen würden, und hoffte, daß keine Geister in der Nähe waren. Er zückte die Paßkarte, die er der Hundeschamanin abgenommen hatte, und steckte sie in das Magnetschloß.

Das Schloß akzeptierte die Karte und sagte dann mit einer generischen Männerstimme: »Bitte Paßcode eingeben.« Ryan nahm den kleinen Empfänger von Axler und stöpselte dessen Datenkabel in die Buchse des Lesegeräts. »Einheit angeschlossen«, flüsterte Ryan. »Jane?«

Doch bevor Jane antwortete, hörte Ryan das Klicken, als das Schloß sich öffnete. »Zieh den Stecker, Ryan«, sagte Jane. »Der Code lautet R4N54CK.«

»Verstanden.«

Sie gingen durch die Tür und betraten den dunklen Flur dahinter. Ryan folgte nun Lethe. Der Geist leuchtete ein wenig heller, obwohl Ryan nicht wußte, warum. Vielleicht tat Lethe das absichtlich, damit er leichter zu erkennen war. Oder vielleicht reagierte er auch auf die Nähe des Drachenherzen. Ryan führte die anderen den Flur entlang. Ihre Schritte waren ein kaum hörbares Wispern, da sie sich so leise wie möglich bewegten.

Lethe blieb kurz vor der Kreuzung mit einem anderen Flur stehen, der von links kam. »Hier entlang«, sagte Lethe. »Aber dort sind Wachen.«

Ryan bedeutete den anderen, stehenzubleiben und sich lautlos zu verhalten, dann zückte er wieder seinen kleinen Spiegel und warf mit seiner Hilfe einen Blick um die Ecke. Zwei Elfen standen vor einer Doppeltür. Sie trugen Körperpanzer und darüber eine schwarz-rote Uniform. Ryan wandte sich an Axler: »Zwei Wachen«, sagte er. »Aufmerksam und mit MPs und Supersquirts bewaffnet. Außerdem Kameras und eine verschlossene Doppeltür.«

»Von hier aus wird es nicht ohne Alarm abgehen«, sagte sie.

»Ja, aber laß uns trotzdem versuchen, sie ohne Lärm auszuschalten.«

»Einverstanden«, sagte Axler. »Fertig? Bei drei, zwei, eins ... Los!«

Ryan und Axler traten um die Ecke, und Axler schoß mit ihrer Cascade. Die Chemikalie besprühte die beiden Elfen, bevor sie reagieren konnten. Ryan wartete ab, bis er ihre Reaktion sah. Einer brach sofort zusammen. Der andere griff nach seiner Waffe, da seine Reflexe offenbar verdrahtet waren.

Ryan konzentrierte seine Magie darauf, die Hand des Mannes beiseite zu schlagen, und landete seinen Distanzschlag. Die Hand des Elfs wurde weggerissen und prallte gegen die Tür hinter ihm. Dann wirkte die Chemikalie, und er fiel auf seinen Kameraden.

Der Zeitablauf schien sich zu verlangsamen, als Ryan so schnell wie möglich zu der Doppeltür lief. Die Türen bestanden aus Panzerstahl und würden schwer aufzubrechen sein. Besser, sie kamen hinein, bevor der erste Alarm ertönte. Er schob die Karte der Hundeschamanin in den Schlitz des Schlosses und tippte den Code in der Hoffnung ein, daß sie Zugang hatte.

Natürlich klickte das Schloß, und die Türen öffneten sich. *Muß mein Glückstag sein.* Plötzlich dachte er an Nadja und erinnerte sich daran, was Dunkelzahn darüber gesagt hatte, daß sie irgendwie miteinander verbunden waren. *Daran darf ich nicht denken*, sagte er sich. *Nicht jetzt. Nicht bevor dies alles vorbei ist.*

Dann waren sie hindurch und schlossen die Türen hinter sich. Axler und Grind zerrten die Wachen hinein. Jetzt war es höchstens noch eine Frage von Minuten, bis es Alarm geben würde und sie sich einer gewaltigen Anzahl dieser Wachen gegenübersahen.

Der Flur jenseits der Doppeltür war etwa zwanzig Meter lang und wies auf beiden Seiten je zwei Türen auf, die vermutlich in Labors führten. Die Türen waren aus Metall mit kleinen Fenstern aus Plexan in Kopfhöhe. Am Ende verbreiterte sich der Flur zu einer Art Kantine mit Verkaufsautomaten und Stühlen. Riesige Fenster gingen auf den Fluß hinaus.

Lethe führte Ryan zur letzten Tür auf der linken Seite. Die Paßkarte der Hundeschamanin öffnete auch diese Tür, und Ryan wollte schon eintreten, als McFaren die Hand hob. »Warte«, sagte er. »Der ganze Raum wird durch einen Hüter geschützt, und so einen habe ich noch nie gesehen. Er ist mit Zaubern überladen, und alle sind verankert. Es sieht so aus, als würde der Hüter hochgehen wie eine verdammte Manabombe, wenn etwas ihn anspricht. Wahrscheinlich würde das verdammte Ding jedes Lebewesen in seiner näheren Umgebung töten oder schwer verwunden. Ziemlich heikel.«

Es hörte sich heikel an. Ganz zu schweigen von gefährlich. »Kannst du ihn knacken?« fragte Ryan.

McFaren machte sich daran, den Hüter zu untersuchen. Ryan sah im Astralen zu, wie sich die Aura des

Magiers von seinem Körper löste und das glasig blaue Leuchten des Hüters umkreiste. Nach fast einer Minute kehrte McFarens Astralform wieder in den Körper zurück. Er sah Ryan an und schüttelte zögernd den Kopf. »Das ist sehr anspruchsvolle Magie«, sagte er. »Ich könnte ein Loch in den Hüter bohren, aber dabei würde er wahrscheinlich explodieren und uns alle töten.«

»Jane, irgendwelche Ideen?«

Jane antwortete kurz angebunden. »Was ist mit Lethe?«

Ryan sah den Geist an. »Kannst du uns hineinbringen?«

»Ich glaube schon«, sagte Lethe. »Aber ich weiß nicht, ob der Hüter dabei explodiert.«

»Was ist, wenn du McFaren hilfst?«

»Es ist einen Versuch wert.«

»Dann los«, sagte McFaren. »Wir haben nicht viel Zeit.«

McFaren setzte sich mit dem Rücken zur Wand, dann erschlaffte sein Körper, als sich seine Astralform erhob. Ryan sah zu, wie McFaren und Lethe Magie wirkten, die das reflektierende Blau schwächen sollte, wie Energiefäden das Leuchten des Hüters verdunkelten und dann die Oberfläche beugten, bis sich die Form des Hüters rings um den Eingang zum Labor verzerrte.

Es war ein ziemlich komplexer magischer Schutz, dessen war sich Ryan bewußt. Das Drachenherz mußte extrem wertvoll sein, um diesen Aufwand zu rechtfertigen.

Zwei lange Minuten verstrichen, in denen sie darauf warteten, daß Lethe und McFaren fertig wurden. Schließlich meldete sich Jane. »Ein lautloser Alarm wurde ausgelöst. Wie weit seid ihr?«

»Wie lange noch?« fragte Ryan den Magier.

»Wir sind fast fertig«, sagte McFaren. »Ich kann es nicht glauben, aber wir sind fast durch. Stell es dir so vor wie das Entschärfen einer Bombe. Wir dürfen nichts übereilen, sonst ... Peng!«

»Hast du das mitbekommen, Jane?«

»Ja«, sagte sie. »Ihr habt noch drei Minuten bis zum Abbruch des Runs. Wiederhole, drei Minuten bis zum Abbruch.«

»Verstanden. Drei Minuten.«

Zwanzig Sekunden später waren sie durch. McFarens Körper hockte immer noch zusammengesunken auf dem Boden, während Grind vor ihm stand. Ryan ging durch die Tür und betrat den Raum. Es war ein großer Raum mit Tischen und Bänken, in die geheimnisvolle Symbole geschnitzt waren. Winzige Skulpturen, Federn und Knochen lagen überall herum. Bücher und Folianten, sowohl alte als auch neue, waren an allen vier Wänden in Regalen bis zur Decke gestapelt.

Ein langsam blinkendes Rotlicht zeigte an, daß die Sicherheitskamera in Betrieb war. Doch Ryan hatte keine Zeit für Verstohlenheit oder andere Maskierungsversuche. Er sah sich um. »Wo ist es?« fragte er. »Wo, zum Teufel, ist es?«

Lethe antwortete. »Ich kann es spüren, aber es ist nicht hier draußen. Es ist in einer kleinen Kammer unter einer der Bänke.«

»In einer kleinen Kammer? Du meinst, in einem Tresor?«

»Was ist ein Tresor?«

»Eine kleine Kammer mit dicken Metallwänden und ...«

»Ja, genau.«

»Einfach großartig«, sagte Ryan.

»Ist das gut?«

»Nein, ich bin nur sarkastisch. Du weißt, was Sarkasmus ist?«

»Nein.«

»Schon gut. Ich erkläre es dir später. Wenn wir hier lebend rauskommen.«

Ryan fand den Tresor in der Wand. Er war nicht groß, hatte aber ein kompliziertes elektronisches Schloß. Er hoffte, daß Jane es öffnen konnte. Axler gab ihm wieder den Empfänger.

»Jane?« sagte Ryan. »Bist du bereit?«

»Stöpsel mich ein.«

Er schob das Datenkabel in die Buchse und wartete.

»Wir bekommen Gesellschaft!« ertönte Grinds Stimme von draußen, wo er McFaren bewachte. »Augenblick. Jetzt sind sie verschwunden.«

»Was?«

»Eine ganze Ladung Feuerelementare. Sie haben sich manifestiert und wollten mich grillen. Dann sind sie einfach verschwunden.«

»Danke, Lethe«, sagte Ryan. »Er muß sie gebannt haben.«

»Ich hab's«, sagte Jane. »Öffne die Tür.«

Ryan zog an dem Stahlgriff und stellte fest, daß die Tür sich leicht öffnen ließ. Er schaute hinein und sah das Drachenherz im untersten Fach, umgeben von kleinen Talismanen – Juwelen, Edelsteine und kleine Schnitzereien. Das Drachenherz war größer, als er erwartet hatte, drei-, viermal so groß wie ein menschliches Herz, und bestand aus einem mattgoldenen Metall, das er sofort erkannte. Orichalkum, eine magische Verschmelzung aller wahren Elemente. Das Herz leuchtete im Astralen wie eine kleine Sonne aus Weißgold, und sein Anblick hinterließ einen tiefen Eindruck in Ryan. Es reichte tief in seine Seele hinein und löste etwas aus.

Ich muß es haben, dachte er. *Es gehört mir. Das weiß ich jetzt. Dunkelzahn wollte die ganze Zeit, daß ich es bekomme.*

Ryan wußte insgeheim, daß der Tresor mit einem Hüter gesichert war, aber er konnte sich nicht beherrschen, konnte nicht warten, sondern streckte die Hand aus, um das Drachenherz zu nehmen.

»Nicht, Ryan ...« Axlers Warnung kam zu spät.

Als Ryans Hand in die Ebene des Kreises eindrang, den die Talismane bildeten, durchbrach er den Hüter. Feuer schoß durch seinen Arm wie Napalm, als sich seine Finger um das Drachenherz schlossen. Die Flammen breiteten sich auf seinen ganzen Körper aus und hüllten ihn in ein weißglühendes Feuer, das ihn verbrannte.

Schmerzen durchzuckten Ryan, als das Feuer das Fleisch seines Arms bis auf den Knochen verbrannte. Sein ganzer Körper knisterte, er stand kurz davor, in winzige Stücke aus Knochen und Sehnen gesprengt zu werden, die alle vom magischen Feuer verzehrt würden.

Das war es, dachte er. *Das ist das Ende.*

Plötzlich prallte Axler gegen ihn und schleuderte ihn weg von dem Tresor und auf den Boden. Einen absurden Moment lang starrte er auf seinen verbrannten Arm und roch den überwältigenden Gestank nach verbranntem Fleisch, dann sah er, daß die Knochen seiner Hand noch immer das Drachenherz umschlossen.

Ich habe es!

Ryan versuchte die Schmerzen zu verdrängen, aber sie waren zu stark. Die Verletzung war zu groß.

Da durchzuckte ihn eine Woge der Kraft. Adrenalin? Magie? Die Schmerzen wichen der Euphorie der Wandlung, die er durchlief. Als würde er sterben. Seine Seele erhob sich aus seinem Körper. Ihm wuchsen Flügel. Er veränderte sich.

Das Drachenherz.

Die Kraft kam sowohl aus ihm selbst als auch aus dem Herz. Es heilte ihn völlig. Seine Schmerzen waren ausgelöscht. Die Erschöpfung war verschwunden, und seine Wunden – die Verbrennungen – waren in einer Woge der Magie geheilt.

Ryan sprang auf und ging zu Axler. »Laß uns verschwinden«, sagte er.

»Wa ... Was ist gerade passiert?« fragte sie. »Ich dachte, es hätte dich erwischt.«

Ryan zuckte die Achseln. »Das Drachenherz«, sagte er, als sei das die beste Erklärung, die er anzubieten hatte.

»Seid ihr mit dem Herumtrödeln fertig?« rief Grind aus dem Flur. »Ich sagte doch, wir haben Gesellschaft.«

»Wir kommen«, sagte Axler, dann warf sie Ryan einen fragenden Blick zu.

Ryan spürte, wie das Herz ihn mit einem Energieschub versorgte. Widerstrebend verstaute er es in dem Nylonbeutel an seinem Gürtel. Dann folgte er Axler, die sich jetzt langsamer zu bewegen schien. Als sie den Flur betraten, hörten sie ein lautes Krachen.

Die Metalltüren erbebten. »Jane hat die Codes verändert und sie ausgesperrt«, sagte Grind. »Aber die Türen halten nicht ewig.«

»Jane«, sagte Ryan. »Wir haben das Drachenherz. Bring uns hier raus.«

»Verstanden«, ertönte Janes synthetisierte Stimme. »Wartet den Fluchtplan ab.«

Eine weitere Explosion erschütterte das Gebäude, und als Ryan zu den großen Metalltüren herumfuhr, verbogen sie sich mit einem ohrenbetäubenden Kreischen in den Angeln. Eine Wolke aus Flammen und Rauch wallte durch die beschädigten Türen in den Flur.

»Jane«, sagte Axler, »hast du eine Vorstellung von der Opposition?«

»Keine genaue. Meiner Schätzung nach ist es ein Kader der Mystischen Kreuzritter.«

Grind hob den immer noch schlaffen McFaren auf und eilte dicht gefolgt von Ryan und Axler in die Kantine. Sie mußten so schnell wie möglich aus der Schußlinie.

»Ein Kader?«

»Zwanzig. Gut bewaffnet und ausgebildet.«

Wie auf ein Stichwort traten fünf Krieger in militärischer Rüstung durch den Rauch. Sie trugen Helme mit integrierter Gasmaske, und die ersten drei waren mit Minikanonen bewaffnet, die auf Schulter-Gyros montiert waren. Die Minikanonen surrten und schossen. Ein jaulender Kugelhagel fegte durch den Flur, zerfetzte den Boden und sprengte faustgroße Löcher in die Kantinenfenster.

»Wir sitzen ernsthaft im Drek, Jane!« schrie Axler. »Bring uns sofort hier raus, verdammt!«

38

In ihrer Kammer in der *Teocalli* von San Marcos starrte Lucero das Bild ihres nackten Körpers in dem großen Spiegel an. Früher war sie einmal schön gewesen, vor den Narben und ihrer Sucht nach Blut, ihrer Sklaverei gegenüber dem dunklen Fleck auf ihrer Seele.

Ihr Kopf war kahl, dunkelbraune glattrasierte Haut. Die Form ihres Schädels war zierlich und schön, wie die eines Eis. Ihr Gesicht war gleichermaßen makellos. Große Augen von der Farbe abgenutzten Leders, mit der Zeit verblaßt, aber widerstandsfähig und stark. Ihre schmale Nase war zierlich, der Mund voll.

Unterhalb des Halses war ihre braune Haut jedoch ein Flickenteppich von Narben. Tiefe Runen, als hätten eingeritzte Tätowierungen ihre Tinte ausgeblutet. Sie bedeckten Arme und Schultern, Brüste und Bauch, Rücken und Gesäß, Oberschenkel und Waden. Eine derartige Verunstaltung war eine abscheuliche und unnatürliche Sache.

Für einen kurzen Augenblick konnte sie die Frau sehen, die sie gewesen war, bevor Oscuro neue Verwendungen für sie gefunden hatte. Sie sah die strahlenden intelligenten Augen, die glatte, junge Haut, die sich straff über dem Bauch spannte. Makellos und geschmeidig. Sie stellte sich vor, wie es gewesen war, die zarte Berührung eines Mannes oder einer Frau zu spüren. Begehrt zu werden.

Der Augenblick verstrich – eine Wolke vor der Sonne.

Ein Tempeldiener streckte den Kopf durch die Tür. »Señor Oscuro ist bereit für dich«, sagte er.

Lucero drehte sich um. Sie würde zu Oscuro gehen, dem düsteren Mann mit der schwarzen Seele, der so finster war, daß seine Aura ein Durcheinander leerer Stellen war. Sie würde zu ihm gehen und sich von ihm mit Blut in Versuchung führen lassen, und das würde sie nur aus einem einzigen Grund tun. Sie wollte an den Ort des Lichts und des wunderbaren Lieds zurückkehren. Er würde sie wieder dorthin schicken, und vielleicht konnte sie diesmal bleiben.

Ganz tief in ihrem Innersten wußte sie, daß Oscuro jenen Ort zerstören oder zumindest so grundlegend verändern wollte, daß seine Schönheit dahin war, aber das konnte sie nicht verhindern. Sie mußte gehorchen und hoffen, daß die Göttin des Lieds die Oberhand behalten, daß die Musik den Makel von Luceros Blut fortspülen würde.

Wie zuvor folgte sie den Dienern ins Sanktuarium, und wie zuvor wartete Señor Oscuro am Altar auf ihre Ankunft. Sie richtete ein stummes Gebet an Quetzalcóatl, als sie an seiner Skulptur vorbeikam, in dem sie ihn bat, sie von ihrer Sucht zu befreien. Sie wieder schön zu machen, bevor sie starb. Denn sie wußte, daß sie anfällig für das Blut war, das Oscuro benutzen würde. Sie würde vor Verlangen nach seinem Geschmack erbeben, und ohne Hilfe würde sie ihm nachgeben.

Oscuro führte sie auf den Altar und gebot ihr, sich hinzulegen. Dann hörte Lucero den Singsang der Gestalt, und dann fiel ihr wieder ein, daß die Blutmagier im Scheitelpunkt des Tempels ein Ritual vollzogen. Sie hatten sich versammelt, um Luceros Macht zu stärken. Nachdem sie so lange zu ihnen gehört hatte, war es ein merkwürdiges Gefühl, der Gruppe jetzt so nahe und doch nicht in der Lage zu sein, sich ihr anzuschließen.

Sie wußte, wie sie aussahen, zehn Menschen in Zeremoniengewändern, die im Kreis saßen. Ihre Haut war wie die ihre vernarbt, wo sie sich geschnitten hatten, um der Blutmagie Kraft zu verleihen. Während sie dasaßen und sangen, waren sie durch Röhren miteinander verbunden, durch die das Blut durch die ganze Gestalt frei von einem zum anderen fließen konnte, so daß die Blutmagier zu einer einzigen astralen Wesenheit verschmolzen, zu einer magischen Kreatur, welche die Summe ihrer vereinten Macht war.

Ein Teil von Lucero sehnte sich noch immer nach den Zeiten, als ihr Blut eins mit der Gestaltwesenheit geworden war. Ein Teil von ihr sehnte sich noch immer nach dieser Macht. Doch die Gestalt-Blutmagier wußten nichts von dem Lied. Sie hatten nicht an der Schönheit des Lichts teil. Vielleicht waren sie schon zu sehr vernarbt, um überhaupt noch Schönheit zu sehen.

Die Lautstärke des Singsangs nahm zu, während sie auf dem Steinaltar lag. Die rhythmischen Stimmen wurden lauter, als sie in Trance fiel und in die dunkle Umarmung sank, in den Abgrund von Oscuros Zauber.

Als sie die Augen öffnete, stürzte die Schönheit auf sie ein, und sie wurde mit der wunderbaren Helligkeit konfrontiert, die von der Göttin ausstrahlte. Das Lied erfüllte Lucero mit seiner ganzen Pracht, durchdrang jede Pore ihrer verstümmelten Haut, um ihre Schönheit wiederherzustellen. Sie fühlte sich wieder jung und rein.

Doch das Licht konnte den schwarzen Fleck in ihrem Herzen nicht durchdringen. Sie wollte, daß es den bodenlosen Brunnen ihres Makels ausfüllte, aber das vermochte es nicht. Kurz darauf spürte sie die Kraft des Rituals der Blutmagier in sich und das zusätzliche Mana des großen Obsidiansteins. Des Locus, der noch nicht vollkommen aktiv war.

Der Fleck in ihr wuchs, breitete sich wie eine Infektion in dem reinen Weiß aus, wie eine Pestilenz über ein makelloses Land. Schon konnte Lucero ihre Füße auf dem harten rissigen Gestein sehen. Das Licht zog sich ein paar Meter rings um sie zurück, während sie von der Kraft des Blutes durchpulst wurde. Sie war wieder stark, Teil eines größeren Ganzen.

So hatte sie sich nicht mehr gefühlt, seit sie ihre Kräfte verloren hatte und aus der Gestalt verbannt worden war. Jetzt war sie wieder eine von ihnen – der Brennpunkt ihrer Macht.

Die Dunkelheit wuchs und wuchs, bis Lucero bemerkte, daß sie sich innerhalb des schwarzen Kreises bewegen konnte. Sie hörte die abscheulichen Schreie und das Stöhnen der Kreaturen, die jenseits des Abgrunds von dem Lied gelähmt wurden. Sie lechzten nach Luceros Erfolg. Sie wollten die Göttin in Stücke reißen. Der finstere Teil von Lucero verstand ihre Begierden.

Plötzlich erschien Señor Oscuro in ihrem Kreis. Er stand neben ihr und schirmte mit einer Hand seine Augen vor dem Licht ab. Die sich ausbreitende Dunkelheit schaffte den nötigen Platz, so daß er herüberkommen konnte. Oscuro verzog vor Schmerzen das Gesicht, als die wunderbare Musik an seine Ohren drang, obwohl sie hier im Zentrum des schwarzen Kreises gedämpft und schwach war.

Er murmelte irgend etwas, und ein Akoluth erschien – ein Junge von etwa dreizehn Jahren. Oscuro zog ein obsidianschwarzes Zeremonienschwert – ein *Macauitl*. Der Akoluth stand benommen da, betäubt durch Magie. Oscuro schwang das Schwert und durchtrennte den Hals des Jungen mit einem sauberen Hieb. Der Kopf des Jungen fiel zu Boden, und Blut spritzte aus dem Hals und ergoß sich über den Boden, als der Körper zusammenbrach.

Lucero sah fasziniert zu, wie Oscuro den Jungen an den Füßen herumzerrte und einen Kreis mit seinem Blut beschrieb. Das Lied wurde leiser, als der Kreis durch das Blut zwei weiterer Akoluthen verstärkt wurde, bis Lucero es von ihrem Platz in der Mitte des schwarzen Flecks kaum noch hören konnte.

Sie spürte, daß sie weinte. Sie zerstörte Schönheit, womöglich sogar das Wesen der Güte selbst. Sie entstellte die Erde unter ihren Füßen, wie sie sich selbst entstellt hatte. Wie sie ihre Schönheit zerstört hatte. Für sie war es bereits zu spät, das wußte sie jetzt. Und bald, wenn Oscuro seinen Willen bekam, würde es auch für den Rest der Welt zu spät sein.

39

Ryan duckte sich hinter einer Ecke am Ende des Flurs, während Kugeln Löcher in die Wand auf der anderen Seite schlugen und die Fenster zu seiner Linken zerschmetterten. Der Lärm war ohrenbetäubend, als gehe ein Wolkenbruch von Steinen nieder. Rauch und Trümmer erfüllten den Raum und erschwerten die Sicht.

Ryan spürte, wie ihn die überwältigende Macht des Drachenherzen durchpulste. Es hatte seinen verbrannten Arm geheilt und ihn stärker und schneller gemacht. Seine *Ki*-Adepten-Fähigkeiten verstärkt. Er wollte es mit der ganzen Armee aufnehmen. Er fühlte sich unverwundbar, obwohl sein Verstand wußte, daß das nicht stimmte. Der Lautlose Weg lehrte, daß Verstohlenheit immer die beste Methode war, doch wenn sie versagte, hielt Ryan sich an Strategie und Kraft.

Flucht war im Augenblick die beste Strategie, aber der einzige Ausgang wurde vom sicheren Tod in Gestalt der Minikanonen in den Händen der Mystischen Kreuzritter versperrt. Was hielt Jane so verdammt lange auf? Plötzlich fielen nicht weit von Ryan und Axler entfernt Tränengasgranaten auf den Boden.

Eine androgyne Stimme bellte aus dröhnenden Lautsprechern. »Werfen Sie die Waffen weg und ergeben Sie sich. Sie haben zehn Sekunden, dieser Aufforderung nachzukommen.«

Jane meldete sich. »Bleibt von dem Flur weg!« schrie sie in sein Ohr.

»Ohne Drek«, rief Axler. »Sie haben Minikanonen.«

»Dhin ist dabei ...«

Durch das Fenster, das auf den Park und den Fluß hinausging, sah Ryan den Hubschrauber, der wie ein

Fahrstuhl langsam von der Etage darüber heruntersank. Es bedurfte bemerkenswerter Steuerkünste, um ihn so nah an der Mauer zu halten, ohne daß die Rotorblätter den Beton kratzten.

Ryan hechtete aus dem Weg, als der kreisrunde Lauf der Autokanone des Hubschraubers in ihre Richtung schwang. Axler und Grind zerrten den immer noch schlaffen McFaren in die nächste Ecke. Im Astralen schien es so, als arbeiteten McFaren und Lethe noch immer daran, das Loch zu schließen, welches sie in den Hüter des Forschungslabors gebohrt hatten. Ryan begriff nicht genau, was sie da eigentlich taten, aber er wußte, daß sie vorsichtig sein mußten, um eine Manaexplosion zu verhindern.

»Ich hoffe, ihr seid in Deckung«, ertönte Dhins Stimme, »weil es jetzt rundgeht.«

Ein ohrenbetäubendes Donnern erfüllte den Raum, als ein Geschoßhagel aus der Autokanone das Fenster zerschmetterte. Die Minikanonen antworteten, stotterten aber nur ein- oder zweimal, bevor sie wieder verstummten.

Ryan benutzte seinen Spiegel, um sich einen Überblick über die Situation im Flur zu verschaffen, konnte aber lediglich Rauch und Trümmer sehen. Schlaffe und reglos daliegende Leiber, deren schwarz-rote Rüstungen voller blutender Löcher waren. Er sah auch Bewegung, Schatten im Rauch, konnte aber nichts Konkretes erkennen.

»Sie sind entweder tot oder ziehen sich zurück«, sagte Dhin. »Steigt ein! Sofort!«

Ryan zückte eine Rauchgranate und warf sie in den Flur, so daß die Sicht noch schlechter wurde. Gleichzeitig lief Axler mit einem Enterhaken in der Hand zu dem zerstörten Fenster. Sie holte aus und warf ihn durch die offene Luke des Kopters. Der Anker verhakte sich hinter einer Sitzbefestigung.

»Perfekt«, sagte sie. »Es geht los. Grind, du zuerst.«

Dhin steuerte den Hubschrauber ein wenig weiter von der Mauer weg und etwas höher, während sich Grind am Seil entlanghangelte. Keine Probleme so weit. Als nächstes kam McFarens schlaffe Gestalt an die Reihe. Axler band dem Magier das Seil in einem improvisierten Geschirr um Brust und Hüfte, um ihn in der Balance zu halten. Grind zog ihn hoch.

Zwei draußen, zwei übrig.

Jane meldete sich. »Ich habe ein Smartframe im Host der Feuerwehr abgesetzt. Dort glauben sie, daß das Gebäude brennt. Ihr habt also bald Gesellschaft. Das müßte die Sicherheit ablenken.«

Schußwaffen wurden durch den Rauch abgefeuert, als Axler das Seil erklomm. Eine Kugel traf sie in den Oberschenkel, und die Wunde öffnete sich wie eine rote Blüte. Ryan sah, wie sie am Seil zusammenzuckte und für einen Sekundenbruchteil zu fallen drohte, bevor sie sich wieder fing. Mit offensichtlichen Schmerzen hangelte sie sich weiter zum Hubschrauber hoch.

Mit ansehen zu müssen, wie Axler getroffen wurde, ließ kalte Wut in Ryan aufsteigen. Energie durchpulste ihn, als er sich dem Flur zuwandte. Er konnte die Angreifer in der physikalischen Welt nicht sehen, aber er spürte ihre astrale Anwesenheit. Er schöpfte aus der Kraft des Drachenherzen, als er einen telekinetischen Schlag gegen sie landete, der sie hoch in die Luft und gegen die Wand schleuderte. Er schlug einen, dann noch einen und noch einen Elf, bis sechs bewußtlose Elfen in dem Durcheinander aus Trümmern und Rauch lagen.

Sirenen ertönten wie aus großer Ferne. Ryan drehte sich um und sah zwei Rettungshubschrauber neben Dhins Maschine, die nachsehen wollten, ob sie bei der Evakuierung behilflich sein konnten.

»... kannst du mich hören, Ryan?«

»Was?«

»Ich rufe dich schon die ganze Zeit.« Das war Axlers Stimme. »Ich bin oben. Du bist der letzte. Beeil dich! Bevor sie eine Rakete auf den Hubschrauber abschießen oder irgendwas in der Art.«

Ryan schüttelte den Kopf. Er hatte nichts gehört. Er hatte sich auf Rache konzentriert. *Das Drachenherz beeinflußt mich.*

Er drehte sich um und packte das Seil.

Lethe tauchte neben ihm im Astralraum auf. »Sag ihnen, sie sollen wegfliegen!«

»Was?«

»Der Hüter wird explodieren.«

»Dhin, sofort weg von hier! Hochziehen und los. Sofort! Das ganze Gebäude fliegt gleich in die Luft!«

Das Kreischen der Rotorblätter steigerte sich, als der Hubschrauber an Höhe gewann und sich von dem Gebäude entfernte. Er zog Ryan mit, der wie eine Spinne an dem dünnen Seil hing. Er hielt sich fest und beobachtete den Flur. Er konnte ein paar Gestalten im Astralraum erkennen. Noch mehr Elfen in Kampfrüstung.

Ein blauer Blitz erhellte den Himmel, als der Hüter explodierte. Er war wie ein perfekter Toroid geformt – ein Ring aus magischer Macht. Die vorderste Welle traf die ahnungslosen Elfen und löschte sie aus. Ihre sich ausdehnenden Leiber platzten aus ihren Rüstungen und explodierten. Die Welle zerschmetterte Mauern und schleuderte Mobiliar durch die zerstörten Fenster.

Ryan beobachtete die sich ausbreitende Welle im Astralen, die auf ihn zuschoß wie eine Wand aus brodelnder weißer Seide. Er versuchte, die Augen vor dem Hagel aus zerfetzten Körperpanzern, atomisierten Leibern und Mananadeln zu schützen. Doch die Welle verlief sich, je weiter sie sich ausdehnte, so daß sie nur noch ein intensives Schmerzgefühl in Ryan hervorrief, als sie ihn traf. Er biß auf die Zähne zusammen und klammerte sich unter dem beständig steigenden Hubschrauber an seinem hin und her schwingenden Seil fest in der Hoffnung, daß Dhin gut genug war, um ihn von den wirbelnden Rotorblättern der Rettungshubschrauber fernzuhalten.

Als sich die Schwingungen des Seils beruhigt hatten und der Hughes Airstar unbehelligt am pechschwarzen Himmel hing, zog Ryan sich hoch und in den Hubschrauber. Er ließ sich mit einem schweren Seufzer auf einen Sitz fallen, und Axler schloß die Luke. Dann waren sie in der Nacht verschwunden.

Seltsamerweise wurden sie nicht von Raketen angegriffen und auch nicht unmittelbar verfolgt. Wahrscheinlich lag das an der Verwirrung, die das Erscheinen der Feuerwehr ausgelöst hatte. Lethe überwachte den Astralraum, während Dhin mit Grinds Hilfe den Radar im Auge behielt. Ryan half Axler dabei, ihr Bein zu verarzten. Außerdem versuchte er, sie mit dem Drachenherz so zu heilen, wie es ihn geheilt hatte, aber er kannte sich nicht mit Heilmagie aus. Sie gehörte nicht zu seinen Fähigkeiten.

McFaren lag weiterhin schlaff da. Lethe sagte, der Magier sei bei der Explosion gestorben, da seine Astralform in das Gewebe des Hüters verstrickt gewesen sei, als es zusammengebrochen war. Axler wollte es nicht glauben.

Lethe müßte es wissen, dachte Ryan. Doch selbst wenn McFarens Astralform irgendwie überlebt hatte, mußte der Magier bald in seinen Körper zurückkehren. Andernfalls würde sein Geist für immer umherwandern.

Jane hatte die Grenze Tirs bei La Grande überwacht, so daß ihre Rückkehr auf das Salish-Shidhe-Territorium zeitlich perfekt und nahtlos erfolgen würde. Doch die Grenze war undurchlässiger geworden, und schließlich schlug sie vor, in den Ascheschluchten westlich von

John Day zu landen. Es handelte sich um ein äußerst spärlich bevölkertes Gebiet innerhalb Tirs, und dort waren sie wahrscheinlich für einen Tag in Sicherheit, bis die Grenze wieder durchlässiger wurde.

Der Flug zur Ascheschlucht bei John Day dauerte mehrere Stunden. Die Sonne ging gerade auf, als sie landeten, und der vom Hubschrauber erzeugte Wind wirbelte einen feinen Nebel aus Vulkanasche auf, der dem Sonnenlicht eine rötlich-orangefarbene Färbung verlieh. Ryan spürte, wie die Erschöpfung über ihn hereinbrach, als der Hubschrauber auf dem flachen Grund der schmalen Schlucht aufsetzte, in der sie sich verstecken würden.

Er hatte es geschafft. Er hatte jetzt das Drachenherz. Dunkelzahn zufolge brauchte er nur noch den Magier namens Harlekin zu finden und Thayla das Herz an der metaplanaren Stelle des Großen Geistertanzes zu übergeben. Seine Müdigkeit hing an ihm wie nasse Kleidung. Er war zu müde, um jetzt über den Rest des Auftrags nachzudenken.

Außerdem, warum, zum Teufel, sollte er das Drachenherz überhaupt hergeben? Mit ihm war er viel mächtiger, viel stärker. Wenn er es behielt, konnte er damit Dunkelzahns Feinde bekämpfen. Es ergab überhaupt keinen Sinn, es einfach wegzugeben. Es war jetzt ein Teil von ihm.

Ich werde es behalten, beschloß er. *Dunkelzahn hat es mir testamentarisch vermacht, und es gehört mir.*

40

Lethe sah etwas in Ryan Mercury. Die Aura des Mannes hatte sich verändert, sich irgendwie verlagert, seit er in Kontakt mit dem Drachenherz stand. Er war stärker als zuvor, schneller und besser befähigt, die Aufgabe zu erfüllen, es zu Thayla zu bringen. Lethe versuchte, sich die herrliche Musik von Thaylas Lied vorzustellen, die durchdringende Wärme ihres Lichts zu spüren.

Es gelang ihm nicht. Seine Erinnerung konnte sich nicht mit dem Erlebnis messen.

Lethe bediente sich wie zuvor des statischen Anstoßes, um Ryan auf sich aufmerksam zu machen, der Axler dabei behilflich war, ein Tarnnetz über den Hubschrauber zu werfen. Der Mensch konzentrierte sich und sagte: »Lethe?«

»Ich würde gern darüber reden, wie du das Drachenherz zu Thayla schaffen willst«, sagte Lethe.

Ryans Aura verdunkelte sich für einen Augenblick. »Laß mich erst mal verschnaufen«, sagte er. »Ich habe gerade einen ziemlichen Drek überstanden und will jetzt nicht darüber nachdenken.«

Lethe gab sich damit nicht zufrieden. »Wir haben wenig Zeit. Nun, da wir das Drachenherz haben, müssen wir es abliefern.«

»Dafür ist noch reichlich Zeit«, sagte Ryan gereizt. »Ich sagte doch, daß ich darüber jetzt nicht reden will.«

Die Trübung, die Lethe in Ryans Aura sah, war dasselbe Anzeichen für eine Täuschung, das ihm bereits zuvor aufgefallen war. Es hatte seinen Argwohn erregt, aber was hatte er anders tun können als hoffen, daß seine Sicht der Dinge nicht richtig und Ryan Mercury tatsächlich der richtige für diese Aufgabe war? Schließlich hatte Dunkelzahn diesen Menschen persönlich ausgewählt.

»Außerdem«, sagte Ryan, »wissen wir nicht einmal, wie wir es auf die Metaebenen bringen sollen. Das erfordert ein starkes magisches Ritual, wie es nur ganz wenige Magier beherrschen. Wir müßten einen finden, und ich habe keine Ahnung, wo wir damit anfangen sollen.«

Lethe sah, wie sich die Dunkelheit in Ryans Aura ausbreitete. Aus irgendeinem Grund log er. »Wie lange willst du warten?«

Die Andeutung eines Lächelns berührte Ryans physikalische Maske und zeigte sich als dunkelrotes Aufflammen seiner Aura. »Nur so lange, bis sich die Dinge beruhigt haben.«

In diesem Augenblick ging Lethe auf, daß Ryan die Absicht hatte, das Drachenherz zu behalten. Er war süchtig nach dessen Macht.

Ryan redete immer noch. »Ich muß einen Magier finden, der die Situation begutachtet.«

Doch Lethe hörte nicht mehr zu. Die Erkenntnis, daß dieser verblendete Mensch für einen kurzen Genuß jämmerlicher Macht das Schicksal der ganzen Welt aufs Spiel setzte, war zum Verrücktwerden. »Du kannst das Drachenherz nicht behalten«, sagte er. »Es ist nicht für dich bestimmt.«

Überrascht wich Ryan einen Schritt zurück. »Ich habe nicht die Absicht, es zu behalten.«

Lethe beobachtete Ryans Aura, während dieser sprach. Der Mensch log nicht nur, sondern behauptete genau das Gegenteil dessen, was er meinte. Es gab keinen Zweifel mehr. Ryan hatte nicht vor, Dunkelzahns Auftrag auszuführen.

»Du verstehst nicht, was du da tust«, sagte Lethe. »Ich werde es nicht zulassen.«

»Ich sehe nicht, wie du mich daran hindern kannst«,

sagte Ryan. »Das Herz gehört mir, und ich glaube, daß selbst du mir nichts mehr anhaben kannst.«

Lethe ignorierte die Drohung. »Persönliche Macht ist bedeutungslos. Du mußt einsehen, daß deine kleinlichen Begierden dazu beitragen werden, die Welt zu vernichten.«

»Verpiß dich!« Ryan konzentrierte sich und schob Lethe weg. Vielleicht war seine Macht tatsächlich größer.

»Ich gebe nicht auf«, sagte Lethe. Und mit diesen Worten war er verschwunden, raste durch den Astralraum davon. Er stieg aufwärts bis an den Rand der Manasphäre und landete in der physikalischen Welt Tausende von Kilometern von Ryan entfernt. Die ganze Reise hatte nur einen Augenblick gedauert.

Es dauerte länger, Nadja Daviar ausfindig zu machen, sobald er im Washingtoner Sprawl war. Doch Zeit war relativ. Es war immer noch Morgen, als er die Elfe in einem Hochsicherheitsanwesen fand. Er passierte die astralen Watcher ohne Mühe und drang in ihr neues Büro ein.

Drei andere Personen waren bei ihr im Büro – zwei Ork-Wachen und ein Mensch asiatischer Abstammung, der sich mit Nadja unterhielt. Die Orks bewachten sie, und als Lethe ihre Astralleiber begutachtete, wurde ihm klar, daß keiner von beiden die Fähigkeit besaß, ihn zu verstehen. Widerwillig beschloß er, von einem der beiden Besitz zu ergreifen. Diesmal würde er darauf achten müssen, den Körper zu verlassen, bevor derjenige starb. Doch er mußte mit Nadja reden und sah keine andere Möglichkeit.

Er drang in den Körper eines der Orks, wobei er versuchte, so behutsam wie möglich mit dem Geist des Metamenschen umzugehen. Der Körper zuckte ein wenig, als er rasch die Kontrolle übernahm. »Entschuldige, Nadja«, sagte er mit der Stimme des Orks. »Ich bin es, Lethe, und ich benutze den Körper dieser Wache nur widerwillig, aber es ist unbedingt erforderlich, daß ich sofort mit dir rede.«

Der andere Ork zog eine Waffe.

»Lethe?«

»Ja. Es ist dringend, und ich habe nicht viel Zeit. Ich will diesen Körper nicht vernichten wie den letzten.«

Nadja wandte sich abrupt an ihren Gast. »Ich muß mich für die Störung entschuldigen, Rai'kun-*sama*. Sie kommt unerwartet. Aber ich muß mit diesem Geist reden. Würden Sie mich bitte für ein paar Minuten entschuldigen? Wir werden die Diskussion Ihrer Ansprüche danach fortsetzen.«

Der Mann erhob sich und verbeugte sich vor ihr. Sie erwiderte die Verbeugung.

Als er das Büro verlassen und die Tür hinter sich geschlossen hatte, wandte Nadja sich an Lethe. »Was willst du?«

»Ryan Mercury hat versagt«, erklärte er. »Es ist uns gelungen, das Drachenherz an uns zu bringen, aber er hat dem Verlangen nach seiner Macht nachgegeben. Er hat beschlossen, das Drachenherz zu behalten und seinen Auftrag nicht auszuführen.«

Nadja sank bei seinen Worten auf ihren Sessel. Benommen.

»Du bist die einzige, die ihn vielleicht dazu bringen kann, Dunkelzahns Anweisungen zu befolgen«, fuhr Lethe fort. »Seine Mission zu beenden.«

»Ich?«

»Er liebt dich.«

Sie nickte, sagte jedoch nichts. Sie schloß für einen Moment die Augen, bevor sie sich wieder erhob. »Okay, Lethe«, sagte sie. »Ich werde mich einschalten. Etwas ist mit Ryan in Aztlan passiert. Ich weiß nicht, was, aber ich bin sicher, daß Roxborough ihm das angetan hat. Er ist nicht mehr derselbe. Vielleicht wird er nie wieder derselbe sein. Aber der Auftrag, den Dunkelzahn ihm erteilt hat, ist absolut vorrangig. Ich würde beide verraten, wenn ich nicht zu helfen versuchte.«

»Vielen Dank«, sagte Lethe und verließ dann den Körper der Wache. Der Geist des Orks blieb, aber der Wechsel ließ ihn in Ohnmacht fallen. Nach einer Minute hatte er sich davon erholt. Lethe war zufrieden.

Dann sprach Nadja mit ihrer Sekretärin und ließ sich mit Jane-in-the-box verbinden, um mit ihr die Reise zu planen.

Lethe sah ihr ein paar Minuten lang zu. Er verspürte eine tiefe Zuneigung für Nadja. Sie hatte als einer der ganz wenigen Metamenschen, denen er bisher begegnet war, einen reinen Geist.

Lethe hoffte, daß sie genug Einfluß auf Ryan Mercury hatte, um ihn zu überzeugen. Was würde größer sein, fragte er sich: Ryans Liebe zu Nadja oder zu seiner neugefundenen Macht?

16. August 2057

41

Ryan war endlich eingeschlafen, als Jane sich mit der Neuigkeit meldete, daß die Grenzpatrouillen bei La Grande in ihrer Aktivität nachließen. Es wurde Zeit aufzubrechen.

Die Nachmittagssonne brannte grell und heiß auf die Schlucht nieder, in der sie sich versteckten. Die weißlich grauen Felswände hatten sich im Laufe des Tages stark erhitzt, und die Temperaturen waren mittlerweile fast unerträglich. Doch Ryan war so erschöpft, daß er trotz der Hitze ein wenig geschlafen hatte.

»Laßt uns los«, ertönte Axlers Stimme.

Ryan rieb sich die Augen, richtete sich auf dem Hubschraubersitz auf und reckte sich. »Ich helfe dir, das Tarnnetz abzunehmen«, sagte er.

»Schon passiert.«

Dhin ließ die Rotoren anlaufen, und kurz darauf hoben sie ab und schlugen die Richtung zur Basis von Assets über dem Hells Canyon ein. Dhin gab Vollschub, und es dauerte nicht lange, bis sie die Grenze überquert hatten. Janes Plan hatte funktioniert. Durch Geduld und die Beschaffung von Informationen waren sie den Grenzpatrouillen Tirs ausgewichen.

Ein paar Minuten, nachdem sie die Grenze überflogen hatten, summte Ryans Armbandtelekom. Es war Jane, und für einen Augenblick fragte er sich, warum sie nicht die Kommunikationsanlage des Hubschraubers benutzte.

»Ich muß privat mit dir reden«, sagte sie. »Es geht um das Drachenherz.«

Er hielt sich das Telekom vor den Mund. »Was ist damit?«

»Wie ich höre, hast du beschlossen, Dunkelzahns Auftrag nicht auszuführen.«

»Hat Lethe mit dir geredet? Ich ...«

»Stimmt das?« Janes Tonfall war anklagend.

»Nicht ganz«, sagte Ryan. »Ich will nur zuerst darüber nachdenken.«

»Was gibt es da nachzudenken? Du hast immer getan, was der Drache wollte, das ist deine Natur. Darum hat er dich ausgewählt.«

»Vielleicht brauche ich jetzt mehr«, sagte Ryan.

»Zum Beispiel?«

»Ich brauche einen Grund.«

»Einen Grund wofür?« Janes Tonfall war sarkastisch und ätzend. »Um die Welt zu retten?«

»Einen Grund, um mein Leben für den Plan eines anderen zu riskieren. Für einen Plan, könnte ich hinzufügen, über den ich nicht das geringste weiß.«

»Du mußt Dunkelzahn vertrauen.«

»Nun, das tue ich aber nicht mehr«, sagte Ryan. »Ich vertraue niemandem.«

»Also bist du entschlossen, diesen neuen Kurs durchzuziehen?«

»Ich behalte das Drachenherz, Jane«, sagte Ryan. »Es ist mir vermacht worden, und ich kann es gegen alle Feinde einsetzen, die Dunkelzahn hatte. Ich werde herausfinden, wer ihn getötet hat, und die Betreffenden zur Verantwortung ziehen.«

»Ich fürchte«, sagte Jane, »daß ich das nicht zulassen kann.«

Ryan lachte laut auf. »Soll ich jetzt Angst haben?« Aber die Leitung war tot, bevor er die Worte ausgesprochen hatte.

Miststück! dachte Ryan. *Was kann sie mir schon anhaben?* Er wollte, daß dieser Run endlich vorbei war, und er brauchte Ruhe. Bald würden sie landen. Vielleicht konnte er dann ein richtiges Bett finden und sich ausschlafen.

42

Burnout stand neben Slaver und La Sangre, massiven Fels unter den Füßen. Von ihrem Standort ein wenig oberhalb und ein paar hundert Meter entfernt hatte Burnout einen ungestörten Ausblick auf die ganze Anlage von Assets, Incorporated mit der kleinen Landebahn auf dem Osthang über Hells Canyon. Die einzigen Gebäude waren ein verfallener Hangar aus verrostetem Wellblech, ein Wohnwagen, der aussah wie aus dem letzten Jahrhundert, und vier kleinere Lagerschuppen.

Das ganze Areal war eingezäunt, aber der Zaun war nur an den beiden flachen Seiten erforderlich. Die anderen beiden grenzten an Klippen, von denen die eine steil aufwärts und die andere fast zwei Kilometer tief steil zum Boden der Schlucht abfiel.

Sie waren erst vor einer halben Stunde von dem Hubschrauber ein paar Kilometer entfernt abgesetzt worden. Der Rigger wurde angewiesen, sich außer Sicht zu halten, bis er gerufen wurde.

»Siehst du jemanden?« fragte Slaver.

Burnout schüttelte den Kopf. Er hatte keine Spur von irgendeinem Lebewesen entdeckt, und La Sangres astrales Kundschaften hatte ebenfalls nichts erbracht. Sie waren schon wieder weg. Burnout konnte sich des Gedankens nicht erwehren, daß das alles nicht nötig gewesen wäre, wenn Slaver ihm in Washington freie Hand gelassen hätte.

Ryan Mercury wäre dann längst tot. Auftrag ausgeführt.

Plötzlich hörte er etwas in der Ferne, ein leises rhythmisches Geräusch. Es wurde immer lauter, bis er es als Rotorengeräusch eines sich nähernden Hubschraubers identifizierte. »Jemand kommt«, sagte er.

»Wurde auch Zeit«, entgegnete Slaver. »Ich sagte dir doch, daß sie kommen.«

Burnout sah den Hubschrauber in dem Augenblick, als er die Magie spürte. Wie eine magnetische Kraft, wie Wasser für seine ausgedörrte Kehle. Etwas in diesem Hubschrauber war magisch sehr mächtig, und Burnout wollte es. Er spürte die Kraft zunehmen, als der Hubschrauber sich aus der Schlucht erhob, die Klippe unterhalb der Anlage umflog und auf dem Landeplatz niederging.

Es zog ihn an wie ein Manastrudel und war wie eine stumpfe Messerklinge, die sich in sein Herz bohrte. Er mußte es haben. Keine andere Wahl. Was es auch war, er brauchte es für sich. Vielleicht konnte es seine Magie wiederherstellen, vielleicht nicht, aber so oder so würde er ohne es unvollständig sein.

»Wohin gehst du?« fragte Slaver. »Drek, ich kann dich nirgendwohin mitnehmen.«

Burnout drehte sich um, während er spürte, wie der Haß in seinen Gliedmaßen kribbelte und wie eine lauernde Bestie am Rande seines Bewußtseins wartete. Darauf wartete zuzuschlagen. Da wurde ihm klar, daß er bereits mehrere Schritte den Hang hinab in Richtung der Anlage zurückgelegt hatte.

»Ich will mir das genauer ansehen«, sagte er.

»Noch nicht«, befahl Slaver. »Wir warten, bis ich eine positive Identifikation habe. Im Moment sind es ohnehin zu viele.«

Burnout zuckte die Achseln und setzte seinen Abstieg fort.

La Sangre richtete sich auf, die zerfetzten Nüstern gebläht, so daß noch mehr übelriechendes Blut aus ihnen tropfte. Der Geist schien zu spüren, daß etwas nicht in Ordnung war.

»Hey, Spatzenhirn«, sagte Slaver zu Burnout, »komm hierher zurück. Sofort.«

Der Haß schlug voll durch und ließ kleine Flammen in Burnouts Augen tanzen. Winzige Explosionen, als er herumfuhr. Die Welt ringsumher schien sich plötzlich in Zeitlupe zu bewegen. Begreifen dämmerte auf Slavers Gesicht, doch es war zu spät. Burnout hatte die Entfernung zwischen ihnen im Bruchteil einer Sekunde überwunden und seinen Fußsporn ausgefahren.

Slaver konnte noch einen Zauber wirken, bevor Burnout zutrat – diagonal über die Brust zur Schulter. Eine Schockwelle durchzuckte Burnout, als der Zauber ihn traf. Es fühlte sich an, als habe ihn ein Panzer angefahren. Doch der Stachel an seinem Cybersporn hatte sich in Slavers Schlüsselbein gebohrt und hob den Magier in die Luft.

Blut spritzte aus der Wunde, während Slaver in dem Versuch vor sich hin murmelte, sich zu retten. Burnout riß seinen Fuß herum, um den Cybersporn zu befreien, und als sein Fuß sich löste, riß er den Knochen mit heraus, wodurch Slavers Hals mit einem widerlichen Knacken herumruckte.

In diesem Augenblick setzte die Droge ein, und Burnout wußte, daß sie wirken würde. Der chemische Beschwichtiger. In den Sekunden, bevor er sich beruhigte, hob Burnout den schlaffen und übel zugerichteten Slaver auf und schwang ihn dann heftig in einem weiten Bogen herum. Knallte ihn gegen die unnachgiebige Oberfläche eines Felsens.

Überall war Blut, das rot auf den Steinen glänzte. Das befriedigende Knacken von Knochen in der schlaffen Hülle, die einmal Slaver gewesen war, drang Burnout in dem Augenblick in die Ohren, als die Droge wirkte. Und damit kam Frieden.

Neben ihm sah La Sangre fasziniert zu. Er sah Burnout an. »Danke, daß du mich befreit hast«, sagte er. Dann verschwand er.

Und ließ Burnout allein. Zum erstenmal, so lange er zurückdenken konnte, war er zufrieden.

Nach einer Weile kehrte die Sehnsucht zurück – sein Verlangen nach der Magie, die er in der Anlage nicht weit entfernt spürte. Burnout setzte sich in Bewegung, ging ihr entgegen und ließ die Überreste seines Herrn und Gebieters für die Aasfresser zurück.

43

Ryan sprang aus dem Hubschrauber und landete breitbeinig auf dem Rollfeld. Er war müde, aber es war ein gutes Gefühl, einen Auftrag erfolgreich beendet zu haben.

Das Drachenherz steckte in dem Nylonbeutel an seinem Gürtel, was ein wenig unbequem war. Es war zu groß und zu schwer. Er würde einen sichereren Ort dafür finden müssen, aber er wollte nicht, daß es zu weit von ihm entfernt war.

Einstweilen behalte ich es bei mir, dachte er.

Axler und Grind folgten ihm mit McFarens Leiche. Der Geist des Magiers war nicht zurückgekehrt, und Axler hatte sich schließlich mit dem Verlust abgefunden. Es war ein Jammer. McFaren war ein hervorragender Magier und ein guter Runner gewesen.

Die Sonne ging gerade unter und tauchte den Himmel im Westen in satte Rot- und Orangetöne. Die Berggipfel über der Anlage nahmen die Farbe von Herbstblättern an. Während Ryan zum Hangar ging, versuchte er sich darüber klarzuwerden, wie er fortfahren sollte. Nach seinem Telekomgespräch im Hubschrauber mit Jane waren die anderen Runner distanziert und mißtrauisch geworden. Der Rest des Rückflugs war schweigend und angespannt verlaufen.

Ryan kümmerte das einen Drek. Schließlich *gehörten* sie ihm, oder etwa nicht? Assets gehörte, nach Dunkelzahns Tod jetzt ihm. Sie hatten nichts zu sagen.

Es war alles Lethes Schuld, weil er mit Jane geredet hatte. Ryan mißtraute dem Geist. Lethe wollte das Drachenherz für sich selbst. Er verstand seine Macht nicht, begriff nicht, wie Ryan es benutzen konnte, um eine Armee aufzubauen, um jeden Feind zu besiegen, den

Dunkelzahn gehabt haben mochte. Ryans Vater aus seiner Roxborough-Vergangenheit hatte ihm wertvolle Lehren erteilt. Man durfte sich niemals aus Sentimentalität eine Gelegenheit entgehen lassen. Ryan würde diesen Fehler nie wieder begehen.

Der heiße Wind trug den Geruch nach Pinien und Salbei die Schluchtwand hinauf. Ryan hörte das Geräusch eines sich nähernden Flugzeugs. Es klang wie eine Kipprotormaschine. VTOL. *Was zum ...*

Die Maschine umrundete die Klippe und flog mit dröhnenden Turbinen an der Anlage vorbei. Ryan duckte sich in die Hangartür und beobachtete aus dem nach Schmierfett riechenden Schatten, wie die Maschine langsamer wurde, bis sie über der Rollbahn schwebte, um dann zu landen.

Die Maschine trug kein offizielles Logo oder andere Kennzeichen, aber Ryan hatte das sichere Gefühl, daß es sich um einen Konzernbesuch handelte. Axler und Grind tauchten neben Ryan auf. Sie trugen keine Waffen und schienen nicht im mindesten beunruhigt zu sein. »Sieht so aus, als hättest du Besuch, Ryan«, sagte Axler kalt. »Nadja Daviar.«

Nadja? Was will die hier?

Die Antwort lag auf der Hand. *Sie ist hier, um mich davon zu überzeugen, Dunkelzahns Auftrag auszuführen. Was sollte es sonst sein? Miststück! Hat Lethe mit ihr geredet? Oder Jane?*

Ryan entschloß sich spontan zu verschwinden. Sofort, bevor sie mit ihm reden konnte, bevor er ihr wunderschönes Gesicht sah. Bevor er ihre hypnotische Stimme hörte. Die Kraft des Drachenherzen durchpulste ihn, als er zum Hubschrauber lief. Dhin saß immer noch darin und überprüfte die Systeme.

Ryan bewegte sich schnell, ein dunkles Schemen auf dem Beton. Der Jet stand zwischen ihm und dem Hubschrauber, und während Ryan rannte, eilten Sicherheitsleute die kurze Gangway hinunter und versperrten ihm den Weg.

Ryan wurde langsamer, als Nadja ausstieg. Ihr schwarzes Haar hatte im Licht der untergehenden Sonne einen rötlichen Schimmer. Sie trug es lang, und es sah aus wie schwarzer Regen, der ihr bis zur Hüfte reichte. Sie lächelte ihn an, da sie seinen Spurt zum Hubschrauber fälschlicherweise für einen Ausdruck seines Verlangens hielt, sie zu sehen. Oder ihre Freude extrem glaubhaft vortäuschte.

Ryan straffte sich und ging zu ihr. Er würde sich von seinen Gefühlen nicht beirren lassen. Vater hatte ihn das gelehrt. Außerdem war die Liebe dieser Frau nicht mehr als ein flüchtiges Zwischenspiel, eine vorübergehende Sentimentalität, die bald verblassen würde wie das Sonnenlicht. »Nadja«, sagte er. »Was hat dich den weiten Weg hierher geführt?«

Nadja stand umringt von sieben Sicherheitsleuten da, von denen mindestens einer ein Magier war. »Ich hörte, du willst Dunkelzahns Auftrag nicht mehr ausführen«, sagte sie, und in ihrer Stimme lag so viel Trauer, daß seine Knie nachzugeben drohten.

Ryan sammelte sich, konzentrierte sich auf die Situation. Er konnte vier oder fünf von den Wachen erledigen, dessen war er sich sicher. Aber nicht alle. Einer war ein Troll, und es mochte zu lange dauern, ihn auszuschalten. Die anderen – vier Menschen und zwei Zwerge, die mit ihren Geheimdienstanzügen und Sonnenbrillen wie Zwillinge aussahen – wären normalerweise kein Problem, aber es waren zu viele. »Ich habe mich verändert«, sagte er. »Ich bin stärker geworden. Ich bin nicht mehr Dunkelzahns Lakai.«

»Dunkelzahn hatte einen komplizierten Plan«, sagte Nadja. »Ich weiß sehr viel darüber, aber nicht alles. Er hat dir diesen Auftrag anvertraut, dir sogar gesagt, es sei der wichtigste Auftrag deines Lebens. Daran erinnerst du dich doch noch, oder?«

»Dunkelzahn ist tot.«

»Ja«, sagte Nadja. »Und wir müssen sein Opfer ehren, indem wir seine Anweisungen ausführen.«

»Ich habe die Absicht, auch weiterhin für ihn zu kämpfen«, sagte Ryan. »Aber zu meinen Bedingungen. Ich werde nicht mehr sein Botenjunge sein.«

»Ryan, bitte.«

»Geh zur Seite, Nadja«, sagte Ryan. »Laß mich gehen. Ich muß mir nur über einige Dinge klarwerden.«

»Das kann ich nicht«, sagte sie. »Ich kann dich nicht mit dem Drachenherz gehen lassen.«

»Es ist meine Sache, wie ich meine Aufträge ausführe«, sagte Ryan mit erhobener Stimme. »Und ich kann nicht zulassen, daß du dich einmischst!« Er schrie sie jetzt an, und jegliche Vorspiegelung von Zivilisiertheit war verschwunden. »War das nicht schon immer Teil unserer Vereinbarung? War das nicht der Grund, warum du eifersüchtig auf meine Beziehung zu Dunkelzahn warst? Weil sie wichtiger war als meine Beziehung zu dir!« Er schleuderte ihr die Worte heftig entgegen.

»Ryan ...« Sein Ausbruch hatte sie erschüttert, aber er wußte, daß sie versuchte, es sich nicht anmerken zu lassen. »Das ist etwas anderes. Du bringst die ganze Welt in Gefahr, indem du deinen Auftrag mißachtest.«

»Geh zum Teufel! Du willst das Drachenherz nur für dich.«

»Du weißt, daß das nicht ...«

»Geh mir aus dem Weg!« Ryan ging einen Schritt zur Seite, um der Sicherheit auszuweichen.

Sie machten seine Bewegung mit und versperrten ihm den Weg, wobei sie ihre Waffen zogen. Sieben Pistolen waren auf ihn gerichtet.

»Sie lassen dich nicht gehen, Ryan«, sagte Nadja. »Erst wenn du das Drachenherz herausgegeben hast.«

Ryans Bewußtsein wurde hyperempfindlich. Der Hubschrauber stand zehn Meter entfernt hinter Nadja und den Sicherheitsleuten. Der Jet stand rechts von ihm, aber dort warteten noch mehr Sicherheitsleute. Nadja selbst stand zwei Schritte entfernt. Er versuchte die Besorgnis auf ihrer Miene nicht zur Kenntnis zu nehmen. Er versuchte sich davor zu verschließen. Sie war jetzt der Feind.

Sie mußte überlistet werden. Es sei denn …

Ryan bewegte sich, schnell und mit einer Plötzlichkeit, die die Sicherheitsleute überrumpelte. Energie aus dem Drachenherz durchpulste ihn, als er die Entfernung zwischen sich und Nadja überbrückte. Die Gestalten der schwarz gekleideten Wachen verschwammen zu einer dunklen Wand, so schnell bewegte er sich. Zu schnell selbst für ihre verchippten Reflexe. Er stieß einen Wachmann mit einem Distanzschlag zur Seite.

Schüsse hallten, aber sie zielten nur auf die Stelle, wo er noch vor einem Augenblick gestanden hatte. Zu langsame Reaktionszeit, Chummers.

Dann stand er hinter Nadja, einen starken Arm über ihrer Brust, so daß sie die Arme nicht bewegen konnte. Seine Walther PB120 war in seiner anderen Hand, und ihr warmer Lauf preßte sich in das weiche Fleisch unter ihrer markanten Kieferlinie. »Zurück!« schrie er.

Die Sicherheitsleute drehten sich wie ein Mann um, überrascht, daß er so schnell herangekommen war. Ihre Reaktion war zögerlich und verriet Verwirrung. Die Hälfte richtete die Waffe auf Ryan, die andere Hälfte wußte offenbar nicht, was sie tun sollte.

»Waffen auf den Boden«, befahl Ryan. »Tretet zurück. Schön langsam, oder die Elfe verliert ihren hübschen Kopf.«

44

Innerlich Frieden. Gelassenheit in den letzten Sonnenstrahlen.

Äußerlich Krieg.

Burnout starrte auf die Szenerie, die sich ihm bot. Der Mann, in dem er Ryan Mercury erkannte – seine Zielperson – hielt eine Waffe an den Kopf einer Elfe und drohte sie zu töten, falls die Burschen in den schwarzen Anzügen ihn an seiner Flucht zu hindern versuchten.

Burnout nahm all das am Rande wahr, achtete jedoch kaum darauf. Worauf er sich konzentrierte, was ihn unwiderstehlich anzog, war der Gegenstand, den Ryan Mercury an seinem Gürtel trug. Der Gegenstand hatte die Größe eines Kinderkopfes und funkelte golden durch die Löcher in dem Beutel aus Nylongeflecht.

Mächtige Magie. So mächtig, daß seine Kraft selbst für Burnout spürbar war und ihm in die Augen stach.

Ich muß ihn haben.

Er erreichte den Zaun an der Seite neben der steil hochragenden Felswand. Er war kein Hindernis für ihn. Burnout beugte lediglich seine kybernetischen Beine und sprang hinüber, um auf der anderen Seite geschmeidig und lautlos zu landen.

Der Frieden in ihm wich einem Verlangen, einer Leere, die gefüllt werden mußte. Die letzten Reste der Droge wurden von der brennenden Sehnsucht nach jener mächtigen Magie davongespült. Er würde seinen Auftrag doch noch erfüllen – Ryan Mercury würde sterben – und den Gegenstand als Bezahlung behalten.

45

Ryan, überleg dir, was du tust«, sagte Nadja. – Aus der Nähe war ihr Geruch überwältigend. Das Gefühl, so nah bei ihr zu sein, brachte Erinnerungen mit sich. Erinnerungen an vergangene Zeiten – an den tiefblauen Glanz der Wellen vor Maui, an einen Kuß, in einem jähen impulsiven Augenblick hinter den Türen ihres Büros auf der Prince-Edward-Insel gestohlen. An ihr heftiges Keuchen, als er sie von hinten überrascht hatte und mit den Händen unter ihr Hemd gefahren war, um ihren Rücken zu streicheln.

»Du warst in letzter Zeit nicht du selbst«, fuhr Nadja fort. »Roxborough hat dich verändert.«

»Sag ihnen, sie sollen die Waffen niederlegen«, sagte Ryan. Seine Stimme war ein heiseres Flüstern. Er versuchte in der Gegenwart zu bleiben. Der Kolben der Pistole in seiner Hand fühlte sich glitschig an.

»Versuch dich zu erinnern, wer du bist, Ryan«, sagte Nadja.

»Halt's Maul, Miststück!«

»Du sagtest, du hättest dich in Washington erinnert.«

Und er hatte sich erinnert. Er hatte den Verlust Dunkelzahns so heftig empfunden, daß er schluchzend zusammengesunken war. Er sah den Washingtoner Himmel immer noch vor sich, voller fliegender Drachen, wie sie ihren Teppich aus Feuer und Magie woben. Er erinnerte sich an Dunkelzahn, an seinen gewaltigen S-förmigen Leib, wie er neben Ryan hockte und ihm Unterweisung in der Theorie der Drachenmagie gab. Ihm erklärte, daß es in Wirklichkeit keine Trennung zwischen den verschiedenen Magiearten – *Ki*, Spruchzauberei, Beschwörung – gebe. Daß diese Unterscheidungen lediglich das Produkt der kleinen Geister der heutigen Zauberkundigen und künstlich seien. Dunkelzahn hatte Ryan versichert, daß er sich mit der Zeit in jeder dieser Magiearten auskennen würde.

Die Woge der Erinnerungen flutete zurück. Dunkelzahns Gedanken hallten durch Ryans Verstand. Die joviale Stimmung des Drachen, wenn er Ryan für einen falschen Schritt oder unbeholfenen Hieb tadelte. Dunkelzahn war der einzige Elternteil, den Ryan je wirklich gekannt hatte. Er wußte nicht mehr viel von seinem Leben, bevor der Drache vom Himmel herabgestoßen war, um ihn in El Infierno zu retten. Jetzt gab es keinen Dunkelzahn mehr.

Ich habe keinen Platz für diese sentimentalen Gefühle, sagte er sich. *Ich muß mich auf die Gegenwart konzentrieren.*

»Ich habe mich erinnert«, sagte Ryan zu Nadja. »Und es hätte mich fast zerstört.« Er zog sie langsam mit sich zurück zur offenen Luke des Hubschraubers. Dabei behielt er die Sicherheitsleute im Auge. Er durfte keinen Zweifel daran aufkommen lassen, daß er bereit war, seine Drohung wahrzunehmen, wenn er dazu gezwungen wurde. Selbst wenn er selbst sich dessen mittlerweile nicht mehr so sicher war.

»Aber es hat dich nicht zerstört«, sagte Nadja. »Du hast überlebt, und das hat Dunkelzahn gewußt. Wie ich auch. Es ist Roxborough – was er dir angetan hat, hat dich irgendwie beeinflußt.«

Die Kante der offenen Seitentür des Hubschraubers preßte sich von hinten gegen Ryans Oberschenkel. Er erinnerte sich an seine Kindheit als Thomas Roxborough. Er war der Junge ohne Ansprüche gewesen, das Kind mit den meisten Spielzeugen, aber den wenigsten Freunden. Aber das war schon in Ordnung gewesen, weil er von Vater gelernt hatte, daß Freundschaften – tatsächlich sogar alle Beziehungen – bestenfalls flüchtig und oberflächlich waren. Das war eine wertvolle Lehre, wenn man nicht verletzt werden wollte.

»Ich bin nicht Roxborough«, sagte Ryan, während er Nadja mit sich ins Innere des Hubschraubers zerrte. »Aber auch nicht der Ryan Mercury, den du einmal gekannt hast. Ich bin beide und keiner.«

Da ging ihm plötzlich auf, daß er bei keinem einzigen seiner »Väter« gewesen war, als sie gestorben waren. Er hatte nicht die Gelegenheit gehabt, sich von Frederic Roxborough zu verabschieden, als dessen Körper den Kampf gegen die VITAS-Seuche nicht mehr länger hatte führen können. Und er war auch nicht dabeigewesen, als die Explosion Dunkelzahn ausgelöscht hatte.

Die Tiefe seiner eigenen Einsamkeit, die ihn erschüttert hatte, als er fast an akutem Lupus starb, war ihm wie poetische Gerechtigkeit erschienen. Doch es waren Vaters Lehren, die ihn damals gerettet hatten. Er hatte sich nie aufgegeben, hatte sich mit dem Todesurteil der Ärzte niemals abgefunden. Der Bottich von UniOmni hatte ihn am Leben erhalten. Er erhielt den ursprünglichen Roxborough immer noch am Leben.

Am Leben und allein bis in alle Ewigkeit.

»Ryan Mercury ist immer noch in dir«, sagte Nadja. »Ich kann ihn sehen, wenn ich dich anschaue. In Washington habe ich ihn gespürt. Ich habe ihn geliebt ...« Sie verlor jeden Anschein von Fassung, Tränen traten ihr in die Augen. Und als sie einmal angefangen hatte zu weinen, konnte sie nicht mehr aufhören. »Ich liebe ihn noch immer.«

»Du versuchst nur, mich zu verwirren«, sagte Ryan, und er hörte Verzweiflung in seiner Stimme.

»Nein, Ryan, Ich will nur, daß du *nachdenkst*. In dir ist etwas, das dich selbstsüchtig und unaufrichtig macht. Du kannst das überwinden, wenn du darüber nachdenkst. Wenn du deinem Herzen folgst.«

»Hör endlich mit diesem dämlichen Schwachsinn auf, Nadja.«

»Dunkelzahn war zuversichtlich, daß du dir immer selbst treu bleiben würdest. Andernfalls hätte er dich nie ausgewählt.«

»Dunkelzahn hat uns im Stich gelassen, Nadja. Es wird Zeit, daß du das erkennst.« Doch Ryan sagte es ohne Überzeugung. Er glaubte es im Grunde selbst nicht. Er wußte nicht, was er noch glauben sollte.

Sein Griff um die Walther lockerte sich. Seine Konzentration ließ eine Sekunde lang nach. Vielleicht konnte er ihr glauben. Er liebte sie tatsächlich.

Andererseits sollte er sie vielleicht einfach töten und die Welt damit wieder schwarz und weiß machen. Klar und einfach.

In uns allen gibt es eine Stimme des Bösen. Lausche deiner und verstehe sie, denn sie ist ein wichtiger Teil von dir.

Dunkelzahns Worte fielen Ryan wieder ein, während er Nadja die Waffe an den Kopf hielt. *Aber denke immer daran, wer du bist, ergibt sich daraus, ob und wie sehr du danach handelst, was dir die böse Stimme sagt.*

Bin ich ein Mörder? dachte Ryan.

Nein.

Es war eine schlichte Antwort, aber sie traf ihn hart wie ein Schwinger in den Magen und ließ ihn nach Luft schnappen. »Nadja«, sagte er, und er mußte die Worte förmlich durch seine zugeschnürte Kehle quetschen. »Es tut mir leid.« Ryan ließ die Waffe sinken und halfterte sie. »Hilf mir.«

Nadja drehte sich um und legte die Arme um seine Brust. Hielt ihn ganz fest. Ihr Geruch füllte ihn aus, durchströmte ihn wie ein warmer Hauch. Ihre dunklen Haare kitzelten ihn im Gesicht. Sie flüsterte leise: »Es ist schon gut, Ryan. Ich liebe dich. Ich liebe dich.«

Die Welt neigte sich unter Ryan, und er verlor den Boden unter den Füßen, da ihn seine Willenskraft verließ. Haltsuchend lehnte er sich an Nadja. Mit ihrer Hilfe hatte er gewonnen. Er hatte Roxborough besiegt. Er hatte sein Verlangen nach Macht ohne Rücksicht auf Freunde überwunden.

46

Burnouts Welt verengte sich zu einem Stecknadelkopf.

Im Licht der untergehenden Sonne zoomten seine Cyberaugen auf die Szenerie und sogen sie förmlich auf. Burnouts Sinne konzentrierten sich ganz auf Ryan Mercury und den Gegenstand, der am Gürtel des Menschen hing. Der Mensch und seine Geisel waren jetzt im Hubschrauber und versuchten zu fliehen.

Burnout würde das nicht zulassen. Er erreichte die Seite des Hangars, ein lautloser Geist aus Metall und Fleisch, der sich nach der Macht sehnte, die er an Mercurys Gürtel spürte. Der Gegenstand war der Fixpunkt, das Zentrum von Burnouts Existenz. Und er wollte ihn haben, um jeden Preis.

Während er lautlos und vorsichtig durch den länger werdenden Schatten des Hangars ging, schwang er seine Minikanone und hielt sie schußbereit in einer seiner Metallhände. Er rückte den Munitionsgurt zurecht, als er um die Ecke des Wellblechgebäudes bog, und vergewisserte sich, daß er nicht verdreht war.

Er nahm den Granatwerfer in die andere Hand und begutachtete die Szenerie. Der Hubschrauber war von einer Menschentraube umgeben. Drei Personen befanden sich in der Maschine, Ryan Mercury, die Elfenschnalle und der Pilot. Sieben andere standen etwas entfernt, da sich die Rotorblätter des Hubschraubers langsam in Bewegung setzten.

Kaum zehn Meter von dem Hubschrauber entfernt stand der VTOL-Jet – eine Lear-Cessna Platinum III – und kühlte ab. Er schätzte, daß sich nicht mehr als fünf Personen in dem Jet aufhalten konnten. Außerdem brauchte er nur die Treibstofftanks aufs Korn zu nehmen. Problemlos, laut und ein spektakulärer Anblick.

Im Hangar hielten sich ebenfalls Leute auf, aber um die würde er sich Gedanken machen, wenn er die anderen ausgeschaltet hatte. Die Rotorblätter drehten sich schneller. Das lauter werdende Heulen des Hubschraubers fraß sich durch Burnouts Schaltkreise wie ein Softwarefehler. Wie dieser drekige psychosomatische Juckreiz, den er nie kratzen konnte.

Ich werde mir diese Macht nicht nehmen lassen.

Sein Universum brach zusammen, da sich seine gesamte Existenz auf sein Ziel konzentrierte. Mit schußbereiten Waffen verließ er den Schatten und beschleunigte auf Höchstgeschwindigkeit. Jeder, der ihm im Weg stand, würde in winzige Fetzen aus blutigem Fleisch gerissen werden. Er würde niemanden verschonen, weil niemand diese Mühe wert war.

47

Ryan stand im Hubschrauber und atmete die Nachtluft und Nadjas Geruch ein. Sie fühlte sich fest und real in seinen Armen an, aber er mußte wissen, daß alles gut war. Er mußte ihr Vertrauen zurückgewinnen. Er hatte das Böse in sich besiegt, dessen war er sich jetzt sicher. Er würde kein zweiter Thomas Roxborough werden. *Er* vertraute sich wieder, aber vertraute *sie* ihm auch?

»Bist du okay?« fragte er.

Sie sah ihm in die Augen, und die letzten Sonnenstrahlen ließen das Smaragdgrün ihrer Pupillen aufleuchten. »Ganz ehrlich«, sagte sie. »Ich habe schon bessere Zeiten erlebt.«

»Es tut mir leid.«

»Ich weiß«, sagte sie. »Mir tut es auch leid.«

»Du hattest die ganze Zeit recht«, sagte Ryan. »Ich bin immer noch Quecksilber. Aber nicht derselbe wie zuvor. Roxborough ist auch in mir – seine Erinnerungen, seine Persönlichkeit. Das alles ist jetzt ein Teil von mir, und es hat mir dabei geholfen einzusehen, daß ich nicht mehr blind irgendwelchen Anweisungen folgen kann. Auch nicht den Anweisungen Dunkelzahns.«

»Aber Ryan ...«

Ryan drückte sie fest an sich und flüsterte ihr ins Ohr. »Nadja, ich habe mich entschieden, wer ich sein will. Ich will meinen Auftrag erfüllen, und das werde ich auch. Aber weil ich eigene Gründe habe, nicht weil Dunkelzahn es verfügt hat. Ich glaube, der Auftrag ist wichtig; entscheidend für das Überleben der Welt und all ihrer Bewohner. Ich werde Dunkelzahns Anweisungen ausführen, aber nicht blind, wie ich es früher getan habe. Unterwegs werde ich nach Antworten suchen. Ich will wissen, *warum*.«

Nadja nickte, als verstehe sie. »Unsere Rollen haben sich seit Dunkelzahns Tod verändert«, sagte sie. »Wir führen seinen großen Plan weiter, aber er ist nicht mehr da, um uns bei jedem Schritt Anweisungen zu geben, also werden wir improvisieren müssen.«

Sie hatte tatsächlich verstanden, und nichts anderes hatte er erwartet. *Ich liebe sie.* Die Erkenntnis traf Ryan wie ein Vorschlaghammer. Und er wußte, daß er sie fast wegen jener Liebe getötet hätte. Da war Roxboroughs verdrehte Logik am Werk gewesen. Bei dem Gedanken daran lief ihm ein kalter Schauer über den Rücken.

Am Rande seines Bewußtseins registrierte Ryan Bewegung auf dem Rollfeld. Eine schnell rennende Silhouette, eine Gestalt, die er von irgendwoher kannte. Dann hörte er das Jaulen einer Minikanone, als sich ihre Läufe in den Sekundenbruchteilen drehten, bevor die Kugeln abgeschossen wurden. Dann den dumpfen Knall eines Granatwerfers.

Ryan stieß Nadja in dem Augenblick auf den Boden des Hubschraubers, als die Minikanone das Feuer eröffnete, ein stakkatoartiges Hämmern, gefolgt von dem metallischen Jaulen von Querschlägern. Kugeln durchlöcherten den Jet, und Treibstoff spritzte heraus und lief auf den Asphalt. Eine Sekunde später fiel eine Granate in die rasch größer werdende Lache.

Ryan duckte sich, um Nadja zu schützen, und zog dabei seine Pistole. Die Sicherheitsleute reagierten wie in Zeitlupe und drehten sich überrascht um, als die Granate in einem Hagel von Splittern und Flammen explodierte. Der Knall ließ Ryan taub werden, und die Explosion blendete ihn für einen Sekundenbruchteil, so daß er den Angreifer vorübergehend aus den Augen verlor.

»Dhin«, schrie Ryan. »Bring uns von hier weg!«

Dann entzündete sich der Treibstoff des Jets. Flammen hüllten die Maschine ein, während weitere Kugeln aus der Minikanone in die Gruppe der überraschten Sicherheitsleute einschlugen. Ihre Körperpanzer boten einen begrenzten Schutz, aber in solch einem Kugelhagel waren sie praktisch nutzlos. Der Beschuß traf sie wie ein Kraftfeld, und die Aufprallwucht schleuderte sie in die Luft.

Während der Hubschrauber langsam abhob, beobachtete Ryan das Massaker mit einem Gefühl der Übelkeit. Drei Sicherheitsleute wurden zurückgeschleudert und wie Strohpuppen auf den Asphalt geworfen. Der Troll wurde in den Kopf getroffen, und die Austrittswunde öffnete seine linke Gesichtshälfte in einer blutigen Eruption aus Knochen und Sehnen.

Der Jet explodierte in dem Augenblick, als Dhin den Hubschrauber über den Rand der Schlucht flog. Sie waren noch nicht weiter als fünfzig Meter von dem Flugzeug entfernt. Ryan sah eine Flammenwand aus dem silbernen Rumpf schießen, bevor das ganze Flugzeug in einer Explosion verschwand, die eine pilzförmige Wolke aus Feuer und Rauch in den heißen Abend steigen ließ. Eine zweite Sonne in der zunehmenden Dunkelheit.

Eine Sekunde später traf sie die Hitzewelle, die sie vom Kurs abbrachte. Der Hubschrauber erbebte und sackte durch, bevor Dhin die Maschine wieder unter Kontrolle bekam. Dann schwebten sie ein paar Meter von der Klippe entfernt über dem Abgrund des Hells Canyon auf einer Höhe mit dem Inferno.

»Alles in Ordnung?« wandte sich Ryan an Nadja.

»Ich glaube schon«, sagte sie. »Was ist mit den anderen?«

Ryan schüttelte den Kopf.

Die schwarze Gestalt schoß ihnen entgegen. Ein sich bewegender Schattenfleck vor dem rot-orangefarbenen

Hintergrund. *Wer ist das?* Was *ist das?* Die Silhouette wuchs und wuchs, je näher sie kam. Für einen Menschen bewegte sie sich zu schnell, zu geschmeidig. Ryan hatte sie schon einmal gesehen, und als sie näher kam, erinnerte er sich an sie. Er kannte diese Gestalt – den zu kleinen Schädel, der kahl und symmetrisch auf übergroßen Schultern ruhte. Die unproportionierten Beine, deren Unterschenkel verlängert waren wie bei einer pervertierten Gazelle.

Ryan wechselte auf astrale Wahrnehmung, um sich zu vergewissern. Ja, der Mann vor ihm leuchtete wie eine Konstellation intensivierter Zauber. Ein Feuerwerk von Rot- und Grün-Tönen umschloß einen dunklen Kern, eine Aura, die zum Körper phasenverschoben war.

Burnout.

»Dhin!« schrie Ryan. »Hochziehen.«

»Was?«

»Zieh den Hubschrauber hoch. SOFORT!«

Doch es war zu spät. Burnout erreichte den Rand der Klippe und sprang. Er bewegte sich schnell, hatte seine Waffen weggeworfen, um noch schneller zu sein, und seine Geschwindigkeit betrug an die achtzig Stundenkilometer. Sein Sprung ließ ihn immer höher über den Abgrund aufsteigen, dessen Dunkelheit sich unendlich tief nach unten erstreckte.

Dhin zog den Hubschrauber hoch und entfernte sich gleichzeitig vom Klippenrand, und einen Moment lang sah es so aus, als würde der Cyberzombie sie verfehlen und in die Schlucht fallen.

Im letzten Augenblick streckte Burnout eine kybernetische Hand aus. Das letzte Glied seiner Finger hob sich wie eine Verschlußkappe, und Blut tropfte aus der zerfetzten Haut an den Rändern, als die Teleskopfinger herausschossen. Sie wanden sich wie Chromschlangen, als sie eine Landekufe des Hubschraubers berührten.

Drei der Finger wickelten sich um die Metallstange und hielten sich fest.

Der Boden neigte sich abrupt, als sich Burnouts Gewicht auswirkte. Der Hubschrauber sank ein wenig und richtete sich dann wieder aus, als Dhin das Gewicht ausglich. Ryan zog seine Pistole und schob Nadja in die hinterste Ecke des Laderaums, während Burnout mit seiner anderen Hand nach einem Halt suchte. Ryan konzentrierte seine Energie, wobei er zusätzliche Kraft aus dem Drachenherz zog, und landete einen Distanzschlag gegen Burnouts Teleskopfinger.

Zwei der Finger brachen unter der zusätzlichen Belastung und rissen ab. Im dritten erschien ein haarfeiner Riß, und das Gewicht des Cyberzombies hing nur noch an einem Metallfaden. Er riß einen Augenblick später, und Burnout fiel.

Dann schwang die andere Hand des Cyberzombies herum und erwischte die Metallkufe. Burnout zog seinen massigen Körper hoch und starrte Ryan an. Seine Augen hatten sich zu Stecknadelköpfen verengt. »Du wirst sterben, Ryan Mercury«, sagte Burnout. »Ich habe dich schon einmal besiegt. Diesmal wird es nicht anders sein. Und wenn du tot bist, nehme ich mir deine Magie.«

Ryan rammte ein Magazin mit panzerbrechenden Kugeln in den Kolben der Walther und schoß. Die erste Kugel durchschlug Burnouts Schulter, drang in synthetische Muskeln und riß ein Stück künstliche Haut weg, unter der glänzender Chrom zum Vorschein kam. Die zweite Kugel verfehlte Burnout, da dieser sich zur Seite drehte und einen Aufwärtsschwung ausführte.

Burnout stand jetzt auf der Kufe und war Ryan so nahe, daß dieser das Maschinenöl riechen konnte. Er griff hinter sich nach seiner Ares Alpha Combatgun. Ryan schlug gegen die Hand des Cyberzombies, als er die Waffe hervorholte. Die Schnelligkeit der Bewegung überraschte Burnout. Ryans Fuß schoß vor und traf die Finger, als sie sich gerade um den Kolben der Waffe schlossen. Die Ares flog dem Cyberzombie aus der Hand und fiel in die Schlucht unter ihnen.

Ryan zog seinen Fuß zurück. *Ich bin jetzt schneller. Ich kann dieses Zerrbild eines Lebewesens besiegen.* Burnout sprang in der Absicht von der Kufe, im Laderaum zu landen. Ein widerliches Gefühl des Déjà vu erfaßte Ryan, als der Cyberzombie vor ihm aufragte.

Die Bergklippe über der Anlage rahmte Burnouts Silhouette in glutroten Felsen ein, als Ryan wieder mit dem Bein zuschlug. Doch er würde nicht denselben Fehler wie beim letztenmal begehen. Bei ihrem Kampf in Aztlan hatte Burnout einfach Ryans Bein mit seinen unnachgiebigen Händen gepackt und ihn dann mit einer langen spitzen Nadel betäubt, die aus einer Höhlung in seinem Arm geglitten war.

Diesmal änderte Ryan seine Taktik. In dem Augenblick, als er einen Tritt gegen Burnouts Knöchel landete, setzte Ryan seinen telekinetischen Hieb an, wobei er seine Energie zu einem Schlag gegen Burnouts Brust konzentrierte und ihn rückwärts zu stoßen versuchte. Durch die Luke, so daß diese unnachgiebige Bestie in die Tiefen der Hölle fallen würde, wohin sie gehörte.

Der Cyberzombie hob den Fuß, um dem Tritt auszuweichen, doch mit dem dritten Hieb rechnete er nicht. Für einen kurzen Augenblick schwebte Burnout in der Luft. Anstatt sich am Hubschrauber festzuhalten, griffen seine Hände nach Ryan. In diesem Augenblick traf Ryans unsichtbarer Schlag Burnout mit der zusätzlichen Kraft des Drachenherzen wie eine Dampframme auf der Brust.

Der Hieb schleuderte den metallenen Körper des Cyberzombies nach hinten. Er segelte durch die offene Luke und fiel.

Ryan sah den Ausdruck auf dem Gesicht des Cyberzombies, als diesem klar wurde, daß er besiegt worden war. Es war eine Mischung aus Überraschung und Bewunderung. Endlich war er einem Gegner begegnet, den er respektieren konnte. Dann veränderte sich seine Miene zu einem Ausdruck schieren Hasses, während ein Grinsen über Burnouts Züge huschte.

Die Chromfinger schossen wieder vor. Die abgerissenen Metallschlangen wanden sich Ryan entgegen. Sie zielten nicht auf die Kufen des Hubschraubers. Sie zielten direkt auf Ryan.

Er riß zur Abwehr die Hände hoch, erkannte Burnouts wahres Ziel jedoch zu spät. Als die Finger ihre maximale Ausdehnung erreicht hatten, berührten sie Ryan an der Hüfte. Ihre scharfen, verstümmelten Enden krümmten sich um den Nylonbeutel, der das Drachenherz enthielt. Und als sie sich strafften, lastete das ganze Gewicht von Burnouts Körper daran wie ein Anker.

Ryans Hüfte ruckte vor, er verlor den Halt und flog zur Tür. Mit rudernden Armen versuchte er krampfhaft, sich an irgend etwas festzuhalten. Er fand nichts außer dem Boden und fiel durch die Seitentür, und plötzlich spürte er die heiße Luft des Hells Canyon im Gesicht, als er dem Cyberzombie abwärts folgte.

»Nein, Ryan! Nein!« hörte er Nadjas Schrei.

Eine Kufe des Hubschraubers traf Ryan im Magen und ließ ihn nach Luft schnappen. Doch sie hielt ihn so lange auf, daß seine Hände einen Halt fanden und sich um das heiße Metall schlangen. Dann rutschte er herunter, und zusätzlich zu seinem eigenen lastete auch Burnouts Gewicht an seinem Griff.

Seine schweißnassen Finger rutschten am Metall der Kufe ab. Weißglühende Nadeln stachen ihn in Hände und Arme, während er sich festzuhalten versuchte.

»Ich bekomme deine Magie, Ryan Mercury«, sagte

Burnout, dessen Stimme wie das Knirschen von Metall auf Metall klang.

Ryan schaute nach unten. Burnout hing in der Luft, und die untergehende Sonne hatte seine Metallteile rosa gefärbt, die von der undurchdringlichen Schwärze des Abgrunds eingerahmt wurden. Ryan spürte, wie seine Finger nachgaben und an dem glatten runden Metall abrutschten, als seine Kräfte nachließen.

Dann riß der Nylonbeutel von seinem Gürtel ab, und Burnout fiel in die dunkle Schlucht. Er gab keinen Laut von sich, als er fiel. Er verschwand einfach, eine dunkle Silhouette, die mit der tintigen Leere verschmolz. Das Drachenherz fiel mit ihm, da seine Chromfinger es immer noch umschlossen. Immer noch den einen Gegenstand umschlossen, von dem Dunkelzahn gesagt hatte, daß er die Welt retten konnte.

Wie hatte das geschehen können? In dem Augenblick, als Ryan schließlich akzeptiert hatte, daß es sein Auftrag war, das Drachenherz abzuliefern, hatte er es zum zweitenmal verloren.

48

Lethe sah Burnout, die Kreatur aus Metall und Fleisch, aus dem Hubschrauber fallen – mit dem Drachenherz in seinen kybernetischen Händen, das er Ryan Mercury abgenommen hatte, der an der Kufe der Flugmaschine hing.

Im Astralen leuchtete der Cyberzombie hell vor der dunklen Einöde der sich verengenden Klippen. Der Kern seiner Aura war ein schwarzes Nichts, eine Leere, wo seine Seele hätte sein sollen. Statt dessen war seine Seele diffus, ein matter Lichtrand an der Peripherie seiner Aura.

Rings um Burnouts Aura war Magie, die so angelegt war, daß sie die Seele festhielt. Diese Zauber waren alles, was ihn am Leben erhielt. Es war einfach nicht mehr genügend natürliches Fleisch übrig. Der Cyberzombie war wie ein Boot mit unzähligen, zu oft geflickten Löchern, das nur deshalb nicht sank, weil die Pumpen weiterhin Überstunden machten.

Lethe folgte Burnouts Fall, sah ihn von den sich verengenden Schluchtwänden abprallen. Hells Canyon war ein riesiger keilförmiger Spalt in der Erde, und auf dem Grund dieses Spalts floß der Snake River. Es war der tiefste Abgrund auf der ganzen Welt – der längste Fall.

Burnout schlug wieder gegen die Felswand, und diesmal wurde auch das Drachenherz in Mitleidenschaft gezogen, das seine verstümmelte Hand fest umklammerte. Er prallte ab und fiel weiter. Der Cyberzombie würde den Fall gewiß nicht überleben. Er hätte eigentlich längst tot sein müssen. Seine fortdauernde Existenz war eine Perversion, ein extremer Mißbrauch der Magie, der nur zu astraler Verschmutzung führen würde.

Doch das Drachenherz durfte nicht verlorengehen oder beschädigt werden. Seine Magie schien Lethe intakt zu sein, als er sich Burnout näherte. Aber wenn der massige Cyborg wieder gegen die Felswand prallte, was dann? Und falls Burnout auf dem Drachenherz landete, wenn er auf dem Grund der Schlucht aufschlug, würde das Drachenherz solch eine Belastung unversehrt überstehen?

Lethe konnte nicht zulassen, daß dem Drachenherz etwas zustieß. Er würde Thayla nicht enttäuschen. Die Heiligkeit ihres Lieds mußte vor der Ausbreitung des dunklen Flecks geschützt werden. Nur das Drachenherz konnte ihr helfen.

Diese Perversion aus Metall und Fleisch war das einzige, was Lethe noch blieb. Er konnte Burnout nicht sterben lassen. Er mußte das Drachenherz um jeden Preis schützen. Es gab nur eine Möglichkeit, wie er sichergehen konnte, daß Burnout seine gesamte ihm noch verbliebene Energie in den Dienst der Aufgabe stellte, jeglichen Schaden vom Drachenherz abzuwenden.

Und wenn der Cyberzombie irgendwie überlebte, konnte Lethe die Kontrolle über seinen Körper übernehmen und ihn dazu benutzen, Thayla das Drachenherz zu bringen. Es war offensichtlich, daß Ryan Mercury trotz Dunkelzahns Vertrauen in ihn nicht mehr zuverlässig war. Obwohl Ryan am Ende seinen inneren Zwiespalt überwunden zu haben schien, traute Lethe ihm nicht und würde ihm auch nie mehr vertrauen.

Burnout war die offensichtliche Wahl.

Lethe näherte sich dem abstürzenden Cyberzombie und drang in seinen Körper ein. Er ergriff Besitz vom Geist und vom Fleisch des Mannes, der einmal Burnout gewesen war. Und als Lethe das Ausmaß seines Fehlers begriff, war es zu spät.

Viel zu spät.

49

Der mitternachtsblaue Himmel verdunkelte sich im Osten zu einem tiefen Schwarz. Ein von den Rotorblättern des Hubschraubers erzeugter heißer Wind stach Ryans Haut, als er wieder in den Hughes Airstar kletterte. Er war müde und vom Kampf mit Burnout erschöpft, aber er konnte noch nicht ausruhen. Er mußte sich das Drachenherz zurückholen. Schmerzen schossen durch seine Beine, als er sich neben Nadja setzte. Er biß die Zähne zusammen, da er zu erschöpft war, um die Schmerzen mit Magie zu verdrängen.

Ein ruhiges Gefühl der Entschlossenheit erfüllte Ryan. Ein fast surreales Verständnis dessen, was er war und tun mußte. Seine Unentschlossenheit war verschwunden, hatte sich in der Nacht aufgelöst. »Dhin«, sagte Ryan. »Flieg uns auf den Grund.«

»Jetzt?«

»Jetzt! Und schalte einen Suchscheinwerfer ein, damit wir etwas sehen.«

»Jane?« kam die Stimme des Orks über Lautsprecher, »vertraue ich ihm?«

Es war Nadja, die seine Frage beantwortete. »Ja«, sagte sie. »Tun Sie, was er sagt.«

Dhin gehorchte, und der Hubschrauber tauchte in die Schlucht ein. »Suchscheinwerfer ist eingeschaltet«, sagte er.

Ryan erhob sich und sah durch die offene Seitentür. Der Snake River war unten auf dem Grund etwa zehn Meter breit und floß träge dahin, eine Fläche aus schwarzem Glas in der Dunkelheit. Die Schluchtwände erhoben sich steil auf beiden Seiten des Wassers, und es waren keine Vorsprünge zu sehen. Doch der Suchscheinwerfer erfaßte nur einen winzigen Kreis, und

Burnout konnte überall aufgeprallt sein. Er konnte unter Wasser und sogar flußabwärts gespült worden sein.

Ryan wechselte auf astrale Wahrnehmung. Der Fluß erhellte sich ob des Lebens darin, Algen, Fische und Wasserpflanzen. Aber er konnte keine Spur des Cyberzombies entdecken. Wäre er hier in der Nähe gelandet, hätte Ryan eine leichte Veränderung im Astralen wahrnehmen müssen, eine Schmutzspur wie ein schlechter Geruch, den Burnout hinterlassen haben würde. Außerdem hätte er das Drachenherz spüren müssen, wenn es in der Nähe gewesen wäre. Und wo war der Geist, Lethe?

Ryan sah keine astrale Spur. Er spürte das Herz nicht, und Lethe war nirgendwo zu sehen. Ryan spürte gar nichts.

Nachdem sie eine Stunde lang gesucht hatten, meldete sich Dhin: »Uns geht der Sprit aus.«

»Danke, Dhin«, sagte Ryan. »Bring uns wieder nach oben. Wir versuchen es noch einmal bei Tageslicht.«

Während Dhin die Maschine steigen ließ und schließlich über den Rand der Schlucht auf das Gelände der Anlage flog, meldete Jane sich über Ryans Armbandtelekom. »Kann ich mit dir reden?« sagte sie.

»Hoi, Jane. Tut mir leid, was ich zu dir gesagt habe.«

»Ist längst eine gelöschte Erinnerung«, sagte sie. »Vergessen.«

»Danke«, sagte Ryan. »Also, worüber willst du reden?«

»Ich bitte dich um einen Gefallen.«

»Und der wäre?«

»Ich bitte dich, in die Matrix zu gehen und dich dort mit einer Freundin von mir zu treffen. Alice.«

»Ach?«

»Du kannst Axlers Trampnetz benutzen«, sagte sie. »Ich erkläre dir alles, wenn du in der Matrix bist.«

Ryan fragte sich, was Jane vorhatte, beschloß aber, jetzt nicht weiter in sie zu dringen. »Wird es lange dauern?« fragte er. »Ich bin vollkommen erledigt.«

»Nicht lange, und ich verspreche, es wird dir gefallen.« Dann verstummte Janes Stimme.

Dhin landete den Hubschrauber möglichst weit vom immer noch brennenden Wrack des Jets entfernt. Axler und Grind standen bei den Sicherheitsleuten und suchten nach Lebenszeichen. Ryan empfand eine Woge der Trauer, als er sie beobachtete. Es war seine Schuld, daß diese Leute gestorben waren. *Wegen meiner Schwäche,* dachte er.

Weil mir die Kraft fehlte, Roxborough zu überwinden, hat Burnout diese Leute getötet und mir das Drachenherz abgenommen.

Ryan hatte versagt, aber nicht völlig. Er hatte Burnout besiegt. Er hatte Roxborough überwunden. Aber all das kam ihm ohne das Drachenherz hohl vor. Bis er es zurück hatte, würde er sich fühlen, als habe er Dunkelzahn im Stich gelassen. Als habe er sich selbst im Stich gelassen.

Und deshalb würde er nicht eher ruhen, bis er seinen Auftrag erfüllt hatte.

50

Thomas Roxborough träumte, daß er sich in einem echten Körper befand.

Gerade hatte er noch vor seinem virtuellen Schreibtisch gesessen und Produktivitätsstatistiken analysiert. Im nächsten Augenblick verschwanden die Wände seines Anwesens, in dem sich ihre planare Einförmigkeit in Bytes auflöste, die in einer unsichtbaren Strömung davontrieben.

Er schwebte in einer Leere. Dann fühlte er seinen Körper, spürte jede Einzelheit, als befinde er sich tatsächlich in Haut, Fleisch und Knochen. Er spürte das Heben und Senken seiner Brust, als er atmete, das Gefühl von Regentropfen, die auf sein Gesicht fielen. Den Geruch nach Zigarettenrauch. So nah, so wirklich, daß es sich nicht bestreiten ließ.

Zuerst glaubte er, Meyer hätte den Transfer durchgeführt, ohne ihm etwas davon zu sagen. *Oder vielleicht habe ich auch nur die Ansetzung des Rituals vergessen,* dachte Roxborough. Doch dann fragte er sich, wo er war. In welchem Körper er sich befand. Er öffnete die Augen.

Wolkenkratzer ragten rings um ihn auf, deren Fassaden mit blauem Glas verspiegelt waren und das Licht der Straßenbeleuchtung reflektierten. Er hörte keinen Verkehrslärm, aber dafür das Wispern des fallenden Regens und das beruhigende Flüstern des Windes.

Roxborough stand auf und begutachtete seinen Körper. Es war eine Gestalt, an die er gewöhnt war, obwohl er zum letztenmal vor vielen Jahren in ihr gewesen war. Ein dicker Bauch versperrte ihm die Sicht auf seine Füße, und sein nacktes Fleisch hatte eine bläßlich weiße Farbe und war lediglich von einem dünnen Filz schwarzer Haare bedeckt. Seine Füße und Knochen schmerzten von der Anstrengung des Aufstehens. Er befand sich in seinem alten Körper.

»Hallo, Rox«, ertönte eine Stimme, die er kannte. Die Stimme einer Frau, die ihn seit dem Crash von '29 immer und immer wieder in der Matrix heimgesucht hatte.

Er drehte sich zu ihr um – eine mittelgroße menschliche Frau, die am verkratzten Plexiglas einer altmodischen Telefonzelle lehnte. Ihr blondes Haar war schulterlang, die Augen waren blau wie das Meer. Roxborough konnte beinahe das Funkeln von Sonnenlicht auf dem Wasser sehen, als er sie anschaute. Sie trug schwarze Jeans und ein weißes Baumwolltop, und zwischen den Fingern ihrer rechten Hand steckte eine Zigarette, von deren Spitze sich Qualm ihren Arm entlangkräuselte.

»Hast du angefangen zu rauchen, Alice?« sagte Roxborough.

»Ja«, sagte sie, indem sie einen übertrieben tiefen Zug nahm. »Schließlich kann es mich nicht umbringen.«

Roxborough lachte. »Sehr witzig«, sagte er. »Also schön, wo bin ich?«

»Willkommen im Wunderland«, sagte Alice. »Aber du darfst es auch Hölle nennen.«

»Was meinst du damit?«

»Ich meine damit, daß ich dir endlich deinen Wunsch erfüllt habe«, sagte sie. »Einen echten Körper.«

»Wie hast du …« Roxborough hielt inne, als ein Mann hinter der Telefonzelle hervortrat und sich neben Alice stellte. Der Mann war groß und muskulös, doch seine Bewegungen waren ruckhaft und nicht ganz natürlich, als sei er ein Simulacrum und keine lebende Person. Es war Ryan Mercury.

»Hallo, Tommy«, sagte Ryan, indem er Roxborough

mit dem Namen anredete, den Vater immer benutzt hatte. »Ich habe Alice die Zugangscodes für dein System gegeben.« Ryan tippte sich mit dem Zeigefinger an die Schläfe. »Viele deiner Erinnerungen sind hier drinnen«, sagte er.

Roxborough starrte Alice an. »Was hast du getan?«

»Ich habe dein Bewußtsein eingesperrt«, sagte sie. »Ziemlich einfach, nachdem Ryan mir die Codes gegeben hatte, die ich brauchte. Außerdem habe ich dein System neu konfiguriert, so daß du nie wieder hineingelangen kannst. Ich fürchte, eine Flucht ist vollkommen ausgeschlossen.«

»Aber warum?«

Alice nahm einen letzten Zug von ihrer Zigarette und schnippte den Stummel dann auf die Straße. »Ich will dich quälen«, sagte sie. »Du sollst selbst erleben, was ich nach dem Crash durchgemacht habe. Du weißt, was es für ein Gefühl ist, ein Gefangener zu sein, aber weißt du auch, wie es ist, in eine Welt gestoßen zu werden, die sich völlig deiner Kontrolle entzieht? Deren Regeln du nicht kennst? In der dich harmlos aussehende Dinge töten können?«

»Das war nicht meine Schuld, Alice«, sagte Roxborough. »Es war einfach nur Pech, daß du in meinem System warst, als dich das Crash-Virus erwischt hat.«

»Ich sammle immer noch Beweise. Ryan kann sich nicht mehr an deine Beteiligung am Crash erinnern, aber ich glaube, daß du voller Drek steckst.«

»Ich habe den Crash nicht verursacht.«

Alice zuckte die Achseln und zündete sich noch eine Zigarette an. »Die Zeit und die Beweise werden dich richten«, sagte sie. »Einstweilen habe ich eine neue Heimat für dich geschaffen, einen besonderen kleinen ultravioletten Raum. Er gehört zu Wunderland City, aber die Regeln der Realität sind hier ganz anders. Betrachte es als erzwungene poetische Gerechtigkeit.«

Roxborough wandte sich an Ryan. *Wie ist dieser Mensch Meyers Ritual und auch noch Darkes Spezialteam entkommen?* »Wie kannst du dich daran beteiligen?« sagte er. »Du kennst meine Vergangenheit. Habe ich nicht schon genug gelitten?«

Ryan schüttelte den Kopf. »Ich habe ihr geholfen, weil es die einzige Möglichkeit ist, wie ich dich wirklich besiegen kann. Ich wäre fast du geworden, und das macht mir angst. Sogar jetzt ist deine Vergangenheit noch ein Teil von mir, und ich habe das, was du getan hast, als Teil meiner Vergangenheit akzeptiert. Das hat mich zu einer vollständigeren Person gemacht, aber ich habe beschlossen, nicht so zu handeln wie du. Ich bin besser als du.«

Bei diesem letzten Satz zeigte Ryan mit dem Finger direkt auf Roxboroughs Brust. »Du hast mir gezeigt, daß ich die Wahl habe«, fuhr er fort. »Aber letzten Endes habe ich meine eigene Wahl getroffen, und das war nicht die, welche du getroffen hättest. Ich habe der bösen Stimme widerstanden.«

In die anschließende Stille hinein klatschte Roxborough applaudierend in die Hände. Er lachte gezwungen. »Nette Ansprache, Drekhead«, sagte er. »Sentimentaler Schwachsinn, aber gut vorgetragen.«

»Was Alice für dich vorgesehen hat, könnte deine Ansicht ändern«, sagte Ryan.

»Das bezweifle ich.«

Alice nahm noch einen ihrer tiefen Lungenzüge und atmete Rauch aus, während sie sprach. »In gewisser Weise«, sagte sie mit einem schiefen Grinsen auf den Lippen, »wird hier dein Traum wahr. Du bekommst, was du dir immer gewünscht hast – einen *echten* Körper.«

»Dafür soll ich mich jetzt wohl bei dir bedanken.«

»Nein.«

»Was dann?«

»Du wirst es bald herausfinden«, sagte sie.

Dann waren Alice und Ryan verschwunden, und Roxborough stand auf dem leuchtend grünen Rasen eines englischen Gartens. Ein Teich funkelte im Morgenlicht vor ihm, und als er sich umdrehte, lief ein großes, mit einer Weste bekleidetes weißes Kaninchen an ihm vorbei und sagte: »O je! Ich werde zu spät kommen!« Das Kaninchen zog eine altmodische Taschenuhr aus der Westentasche und warf einen Blick auf das Zifferblatt, dann sprang es unter eine Hecke.

O nein! dachte Roxborough. *Ich glaube nicht, daß mir das gefällt.*

MEMO

VON: JANE-IN-THE-BOX
AN: NADJA DAVIAR
DATUM: 20. August 2057
BETRIFFT: DIE LEGENDE VON THAYLA

Dunkelzahns Institut für Magische Forschung hat dieses Dokument entdeckt. Ich dachte, es würde Sie interessieren. Text folgt:

Vor vielen Zeitaltern, bevor die Menschheit mit der Niederschrift ihrer Erlebnisse begann, lebte eine Königin von großer Schönheit und noch größerem Herzen. Thayla herrschte über ein üppiges grünes Tal, das zwischen zwei Bergketten lag, die sich wie Zinnen in den Himmel erhoben. Unter ihrer Herrschaft wuchs und gedieh das Land, das sie liebte, und ihr Volk freute sich seines Lebens.

Jeden Morgen begrüßte Thayla die aufgehende Sonne mit einem Lied. Sie sang mit einer Stimme so klar wie die Luft und so hell wie die Sonne selbst. Nichts Finsteres oder Böses konnte in ihrem Land gedeihen, da es die Reinheit ihrer Stimme nicht ertrug.

Eines Nachts schickte sich eine Armee finsterer Wesen an, in das Tal einzudringen, um das Land zu überrennen und es durch ihre böse Ausstrahlung zu verderben. Thayla erhob sich an diesem Morgen wie immer und sang, als sie die finstere Armee sah. Ihre Stimme erfüllte das Tal mit Kraft und Hoffnung.

Der Horde, der die Stimme die Verworfenheit ihrer Existenz aufzeigte, blieb nichts anderes übrig, als zu fliehen. Und während die Kreaturen in wilder Panik

Zuflucht außerhalb des Tals suchten, nahm sich einer der finsteren Soldaten die Zeit, Thaylas Lied für einen Augenblick zuzuhören.

Tage vergingen, und die schreckliche Armee hielt sich voller Furcht von dem Tal fern. Schließlich wurde sie von ihren finsteren Herren erneut vorwärts gepeitscht, und sie drang wiederum in das Tal ein. Und wiederum sang Thayla.

Wie zuvor flohen die üblen Kreaturen in blinder Panik, unfähig, auch nur wenige Klänge ihrer reinen Stimme zu ertragen. Doch wiederum zögerte der einsame hochgewachsene Krieger mit Haaren und Augen aus schwarzem Feuer und lauschte dem Lied ein paar Augenblicke, bevor auch er aus dem Tal floh.

Als die Armee das nächstemal in Thaylas Reich eindrang, hatte ihre Zahl abgenommen, weil viele einfach nicht mehr den Willen aufbrachten, das Tal zu betreten. Doch erneut floh der einsame dunkle Soldat als letzter, so daß er das Lied hören konnte.

Schließlich wollte kein einziger Soldat der finsteren Armee mehr gehen. Nicht einmal die schrecklichen Drohungen ihrer üblen Herren konnten sie umstimmen. Doch ein einziger Krieger in einer ebenholzfarbenen und roten Rüstung schlich sich jeden Tag vor Morgengrauen in das Tal, um zu lauschen und nach einer Weile auch zu beobachten.

Der schwarze Krieger suchte sich eine Stelle, von der er Thayla sehen konnte, die hoch auf den Terrassen der großen Stadt stand, die ihren Palast umgab. Und er beobachtete sie jeden Morgen, wenn sie aufstand und den neuen Tag mit dem Lied begrüßte. Beim Zuhören floß ihm Blut aus den Ohren, und seine Haut warf Blasen ob der mächtigen Reinheit ihrer Stimme, aber er wandte sich nicht ab. Er floh nicht vor ihrem Lied. Und so stand er da, lauschte und beobachtete. Dann, eines Nachts, schlüpfte der dunkle

Krieger in die Stadt, als Thayla schlief. Er schlich sich in ihre Zitadelle, setzte sich ans Fußende ihres Bettes und beobachtete sie.

Als sie erwachte und ihn dort vorfand, rief sie ihre Wachen, doch sie waren nicht stark genug, um den dunklen Krieger von der Stelle zu bewegen. Sie rief ihre Zauberer, aber sie waren nicht weise genug, um ihn zu bannen. Sie sang, um ihn zu vertreiben, doch obwohl Körper und Geist von Schmerzen geschüttelt wurden, blieb er standhaft, von ihrer Schönheit völlig verzaubert.

Da sie ihn nicht vertreiben konnte, beschloß die große Königin Thayla, ihn zu ignorieren. Zwar stand er neben ihr, doch sie aß, ohne mit ihm zu reden. Zwar rannte er neben ihr her, wenn sie ausritt, doch sie sah ihn nicht an. Zwar stand er schweigend in der Nähe, wenn sie schlief, doch sie nahm seine Anwesenheit nicht zur Kenntnis.

Jeden Morgen erhob sie sich und begrüßte die Sonne, indem sie laut sang, so daß die finstere Armee, die jenseits des Tals wartete, nicht eindringen konnte. Und jeden Morgen stand er neben ihr und weinte Tränen aus Blut und Feuer ob der Schmerzen und der Freude, die ihre Stimme ihm bereitete.

Und so ging es eine Zeitlang weiter. Thayla schlief, sang und erfüllte ihre königlichen Pflichten. Doch der dunkle Krieger blieb an ihrer Seite, und langsam verfinsterte sich das Land durch seine Anwesenheit. Die Tiere auf den Weiden wurden ebenso krank wie die Leute. Das Getreide wollte nicht mehr wachsen, und am Himmel über dem Tal standen düstere Wolken. Thayla wußte, daß der dunkle Krieger der Grund für alles Unheil war, und so bat sie ihn zu gehen. Er antwortete ihr nicht einmal. Sie versuchte ihn mit List zum Gehen zu bewegen, doch er ließ sich nicht täuschen. Dann versuchte sie ihn zum Gehen zu zwingen, konnte seinen Willen aber nicht brechen. Schließlich flehte sie ihn an, das Tal zu verlassen.

»Aber ich will nicht von hier weg«, erwiderte er. Das waren die ersten Worte, die er je an sie gerichtet hatte, und seine Stimme klang wie altes Laub, das vom Herbstwind davongeweht wird. »Eure Schönheit ist unvergleichlich.«

»Aber Ihr könnt nicht bleiben«, sagte sie zu ihm. »Eure Anwesenheit zerstört mein Land und mein Volk.«

»Mir liegt weder etwas an Eurem Land noch an Eurem Volk«, sagte der Krieger zu ihr. »Mir liegt nur etwas an Euch.«

Als Thayla sah, daß sein Entschluß feststand, weinte sie. Langsam wurde ihr Volk dahingerafft. Schließlich rief sie ihre besten Ratgeber zusammen und sagte ihnen, was sie tun mußten.

»Wie ihr wißt, zerstört die Anwesenheit des dunklen Kriegers unser Land und unser Volk«, sagte sie. »Aber er will nicht von meiner Seite weichen. Wir können ihn nicht zum Gehen bewegen, also muß ich das Land verlassen und ihn mitnehmen.«

Ihre Ratgeber jammerten bei diesen Worten. »Aber das dürft Ihr nicht! Nur Eure Stimme hält die schwarze Armee in Schach! Wenn Ihr geht, werden wir gewiß alle sterben!«

Thayla nickte, da sie wußte, daß dies stimmte, und sagte dann: »Ich werde gehen, aber meine Stimme wird bleiben.« Und dann betraute sie ihre mächtigsten Zauberer mit der Aufgabe, ihre Stimme in eine Lerche zu setzen, die jeden Morgen die aufgehende Sonne mit einem Lied begrüßen würde.

Sie suchten das Land ab und fanden die schönste Lerche von allen. Und als die Sonne aufging, vollzogen sie das Ritual. Als es am nächsten Morgen hell wurde, sang der Vogel mit Thaylas Stimme, und das Lied hielt die dunkle Armee in Schach.

Die Zauberer freuten sich darüber, doch als sie Thayla gratulieren wollten, waren sie und ihr dunkler Schatten bereits verschwunden. Sie suchten im ganzen Land, konnten sie aber nicht finden. Doch die Lerche erwachte jeden Morgen. Und mit einer Stimme, so rein und klar wie die Luft, sang sie das Lied, und die schwarze Armee blieb wie angewurzelt stehen, unfähig, in das Tal einzudringen.